魯迅精神史 探源

個人・狂人・國民性

李冬木 Li Dongmu ——— 著

是故將生存兩間，角逐列國是務，其首在立人，人立而後凡事舉；若其道術，乃必尊個性而張精神。

——〈文化偏至論〉

「從來如此，便對麼？」

——〈狂人日記〉

「你怎麼會姓趙！你那裡配姓趙！」

——〈阿Q正傳〉

前言

　　本書收論文八篇，從「個人主義」、思想和文學觀的形成、「狂人原像」、「國民性」詞語概念的產生等幾個方面，探討魯迅（1881-1936）精神史源，以實證研究的方式，具體考察了在日本明治三十年代的思想文化背景下，留學生周樹人如何成長為後來創作《狂人日記》並成為五四新文學奠基人「魯迅」的精神歷程。具體廓清了明治時代「個人主義」「尼采」「施蒂納」「無政府主義」以及「狂人」的言說的形態，在此基礎上，探討了這些言說與留學生周樹人的關聯以及對後者所構成的思想和文學方面的影響；在此前提下，本書力圖揭示出周樹人在波瀾壯闊的二十世紀初，如何不為時代大潮所漂泛，「取今復古，別立新宗」，確立自我，完成個人主體塑造的精神歷程。

　　本書是拙著《「進化」與「國民」》的姊妹篇。與後者同樣，本書著眼於魯迅留日時代的閱讀史，重點探討他的精神形成與日本書籍的關係。不過，在與「進化論」和「國民性」等近代思潮相關聯的時代背景下，本書著重探討環繞周樹人的「個人主義」精神譜系，將「個人主義」在周樹人當中的容受、孕育、形成乃至演變作為一個青年獲取精神源質的成長過程予以把握，並側重於對這一過程的探索和描述。這是一個等身大的「周樹人」，並不等同於後來「偉大」了的「魯迅」。從「周樹人」到「魯迅」是本書反復強調的一個過程概念。這個過程還留有大量有待探討的空白，而這正是本書所要做的工作。

　　〈從「魯迅」到「周樹人」──以留學時代為中心〉，體

現著這一整體思路，故將其列為首篇。這是近年來自己所做魯迅研究的一個小結，關注的問題是「周樹人何以成為魯迅？」，「其內在的精神機制是怎樣的？」周樹人自1902年至1909年在日本的留學經歷和精神建構，在他「羽化」為中國近代文學的開拓者「魯迅」的過程當中發揮了關鍵作用，是他作為一個「近代」作家完成知性準備的階段。此篇在既往研究的基礎上，從周樹人與日本書之關係入手，具體對進化論方面的《物競論》、丘淺次郎；國民性思想方面的《支那人氣質》《國民性十論》；個人主義方面的桑木嚴翼、煙山專太郎和文學觀方面的齋藤信策等問題展開實證研究，填補了這四個方面的研究空白，呈現出周樹人在日本明治三十年代的文化背景下所具體面對的「西方」。結論是「魯迅的西學主要來自東方」，而這甚至也是周樹人在日本留學那個時代中國汲取西學的基本路徑和形態。因此，最後提出的一個基本看法是，研究日本，尤其是研究明治日本，對中國而言也就並非是對他者的研究，而是對自身研究的不可或缺的一部分。

〈留學生周樹人周邊的「尼采」及其周邊〉，在魯迅與尼采這一研究框架內，本篇做了兩點嘗試，一個是研究視點的調整，把由後面看的「魯迅」，調整為從前面看的「周樹人」，由前向後看「尼采」在從「周樹人」到「魯迅」過程中的伴同軌跡及其影響；另外一點是確認清國留學生周樹人面對的到底是怎樣一個「尼采」。就方法論而言，本篇導入了「周邊」這一概念，在把「尼采」作為留學生周樹人周邊要素考察的同時，也探討「尼采」的周邊及其它們帶給周樹人的綜合影響。而作為一個研究課題，包括本篇在內，目的在於通過以實證研究的方式來較為清晰、翔實地描繪出留學時期的周樹人是怎樣借助周邊的「尼采」及其相關資源完成關於「人」的自我塑造。基本觀點是，所謂

「立人」即從周樹人的自立開始，這是後來的那個「魯迅」的起點。

〈留學生周樹人「個人」語境中的「斯契納爾」——兼談「蚊學士」、煙山專太郎〉，是上一篇的續篇，旨在探討周樹人留學時代關涉「個人」語境當中的「斯契納爾（M. Stirner, 1806-1856，通譯「斯蒂納」或「施蒂納」）」的材源問題。蘇州大學汪衛東教授發現（2013），魯迅文本的「施蒂納」，是來自一個署名「蚊學士」的作者發表在1902年《日本人》雜誌上的文章。本論在此基礎上，重新確認並重譯了「蚊學士」原文，確定了「蚊學士」是何許人及其至今幾乎不為學界所知的其生平和著述情況，梳理了其在日本和中國近代無政府主義思潮中的影響，進而還探討了「蚊學士」與留學生周樹人的思想關聯以及後者如何在明治三十年代的話語中選擇了「施蒂納」。

〈芳賀矢一的《國民性十論》與周氏兄弟——《國民性十論》中譯本導讀〉，如題所示，本篇是為芳賀矢一《國民性十論》中譯本（香港三聯書店，2018）所寫的導讀。由以下內容構成：一、原書的話語背景及其作者；二、《國民性十論》的寫作特點和內容；三、關於本書中的「支那」；四、周作人與《國民性十論》；五、魯迅與《國民性十論》。從某種意義而言，與其說是為譯本而寫〈導讀〉，倒毋寧說是為了〈導讀〉裡的內容才做了中譯本。因為譯介《國民性十論》的主要動機和著眼點在於該書與周氏兄弟——魯迅、周作人的關係。通過調查和翻譯，檢證並確認兩者關係的存在，不論對周氏兄弟的研究來說，還是對整個中國現代文學的研究來說，都是一個發現。截止到2012年1月收錄在本書的〈明治時代「食人」言說與魯迅的《狂人日記》〉（《文學評論》同年1期）發表為止，「芳賀矢一」和

「《國民性十論》」作為兩個固有名詞還幾乎不為中國現代文學研究界所知，更不要說引起注意。而展開對此書的研究，則不僅有助於解讀周氏兄弟的知識結構及其「悟」的生成機制，亦有助於將近現代文學的研究視野從狹隘的「一國史觀」拓展到整個近代跨國界的處在不斷流動、轉換、生成狀態的廣闊的「知層」。

〈明治時代「食人」言說與魯迅的《狂人日記》〉，旨在探討魯迅《狂人日記》「吃人」意像的生成問題，認為其與日本明治時代「食人」言說密切相關，是從這一言說當中獲得的一個「母題」。為確證這一觀點，本論主要著手兩項工作，一項是對明治時代以來的「食人」言說展開全面調查和梳理，直至找到由摩爾斯到神田孝平這條線索，即本論「二」至「五」部分；另一項是在該言說整體當中找到魯迅與前者的「接點」，即「六」至「八」，具體論證了芳賀矢一《國民性十論》與《狂人日記》「吃人」意像的決定性關聯。在這個意義上，上一篇〈《國民性十論》導讀〉便構成了本篇的重要參照，祈參閱為幸。

本篇發表後，曾引發了各種意見——贊同的就不說了——如果把反對的意見做一個歸納，那麼大致都指向一點，即否定《國民性十論》與周氏兄弟存在關係。對此值得反省的是，拙論在發表的當時或有不充分之處，導致了某些不必要的誤解。幸而現在有了中譯本和《導讀》中更進一步的關聯考證，也就沒有必要對曾經的「無關」說再說什麼了。

〈狂人之誕生——明治時代的「狂人」言說與魯迅的《狂人日記》〉，旨在探討魯迅《狂人日記》中「狂人」形象的誕生機制。在「狂人學史」當中，缺乏把「狂人」言說本身作為作品人物精神史背景加以探討的研究。本篇通過語彙、社會媒體、「尼采」、「無政府主義」、文學創作以及時代精神特徵等幾個方面

的考察，確認了在《狂人日記》誕生之前有「狂人」言說史的存在，並在此背景下，探尋了「狂人」誕生的足跡。本論認為，周樹人是帶著一個完整的「狂人」雛形回國的，這個「狂人」是他建構自身過程當中內質化了的一個生成物，和他記憶中的「真的人」是血脈相連的親兄弟。「狂人」之誕生，即意味著「狂者之教」在中國的出現，其不僅宣告「吃人」時代的行將終結，更宣告「真的人」之必將誕生。因此，就本質而言，《狂人日記》是「人」之誕生的宣言。

以上涉及《狂人日記》的兩篇，釐清了兩個問題，即構成《狂人日記》的兩個核心要素——「吃人」意象和「狂人」形象——都不是孤立的存在，而是和作者留學時期異域的相關言說有著密切關聯，具有著「史」的屬性，是伴隨著周樹人自身塑造和文學建構過程的產物。在這個意義上，可以說《狂人日記》是一篇真正的拓展了中國文學內涵疆域的作品。

〈「國民性」一詞在中國〉和〈「國民性」一詞在日本〉，是在思想史的意義上對「國民性」概念史的探索。「國民性」一詞由此而首次成為被專門探討的研究對象。前者重點考察「國民性」這個詞語在近現代中國的存在和使用狀況以及由此可以透視到的問題。後者將日語當中的「國民性＝こくみんせい」一詞，作為漢語「國民性＝guómínxìng」一詞的詞源問題加以考察，在近代思想史的背景下，首次考察了該詞在日語當中的歷史和現狀以及進入漢語的管道。調查範圍所及，覆蓋了號稱日本「現代國語語彙之基礎」的明治時代三大類辭書，即「漢語辭書」、「英學辭書」、「國語辭書」，還要再加上此後在大正時代登場的「新語辭書」。除此之外，還將高山樗牛與綱島良川的論爭、《太陽》雜誌設定為兩個「歷史現場」，從而使「國民性」一詞

誕生之瞬間得以浮現並獲得檢證。所獲結果明確：最早向漢語中導入「國民性」這個近代「和製漢語」的人物，並非過去所一向認為的梁啟超等，而是當時更為年輕一代的留日學生。這兩篇可作為以上各篇以及《「進化」與「國民」》中探討《支那人氣質》諸篇的思想史背景來閱讀。

　　總之，本書所收各篇，皆深山探境，偶遇所拾，史實補白多於論述，問題提起和求證過程勝於結論，是一種探索中的變化形態，而非完成後的定型，與「魯迅常識」多有齟齬亦在所難免，而惟其如此，也就可期有更大的議論空間，作為引玉的一塊磚拋出，或許正是它們的用場。

作者謹記

2019年4月6日 星期六

於長春威尼斯花園巢立齋

目次 │ CONTENTS

狂人之誕生
──明治時代的「狂人」言說與魯迅的《狂人日記》 205

「國民性」一詞在中國 243

從日本到中國：「國民性」一詞的誕生及其旅行
──關於現代漢語中「國民性」一詞的詞源問題 272

從「周樹人」到「魯迅」
──以留學時代為中心

一、前言

　　眾所周知，1918年《新青年》雜誌第四卷第五號發表了一篇短篇小說，叫作《狂人日記》，從此中國現代文學有了第一篇作品，一個叫做「魯迅」的作家也因此而誕生。魯迅（1881-1936）的本名叫周樹人，「魯迅」是發表《狂人日記》時首次使用的筆名。也就是說，在此之前還沒有作家魯迅，而只有一個後來成為作家的叫做周樹人的人。[1]關於「魯迅」誕生之後的魯迅，迄今為止，不僅是中國現代文學當中最被熟讀的作家，也是一個最為熱門的研究對象。關於這個「魯迅」的解讀和闡述，早

---

[1] 本篇在中國社會科學院文學研究所與佛教大學聯合舉辦的「全球化時代的人文學科諸項研究──當代中日、東西交流的啟發」（國際シンポジュウム「グローバル化時代時代における人文研究の諸相──現代における日中・東西の相互啓発のために」，2017年5月26日，於北京鑫海錦江大酒店）國際研討會上報告時，承蒙講評人就「只有一個後來成為作家的叫做周樹人的人」這一表述提出質疑：他在留學的時候不是用了不少筆名嗎，怎麼會是「只有一個……周樹人」？──讓我對此重新做了思考（在此謹對講評人致以衷心的感謝），確認這一表述與本論所採取的「把『周樹人』和『魯迅』相對區分開來」的研究方法在意思上的一致的，「周樹人」和「魯迅」是分別代表著他成為作家之前和成為作家之後的用以做出相對劃分的標稱概念，是大的概念，與其在這兩個階段使用的各種筆名並不處在同一層面，「周樹人」是涵蓋了成為「魯迅」之前所有筆名的統稱，正像「魯迅」的名稱涵蓋了後來所有的筆名一樣。

已如汗牛充棟，堪稱顯學，我在這個方面恐怕沒有更新的東西貢獻給各位。我所關注的問題是，為什麼會誕生魯迅這樣一位作家？除了人們已經熟知的歷史背景、時代環境和個人的成長經歷這些基本要素之外，我想著重探討的是一個作家形成的內在精神機制。因此，從嚴格的意義上講，我所關注的對象其實還不是「魯迅」，至少不是人們通常所指的「魯迅」誕生之後的那個範疇裡的魯迅，而是此前。此前還不曾有「魯迅」，只有周樹人。因此，我的課題可以界定為「從周樹人到魯迅的內在精神機制是怎樣的？」或者說「周樹人何以成為魯迅？」

這是先學們留下的課題，我不過是對此做出承接。就方法論而言，也在努力學習許多先學所勵行的實證研究的方法。但在問題意識和觀察視角方面有所調整，那就是把「周樹人」和「魯迅」相對區分開來，不以作為作家誕生之後的那個「魯迅」來解釋此前的周樹人。這樣做有兩點考慮，一是試圖還原周樹人當年所置身的歷史現場，從而儘量減輕後來關於魯迅的龐大解釋對此前那一部分的歷史觀察方面所構成的影響；二是儘量以等身大的周樹人來面對他所處的歷史環境、思想文化資源和時代精神，而不是從現今的知識層面對其加以居高臨下的闡釋。

魯迅發表《狂人日記》時已經37歲。在他作為周樹人而存在的三十七年間，可大致分為三個重要階段，第一個階段是18歲以前在故鄉紹興生活並接受傳統教育；第二個階段是外出求學，包括從18歲到22歲在南京的三年多和此後在日本留學的7年多；第三個階段是他回國以後到發表《狂人日記》為止。正像大家已經知道的那樣，這三個階段當中的各種經歷，可能都對他成為一個作家產生過重要影響，不過就一個作家的知性成長而言，尤其是

就一個完全不同於舊文人從而開拓出與既往文學傳統迥異的新文學之路的近代作家的整個精神建構而言，1902年到1909年，即明治三十五年到四十二年在日本留學七年多的經歷是一個尤其值得關注的階段。片山智行先生五十年前就有「原魯迅」[2]的提法。而「魯迅與明治日本」也是在魯迅研究當中不斷出現的題目。隨著研究的不斷深入，尤其是堅實而有力的實證研究所提供的大量事實，使我越發堅信「從周樹人到魯迅」的精神奧秘大多潛藏在這個成為「魯迅」之前的留學階段。

　　例如，人們後來從魯迅的思想內涵當中歸納出三個方面，即進化論、改造國民性和個性主義，它們都作用到魯迅文學觀的建構上，或者說構成後者的「近代」基礎。就精神源流而言，這三種思想乃至文學觀的源流都不是中國「古已有之」的傳統思想，而都是外來思想。汲取它們並且構建自己的精神理念需要一個過程。我到目前的看法是，這一過程，在周樹人那裡，基本與他留學日本的時期相重合，此後的進一步展開，應該是這一建構過程的延長和延續。因此，如果不瞭解它們的具體來源和在周樹人當中的生成機制，那麼也就很難對魯迅後來的思想和文學有著深入的理解和把握。比如說，這些思想跟魯迅後來所相遇的階級論和馬克思主義構成怎樣的關係至今仍然是困擾學術界的問題。

　　我的研究就是從當年在日本留學時的周樹人的具體面對開始，通過實證研究予以展開。現分述如下。

2　片山智行〈近代文學の出発——（原魯迅）というべきものと文學について〉，東京大學文學部中國文學研究室編《近代中國思想と文學》，1967年。

二、關於魯迅與進化論的問題

魯迅的進化論觀念，基本形成在他作為周樹人的求學時期。一般談到這個問題時，人們會首先想到嚴復（1854-1921）的《天演論》（1898）。周樹人首次與《天演論》相遇，是這本書出版三年之後的1901年他在南京礦路學堂讀書時的事[3]。誠如他自己所說，這本書給予了他巨大的影響[4]。但是構成他進化論知識基礎的卻不僅僅是《天演論》，《天演論》以外的進化論著作也都對他產生了重大影響。據目前所知，可以開列一份周樹人求學時期的進化論閱讀書單。

1. 《地學淺釋》 英國雷俠兒（Charles Lyell, 1797-1875）著，華蘅芳・瑪高溫（Mac-Gowan, Daniel, Jerome, 1814-1893）合譯，江南製造局刊行，1873年。
2. 《天演論》 嚴復譯述，湖北沔陽盧氏慎基齋木刻版，1898年。
3. 《物競論》 加藤弘之著，楊蔭杭譯，譯書彙編社，1901年。
4. 《進化新論》 石川千代松著，敬業社，1903年。
5. 《進化論講話》 丘淺次郎著，東京開成館，1904年。
6. 《種の起源》 チャーレス・ダーウィン著，東京開成

---

[3] 北京魯迅博物館魯迅研究室編《魯迅年譜》第一卷，人民文學出版社，1981年，第78-80頁。
[4] 〈瑣記〉，收於《朝花夕拾》，《魯迅全集》第二卷，人民文學出版社，2005年，306頁。

館譯，丘淺次郎校訂，東京開成館，1905年。

7. 《進化と人生》 丘淺次郎著，東京開成館，1906年。

8. 《宇宙の謎》 エルンスト・ヘッケル著，岡上樑、高橋正熊共譯，有朋館，1906年。

1909年周樹人回國以後仍保持到對進化論的關注，並且直到1936年逝世前也一直不斷地購買日本出版的進化論方面的書籍，不過我目前所做的研究，還只是集中在他的留學時期。

上面所列的8種進化論書籍，不一定是周樹人求學時期閱讀的全部，而只是目前已知。其中1-3是他1902年去日本留學前就已經閱讀到的，是受到進化論的衝擊並且進一步接受進化論的知識的準備階段，4-8這五種，是他在日本留學期間閱讀的，這是一個比較系統接受進化論知識體系的階段。可以說這五種進化論的書，都是當時最有代表性的也是最有影響的進化論著作。

就目前關於魯迅的知識體系而言，1-3是體系內知識，可以在諸如魯迅年譜、全集注釋（1981；2005）和《魯迅大辭典》（人民文學出版社，2009）等基本研究資料當中找到它們的存在，5-8在同樣的範圍內則完全找不到，可以說是關於魯迅的知識的空白。

作為專題研究，我主要把側重點放在楊蔭杭譯《物競論》和魯迅與丘淺次郎的關係方面，相當於上述書單的3、5、6、7。[5]

---

[5] 〈關於《物競論》〉，佛教大學《中國言語文化研究》第一號，2001年7月。

〈魯迅と丘淺次郎〉（上、下），佛教大學《文學部論集》第87號，2003年3月；第88號，2004年3月。／中文版：李雅娟譯〈魯迅與丘淺次郎〉（上／下），《東嶽論叢》2012年第4、7期。

〈「天演」から「進化」へ—魯迅の進化論の受容とその展開を中心

至於4和8，中島長文先生（Nakajima Osafumi, 1938- ）早在四十年前已經做過了很好的研究，請大家參考他的研究成果。[6]

《物競論》是周樹人是繼《天演論》之後在中國國內讀到的另一本進化論著作，在去日本之前他把這本書送給了繼續在南京求學的周作人。在此後的周作人日記中，留下了他不斷閱讀該書的記錄。魯迅年譜提到這本書，出處在此。但《物競論》究竟是怎樣一本書，很長一段時間裡，在日、中學者之間存在著以訛傳訛的情形。例如，該譯本原書，鈴木修次（1923-1989）《日本漢語與中國》（1981，第213-214頁）、劉柏青（1927-2016）《魯迅與日本文學》（1985，第49-50頁）、潘世聖《魯迅‧明治日本‧漱石》（2002，第49頁）等皆記為加藤弘之《人權新說》（鼓山樓，1882），這是不對的。原書是加藤弘之的另一本著作《強者の権利の競爭》（東京哲學書院，1893）。該書主張「強者的權利即權力」，以至譯者楊蔭杭在序文裡說不妨譯成「強權論」。就內容而言，這本書在天演論之後加深了對中國讀書人的刺激，對加深他們的危機認識有幫助，但無助於加深對進化論本身的理解。這是我在〈關於《物競論》〉這篇論文裡所解決的問題。[7]

に一〉，狹間直樹‧石川禎浩編《近代東アジアにおける翻訳概念の展開》，京都大學人文科學研究所，2013年1月。／中文版：〈從「天演」到「進化」——以魯迅對進化論的容受及其展開為中心〉，日本京都大學中國研究系列五，狹間直樹、石川禎浩主編《近代東亞概念的發生與傳播》，社會科學文獻出版社，2015年。

〈魯迅進化論知識鍊當中的丘淺次郎〉，譚桂林，朱曉進，楊洪承主編《文化經典和精神象徵：「魯迅與20世紀中國「國際學術研討會論文集》南京師範大學，2013年。

[6]　中島長文〈藍本《人間の歷史》〉（上、下），《滋賀大國文》第十六，十七號、滋賀大國文會、1978，1979年。

[7]　請參照前揭論文〈關於《物競論》〉。

更主要的工作是放在了與丘淺次郎（Oka Asajiro, 1868-1944）
的關係方面。這項研究不僅涉及了中日兩國近代進化論傳播的背
景、形態以及以留學生爲媒介的互動關係，還深入探討了丘淺次
郎進化論的內容、特色和歷史位置，通過實證研究，坐實了他與
周樹人之間的密切的文本關係，從而爲進一步瞭解周樹人的進化
論知識結構以及他由此所獲得的歷史發展觀和思考方法提供了新
的平臺和路徑，揭示出進化論的知識系統的更新在周樹人那裡的
由「天演」到「進化」的必然性。該問題還同時觸及到整個中國
近代進化論的受容過程問題。雖然留學期間所涉及到的一系列日
本的進化論與此前熟讀的嚴復《天演論》之關係，仍是接下來所
要繼續探討的課題，但目前研究到達點的基本看法是，即使是到
了後來所謂接受了「階級論」的魯迅時期，周樹人求學時代所接
受的進化論的思路，也並沒那麼簡單的「轟毀」，因至少丘淺次
郎的進化論作爲一種思想方法，已經深深地滲透到了他的直面現
實的現實主義當中。這是我在系列研究之後所做出的結論。

三、關於魯迅改造國民性思想的問題

關於魯迅的改造國民性思想，許壽裳闡釋得最早。[8]作爲同
時代人和親密的朋友，許壽裳關於魯迅和他在弘文學院所做的國
民性問題討論的回憶，無疑給〈藤野先生〉當中作者自述的「我
的意見卻變化了」[9]——即做出棄醫從文的選擇，和《吶喊・自

---

[8] 許壽裳〈懷亡友魯迅〉（1936）、〈回憶魯迅〉（1944）、〈亡友魯迅
印象記 六 辦雜誌，譯小說〉（1947），參見魯迅博物館、魯迅研究室、
魯迅研究月刊編《魯迅回憶錄》（專著，上中下），北京出版社，1997
年，第443頁、第487-488頁、第226頁。

[9] 收入《朝花夕拾》，《魯迅全集》第二卷，人民文學出版社，2005年，

序》裡的「我們的第一要著，是在改變他們的精神」[10]，即改
造國民性思想提供了權威佐證。後來北岡正子（Kitaoka Masako,
1936- ）教授經過常年細緻調查研究發現，魯迅和許壽裳當年在
弘文學院就國民性性問題所作的討論，實際是他們在學期間，校
長嘉納治五郎（Kanou Jigorou, 1860-1938）和當時同在弘文學院留
學、年長而又是「貢生」的楊度（1875-1931）關於「支那教育
問題」的討論之「波動」的結果[11]。這就為魯迅國民性問題意識
的產生提供了一個具體的環境銜接。「國民性」問題意識，在當
時有著很大的時代共有性，在一個人思想當中，其能昇華為一
種理念，當然還會有很多複雜的促成要素，例如梁啟超（1873-
1929）的「新民說」及其由此帶動起來的思想界與魯迅改造國民
性思想生成之關係就是一個很大的問題。不過，問題意識和理念
是一個方面，要將它們落實到操作層面，即熔鑄到創作當中，就
非得有具體的現實體驗和豐富的閱讀不可。那麼在這方面周樹人
讀的是怎樣的書呢？這是我的問題意識。這裡我打算向大家介紹
兩個方面的研究。

　　我首先關注到的是張夢陽（1945- ）先生的研究。他首先
提出了「魯迅與史密斯」的命題（1981）[12]，並對魯迅與史密
斯（Arthur Henderson Smith, 1845-1932）的Chinese characteristics

第317頁。

[10] 收入《吶喊》，《魯迅全集》第一卷，人民文學出版社，2005年，第頁。

[11] 北岡正子著《魯迅　日本という異文化なかで──弘文學院入學から
「退學」事件まで》，〈六　嘉納治五郎　第一回生に與える講話の波
紋〉，關西大學出版部，平成13〔2001〕年。關於該問題的中文譯文參
見李冬木譯〈另一種國民性的討論──魯迅、許壽裳國民性討論之引
發〉，《吉林大學社會科學學報》，1998年1期。

[12] 參見張夢陽〈魯迅與斯密斯的《中國人氣質》〉，《魯迅研究資料
（11）》，天津人民出版，1987年7月。

（1890；1894）即《中國人氣質》（1995）展開研究[13]，帶動起了後續研究。迄今爲止，僅僅是這本書的中譯本，就出版了50種以上，而其中的95%以上是自張夢陽以後出版的。尤其是前年，即2015年8月，在中國關於史密斯研究的推動下，日本還出版了有史以來的第三個日譯本，標題是《中國人的性格》。[14]該書有354條譯注，並附有長達62頁的譯者解說和後記，對之前的研究做了較爲全面的整理。

不過，我關注的問題是史密斯的英文原著到達周樹人那裡的中間環節。這是所謂「東方」的周樹人與「西方」的史密斯相遇所必須履行的一道手續。因此，明治二十九年即1896年日本博文館出版的澀江保譯《支那人氣質》一書就成爲我探討周樹人與史密斯關係的主要研究對象。日譯本與原書有著很大的不同，譯者加了各種譯注九百多條，並附有25頁黑格爾關於中國的論述，同時還以完全不同的21張照片取代了原書的17張圖片。因此通過日譯本獲得的「史密斯」及其所記述的「中國人氣質」也就與原書大不相同了。關於日譯本的出版背景、譯者及其歷史地位、其著述活動對中國的影響、該譯本對此後日本人中國觀的影響、尤其是與此後魯迅的文本關係，請參照我的相關研究[15]。

---

[13] 參見張夢陽、王麗娟譯《外國人的中國觀察——中國人氣質》及其所附〈譯後評析〉、敦煌文藝出版社，1995年。

[14] 石井宗晧、岩崎菜子訳《中國人的性格》，中央公論新社，2015年8月25日。

[15] 〈澀江保譯《支那人氣質》與魯迅（上、下）——魯迅與日本書之一〉，《關西外國語大學研究論集》67號、1998年2月；68號、1998年8月。魯迅博物館編《魯迅研究月刊》1999年第4、5期轉載。

〈《支那人氣質》與魯迅文本初探〉，《關西外國語大學研究論集》69號、1999年2月。

〈「乞食者」與「乞食」——魯迅與《支那人氣質》關係的一項考察〉，佛教大學《文學部論集》第89號，2005年3月。

　　另一項研究是關於芳賀矢一（Haga Yaichi, 1867-1927）《國民性十論》（1907）的研究。芳賀矢一是日本近代國文學研究的開拓者，曾與夏目漱石（Natsume Soseki, 1867-1916）同船前往歐洲留學。《國民性十論》在當時是暢銷書，是首次從文化史的觀點出發，以豐富的文獻為根據而展開的國民性論，對整合盛行於從甲午戰爭到日俄戰爭期間的日本關於國民性的討論發揮了重要歷史作用，以致其影響一直延續至今。順附一句，把「國民性」用於書名，始於該書，其對將nationality一詞轉化為「國民性」這一漢字詞語[16]，該書起到了關鍵性的「固化」作用。該書漢譯已於2008年交稿，但由於眾所周知的中日之間的現實性敏感問題，導致這本110年前的書至今仍無法出版。這是令人感到非常遺憾的。不過，我為該譯本寫的導讀，已經發表。[17]正如這篇論文的標題〈芳賀矢一《國民性十論》與周氏兄弟〉所呈現的那樣，該書是周氏兄弟共同的目睹書，對兄弟二人產生了不同側面和不同

　　〈「從僕」、「包衣」與「西崽」──魯迅與《支那人氣質》關係的一項考察〉，佛教大學《文學部論集》第90號，2006年3月。
　　〈魯迅怎樣「看」到的「阿金」？──兼談魯迅與《支那人氣質》關係的一項考察〉，《魯迅研究月刊》2007年第7期。日文版：〈魯迅はどのように〈阿金〉を「見た」のか？〉，《吉田富夫先生退休記念中國學論集》，汲古書院，2008年3月。
　　「《中國人的性格》について」，在現代中國研究會（京都）上的報告，前揭關於日譯本的書評。現代中國研究會，2017年3月18日，佛教大學四條センター。

[16] 關於「國民性」一詞的語源及其流變之研究，請參閱拙文：〈「國民性」一詞在中國〉、〈「國民性」一詞在日本〉，佛教大學《文學部論集》第91號，2007年3月；第92號，2008年3月。兩篇轉載《山東師範大學學報》2013年第4期。

[17] 〈芳賀矢一《國民性十論》與周氏兄弟〉，山東社會科學院《山東社會科學》，2013年第7期。該書中譯本《國民性十論》，2018年6月已由香港三聯書店出版。

程度的影響。共同影響是，通過文藝來考察國民性。相比之下，受影響更大而且更全面的是周作人（1885-1967）。《周作人日記》忠實的保留了他關於這部書的購書、讀書和用書的記錄。1918年他所做的著名講演《日本近三十年小說之發達》就是從參考這部書開始的。也可以說，他的「日本研究小店」從開張到關門，始終有這本書參與導航。這書當然是為兄的周樹人向他介紹的。但周樹人對該書的攝取則有所不同，除了通過文藝來考察國民性的思想方法之外，他主要受了書中有關「食人」言說的提示，使他通過《資治通鑒》所記載的事實，頓悟到「中國人尚是食人民族」，進而衍生出《狂人日記》「吃人」的主題意向。「食人」言說頻繁的出現在日本明治以後文化人類學的言說當中，構成一種言說史。芳賀矢一繼承了這一思想資源，並將其傳遞給周樹人，使他在國民性問題意識的關照下，去注意並發掘本國舊有的記錄，從而打造出《狂人日記》的主題和敘事內容。[18]

　　通過以上兩種書再來探討魯迅的改造國民性思想，就會發現他對同時代思想資源的選擇，有著自己獨特的眼光和攝取方式，已經遠遠超過了作為先行者的梁啟超（1873-1929）的「新民說」。梁啟超主要是理念和理論的闡釋，而周樹人尋找的主要是對自己的思想和文藝活動實踐有直接幫助的資源。因此在外部資源的選擇上，他早已不囿於梁啟超。他要尋求的是對本民族自身的瞭解，也就是他所說的手與足的溝通。[19]從這個意義上來說，

18　關於魯迅與明治時代「食人」言說問題，請參閱拙文〈明治時代における「食人」言說と魯迅の《狂人日記》〉，佛教大學《文學部論集》第96號，2012年3月；中文版：〈明治時代的「食人」言說與魯迅的《狂人日記》〉，中國社會科學院文學研究所《文學評論》，2012年第1期。

19　參見〈俄譯本《阿Q正傳》序及著者自敘傳略〉，收《集外集》，《魯迅全集》第7卷，第83-84頁。

《支那人氣質》和《國民性十論》就提供了認識本國國民性的有效折射，是他將中國國民性客觀對象化的有效參照。

如果將梁啟超和魯迅關於國民性問題的論述，放在明治思想史的背景下來探討，將還會有更多的發現。我準備把它們作為下一步的課題，即以梁啟超和魯迅為中心，闡釋中國近代國民性意識形成發展史。

四、關於魯迅個性主義思想的問題

與進化論和改造國民性思想相比，個性主義思想問題就更加複雜。不僅要涉及更多的「西方」思想資源，還涉及到在建構思想的過程中與前兩者的關係及其所處思想位置的問題。

在周樹人整個求學時期裡，以嚴復的「天演論」和梁啟超的「新民說」為代表，進化論和國民性思想已至少是清末中國知識界的思想通識，周樹人是在自己留學的明治文化環境當中對它們又做了進一步的追蹤學習和獨自的擇取、思考，從而確立了他自己的關於「進化」和「國民」的理念。不過總的來說，這兩點處在中國知識界「已知」的思想平臺，周樹人在此基礎上並未走出更遠。換句話說，他仍處在通識的言說環境裡。打破這種狀況的，是他與個性主義（或者叫個人主義）的相遇。

> 個人一語，入中國未三四年，號稱識時之士，多引以為大詬，苟被其諡，與民賊同……[20]

---

[20] 魯迅〈文化偏至論〉，收入《墳》，《魯迅全集》第一卷，第51頁。

　　個人主義思想，在他和中國思想界之間，畫出的一條明確的分界線，一邊叫做中國思想界，一邊叫做周樹人。這種思想不僅使他脫胎換骨獲得「新生」，也使他在同齡人和同時代人當中孤星高懸。伊藤虎丸（Ito Toramaru, 1927-2003）將其概括為「個」的思想，並且認為是魯迅把握到的西洋近代的神髓。[21]的確，至少在我所閱讀的範圍內，這種思想幾乎不見於和周樹人同時代的中國思想界──其實，上引的「個人一語，入中國未三四年」這句話，並非中國當時思想界的現實，而是周樹人借助日本關於「個人主義」討論的思想資源所進行的自我精神操練。

　　提到這種思想的來源，人們自然會根據周樹人在留學時期所寫的論文，開列出一連串的名字：黑格爾（Georg Wilhelm Friedrich Hegel, 1770-1831）、叔本華（Arthur Schopenhauer, 1788-1860）、施蒂納（Max Stirner, 1806-1856）、克爾凱克爾（Søren Aabye Kierkegaard, 1813-1855）、尼采（Friedrich Wilhelm Nietzsche, 1844-1900）以及那些摩羅詩人……。按照通常的習慣把他們統稱為「西方思想」或許並無大錯，但之於周樹人在當時的閱讀實踐和思想實際卻未免過於籠統，不乏隔靴搔癢之感。

　　就拿人們論述最多的「尼采」來說吧，他遇到的究竟是怎樣一個「尼采」呢？是中文的還是外文的？如果是外文的，那麼是德文的？英文的？還是日文的？這些從來都是一筆糊塗賬。如果不借助具體文本展開實證研究，也就很難說清楚周樹人建構個人主義當中的那個尼采是怎樣一種形態。這裡我們可以來看一個具體的「尼采」的例子。

---

[21] 參見伊藤虎丸著《魯迅と日本人──アジアの近代と「個」の思想》，朝日出版，1983年。中譯本，李冬木譯《魯迅與日本人》，河北教育出版社，2000年。

德人尼佉（Fr. Nietzsche）氏，則假察羅圖斯德羅（Zarathustra）之言曰，吾行太遠，孑然失其侶，返而觀夫今之世，文明之邦國會，斑斕之社會矣。特其為社會也，無確固之崇信；眾庶之於知識也，無作始之性質。邦國如是，奚能淹留？吾見放於父母之邦矣！聊可望者，獨苗裔耳。此其深思遐矚，見近世文明之偽與偏，又無望於今之人，不得已而念來葉者也。[22]

〈文化偏至論〉（1908）裡的這段話一直被認為是魯迅對尼采《查拉圖斯特拉如是說》當中《文化之地》之章的概括，那麼對比以下一段話如何？

十四・文化の國土　でいふのには、我はあまり遠方へ行きすぎて、殆ど自分一人で、伴侶つれがなくなつた。そこで又、立ち戻つて現在の世の中に來てみたが、現代の世は實に文化の國土である。種々の色彩を帶びてゐる社會である。しかし、その社會に少しも確かなる信仰がない。人々の知識は少しも創作的の性質を備へてゐない。かゝる國土には、我々は留まることは出來ない。我は實に父母の國土から放逐されてしまふのである。しかし、ただ一つの望み屬することは、子孫の國土あるのみである。

これは、現代文明に對する一つの非難である。

[22] 前出魯迅〈文化偏至論〉，第50頁。

【漢譯】

　　十四‧文化之國土　裡說的是，我走得過於遙遠，幾乎隻身一人而沒了伴侶，於是又折回到現在之世來看。而現代之世實乃文化之國土，實乃帶著各種色彩之社會。但這社會，聊無確實的信仰，人們的知識絲毫不具備創作的性質。我們無法滯留在這樣的國土。我實乃被父母之國土所放逐。然而，唯寄託一線希望的，只有子孫的國土。

　　這是對現代文明的一個非難。

這是桑木嚴翼（Kuwaki Genyoku, 1874-1946）在《尼采氏倫理說一斑》（1902）一書當中對《查拉圖斯特拉如是說》中「文化之國土」部分所做的概括。[23]

　　再來看「施蒂納」的例子。周樹人〈文化偏至論〉：

德人斯契納爾（M‧Stirner）乃先以極端之個人主義現於世。謂真之進步，在於己之足下。人必發揮自性，而脫觀念世界之執持。惟此自性，即造物主。惟有此我，本屬自由；既本有矣，而更外求也，是曰矛盾。自由之得以力，而力即在乎個人，亦即資財，亦即權利。故苟有外力來被，則無間出於寡人，或出於眾庶，皆專制也。國家謂吾當與國民合其意志，亦一專制也。眾意表現為法律，吾即受其束縛，雖曰為我之輿台，顧同是輿台耳。去之奈何？曰：在絕義務。義務廢絕，而法律與偕亡矣。意蓋謂凡一

---

[23] 桑木嚴翼著《ニーチエ氏倫理說一斑》，育成會，明治三十五年8月13日印刷，明治三十五年8月13日發行，第217頁。

個人，其思想行為，必以己為中樞，亦以己為終極：即立
我性為絕對之自由者也。[24]

再對比下面一段如何？

　　マクス・スチルエルは純乎たる利己主義の立腳地
に立てる無政府主義を創唱せる者なり。彼は各個人を以
て最高唯一の實在なりとし、人間と云ひ、主義と云ふ、
畢竟これベルゾーンにあらずして一の觀念のみ、妄想
のみなりと斷言せり。曰、人々の理想が一層精靈的に且
つ一層神聖となればなるほど、之に對する畏敬の情は次
第に某大なるを致すべし。されど彼等に向ては之が為め
に己の自由の卻て益々縮少せら、に至るを如何せむ。
すべて此等の觀念は各人心意の製造物に過ぎず。非實在
の最も大なる者に過ぎず。故に自由主義によりて開かれ
たる進步も實はこれ迷ひの增加のみ。退步の增進のみ。
真の進步は決して此等の理想にあるに非ずして各人の足
下にあり。即己の我性を發揮してかかる觀念世界の支配
より我を完全に飄脫せしむることにあり。何となれば我
性はすべての造物主なればなり。自由は我々に敢えて云
ふ、汝自身を自由にせよと。而して某所謂汝自身なる者
の果して何者なるかを言明せざるなり。之に反して我性
は我々に向て叫で云ふ、汝自身に蘇れと。我性は生れな
がらにして自由になる者なり。故に先天的に自由なる者

[24]　前出魯迅〈文化偏至論〉，第52頁。

にして自ら自由を追求し、妄想者、迷信者の間に伍して
狂奔するはこれ正に己を忘る丶者なり。明に一の矛盾な
り。自由は之に達し得べき権力のあるありて始めて之を
得べし。然れども某所謂権力は決して之を外に求むるを
要せず。各個人の中に在て存ずればなり。余の権力は何
人も之を余に與へたる者に非ず。神も、理性も、自然
も、將た國家も與ふる所に非ざればなり。すべて法律は
社會を支配する権力の意志なり。すべて國家は某之を統
治する権力の一なると、多數なると、將た全體なるとを
間はず、共に盡く一の専制なり。仮令余が余の意志を以
てすべて他の人々の國民的集合意志と合致せしむべしと
公言したりし時に於ても亦専制たるを免れず。これ余を
して國家の奴隷たらしむる者なり。余自身の自由を放投
せしむる者なり。然らば如何にせば余をして此の如きの
地位に陥らざらしむるを得べきか。曰、余が何等の義務
をも認めざる時に於てのみなり。余を束縛せず、又束縛
せしざる時に於てのみなり。余にして既に何等の義務を
も有せざりしならば又何等の法律をも認むるをなかるべ
し。果して然らば一切の繫縛を排斥し、本來の面目を發
揮せんとする我にはもとより國家の承認せらるべきの理
なく、己なく、我性なき卑陋の人間のみ、獨り國家の下
に立つべきなりと。

　　スチルエルの言説は絶對的の個人主義なり。故に彼は
一切故人の意思を基として道德を排し、義務を斥けたり。[25]

---

[25] 煙山專太郎〈無政府主義を論ず（續）〉，《日本人》第百五拾七號，明治35年2月20日，pp.24-25。

……（中略）……

　　之を要するにマクス・スチルヱルは個人的人間が哲學の最初及最終にして又實に人生の問題に向て最終最真の解答を興ふる者なりと云ひ、所謂幸福なる者は一に各個人が己を以てすべて己の思意及行為の中心及び終極點となすによりて初めて生ずる者なりとせり。彼は即我性によりて、人の絕對的自由を立せり。

【漢譯】

　　麥克斯・施蒂納是基於純粹利己主義立場之無政府主義的首倡者。他以每個人為最高唯一的實在，斷言所謂人，所謂主義，畢竟皆非個人人格，而只是一種觀念，一種妄想。曰，人人之理想，越是精靈化，越是神聖，就越會導致對其敬畏之情逐漸增大。然而，這對他們來說，也就因此會反過來導致自身自由的日益縮小而毫無辦法。所有的這些觀念，都不過是各個人心意的製造物，都不過是非實在的最大者。故自由主義所開闢的進步，其實也只是增加了迷惑，只是增進了退步。真正的進步絕不在於此等理想，而在於每個人之足下。即在於發揮一己之我性，在於使我從觀念世界的支配之下完全飄脫出來。因為我性即一切之造物主。自由教給我們道，讓汝自身自由！卻不言明其所謂汝自身者為何物。與之相反，我性沖著我們大叫道，讓汝自身甦醒！我性生來自由。故先天的自由者自去追求自由，與妄想者和迷信者為伍狂奔，正是忘卻了自己。明顯之矛盾也。自由只有獲得到達自由的權力之後才

會獲得。然而其所謂權力,決不是讓人求諸於外。因為權力只存在於每個個人當中。我的權力並非誰所賦予,不是上帝,不是理性,不是自然,也不是國家所賦予。一切法律都是支配社會的權力的意志。一切國家,不論其統治的權力出於一人、出於多數或出於全體,皆為一種專制。即使我公然宣佈應以自己的意志去和其他國民的集合意志保持一致,亦難免專制。是乃令我淪為國家之奴隸者也,是乃讓我放棄自身之自由者也。然則將如何使我得以不陷入如此境地呢?曰,只有在我不承認任何義務時才會做到。只有當不來束縛我,而亦無可來束縛時才會做到。倘若我不再擁有任何義務,那麼也就不應再承認任何法律。倘果如此,那麼意欲排斥一切束縛,發揮本來面目之我,也就原本不會有承認國家之理。只有那些沒有自己,喪失我性的卑陋之人,才應該自己去站在國家之下。

　　施蒂納之言說乃絕對的個人主義。故他一切基於個人意志,排斥道德,譴責義務。

　　……(中略)……

　　總之,施蒂納說,作為個人的人,是哲學從始至終對人生問題所實際給予的最後的和最真誠的解答。所謂幸福者,乃是每個個人都以自己為自己的一切意志及行為的中心和終極點時才會產生的那種東西。即,他要以我性確立人的絕對自由。[26]

---

[26] 原載《日本人》第百五拾七號,明治三十五年二月廿日,第208-209頁。煙山專太郎著《近世無政府主義》,東京專門學校出版部,明治三十五年4月25日印刷,明治三十五年4月28日發行,參見第294-302頁。

以上內容是連載於《日本人》雜誌的煙山專太郎（Kemuyama
Sentaro, 1877-1954）的〈論無政府主義〉一文的一部分，後收入
《近世無政府主義》（1902）一書。煙山專太郎的論文和書，對
中國當時的無政府主義思潮，尤其是那些正在為反清製造炸彈的
革命者有著巨大影響，但是沒有一個人對書中的施蒂納感興趣，
只有周樹人從個人主義思想側面注意到了他的存在，並將其原封
不動地擇譯到自己的文章裡。這種情形，和對待前面提到的桑木
嚴翼的尼采的情形完全一樣。關於以上所涉及的觀點和內容，請
參閱我的相關研究。[27]

這就說明在建構個人主義思想的過程中，周樹人也履行了同
他建構進化論思想和國民性思想一樣的手續，即借助日本的語言
環境和出版物走向「西方」。那麼如果再說到他的文學觀，這種
情況恐怕就會更加突出和明顯。

五、關於魯迅文學觀的建構問題

周樹人的文學觀，主要體現在他作於1907年、連載於翌年在
東京發行的中國留學生雜誌《河南》第二、三期上的〈摩羅詩力
說〉當中。這篇文章旨在闡述詩歌之力，即文學的力量，著重介
紹了以拜倫為首的「立意在反抗，旨歸在動作」的所謂惡魔派詩
人的事蹟和作品，希望中國也能出現這樣的詩人和文學，以獲得

---

[27] 參見拙文〈留學生周樹人周邊的「尼采」及其周邊〉，初載張釗貽主編
《尼采與華文文學論文集》，新加坡八方文化創作室，2013年11月。山東
社會科學院《東嶽論叢》2014年第3期轉載；〈留學生周樹人「個人」語
境中的『斯契納爾』──兼談「蚊學士」、煙山專太郎〉，初載山東社會
科學院《東嶽論叢》2015年第6期，後集入呂周聚、趙京華、黃僑生主編
《世界視野中的魯迅國際學術討論會論文集》，2016年1月，第78-105頁。

作爲「人」的「新生」。這篇文章後來不僅被認爲是寫作《狂人日記》魯迅的文學起點，而且也是中國近代文學的精神起點。

　　文中介紹了四國的八位詩人，以作爲「摩羅宗」的代表。他們是拜倫（George Gordon Byron, 1788-1824）、雪萊（Percy Bysshe Shelley, 1792-1822）、普希金（Алекса́ндр Серге́евич Пу́шкин, 1799-1837）、萊蒙托夫（Михаил Юрьевич Лермонтов, 1814-1841）、密茨凱維支（Adam Mickiewicz, 1798-1855）、斯洛伐支奇（Juliusz Słowacki, 1809-1849）、克拉旬斯奇（Zygmunt Krasiński, 1812-1859）、裴多菲（Petőfi Sándor, 1823-1849）。這些詩人均有材料來源。北岡正子教授2015年出版了她歷時近四十年、長達650頁的調查巨著《摩羅詩力說材源考》，基本查清了〈摩羅詩力說〉的核心內容的材源主要來自11本書和若干篇文章，其中日文書7本，英文書4本。我在此基礎上又增加了可以視爲材源的另外一本，即齋藤信策（Saito Sinsaku, 1878-1909）的《藝術與人生》（1907）[28]，去年已經在這裡的國際研討會上向各位做了介紹。[29]這一發現，不僅證明周樹人是通過東方的齋藤信策而和西方的易卜生（Henrik Johan Ibsen, 1828-1906）相遇，還找到了他們之間更深刻的聯繫。

　　齋藤信策不僅是周樹人同時代人，年齡與周樹人也很接近，不過只活了31歲。作爲英年早逝的文藝批評家，齋藤信策在短暫的寫作生涯裡一共留下了207篇文章，公開發表過的有100篇，有

---

[28] 齋藤信策《藝術と人生》，昭文堂，明治四十（1907）年六月。

[29] 〈「國家與詩人」言說當中的「人」與「文學」的建構──論留學生周樹人文學觀的形成〉，中國社會科學院文學研究所、日本學術界協會聯合舉辦「文學・思想・中日關係」國際討論會，Xinhai Jinjiang Hotel，2016年7月30日星期六。

104篇文章收錄在他的兩本文集當中（還有三篇未發表），一本
是上面提到的《藝術與人生》，是他生前自己編輯出版的，收
文32篇，另一本是他死後由他的朋友整理出版的，書名可直譯為
《哲人何處有？》[30]，除了與前一本重複篇目，另收文72篇。

讀齋藤信策，最明顯的感受是在他與周樹人之間的「共有」之
多。雖然先學們早已就此有所提示，例如伊藤虎丸先生（1980，
1983）[31]、劉柏青先生（1985）[32]、中島長文先生（1938-）甚至
還進一步指出：「在主張確立作為個的人之言說當中，和魯迅的
文章最顯現親近性的，也還是齋藤野之人的（文章）」[33]，但如
果不是具體閱讀，這一點是很難體會到的。個人、個性、精神、
心靈、超人、天才、詩人、哲人、意力之人、精神界之戰士、真
的人……他們不僅在相同的精神層面上擁有著這些表達「個人」
的概念，更在此基礎上共有著以個人之確立為前提的近代文學
觀。那麼，齋藤信策是怎樣一個人呢？這是下一步我想做的工
作。我打算對齋藤信策及其周邊的文本進行全面梳理，以全面呈
現這位已經被遺忘了的文藝評論家的原貌，從而在文本層面釐清
周樹人與他的精神聯繫。這一譜系研究的收穫之一，是〈狂人之

[30] 姉崎正治、小山鼎浦編纂《哲人何処にありや》，博文館，大正二
（1913）年。

[31] 伊藤虎丸、松永正義〈明治三〇年代文學と魯迅——ナショナリズムを
めぐって——〉，日本文學協會編集刊行《日本文學》1980年6月號，第
32-47頁。這一研究成果經整理，內容反映在伊藤虎丸著《魯迅と日本人
——アジアの近代と「個」の思想》，朝日出版，1983年，參見第36-39
頁。李冬木譯《魯迅與日本人》，河北教育出版社，2000年，參見第
14-16頁。

[32] 劉柏青《魯迅與日本文學》，吉林大學出版社，1985年，參見第52-60
頁、第67-72頁。

[33] 中島長文〈ふくろうの聲 魯迅の近代〉，平凡社，2001年。參見該書第
20頁。

誕生——明治時代的「狂人」言說與魯迅的《狂人日記》〉[34]。該論文以「狂人」為背景，追蹤了「狂人之誕生」的足跡，確認「狂人」與以上所述「個人」「尼采」「真的人」……等是「血脈相連的親兄弟」。

六、結束語

如果說，周樹人在留學期間與西方思想的相遇，是周樹人後來羽化為魯迅的知性構成的關鍵，那麼從上面的情況來看，他並非一步直抵西方，而是借助了他當時留學的日本明治三〇年代的文化環境，大而言之，是和明治三〇年代共有時代精神，小而言之，是閱讀了這種時代精神所孕育的精神產品——出版物。從這個意義上或許也不妨說，「魯迅的西學主要來自東方」。而且甚至還可以說，這也是周樹人在日本留學那個時代中國汲取西學的基本路徑和形態。因此，我有一個基本的看法，那就是研究日本，尤其是研究明治日本，對中國而言也就並非是對他者的研究，而是對自身研究的不可或缺的一部分。這也是我把周樹人置於明治文化的背景下看待他如何成為魯迅的緣由所在。這項工作剛剛開始。

2017年5月1日星期一　草稿於京都紫野

2017年6月12日星期一　加筆於京都紫野

2019年4月17日星期三　修改於長春威尼斯花園巢立齋

---

[34] 中國社會科學院文學研究所《文學評論》，2018年第5期。本書收錄該文。

留學生周樹人周邊的「尼采」及其周邊

前言　「周樹人」視點下的「尼采」

「魯迅與明治日本」是既往的「魯迅與尼采」這一研究框架中的一個課題範疇。本論所要探討的問題也就在這一範疇當中，從這個意義上來說，仍是這個範疇內問題探討的繼續。不過，涉及到兩點，或許與既往的研究有所不同。

第一點是研究視點的調整，具體地說，就是把過去的「魯迅」這一研究視點調整到「留學生周樹人」上來。這一調整只是觀察視角的切換，並不意味著把作為魯迅（1881-1936）一個有機組成部分的留學生周樹人從魯迅這一研究對象當中切割出去，變成獨立於魯迅之外的另一種存在，而是試圖還原留學生周樹人也就是後來的魯迅當年所置身的那個歷史現場，從而儘量減輕魯迅成為「魯迅」之後關於「魯迅」的龐大闡釋在相關對此前那一部分的歷史觀察方面所構成的影響。屬於歷史人物的故事應該還給歷史的當事者本人。而在本論當中，留學生周樹人很顯然是這個歷史故事的主人公，即當事者。

伴隨著這一觀察視角的調整，處在同一構架內的「尼采」，也會自然發生變化。這種變化直接帶來一個關於尼采的追問，即當年的清國留學生周樹人所實際面對的到底是怎樣一個尼采？從周樹人視角明確提出這一問題，並且力圖予以探明，恐怕是本論

與既往研究的另外一點不同。

就方法而言，本論導入了「周邊」這一概念。這是一個相對的概念。當把「尼采」作為某類框架（如這次會議的主題所顯示的那樣：「尼采與中國現當代文學」）中的問題時，「尼采」才會成為浮現在周樹人周邊的一個焦點並且自帶一個周邊，然而事實上當把問題框架做出某些調整而目光所及又旁及到其他問題時，則會發現同樣一個周樹人的周邊還會另有很多焦點在凝聚，在浮動，而這些焦點的周圍又都各自帶有相應的周邊，就像抓起一把小石子拋向平靜的水面所看到的那種情形。具體就人物而言，可與「尼采」這一焦點相並列的一列就可以是一長串，托爾斯泰、叔本華、斯蒂納、易卜生、克爾凱郭爾、拜倫、雪萊、萊蒙托夫、普希金、裴多菲等等，而從理論上講，周樹人從仙台回到東京後所作那幾篇論文，即〈人之歷史〉、〈摩羅詩力說〉、〈科學史教篇〉、〈文化偏至論〉、〈裴多菲論〉和〈破惡聲論〉裡涉及到的人物和事件，基本上都可以看成是周樹人採擇於周邊，而納之於其中的各種關注對象，只要把所謂「問題意識」指向其中的任何一點，都會使之成為「焦點」。也就是說，本論所取的只是周樹人周邊的一個焦點，即明治「尼采」及其周邊而已，其與周圍的互動只在必要時涉及。本論將採取調查整理和描述周邊以映襯和突顯主體的方式來呈現周樹人和他的「尼采」。

接下來，將從兩個具體問題開始。

一、具體問題：「尼佉」「之言曰」出自哪裡？

這也關係到《魯迅全集》的一條注釋。收錄於第一卷的〈文化偏至論〉一文，作於1907年（發表於1908年8月《河南》雜誌

第七號，署名「迅行」[1]），保留著「尼采」「之言曰」的一段
話，是魯迅留學時期文本中筆涉「尼采」的七處之一，[2]當然，
那時還不用「尼采」二字，而是寫做「尼佉」：

> 德人尼佉（Fr. Nietzsche）氏，則假察羅圖斯德羅（Zarathustra）
> 之言曰，吾行太遠，子然失其侶，返而觀夫今之世，文明
> 之邦國會，斑斕之社會矣。特其為社會也，無確固之崇
> 信；眾庶之於知識也，無作始之性質。邦國如是，奚能淹
> 留？吾見放於父母之邦矣！聊可望者，獨苗裔耳。此其深
> 思遐矚，見近世文明之偽與偏，又無望於今之人，不得已
> 而念來葉者也。[3]

關於「德人尼佉（Fr. Nietzsche）氏」所「假察羅圖斯德羅
（Zarathustra）之言」的出處，1981年版《魯迅全集》注釋如下：

> 察羅圖斯德羅，通譯札拉圖斯特拉。這裡引述的話見於尼采
> 的主要哲學著作《札拉圖斯特拉如是說》第一部第三十六章
> 《文明之地》（與原文略有出入）。札拉圖斯特拉，即西元
> 前六七世紀波斯教的創立者札拉西斯特（Zoroaster）；尼采在
> 這本書中僅是借他來宣揚自己的主張，與波斯教教義無關。[4]

---

[1] 此據注釋，見《魯迅全集》（人民文學出版社，1981）第一卷，57頁。
2005年版內容同，58頁。

[2] 按發表順序〈摩羅詩力說〉（1908年3月）出現2次；〈文化偏至論〉
（1908年2月）出現4次；〈破惡聲論〉（1908年12月）出現1次，總計7次。

[3] 該篇集入《墳》，引用部分見《魯迅全集》（人民文學出版社，1981）
第一卷，49頁。2005年版，50頁。

[4] 同上，見注釋〔27〕，59頁。

　　人民文學出版社2005年版18卷本《魯迅全集》仍一字不差地沿襲了這條注釋，故給出的原文本信息還照樣是「《札拉圖斯特拉如是說》第一部第三十六章〈文明之地〉」。[5]然而，現在問題是，這條保持了三十多年的注釋是否靠得住？

　　根據手頭有的幾種「札拉圖斯特拉如是說」文本[6]查閱，既沒有見到「第一部」或稱「卷之一」中有「第三十六章」這一章數，也沒查到在該章裡有「文明之地」這一名稱。最近翻檢日譯本《魯迅全集》，在「譯注」中偶然發現，承擔〈文化偏至論〉日譯和譯注工作的伊東昭雄（Ito Akio）教授早在三十年前就已經遇到與我同樣的麻煩，他「在《查拉圖斯特拉如是說》當中未見有第一部第三十六章這一章」，繼而指出「〈文明之地〉」應該「是第二部第十四章〈關於教養之國〉（Vom Lande der Bildung）」。[7]那麼，以此對照徐梵澄譯本則是「卷之二」中的「文化之地」[8]，對照尹溟譯本，則是「第二部」中的「文明之邦」[9]，對照錢春綺譯本，則是「第二部」中的「文化之國」[10]，

5　見《魯迅全集》（人民文學出版社，2005）第一卷，61頁。

6　徐梵澄譯《蘇魯支語錄》（商務印書館，1992）、尹溟譯《查拉斯圖拉如是說》（文化藝術出版社，1987）、錢春綺譯《查拉圖斯特拉如是說》（生活・讀書・新知三聯書店，2007）、尼采著・生田長江譯《ツァラトウストラ》（新潮社，明治四十四年〔1911〕）、尼采著・氷上英廣譯《ツァラトゥスラはこう言った》（上下）（岩波書店，1967）。薗田宗人譯《ツァラトストラはこう語った》（《尼采全集》第一卷〔第Ⅱ期全12卷〕，白水社，1982）。

7　見〈文化偏至論〉譯註（十二），《魯迅全集Ⅰ　墳・熱風》（譯者〔代表〕伊藤虎丸，學習研究社，昭和五十九年〔1984〕），93頁。

8　見《蘇魯支語錄》（商務印書館，1992），117-120頁。

9　見《查拉斯圖拉如是說》（文化藝術出版社，1987），142-144頁。

10　見《查拉圖斯特拉如是說》（生活・讀書・新知三聯書店，2007），134-137頁。

日譯生田長江譯本為「文化の國土」[11]冰上英廣譯本為「教養の
國」[12]，薗田宗人譯本亦為「教養の國」[13]，諸如此類。而從內
容來看，也的確有與〈文化偏至論〉中所敘大抵近似的意思。據
此可以說，上面見到的《魯迅全集》中的那條關於「察羅圖斯德
羅」文本來源的注釋可以更正了，至少應該由目前的「第一部第
三十六章」更正到上述範圍裡來。[14]

　　然而，僅僅做到這一步似乎還並不意味著問題的解決。因為
和上述各文本相關部分仔細對照，還可以知道，〈文化偏至論〉
中「尼佉（Fr. Nietzsche）氏」「之言曰」部分，並不僅僅是「與
原文略有出入」，而是存在著很大的差異，至少就形態而言，其
對「札拉圖斯特拉如是說」並非引用或引述，而至多只能算以寥
寥數語對這一章所做的概述。這樣，問題就來了：這一「概述」
是署名「迅行」的作者自己基於原書所為，還是參考或引述了他
人的敘述或概述？然而不論是哪種情形，都要涉及到「原本」問
題，若是前者，則為「迅行」根據哪種「札拉圖斯特拉如是說」
文本進行概述，若是後者，則為「迅行」參考了哪種或哪些相關
文獻。──由於針對這些具體問題研究的缺位，也就直接導致了
魯迅注釋上的粗糙和研究當中的含糊其辭。例如，很多人可能都

---

[11] 見《ツァラトウストラ》（新潮社，明治四十四〔1911〕年），209-214頁。
[12] 見《ツァタトゥスラはこう言った》（上下）（岩波書店，1967），205-
209頁。
[13] 見《ツァラトストラはこう語った》（《ニーチェ全集》第一卷〔第II
期全12卷〕，白水社，1982），177-180頁。
[14] 編者按：《查拉圖斯特拉如是說》分四部，各部之下的「章」並無編號，
但一些翻譯可能為了方便讀者，把各章加上號碼，如Thomas Common的英
譯。《魯迅全集》注釋為「Vom Lande der Bidung」在「第一部」肯定是錯
的，但所謂「第三十六章」，是從第一部第一章算起的編號。Common就
把這章編為三十六。

會意識到魯迅早期文本中的「尼佉氏」，「多半因襲了當時流行的觀點」[15]，但由於缺乏實證細節的支撐，這一「判斷」也就只能止於「推斷」，而回答不了到底是哪些「當時流行的觀點」促成並影響了初期尼采在中國的導入。

就我的閱讀範圍所及，唯一把上述魯迅文本中所見對查拉圖斯特拉的那段「概述」作為問題的是尾上兼英（Onoe Kanehide，現東京大學名譽教授）。該學者是上個世紀50-60年代日本「魯迅研究會」的領軍人物，也是「魯迅與尼采」這一研究視角的提出和最早實踐者，被伊藤虎丸（Ito Toramaru, 1927-2003）稱為「我們的『主將』」，其貢獻也在學術總結中有著明確的記載：

> 從「尼采在魯迅那裡的命運」這一角度來通觀從留學時代的評論到《故事新編》的魯迅思想，是當時我們的「主將」尾上兼英在〈魯迅與尼采〉（1961年《日本中國學會報》第十三集）一文裡最早提出的視角。[16]

尾上兼英認為，「從〈文化偏至論〉對尼采的引用方式來看，是取其意而納其要，予以重新構制的」[17]。「拿《查拉圖斯特拉如是說》第二部〈教養之國〉的原文來（和魯迅文本——李冬木注）做比較，可知去掉了比喻性表達從而簡潔地歸納了這一

---

[15] 錢碧湘〈魯迅與尼采哲學〉（原載《中國社會科學》1982年第2期），本文引自《尼采在中國》（部元寶編，上海三聯書店，2001），542頁。

[16] 伊藤虎丸《魯迅與日本人——亞洲的近代與「個」的思想》，李冬木譯（石家莊：河北教育出版社，2000）186-187頁。

[17] 尾上兼英〈魯迅とニーチェ〉，收《魯迅私論》（汲古書院，1988），56頁。

章的主題，用以補強自說」[18]。這也就是說，在尾上兼英看來，〈文化偏至論〉中出現的「尼采」那段話，是「魯迅」通過對「《查拉圖斯特拉如是說》第二部〈教養之國〉的原文」進行解讀，並且歸納、概括和整理的結果。也正是在這一認識的基礎上，才有了他的更進一步的分析：「然而，不能不注意到，實際重點所置，兩者存在差距」。於是乎「尼采的場合」怎樣，「魯迅的眼中」又如何……便開始了[19]。

　　如上所示，尾上兼英的這份研究報告發表於1961年，距今已超過半個世紀，單是其對〈文化偏至論〉中出現的「尼采文本」的重視，就是一個極大的貢獻。只可惜這一成果沒被兩種版本的《魯迅全集》（1981、2005）注釋所吸收，否則就不會出現那麼大的章節標示上的疏漏了。我也是最近才剛剛讀到這篇論文，學習之外還給予了自己一次得以對既往研究加以反思的機會。反思之一，即本篇前言所述的「研究視點」的反思。自竹內好開始，日本戰後的魯迅研究一直秉承著一個基本思路，那就是以魯迅來代表中國的近代，用以對比並反省日本的近代，作為「主將」的尾上兼英當然也是個中之人，被高大化了的這樣一個「魯迅」，使他主動放棄了有關文本方面的質疑，對置於「魯迅」名義之下文本的原創性深信不疑，甚至忘卻了他所面對的其實不是「魯迅」，而是當時正在學習的留學生周樹人留下的文本。因為是「魯迅」的文本，所以其原創便是理所當然的。否則，怎麼會上來就斷定是「魯迅」在「取其意而納其要，予以重新構制」？怎麼會斷定「魯迅」「去掉了比喻性表達從而簡潔地歸納了這一章的主題」？──然而此時卻並非責怪學術前輩半個世紀前的研

[18] 尾上兼英〈魯迅とニーチェ〉，收《魯迅私論》，57頁。
[19] 尾上兼英〈魯迅とニーチェ〉，收《魯迅私論》，57-58頁。

究，而說的倒是現在的情形[20]。在目前的「中國現代文學史」的框架裡，出現出同樣的錯誤也毫不奇怪。

言歸正題。〈文化偏至論〉中出現的那段「尼采」，並非作者「迅行」或「周樹人」對尼采「原文」所做的歸納和概述，而是別人所做的現成的歸納和概述；或者更準確地說，是把別人的歸納和概述翻譯成漢語，「拿來」到自己文中的產物。原本見於桑木嚴翼（Kuwaki Genyoku, 1874-1946）《ニーチエ氏倫理說一斑》（尼采氏倫理說一斑）第一三七頁，[21]參見該頁圖片方框當中的內容。試直譯成現代漢語如下：

十四·文化之國土　裡說的是，我走得過於遙遠，幾乎隻身一人而沒了伴侶，於是又折回到現在之世來看。而現代之世實乃文化之國土，實乃帶著各種色彩之

20　就此問題，請參閱拙文〈歧路與正途──答《日本魯迅研究的歧路》及其他〉（《中華讀書報》2012年09月12日03版、《文學報》2012年9月13日第20版〈新批評〉第31期）。

21　桑木嚴翼《ニーチエ氏倫理說一斑》（東京，育成會，1902），217頁。

　　社會。但這社會，聊無確實的信仰，人們的知識絲
毫不具備創作的性質。我們無法滯留在這樣的國
土。我實乃被父母之國土所放逐。然而，唯寄託一
線希望的，只有子孫的國土。
　　這是對現代文明的一個非難。

　　這段話是作者桑木嚴翼介紹尼采《查拉圖斯特拉如是說》「梗
概」當中的一節，位置處在「梗概」之章中的「四　其第二篇」
裡，主段落內容是桑木嚴翼對尼采原書「第二篇」之「十四・文化
之國土」部分的歸納，最後一句是對這部分的評語。周樹人以精
彩的文筆幾乎一字不漏地轉譯了主段落，使「尼采之言曰」變得
更加鏗鏘有力；最後一句評語，也原意照納，又或嫌氣勢不足，
而增補以自己的更為強烈的讀後感，並使其切合自己所論的「偏
至」文脈。只要把〈文化偏至論〉拿來對照，便會一目了然。

　　德人尼佉（Fr. Nietzsche）氏，則假察羅圖斯德羅（Zarathustra）
之言曰，吾行太遠，子然失其侶，返而觀夫今之世，文明
之邦國會，斑斕之社會矣。特其為社會也，無確固之崇
信；眾庶之於知識也，無作始之性質。邦國如是，奚能淹
留？吾見放於父母之邦矣！聊可望者，獨苗裔耳。此其深
思遐矚，見近世文明之偽與偏，又無望於今之人，不得已
而念來葉者也。

　　這一發現，首次在文本層面證實了周樹人即後來的魯迅與
明治「尼采」文本之間所存在的膠不可移的關係，為周樹人與時
代環境之關連再添一項可作為確證的「實證」，其意義所在顯而

易見。首先,這足以提醒我們去思考,周樹人所面對的到底是怎樣一個「尼采」?到目前為止,我們在多大程度上把握到了這個「尼采」的實態?其次,這也是首次發現的周樹人與桑木嚴翼的文本關聯,除了這一條以外是否還有其他?以及桑木嚴翼以外的更多的其他?還有一點也足以促使我們重新回到周樹人的視點上來,那就是他的語言能力,比如說對日語把握的程度。這一條發現,使我們獲得了得以準確判斷的實證材料。由文本對照可知,這個留學生對日文理解和把握的非常準確,翻譯簡潔流暢,又極富文采,把原本平淡的原文翻譯得跌宕起伏,鏗鏘有力,完全是另一種文體的再造。這一點很重要,所謂「別求新聲於異邦」裡的「新聲」,如果不經過這種文體再造,便不會發出。而由上面的這一條文本移譯的例證,可以意會到甚至可以大致勾勒出「尼采」作為一種心像(Image)是如何在周樹人身上搭建起來的。

關於桑木嚴翼和他的《尼采氏倫理說一斑》一書,後面還要涉及。

二、何者「引以為大詬」?

還是〈文化偏至論〉。其第四段落開頭有這樣一段話:

> 個人一語,入中國未三四年,號稱識時之士,多引以為大詬,苟被其諡,與民賊同。意者未遑深知明察,而迷誤為害人利己之義也歟?夷考其實,至不然矣。[22]

---

[22] 見《魯迅全集》(人民文學出版社,2005)第一卷,51頁。

　　很顯然，這是為「個人一語」之正名所做的辨言，可從中感知到當時圍繞著「個人」或「個人主義」所掀起的思想波瀾，儘管據此尚無法斷言作者亦被捲入其中，但至少可視為這場思想波瀾的折射。敏銳的研究者會捕捉這朵折射過來的浪花而去尋波探索源。董炳月（中國社科院文學研究所研究員）在其新著〈「同文」的現代轉換──日語借詞中的思想與文學〉（2012）中嘗試了這項工作。該書第三章以「『個人』與個人主義」為題，系統「梳理了清末民初大約二十年間中國的『個人／個人主義』話語」[23]，其中把〈文化偏至論〉列為「中國現代思想文化史上第一篇正面闡述個人主義思想的文章」[24]，並就以上引文中出現的「個人一語，入中國未三四年」一句提出了自己的看法，即「意味著他把『個人』一詞作為外來詞匯，並且是把『個人』一詞傳入中國的時間界定在1903-1904年間」；而「魯迅所謂『個人一語，入中國未三四年』的『中國』不是完整意義上的『中國』，而應當是他置身的日本中國人言論界」。在此前提下，董炳月考察了「20世紀初以東京為中心的日本華人界言論狀況」，其成果顯著，頗呈「日本中國人言論界」「個人」話語之大觀；而其更為重大的意義還在於，這項工作反證了在中國人的言論界裡，並不存在將「個人」或「個人主義」「迷誤為害人利己」，「引以為大詬」的情況，不論是作於1902年的梁啟超的文章，還是出版於1903年的《新爾雅》，乃至1904年創辦於上海的《東方雜誌》中的相關文章，都找不到「引以為大詬」的言論，雖然存在著闡

---

[23] 董炳月《「同文」的現代轉換──日語借詞中的思想與文學》（北京：昆侖出版社，2012），215頁。

[24] 董炳月《「同文」的現代轉換──日語借詞中的思想與文學》（北京：昆侖出版社，2012），174頁。

釋上的差異，但不妨借用書中考察梁啟超的結論來做這裡的結論：那就是它們都「並未達到〈文化偏至論〉所謂將『個人』『引以為大詬』的程度」[25]。

以上是我拜讀董炳月這本專著的最大收穫，在此謹對作者惠贈和所提供的資訊表達衷心的感謝！

現在可以回過頭來繼續追問：那麼，到底是何者對「個人一語」「引以為大詬」？

本論所提供的思路是，所謂「言論界」的範圍不一定拘泥於字面上的「中國」兩個字，如果一定要帶上「中國」這兩個字，那麼也應該是環繞在東京「中國人言論界」周圍的日本言論界。因為只在後者當中才存在著需要對「個人」或「個人主義」加以辨析的情況。〈文化偏至論〉中所見，應該視為當時日本言論界圍繞著尼采的「個人主義」展開論爭之對周樹人的投射，而他所作出的「夷考其實，至不然矣」的判定，也正是通過這場論爭所確立的對「個人主義」的價值選擇。在某種意義上也可以說，他是在引鑒這些材料在進行自我塑造。

這其實也是本論所要作出的結論之一，如果提前出示的話，那麼就是周樹人從自己周邊關於「尼采」的波動中，摒棄了出於道德立場的對於「尼采個人主義」的攻擊，把「尼采」從「道學先生們」的所謂「利己主義」咒罵當中分離出來，確立為自己心目中的「精神界之戰士」。所謂「比較既周，爰生自覺」[26]，也適用於周樹人面對身邊「尼采」的選擇。

---

[25] 董炳月《「同文」的現代轉換──日語借詞中的思想與文學》（北京：昆侖出版社，2012），175頁。
[26] 魯迅〈摩羅詩力說〉，見《魯迅全集》（人民文學出版社，2005）第一卷，67頁。

以上兩個題目，皆據現存魯迅文本而立，算是問題的提起，接下來將做具體展開。不過，在具體描述環繞在周樹人周邊的「明治尼采」之前，我打算先就「魯迅與明治尼采」這一課題做一下簡單梳理，以確立本篇的出發點。

三、關於「魯迅與明治尼采」的先行研究

當然所謂梳理，也不過是個人視野下的整理，掛一漏萬自不待言。魯迅與尼采的關係，恐怕從「魯迅」誕生那一刻起，就已經被他身邊的同時代人注意到了，要不劉半農怎麼會送他那副在後來廣為人知的對聯：「托尼文章，魏晉風骨」[27]。到了魯迅晚年，瞿秋白在那篇著名的《魯迅雜感選集‧序言》中再次提到「魯迅與尼采」的關係[28]。此後不久，這種關係也被中外國學者注意到，比如李長之的《魯迅批判》和竹內好的《魯迅》就都多次提到「尼采」，提到魯迅受尼采的影響[29]，也提到魯迅對「酷愛尼采」[30]。而幾乎就在他們之後不久，郭沫若則更進一步指出，「魯迅與王國維」熱衷於尼采，與二十世紀初尼采思想和德國哲學在日本學術界大為流行有關[31]。只可惜這一充滿暗示的提

---

[27] 孫伏園〈托尼文章，魏晉風骨〉，原載1941年10月21日重慶《新華日報》，轉引自郜元寶編《尼采在中國》（上海三聯書店，2001），297-298頁。

[28] 中國社會科學院文學研究所魯迅研究室編《1913年－1983魯迅研究學術論著資料彙編》（北京：中國文聯出版公司，1986），卷1，821頁。

[29] 參加李長之《魯迅批判》（上海北新書局，1936），131、223頁；竹內好〈魯迅〉，見《近代的超克》，李冬木、孫歌、趙京華譯（北京：三聯書店，2005），59、64、69、107、114、115頁。

[30] 李冬木譯〈魯迅〉，見《近代的超克》（生活‧讀書‧新知三聯書店，2005），64頁。

[31] 郭沫若〈魯迅與王國維〉，原載《文藝復興》第二卷第三期，1946年10月，引自《1913年-1983年魯迅研究學術論著資料彙編》，卷4，281-286頁。

醒並未把後來研究者們的視線吸引到對魯迅與「日本學術界」之「尼采」的具體關注上來。然而「魯迅與尼采」之關係的研究卻轟轟烈烈地展開了，借張釗貽的話說，「有關研究著作，汗牛充棟，迄今未見衰歇」[32]。好在有張夢陽《中國魯迅學通史》[33]的宏觀描述和張釗貽對「魯迅與尼采」[34]研究專門史的系統梳理，也讓本論省卻了一大段筆墨。

還是想把問題集中到「魯迅與日本尼采」這一課題上來。因為這一研究視角所呈現的「尼采」意味著魯迅也就是當年的周樹人所實際面對的「尼采」，而其並不可以等同於此後在人們的專門或間接研究中所呈現的那個「尼采」，後者的介入，往往在加深關於「尼采」解讀的同時，干擾人們對歷史真相的接近。只要看一下目前《魯迅全集》裡的關於「尼采」的注釋，這種情形便不言自明。僅僅從這個研究視角上講，便應該對尾上兼英教授的開創性貢獻給予高度評價。這在前面已經敘說過了。

接下來是伊藤虎丸教授的工作。他在《魯迅與日本人》一書中搭建了「魯迅與明治文學的『同時代性』」[35]這樣一個研究框架，也把魯迅「對尼采的接受」[36]納入到這個框架裡來：

> 例如，人們普遍認為，魯迅留學時期的思想受到了尼采的強烈影響，而這種情況同他留學時期正巧趕上尼采在日本

---

[32] 〔澳〕張釗貽《魯迅：中國「溫和」的尼采》（北京大學出版社，2011），20頁。

[33] 張夢陽著《中國魯迅學通史》，六卷本，廣東教育出版社，2005年。

[34] 參見張釗貽〈導論二：「魯迅與尼采」研究概述〉，見《魯迅：中國「溫和」的尼采》，20-54頁。

[35] 伊藤虎丸《魯迅與日本人》，8頁。

[36] 伊藤虎丸《魯迅與日本人》，23頁。

的第一次流行期不無關係。儘管他對尼采的理解，具有在
日本文學中所見不到的特徵，然而，諸如將尼采作為進化
論者，作為反科學、反道德、反國家主義以及文明批評家
來理解的框架，則仍是與日本文學共有的。如果去讀一下
他當時的評論，就會進一步感受到它們和那時刊登在《帝
國文學》、《太陽》雜誌上的文章，有著相同的措辭和表
達方式，或者說，有著濃重的相通的時代氛圍。[37]

　　他借助橋川文三（Hashikawa Bunso, 1922-1983）對高山樗牛
（Takayama Chogyū, 1871-1902）的解讀和其他日本近代思想史研究成
果，對上述關係的「內涵」進行了探討，具體涉及到明治三十年
代「尼采的流行」及其這次流行中的代表人物，如高山樗牛、登
張竹風（Tobari Chikufu, 1873-1955）、姊崎嘲風（Anesaki Chofu, 1873-
1949）、齋藤野人（Saito Nonohito, 1878-1909, 亦稱「野之人」），
也提到井上哲次郎（Inoue Tetsujiro, 1856-1944）、桑木嚴翼、長谷川
天溪（Hasegawa Tenke, 1876-1940）和坪內逍遙（Tsubouchi Shōyō, 1859-
1935），但重點提示的是與高山樗牛和登張竹風這兩個人的關聯[38]。
　　伊藤虎丸的這本專著出版於1983年，後來知道，他的這一框
架和研究，早在1975年出版的《魯迅與終末論》一書中就已經開
始，[39]經過1980年發表的〈明治三十年代文學與魯迅〉一文便已
經定型了的。[40]好在現在都有中文版可供參考。

---

[37] 伊藤虎丸《魯迅與日本人》，11頁。
[38] 伊藤虎丸《魯迅與日本人》，34頁。
[39] 參閱伊藤虎丸《魯迅與終末論——近代現實主義的成立》，李冬木譯
　　（北京：三聯書店，2008年）；原書《魯迅と終末論—近代リアリズム
　　の成立》（東京：龍溪書舍，1975）。
[40] 參閱伊藤虎丸〈明治30年代文學與魯迅——以民族主義為中心〉，見孫

　　這項研究的建構，實際上突破了竹內好所設定的觀念框架
——即認為魯迅沒怎麼受日本近代文學影響——的束縛，從而把
尾上兼英視角下的研究更加擴大化，也更加具有具體化的指向
性。但今天看來，其缺點也很明顯：第一，缺乏對實際關聯的具
體探討，尤其是對文本關聯的探討，使得「同時代性」缺少確定
性邊界，像個萬能的大包裹，什麼都可以往裡裝。第二，在探討
魯迅與明治三十年代的「同時代性」的同時，又急於撇清魯迅與
後者的關係，這也阻礙了關於與尼采關係的探討的深入。

　　就個人的讀書經驗而言，還應提到劉柏青教授的貢獻。他
是上個世紀八十年代初，比較及時和完整地把同時期日本學者
研究中國現代文學的成果傳遞給國內的學者之一。1983年他受
日本學術振興會之邀訪日兩個月，接觸了幾十位學者，帶回了
他們的書籍和論文，回國後組織翻譯出版，並和劉中樹教授一
起在吉林大學研究生院開啟了中國現代文學中的「日本學」這
一門。伊藤虎丸的《魯迅與日本人》就是我在當時的課堂上第
一次知道並且得到的。劉柏青教授在《魯迅與日本文學》[41]一書
中提出的魯迅「進化論」、「國民性」和「個性主義」這三大塊
思想與日本明治時期的思想與文學的對應關聯式結構是非常出
色的學術建構，其中就包括著明確的問題指向性，即「魯迅與尼
采」當中的這個「尼采」應該來自明治日本。其被中島長文教授
譽為他讀到最好的一本中國學者關於「中日近現代文學關係」的
著作。

猛、徐江、李冬木譯《魯迅、創造社與日本文學——中日近現代比較文學
初探》（北京：北京大學出版社，1995，2005），頁219-237；原文：伊藤
虎丸、松永正義〈明治三〇年代文學と魯迅ーナショナリズムをめぐって
ー〉，日本文學協會編集刊行《日本文學》，1980年6月號，32-47頁。
[41] 劉柏青《魯迅與日本文學》（長春：吉林大學出版社，1985）。

　　繼伊藤虎丸之後，不少學者在「同時代性」這一框架內對「尼采」加以進一步的追蹤，他們借助了更多日本的尼采研究成果，不僅在研究面上做出更大的拓展，也在具體的問題點上實現了相當程度的深化。若讓我在自己有限的閱讀範圍內，不揣淺薄，做僭越之評，那麼有三種著作當不得不提，一是張釗貽的《魯迅：中國「溫和」的尼采》（2011），一是潘世聖的《魯迅・明治日本・漱石》（2002）[42]，一是修斌《近代中國當中的尼采與明治日本——以「個人主義」認識為中心》（2004）[43]。其中最具開拓性意義的是收錄在張釗貽上述一書當中第二章的內容，而這部分內容早在1997年就已經發表出來[44]。其不僅詳細介紹了尼采「東漸」過程中的「日本的四條路徑」，還比此前的研究更多地具體涉及了「美的生活論爭」當中的相關文本，並在此基礎上提出了一個非常具有探討價值的問題，即「『美的生活』的尼采與魯迅的尼采」。潘世聖的著作除了尼采關聯之外，還嘗試全景式地展示魯迅與明治日本的關係，可視為劉柏青《魯迅與日本文學》的後續之作。修斌的貢獻是圍繞著「個人主義」的問題，做了涉及到尼采的更多的明治文本的解讀。從實際操作的層面看，以上三者的共同點是借助日本的研究成果對尼采導入史進行敘述，同時再拿魯迅早期文本去與前者對照，並由找出某些彼此之間的相互關聯，它們在提供相關背景資料開拓後繼者視野的同時，也留下足資借鑒的提醒，那就是一個被整理好了的現成的日本尼采導入史對於解析魯迅早期文本的有效程度。我的看法是

---

[42]　潘世聖《魯迅・明治日本・漱石》（汲古書院，2002）。

[43]　修斌《近代中國におけるニーチェと明治日本——「近代個人主義」認識を中心に》（星雲社，2004）。

[44]　參見《魯迅研究月刊》1997年第6期，題為〈早期魯迅尼采考——兼論魯迅有沒有讀過勃蘭兌斯的〈尼采導論〉〉。

具有相當大程度的有效性，但其界限也非常明顯，因為拿魯迅早期文本去硬套一個「尼采」名下的學史和文獻史，顯然會犧牲掉許多曾經存在於歷史現場，並且實際發生過作用而且會為今天帶來啟示的細節。

在這個前提下，如前所述，本論將視點從「魯迅」調整到「周樹人」，嘗試在留學生周樹人的視野內還原他當時所面對的「尼采」，這恐怕是與既往研究最大的不同在之處。日本的尼采學史，脈絡清晰，資料翔實，本論所據，亦同既往，不會超出前者的範圍，但若由「周樹人」這一視點來看，日本的尼采學史恐怕也會發生某些明顯的變形。比如說「德語與尼采」。

四、變形了的明治「尼采導入史」

日本的尼采學史大抵不會從「德語」談起，但若談周樹人與「尼采」則必須從「德語」談起。這是一個把對「尼采」觀察視點設定為「周樹人」時才會發生的問題。周作人曾專門談過其乃兄與「德文書」的關係。「魯迅學了德文。可是對德國文學沒有什麼興趣」；手裡只有一部海涅的詩集，歌德的詩雖然讀過，卻並不怎麼重視。但是「尼采可以算是一個例外，「察拉圖斯忒拉如是說一冊多年保存在他書櫥裡，到了一九二〇年左右，他還把那第一篇譯出，發表在《新潮》雜誌上面」[45]。就「德語」與德文版「察拉圖斯忒拉如是說」的關係而言，周樹人與尼采所構成的關係，也大抵與日本明治時代「德語」與「尼采」的關係相

---

[45] 周遐壽《魯迅的故家》（上海：上海出版公司，1953），引自魯迅博物館魯迅研究室魯迅研究月刊選編《魯迅回憶錄 專著》（中冊）（北京：北京出版社，1999），1056-1057頁。

重合。可以說，是一個時代的教養結構在周樹人這一個體身上的再現。

日本近代對西學的導入，就語學路徑而言，先是「蘭學」，之後為「英學」，而後才有「德學」。故「德學」亦為「明治事始」之一。據明治文化史學者石井研堂（Ishii Kendo, 1865-1943）所記，日本近代第一個學德語的，是加藤弘之（Kato Hiroyuki, 1836-1916）。「加藤弘之天保七（1836）年生於但馬出石，師從坪井為春學蘭學，在幕府蕃書調所時代，和西周同做教師。萬延元（1860）年（二十五歲）前後，發覺在西洋各國當中德國學術出類拔萃，遂開始自學德語。當時無人學德語，只有市川齋宮（後兼恭）跟他一起學。普魯士國為與本邦締結條約，派遣特命全權公使，說『國王想向幕府贈送電信機械，請派人來公使下楊之旅館學德語』，於是開成所的加藤和同僚市川一起前往旅館，學習德語。加藤後來回憶了他這段學德語的經歷，以為今日之幸事，由荷蘭語轉學德語後，他與市川等兩三個志同道合者開始發奮研究德語。當然沒有教師，唯一可以借力的是荷蘭文與德文對譯字書，學得很刻苦，卻是我邦德國學之始也。」[46]

加藤弘之後來成為東京帝國大學的首任校長，並在「進化論」席捲東洋的時代，寫下了一本堪稱為日本近代指南之書，叫做《強者之權利之競爭》（1893），後由楊蔭杭譯成中文，1901年連載於《譯書彙編》雜誌並由譯書彙編社出版單行本，周氏兄弟在出國以前便都讀過這個譯本——詳細情形請參閱拙稿〈關於《物競論》〉[47]。這裡要說的是該書早在日本版出版半年以前，

---

[46] 石井研堂〈獨逸語の始〉，《明治事物起原》，〈第七編 教育學術部〉（全八冊之第四冊，筑摩書房，1997年），297頁。

[47] 參見《魯迅研究月刊》2003年第3期（北京魯迅博物館編）。

已經先以德文版在柏林出版了。由此亦可知德語在明治言說中的
位置。

　　「明治四（1871）年以後，本邦醫道，以德意志流為宗，德
意志為學界所重視，明治十四（1881）年九月十五日，帝國大學
理・文二科亦開始以德語為必修語。過去以英語為主，德語和法
語為自選科目，二年之內可在兩個語種當中兼修一種，但時至
今日，德語益發得勢矣。」東京大學成立於1877年，1880年設立
「法、理、文」三學部。「三學部成立之後，只有英語演說會，
而沒有德語演說會，識者遺憾。最近有醫學部學生開始主辦德語
演說會，已經開過一二回，今後每月兩回。此後將不會再有以意
讀書之讀書者流（明治十三年〔1880〕夏發行《中外醫事新報》
第九號）」[48]

　　與此同時，「德語」或德國學也伴隨並參與了日本近代哲學
的建構。繼西周（Nishi Amane, 1829-1897）以「哲學」二字翻譯
「philosophy」[49]，「『進化論』詞語當中之重要者，大抵由加藤
博士而定」[50]之後，明治十四年（1881）《哲學字彙》的出版，
標誌著明治近代哲學體系性建構初具形態。這便是史家所稱「哲
學攻究之始」：「哲學歷經變遷，最初由英美傳入，因隨之受英
美之德意志流感染，自十三、四年起，開始轉向德意志流，隨後
自二十年起，完全只限於德意志矣。十四年一月，井上哲次郎、
和田垣謙三、有賀長雄共著《哲學字彙》，成一小冊子也。美
學，有《維氏美學》哈特曼之審美綱領等出版。」[51]

---

[48] 同上，石井研堂，298頁。

[49] 西周《百一新論》，明治七年（1874）。本文據《明治啟蒙思想集》
　　（「明治文學全集3」，筑摩書房，1967）收錄本。

[50] 井上哲次郎談話摘錄，參見前出石井研堂《精神科学の訳語》，220頁。

[51] 前出，石井研堂《明治事物起原》第四冊，279頁。

　　周樹人「棄醫從文」後進的那所《魯迅年譜》中所記「德語學校」[52]——據日本學者研究證實為「獨逸語專修學校」[53]——其母體之「獨逸學協會」，亦於上述「《哲學字彙》出版」，哲學界「開始轉向德意志流」的明治十四年即1881年9月成立。協會成員約二百名，上至皇族下至平民，上文出現的「西周」、「加藤弘之」等當然在主要發起人之列，其旨在「掣肘英美法之自由主義，而導入德意志之法律政治學問，以建構堅實君主國日本之將來」[54]。由此亦可旁證史家上述所記非虛。而模仿德國學制，創辦「獨逸學協會學校（Die Schule des Vereins für deutsche Wissenschaften）」，又是該「獨逸學協會」此後所展開的主要「事業之一」[55]，其在普及德語和德國學的教育方面取得的成果顯著，前期在「對國家體制的整備」方面有著「直接效果」，後期在「教養主義的語學教育」中又發揮重要作用。[56]

　　「尼采」就是在這樣的伴隨著「德系」背景的歷史鋪墊下東渡而來。眾所周知，尼采（Friedrich Wilhelm Nietzsche）生於1844年，卒於1900年，從1872年出版《悲劇之誕生》開始，到1889年他發瘋為止，其主要著述活動大約持續了十六、七年，而他開始廣為世界所知，幾乎是他發瘋以後伴隨其著作的再版和評論的增加才得以實現的。因此，也可以說，尼采的著述活動和他的揚名

52　參閱前出《魯迅年譜》第一卷，119頁。
53　參見尾崎文昭日譯本魯迅全集注釋：《魯迅全集》20（學習研究社，1986）頁41。吉田隆英〈魯迅と獨逸語專修学校──獨逸学協会と周辺〉（《姬路獨協大學外國語學部紀要》第2號，1989）。北岡正子〈獨逸語專修學校に学んだ魯迅〉（《魯迅研究の現在》，汲古書院，1992）。
54　《獨逸學協會學校五十年史》，頁8。轉引自北岡正子〈獨逸語專修學校に学んだ魯迅〉之註釋19，《魯迅研究の現在》（汲古書院，1992），38頁。
55　北岡正子〈獨逸語專修學校に学んだ魯迅〉，13頁。
56　北岡正子〈獨逸語專修學校に学んだ魯迅〉，15頁。

四海的過程幾乎與整個明治時代（1867-1912）相重疊，與後者具有「同時代性」。

關於尼采進入明治日本路徑，據其研究史敘述中所呈現，主要有四條[57]，張釗貽對此也有過詳細的介紹[58]，故這裡不再重複。而要指出的是，如果再做深入挖掘或許還會有新的路徑被發現，不過即便再有新的增加，也不會改變其中最重要路徑的歸屬，那就是屬於國家學院派的路徑，具體說就是東京大學哲學科。

正如上文所述，如果說自十九世紀八〇年代起，日本哲學界的關注「完全只限於德意志」，那麼其主要承載者便是東大哲學科，即官學也。日本學者在敘述尼采導入史時，多引桑木嚴翼在《尼采倫理說一斑》序言中的回顧，基本以德國教授拉斐爾・科貝爾（Raphael von Köber, 1848-1923）在課堂上的教學（時間大約在1895、96年前後）為明治「尼采」之祖述，對東京大學是當時的尼采傳播中心不存異議[59]。科貝爾1893年6月來日本，主講哈爾特曼（Karl Robert Eduard von Hartmann, 1842-1906）和叔本華（Arthur Schopenhauer, 1788-1860），亦向日本學界力陳研究神學和宗教的必要性[60]。據桑木嚴翼說，在他同學當中已有人開始做關於尼采的論文了[61]。明治三十四年即1901年，也就是尼采死去的第二年，日本爆發「尼采熱」。其象徵性標誌是一場論爭和

---

[57] 參閱高松敏男〈日本における《ツァラトストラ》の受容と翻訳史〉，《ニーチェから日本近代文学へ》（幻想社，1981）。

[58] 參見前出，張釗貽《魯迅：中國「溫和」的尼采》之第二章〈「溫和」尼采的東漸與魯迅的接受〉相關部分，150-152頁。

[59] 高松敏男〈日本における《ツァラトストラ》の受容と翻訳史〉，高松敏男，5-6頁。

[60] 茅野良男〈明治時代のニーチェ解釈——登張・高山・桑木を中心に三十年代前半まで〉（《實存主義》，1973），3頁。

[61] 桑木嚴翼《ニーチエ氏倫理說一斑》（明治三十五年，育成會），2頁。

兩本關於尼采的專著首次出版。所謂論爭即「美的生活論爭」，引爆於高山樗牛（Takayama Chogyū, 1871-1902）的兩篇文章，一篇題為〈作為文明批評家的文學者〉[62]，另一篇題為〈論美的生活〉[63]。此後被捲入這場論爭並且站在「發動者」高山樗牛這一邊的主要論爭者有登張竹風（Tobari Chikufu，1873-1955）和姉崎嘲風（Anesaki Chofu，1873–1949），而在前三者的延長線上，還有後來在高山死後繼續鼓吹「個人主義」的齋藤野人（Saito Nonohito，1878-1909）。這四個人裡有兩個畢業於東京大學哲學科：樗牛與嘲風同屆同班，畢業於明治二十九（1896）年；兩個畢業於東京大學「獨逸文學專修」即德國文學專業：竹風畢業於明治三十（1897）年，野人稍晚，畢業於明治三十六（1903）年。[64]所謂兩本專著，一本出自登張竹風之手，書名為《尼采與二詩人》[65]，一本出自桑木嚴翼之手，就是前面已經介紹過的《尼采氏倫理說一斑》。桑木嚴翼雖對尼采採取的態度大不相同，卻與高山樗牛、姉崎嘲風兩人一樣，同出東大哲學科一門，而且還是同班同學[66]。這就是說，所謂明治「尼采熱」，從或一

---

[62] 原題〈文明批評家としての文学者（本邦文明の側面評）〉（署名「高山林次郎」，《太陽》七卷一號，明治三十四〔1901〕年1月5日），本論據此文本，另參閱《高山樗牛　斎藤野の人　姉崎嘲風　登張竹風集》（明治文學全集40，筑摩書房，1967）所收錄文本。

[63] 原題〈美的生活を論ず〉（署名「樗牛生」，《太陽》七卷九號，明治三十四〔1901〕年8月5日），本論據此文本，另參閱《高山樗牛　斎藤野の人　姉崎嘲風　登張竹風集》（明治文學全集40，筑摩書房，1967）所收錄文本。

[64] 關於此四人的學歷，據《高山樗牛　斎藤野の人　姉崎嘲風　登張竹風集》（明治文學全集40，筑摩書房，1967）所附〈年譜〉。

[65] 《ニイチイと二詩人》（人文社，明治三十五〔1902〕年）。

[66] 據《明治哲學思想集》（明治文學全集80，筑摩書房，1967）所附〈年譜・桑木嚴翼〉。

角度看，其實也是東大哲學科和德國文學科出身的幾個精英，將他們當年在課堂演習中遇到的「尼采」投放到社會大舞臺上繼續操練並且引起舉世關注的結果。他們通過「德語」向明治日本直接輸送了「尼采」，並且構築了自己引領一個時代的關於「尼采」的言說。他們是明治近代國家教育體制下的「受益者」，但他們所推出的「尼采」卻明顯蓄積著挑戰明治國家體制的能量，或許也可以說是他們試圖借助「尼采」來向他們至今委身其中的「所與之現實」——日益鞏固和強大起來的明治國家日本——要求個人的自由，即借異域他者之「個人」來拓展本地「個人」之空間。這或許也正是那個時代的所謂「二律背反」。

　　話題要調整到周樹人這邊來。前面通過實證已經確知桑木嚴翼的《尼采氏倫理說一斑》是周樹人走近的「尼采」的一本教科書。那麼另一本，即登張竹風的《尼采與二詩人》呢？答案當然也就更不在話下。借用伊藤虎丸三十年前的研究結論，那麼就是「在魯迅當時的幾篇評論中，可以原封不動地看到登張竹風在《論弗里德希・尼采》（即占該書主體部分的長文——李冬木注）一文中，借尼采之口所高喊的批判十九世紀物質文明、反國家主義、反道德主義、反科學主義、反實利主義、反民主主義。而前面指出的魯迅和齋藤野之人的共同點，在這裡又可以全部原原本本地置換為竹風和魯迅所受到的尼采的共同影響。的確，魯迅和他留學時代的日本文學,共同擁有十九世紀文明的批判者這一尼采形象」[67]。在這一前提之下，張釗貽再次對登張竹風的該文本進行深入檢讀，從而也就更加坐實了兩者之間存在著影響與接受關係的結論。不過，或許是受前人研究結論的影響過深，張

---

[67] 前出，《魯迅與日本人——亞洲的近代與「個」的思想》，34頁。參見《魯迅と日本人——アジアの近代と「個」の思想》，60頁。

認為許壽裳在《亡友魯迅印象記》裡提到的在弘文學院時「魯迅
擁有的《尼采傳》應是登張竹風收有《弗里德里希‧尼采論》的
《尼采與二詩人》」，從而排除了「魯迅」閱讀桑木嚴翼那一本
的可能性。我當初的預想也跟張釗貽先生完全一樣，幾乎是把桑
木嚴翼排除在外的，而且還擁有另一種排除的理由，即無形中受
到史家言論的影響，認為既然桑木嚴翼缺乏像高山樗牛和登張竹
風那樣的對於尼采的「共感」和「熱情」，[68]那麼也就自然不會
被與高山樗牛、登張竹風情投意合的「魯迅」所看重。這是我直
到最後才把這個「桑木嚴翼」找來看的理由。現在看來，應該徹
底修正了，即留學生周樹人兩種「尼采傳」都有，不僅有而且還
都讀了，不僅讀了而且還把相關「尼采」部分或完整移譯或擇錄
其大意地將兩書的內容匯入到自己的文章中，在為《新生》雜誌
（創辦失敗後投給《河南》與《浙江潮》兩雜誌）炮製長文的同
時，也建構自己的言說。

　　可以說，是東京大學這一學院系統為周樹人搭建了關於「尼
采」的主要知識平臺。他應該是借助這一平臺去「啃」乃弟周
作人目擊到的那本德文原版「察拉圖斯忒拉如是說」。由當時
弘文學院課程表可知，第一、二學年清國留學生們的「外語」
課只有「日本語」一項，到第三學年才開設「英語」[69]。周樹人
在弘文學院從入學到畢業整兩年（1902年4月30日－1904年4月30

---

[68] 西尾幹二在日本的《尼采學史》中對桑木嚴翼及其〈尼采氏倫理說一
斑〉有酷評，除了說他對尼采理解程度低，全然不著邊際之外，主要
理由就是「桑木本身缺乏對於尼采的共感，甚至連樗牛和竹風那樣的
文學者的熱情都沒有」。參見〈この九十年の展開〉，高松敏男、西尾
幹二編《日本人のニーチェ研究譜　ニーチェ全集別卷》（白水社，
1982），引用部分為516-518頁。

[69] 前出，北岡正子〈魯迅　日本という異文化の中で──弘文学院入学か
ら「退学」事件まで〉，參見78-84頁。

日[70]），可知他除了日語以外並未上過其他外語課。正式學德語
應該是他1904年9月進仙台醫學專門學校以後的事。在仙台學了
一年有半便「棄醫從文」，1906年3月離開仙台再次回到東京，
據《魯迅年譜》，6月「將學籍列入東京獨逸語學會所設的德語
學校。在仙台醫專所學的基礎上繼續學習德文，以便更好地利用
德文閱讀和翻譯各國的作品」[71]。——而所謂「德語學校」即由
上文已知的「獨逸語專修學校」。也就是說，到寫作發表在《河
南》和《浙江潮》上的論文時，周樹人與德語的接觸前後大約有
三年多一點的時間——如果從準備那些文章算起，那麼與德語
接觸的時間恐怕就要更短。其程度怎樣呢？據現存仙台醫學專門
學校第一學年的成績單，作為醫學生外語的「獨逸學」（即德
語），周樹人兩個學期成績均為60分，所以全年平均成績也是60
分[72]。從這個起點推測，那麼到翻譯後來集入到《域外小說集》
（1909）裡的那幾篇源自德語的作品，可以說周樹人的德語水準
有了突飛猛進的跨越：

> 魯迅所譯安特來夫的《默》和《謾》，加爾洵的《四日》，
> 我曾將德文譯本對照讀過，覺得字字忠實，絲毫不苟，無
> 任意增刪之弊，實為譯界開闢一個新時代的紀念碑，使我
> 非常興奮。[73]

---

[70] 參閱前出《魯迅年譜》第一卷記載。
[71] 《魯迅年譜》第一卷，119頁。
[72] 《仙台における魯迅の記録》（東京：平凡社，1978），104頁。
[73] 許壽裳《亡友魯迅印象記》（峨嵋出版社，1947），此引自《魯迅回憶
錄專著 上冊》（魯迅博物館魯迅研究室魯迅研究月刊選編，北京出版
社，1999），255頁。

　　許壽裳上面這段話證實了這段期間的學習效果。關於周樹
人在獨逸語專修學校的學習情況，本論完全遵從北岡正子〈在
獨逸語專修學校學習的魯迅〉[74]所做的周密而翔實的調查並以之
為根據。這份研究報告無可置疑地充分再現了那些從後來的「魯
迅」身上所呈現的要素。離開仙台回到東京不久，「魯迅」中
途入學，截止到1909年6月回國前（8月動身），在籍「獨逸語專
修學校」7個學期，其中除了「普通科」外，「至少有三學期在
高登科學習」，在高等科的使用的教材當中就有「他當時傾倒
的易普生和柯爾納的作品」，如果趕得巧或許還會聆聽到山口
小太郎（Yamaguchi Kotaro, 1867-1917）關於「Nietsche」的「Also
Sprach Zarathustra」的講述，該講義在後人的評說中可謂「天下一
品」，而更重要的是，所有在校生都會受到修習德語者必讀書的
「三太郎文典」（即當時大村仁太郎、山口小太郎和谷口秀太郎
三教授編撰的《獨逸文法教科書》等德語教材）的訓練，因此結
論是「魯迅德語能力之基礎，為在獨逸語專修學校培養所得，成
為推動『文藝運動』之力」[75]。這個結論是可信的，不過倘考慮
周作人在回憶中所述，或許還可以稍稍打些「折扣」，因為上述
情形只有在完全出席的情況下才有可能是百分之百，但周作人看
到其乃兄「只在『獨逸語學協會』附設的學校裡掛了一個名，高
興的時候去聽幾回課」[76]——借用北岡正子的調查推測，「官費
留學生魯迅，在七個學期裡至少保證了不被除名的出席率」[77]。

---

[74] 此即前出北岡正子〈獨逸語專修學校に学んだ魯迅〉一文。參見《魯迅
　　研究の現在》（汲古書院，1992），5-43頁。
[75] 北岡正子〈獨逸語專修學校に学んだ魯迅〉，見《魯迅研究の現在》，
　　36頁。
[76] 周啟明《魯迅的青年時代》（中國青年出版社，1957），51頁。
[77] 北岡正子〈獨逸語專修學校に学んだ魯迅〉，34頁。

不過，提出這「出席率」的「折扣」僅僅是出於慎重而已，不論其可以打多大，都否認不了周樹人通過其他時間的自修和實踐所獲得的高度的德語解讀能力。更何況即便是有限的「出席率」，也不能排除另外兩位任課教師相遇的可能，即教授「國文」的芳賀矢一（Haga Yaichi, 1867-1927）和教授生物學的丘淺次郎（Oka Asajiro,1868-1944），[78]倘若如此，那麼對「獨逸語專修學校」對於「魯迅」的意義貢獻恐怕要做更大的評估，不過這已經是另外的話題了[79]。

話題還是回到「德語」和「尼采」上來。如果對周樹人的德語和日語程度做一個綜合評估，那麼兩者均可依現在的日式流行說法稱之為「達人」，不過其德語再好也不會超過他對日語的把握和應用的嫻熟，而這種情況也正與周樹人接受教育的環境相符。僅就接近「尼采」而言，如果說周樹人擁有日語和德語兩種語言通道，那麼很顯然是以日語為主，德語為輔，這便決定了周樹人所面對的「尼采」，是由兩種語言鏡像交替呈現而更多的是透過日文這道濾鏡折射過來的「尼采」。周樹人為製作自己的文本而對「尼采」所做的採集當然也就在這一圖景之內。

---

[78] 參見北岡正子〈獨逸語專修学校に学んだ魯迅〉，39頁，註釋31。

[79] 請參閱筆者相關研究：有關芳賀矢一的論文有〈明治時代「食人」言說與魯迅的《狂人日記》〉（《文學評論》，2012年第1期；《新華文摘》，2012年第10期）、〈芳賀矢一著《國民性十論》導讀〉（李冬木、房雪霏譯《國民性十論》，商務印書館即出）；有關丘淺次郎的論文有李冬木原作，李雅娟譯《魯迅與丘淺次郎》（上、下兩篇，分別載於《東嶽論叢》，2012年第4、7期），日文版〈魯迅と丘淺次郎〉（上、下），見《佛教大學文學論集》87號，2003；88號，2004。

五、丸善書店與「尼采」

　　以上談的是明治德語教育背景與「尼采」之關係，而且知道周樹人當時至少讀過或擁有三種關係「尼采」的著作。這就需要把視線再轉移到購書上來。登張竹風《尼采與二詩人》定價35錢，桑木嚴翼《尼采氏倫理說一斑》定價50錢，對當時的學生來說可謂價格不菲，因為獨逸語專修學校的學費每月才一元（100錢）。另一本德文原版《察拉圖斯忒拉如是說》的價格，現在似乎無從可查，但由於是進口原書，價格恐怕會賣得更貴吧。周樹人生活節儉，卻肯花錢買書，這一點恐怕也很符合明治時代的「書生氣質」。

　　說到「察拉圖斯忒拉如是說」德文原書，就不能不提丸善書店。是購自那裡嗎？周作人在回憶中沒提，但十有八九應該是肯定的──接下來將獲得相關旁證。丸善是明治時代專門直銷西洋書的專門店，自作為周樹人留學的時代起，魯迅直到晚年都與這家書店打著購書的交道。全集當中多有「托丸善」買書的敘述，如果再加上書信、日記和書帳中的記錄，則「丸善」出現不下百處。因此，「丸善」也是與周樹人周邊的「尼采」相交叉的一個不可無視的周邊事項。但這裡不妨再切換一下視角，首先來看看對於本國的「明治書生」們來說「丸善」是怎樣一個去處。

　　　十九世紀在歐洲大陸澎湃的思潮，也滲透到丸善的二樓，不停地輕輕拍打著遠東這座孤島。

　　　丸善的二樓，那個狹窄昏暗的二樓，那個皮膚白皙，腿腳不好的店頭掌櫃，那佈滿塵埃的書架，那把理科書、

導遊書和文學類的書都擺在一塊兒玻璃櫃子。而就在這二樓，也會時不時地擺放著那些震驚歐洲名聲響亮的著作。

……（中略）……

左拉那強烈的自然主義，易普生透過表像所深入展示的人生，尼采那強大的獅子吼，托爾斯泰的血與肉，《父與子》當中所展現的虛無主義（Nihilism），海澤的女性研究，……（中略）……在遠東這座孤島的新處女地上，這些種子想不被播種都不行。

有年輕人抱著一本訂購的《父與子》，像與戀人久別重逢一樣，走在丸之內宮城附近的馬路上；也有年輕人眼睛緊盯著擺在丸善二樓書架上的《安娜・卡列尼娜》，把錢包倒空過來，抖出裡邊全部的一個月零花錢，高興地將其買下。阿爾封斯・都德富於明朗同情的藝術、皮埃爾・洛蒂的易普生主義、美國作者加利福利亞詩人布萊特・哈特（Francis Bret Harte, 1836-1902）以礦山為題材的短篇等都是這些年輕的讀者愛讀的。

巴爾扎克的藝術也被廣泛閱讀。文學青年們手裡拿著《高老頭》、《歐也妮・葛朗台》等廉價版的書走在大街上。

德國的保羅・海澤、戈特弗里德・凱勒（Gottfried Keller）等也被讀過。尼采、易普生的到來是自此以後稍晚的事情，在紅葉病死那會兒，哈特曼和茲達曼的名字也是我們這些文壇年輕人常掛在嘴邊的。

總之，歐洲大陸的大思潮之進入的形態是有趣的。三千來的島國根性、武士道與儒學、佛教與迷信、義理與人情、屈辱的犧牲與忍耐、妥協與社交的小小的和平

世界，在這些當中，尼采的獅子吼來了，易普生的反抗
來了，托爾斯泰的自我來了，左拉的解剖來了，呈現偉
觀。[80]

這是明治著名小說家田山花袋（Tayama Katai, 1872-1930）後來在
《丸善的二樓》這個題目下對丸善書店與「我」所作的回顧。明
白無誤地清晰呈現著「十九世紀在歐洲大陸澎湃的思潮」、「尼
采的獅子吼」等等如何從丸善「那個狹窄昏暗的二樓」，滲透到
日本全國，從而動搖了「三千年來的島國根性」的情形。

　　另一個當過新聞記者，並以記錄世相著稱的隨筆家生方敏郎
（Ubukata Toshiro, 1882-1969）與周氏兄弟不僅是同代人，更有著
幾乎同一時期在東京當「書生」的極其近似的經歷，他在回憶中
也多次提到「洋書」與「丸善」：「當然那是一家日本式的店，
鋪著榻榻米，店頭掌櫃守著火盆坐在那裡」；「二樓的洋式書架
上擺放著大量書籍。在那兒偶然將我的目光吸引過去的是小型藍
色封面上印著My Religion的托爾斯泰的著作」[81]。生方敏郎此後
以癡迷托爾斯泰而著稱。其實他不過證實了同樣的情況，即每個
為西洋所心動，可望探求新知的「書生」都可在丸善找到自己情
有獨鍾的原版之作。

　　周樹人1902年，周作人1906年相繼來到東京，兄弟二人至少
在「丸善的二樓」上與同時代的明治青年走到了一個匯合點，經
受了異國思潮的洗禮。還記得幾年前，在北京三聯書店增印《近

---

[80]　田山花袋〈丸善の二階〉，《東京の三十年》（博文館，大正六
　　〔1917〕），據《明治文學回顧文學集（二）》（明治文學全集99，筑
　　摩書房，1968），64-65頁。

[81]　生方敏郎〈明治時代の学生生活〉，見《明治大正見聞史》（東京：中
　　央公論社，中公文庫M81，1978），89、159頁。

代的超克》一書時，曾為收錄其中的竹內好《魯迅》中譯本增加
了一條關於德文「瑞克闌姆」文庫的注釋，茲抄錄如下，以窺德
文文庫、丸善書店與當時學生關係之一斑：

> 日文原文「レクラム版」，系「レクラム叢書」在日本
> 的俗稱，其正式名稱為Reclam Universal Bibliothek，中文
> 今通譯為「雷克拉姆萬有文庫」。1828年德國人雷克拉
> 姆（Anton Philipp Reclam）在萊比錫創立雷克拉姆出版社
> （Reclam Verlag），1867年開始發行雷克拉姆萬有文庫。
> 該文庫黃色封面，以物美價廉著稱，內容從文學藝術哲學
> 宗教到自然科學，涉及範圍非常廣泛，不僅在德語圈有著
> 廣泛而持久的影響，在明治以後的日本也是一套非常受歡
> 迎的文庫，是當時的日本知識份子尤其是青年學生獲取
> 西方新知的重要途徑之一。在日本經營雷克拉姆文庫的
> 主要是丸善書店。丸善由福澤諭吉（Fukuzawa yukiti, 1835-
> 1901）的弟子早矢仕有的（Hayashi Yuteki, 1837-1901）於
> 1869年在橫濱創辦，以經營文具特別是「洋書」聞名。從
> 何時開始進口雷克拉姆文庫現不詳，但據《丸善百年史》
> （丸善，1980）介紹，在十九世紀末和二十世紀初，也就
> 是周氏兄弟留學的那個時代，該文庫的最大消費者和受
> 惠者是「因此而得了日後文運的人或弊衣破帽的一高學
> 生」。周作人在《關於魯迅之二》（1936）裡首次談到他
> 和魯迅通過丸善書店和雷克拉姆文庫搜集西方文學作品的
> 情況，並將表示該文庫的日文片假名「レクラム」譯成
> 「瑞克闌姆」。

　　在此還要補充一點，「瑞克闌姆」在魯迅文本中表記為「《萊克朗氏萬有文庫》」[82]。

　　周氏兄弟求知若渴，而丸善也給了他們相當程度的滿足，以至於一旦中斷，便會產生強烈的精神不適。例如，時隔近兩年，當周樹人於1911年5月催促周作人回國而重返東京，再次走進丸善時，便感到渾身的不自在：在東京「居半月」「不訪一友，亦不一遊覽，厪一看丸善所陳書，咸非故有，所欲得者極多，遂索性不購一書。閉居越中，與新顥氣久不相接，未二載遽成村人，不足自悲悼耶」[83]。周作人與丸善的紐帶之感絲毫不遜於乃兄，只是表達上更加平和沖淡，不像乃兄那樣激烈。他在「懷東京」系列散文裡專有一篇寫〈東京的書店〉，而其中一大半實際是在「懷丸善」。

　　　　說到東京的書店第一想起的總是丸善（Maruzen）。他的本名是丸善株式會社，翻譯出來該是丸善有限公司，與我們有關係的其實還只是書籍部這一部分。最初是個人開的店鋪，名曰丸屋善七，不過這店我不曾見過，一九〇六年初次看見的是日本橋通三丁目的丸善，雖鋪了地板還是舊式樓房，民國以後失火重建，民八往東京時去看已是洋樓了。隨後全毀於大地震，前年再去則洋樓仍建在原處，地名卻已改為日本橋通二丁目。我在丸善買書前後已有三十年，可以算是老主顧了，雖然買賣很微小，後來又要買和書與中國舊書，財力更是分散，但是這一點點的洋書卻於我有極大的影響，所以丸善雖是一個法人而在我可

---

[82]　《南腔北調集‧為了忘卻的紀念》，《魯迅全集》第4卷，495頁。

[83]　〈書信110731致許壽裳〉，《魯迅全集》第11卷，348頁。

是可以說有師友之誼者也。

　　我於一九〇六年八月到東京，在丸善所買最初的書是聖茲伯利（G. Saintsbury）的《英文學小史》一冊與泰納的英譯本四冊，書架上現今還有這兩部，但已不是那時買的原書了。[84]

　　周作人開篇便是以三十年「老主顧」的身份來娓娓講述他的「丸善」。不過，這裡似乎可以替他補充一點，那就是令他終生難以忘懷的第一次在丸善購書，一定是「大哥」帶他去的，因為周作人抵達東京時，周樹人和許壽裳早已是丸善的常客，而且也跟田山花袋上文所記「抖出全部的零花錢」的學生一樣傾囊買書了：「只要囊中有錢，便不惜『孤注一擲』，每每弄得懷裡空空而歸，相對歡道：『又窮落了』！」[85]。從那時起，周作人恐怕就是在這樣的慨歎聲裡跟著兩位「留學先輩」踏上了通往丸善之路。所結之緣，非同一般。

　　　　人們在戀愛經驗上特別覺得初戀不易忘記，別的事情恐怕
　　　　也是如此，所以最初的印象很是重要。丸善的店面經了幾
　　　　次改變了，我所記得的還是那最初的舊樓房。樓上並不很
　　　　大，四壁是書架，中間好些長桌上攤著新到的書，任憑客
　　　　人自由翻閱，有時站在角落裡書架背後查上半天書也沒人

[84] 知堂〈東京的書店〉，原載《宇宙風》26期，1936年10月刊，後收入《瓜豆集》，此引自《周作人文類編7・日本管窺》（鍾叔和編，湖南文藝出版社，1998），77頁。

[85] 許壽裳《亡友魯迅印象記》（峨嵋出版社，1947），此引自《魯迅回憶錄專著　上冊》（魯迅博物館魯迅研究室魯迅研究月刊選編，北京出版社，1999），233頁。

注意，選了一兩本書要請算帳時還找不到人，須得高聲叫
夥計來，或者要勞那位不良於行的下田君親自過來招呼。
這種不大監視客人的態度是一種愉快的事，後來改築以後
自然也還是一樣，不過我回想起來時總是舊店的背景罷
了。[86]

這情形，與上面看到的田山花袋、生方敏郎所記構成了關於
「丸善」記憶的完美印證。可以說他們同處一個時代，擁有一個
共同的「丸善」。而就與書和書店的關聯度而言，周作人在這篇
不足三千五百字的短文裡，共涉及到34個作者和24種著作，其中
有24人和15種著作與丸善直接相關，這些都是他留學時期閱讀體
驗的一部分並且早已滲透到諸如與乃兄共譯《域外小說集》那樣
的著譯活動當中自不待言。不僅如此，周作人還談到了這些書的
啟蒙意義，例如藹理斯《性心理之研究》七冊，使他「讀了之後
眼上的鱗片倏忽落下，對於人生與社會成立了一種見解」[87]。如
此詳細的描述，在讀書人關於丸善的回憶錄幾乎見不到的，也難
怪丸善把這一篇當年的日文版[88]趕緊保存下來，並使之成為後來
的《丸善百年史》的一部分[89]。

然而，這與其說體現著讀書人與丸善這家書店的關係，倒不
如說更體現著他們通過丸善所構成的與新知和時代思潮的關聯。
田山花袋和周作人的回憶都分別從相同或不同側面提供了周樹人

---

[86] 知堂《東京的書店》，80頁。
[87] 知堂《東京的書店》，79頁。
[88] 周作人〈東京の思い出〉，《學鐙》，昭和十二（1937）年四月號。
[89] 木村毅著，「第二編」〈第十三章　ケンブェルとシーボルト〉之「五　周
作人」，參見《丸善百年史》（上卷）（丸善株式會社，1980），628-
631頁。

關涉「尼采」的旁證。由前者可確知「尼采的獅子吼」傳自「丸善的二樓」，而周樹人循著這吼聲得到了德文版「察拉圖斯忒拉如是說」；如果再加上生方敏郎，那麼由三者回憶的相互參照可知，「尼采」不是孤立的，如果將其視為一個圓心，那麼這個尼采還帶著一個不小的周邊，有左拉，有易卜生，有托爾斯泰，有海澤，還有巴爾扎克、哈特曼和茲達曼，英國小品文作家、以及所謂大陸文學中的那些弱小民族文學的作家，另外還有一個勃蘭兌斯來陪伴，以作為上述那些人的解說者。他們都是與「尼采」不可切割的關聯要素，幾乎在關於「尼采」的所有語境裡都伴同著的「尼采」一併登場。那麼正像在周樹人此後構製的文本中所看到的那樣，即便是把「尼采」作為一個單獨的觀察對象來看，「尼采」也從未被從自己的周邊當中剝離出來過，其道理也就在於此。讓「尼采」攜帶一個「周邊」是在那個叫做「明治」的時代所賦予「尼采」的一種存在形態。也就是說，這一「尼采」的時代形態，也被周樹人完整地攝入到自己的文本當中。

六、爭的到底是什麼？──「尼采」震盪之後的餘波

不過，日語也好，德語也好，丸善書店也好，畢竟還都只是「尼采」在周樹人周邊滲透的環節或管道，那麼又是什麼使「尼采」成為一個點或者一個圓心突顯出來，引起了周樹人的注意呢？

很多論者都會提到以高山樗牛為首的「美的生活論爭」。我同意這種觀點，不過有一點需要在此澄清，那就是這場論爭發生在1901年，是在周樹人到達日本的前一年，在到達之後的1902年，這場論爭的高潮已經過去，隨著同年12月24日領軍人物高山樗牛本人的死於肺病，這場論爭事實上結束，也就是說，即便這

場論爭與促成周樹人對尼采的關注有關，那麼這種促成也並非直接來自論爭本身，準確的說應該是這場論爭所帶來的餘波。事實上，這場並非「尼采」名義下的一下的論爭，在日本的文藝界、思想界乃至整個讀書界製造了一場巨大的「尼采」衝擊，並使「尼采」在社會各界尤其是青年學生當中有了廣泛的普及和滲透。周樹人對「尼采」的關注也應該是這種廣泛社會滲透的結果。倒是不妨去推斷，隨著周樹人對尼采閱讀的深入，他會去重新尋找那些論爭中的文章，並因此而被帶回到他留日以前的論爭現場。

關於「美的生活論爭」過程的介紹和評述，基本文獻充實，史實也梳理得清晰[90]，在目前的漢語文本中，又以張釗貽的專著最為詳實，茲不贅述。而關於尼采衝擊波造成的廣泛影響和深遠的社會滲透，本論將另設專題闡述。這裡只提出一個問題，那就是關於「尼采」的論爭，爭的到是什麼？

可以說，「尼采」從出現的一開始就伴隨著理解上的混亂。比如說，關於「尼采」的首篇文章就把「尼采」和「托爾斯泰」相提並論[91]（1893-94）。這在後來的史家看來幾乎風馬牛不相及，不倫不類[92]，然而卻成為此後延續了相當長的一段時間的

90　前出，高松敏男、西尾幹二、茅野良男，《高山樗牛　斎藤野の人　姉崎嘲風　登張竹風集》。

91　〈欧州における德義思想の二代表者フリデリヒ、ニツシュ氏とレオ、トウストイ伯との意見比較〉（《心海》第五號，無署名，明治二十六年〔1893〕十二月）、〈ニツシュ氏とレオ、トウストイ伯德義思想を評す〉（《心海》第五號，無署名，明治二十七年〔1894〕一月），前出，高松敏男、西尾幹二，參見289-298頁。

92　西尾幹二：「關於這兩篇論文的內容，將尼采和托爾斯泰這兩種大抵沒有親緣性的思想並列而論，僅此一點，便可以說其時代局限已經非常明顯」。前出，高松敏男、西尾幹二，512頁。

「托爾斯泰與尼采」言說構造的第一個範本[93]，而這種情形在後來的魯迅文本中也可以看到，比如說稱自己「人道主義與個人主義這兩種思想的消長起伏」[94]這種說法。

再比如說加藤弘之《強者之權利之競爭》德文版在柏林出版後，遭到西方評論界的酷評，他不服氣撰文聲稱自己的許多觀點都是原創，於是就有人馬上出來發表文章（1896）告訴他，你還真別不服氣，你不是主張競爭無情說，非愛說嗎？那邊早有一個叫尼采的已經這樣說了[95]。

就連文豪森鷗外（Mori Ōgai, 1862-1922）也遭遇了同樣的困惑。那時他正熱衷於介紹哈特曼（Eduard von Hartmann, 1842-1906），所以對這個突然冒出的「尼采」是不大認的（1896）：相比之下，「尼采之立言，幾乎談不上是哲學。因此，哈特曼的審美學，就不僅成就了形而上門之偉觀，而且即使在單一問題上

---

[93] 筆者閱讀所及，這種例子幾多，隨便找幾個就有如下這些：大塚保治〈ロマンチックを論じて我邦文芸の現況に及ぶ〉（《太陽》明治三十五年（1902）四月），《明治文學全集79‧明治藝術‧文學論集》（筑摩書房），308、315頁；小山內薰「青泊君」（《帝國文學》第12卷第7號，明治三十九年〔1906〕7月），《明治文學全集75‧明治反自然派文學（二）》，頁180；鳥谷部春汀〈大隈伯と陸奧伯〉（《太陽》明治四十年〔1902〕十一月），《明治文學全集92‧明治人物論集》，38頁；白柳秀湖《鐵火石火（評論集）》（隆文館，明治四十一年〔1908〕），《明治文學全集83‧明治社會主義文學集（一）》，259-260頁；同作者《黃昏（小說）》（如山堂，明治四十二年〔1909〕），《明治文學全集83‧明治社會主義文學集（一）》，191頁；郡虎彥〈製作について〉（《時事新報》明治四十五年〔1912〕2月15-20日），《明治文學全集76‧初期白樺派文學集》，332頁；木下杢太郎〈海國雜信（北原白秋に送る）〉（《朱欒》，大正元年〔1912〕2月），《明治文學全集74‧明治反自然派文學（一）》，271頁。

[94] 《兩地書‧二十四》，《魯迅全集》第十一卷，81頁。

[95] 丸山通一〈博士加藤君の〔先哲未言〕を評す〉（《太陽》明治二十九年〔1896〕五月五日），前出，高松敏男、西尾幹二，300-301頁。

也是目前最為完備的」[96]。

　　再比如說，率先對尼采發生關注的還有宗教界，具體地說就是佛教界。繼有人當初撰文（1898）期待「尼采」能啟動佛教界的精神之後[97]，佛教界有人開始認真關注在美的生活論爭中出現的「尼采」，結果他大失所望，說那不是一個強者的聲音，而分明是「羸弱思想之流行」[98]（1902）。當然出現這些混亂都並不奇怪，因為即使在西方即使在尼采的本家，對尼采的理解也還是相當混亂的。據說就在日本像上面所介紹的那樣，「將尼采和托爾斯泰這兩種大抵沒有親緣性的思想相提並論」時，柏林劇場裡正在上演著諷刺尼采的戲劇《善惡的彼岸》[99]。

　　不過撇開上面的這些混亂，圍繞著這個「尼采」爭論的最大焦點，在我看來，實際上就是要不要接納「尼采」的問題。具體地說就是圍繞著對「尼采」的「個人主義」的理解問題。主張接納的就強調「尼采」的「個人主義」如何如何好，如何如何有必要，反對接納的也是沖著「尼采」的「個人主義」說這個人和這個主義如何如何不好，其中最大的理由就是認定「尼采」的「個人主義等於利己主義」。而更有趣的是反對者的關於「尼采」的這種理解，更多的還是取自「尼采」的支持者和鼓吹者們的介紹，也就是說，「尼采」的鼓吹者向他的反對者提供了促使他們去思考和理解「個人主義」的思想材料。這一點可以在坪內逍遙

[96] 森鷗外《月草‧敘》（明治二十九年〔1896〕十一月千駄木の觀潮樓　鷗外漁史が書く），《明治文學全集79‧明治藝術‧文學論集》，248頁。

[97] 無署名（姉崎貯嘲風？）〈ニーチェ思想の輸入と佛教〉（《太陽》，明治三十二〔1898〕年三月），前出，高松敏男、西尾幹二，302-305頁。

[98] 境野黃洋〈羸弱思想の流行（ニイッチェ主義と精神主義）〉（《新佛教》三卷二號，明治三十五年〔1902〕2月），《明治文學全集87‧明治宗教文學（一）》。

[99] 前出，高松敏男、西尾幹二，512頁。

（Tsubouchi Shōyō, 1859-1935）的反擊文章〈馬骨人言〉中看得清清楚楚[100]。

這裡有兩點值得注意，一點是在導入尼采的主流當中，從一開始就存在著對「尼采個人主義」理解的分歧，並且一直將這種分歧延續到最後。最典型的例子是，前面已經介紹過的在東京大學教哲學的德國人科貝爾自己就不喜歡尼采，其當時的學生桑木嚴翼畢業六七年後時回憶說：「還記得在帝國大學聽科貝爾教師的哲學史課時他所講授的尼采哲學，說其文章雖然巧妙，但其主張卻是極端的利己主義，當在排斥之列」[101]。科貝爾的這一教誨甚至也影響到桑木嚴翼的著作。與科貝爾同時在東京大學教哲學的還有編撰《哲學字彙》的井上哲次郎，他也持同樣的觀點。他在《哲學評論》（1901）中談到「利己主義的道德上之價值」時，就以斯蒂納和尼采為例，說「他們鼓吹的是以一己為中心的，想把一切都拿來供作自己資料的極端的利己主義」[102]。

另外一點是「尼采」在「美的生活論爭」中，也就是在日本思想界、精神界當中所扮演的角色。

---

[100] 《馬骨人言》初連載於《讀賣新聞》明治三十四年（1901）10月13日至11月7日，無署名，但人們很快就知曉該文出自坪內逍遙之手。這是「美的生活論爭」中最長也是最轟動一篇文章。逍遙在文中攻擊尼采的主要觀點是，認為尼采思想是「極端個人主義」、「利己主義」和「歧視主義」的，是「惡精神之盲目的反動」。又因該文以戲謔筆調展開，則社會反響也尤進一層。但就內容構成看，該文在將對方列為批判對象時，有近三分之一的「對象」內容是來自高山樗牛和登張竹風──尤其是後者。本論所使用文本為《近代文學評論大系2‧明治Ⅱ》（角川書店，1972）收錄版。

[101] 桑木嚴翼〈緒言〉，《ニーチエ氏倫理說一斑》（明治三十五年8月13日印刷，明治三十五年8月13日發行，編纂兼發行者 育成會，1頁。

[102] 井上哲次郎編《哲學叢書》第1集（集文閣，明治三十四年〔1901〕），1074頁。

不論圍繞著「尼采」的分歧有多大，「尼采」在事實上所扮演的並非一個哲學的角色，也並非一個文學的角色，而是一個徹頭徹尾的倫理角色。從桑木嚴翼的書名《尼采氏倫理說一斑》就可以知道「尼采」在當時日本的處境。「尼采」首先作為倫理問題來處理符合那個時代的特徵，因為再沒有哪個個時代能夠像明治時代那樣「強調倫理」。這一點可以在生方敏郎的記錄世相的書中獲得證實：「那時的學生都埋頭於宗教問題和倫理問題⋯⋯也算是當時的一種流行」[103]。

日本明治時代的倫理體系，是伴隨著近代國家的整備搭建起來的。1890年公佈的《教育敕語》實際上是指導這一倫理體系的綱領性文件，其核心是要求國民無條件地效忠天皇制國家。這種倫理體系在日本的近代化過程中發揮了巨大的凝聚作用。1894-95年「日清戰爭」（即甲午戰爭）的勝利，使日本舉國陷入狂歡，也使舉國對既往所推行的從物質到精神的「舉國體制」更加癡迷，從而使國家體制更進一步地強化，同時也把人們的注意力從戰前的所謂國家理想更多地轉移到對物質利益的關注上去。這正是高山樗牛從他對「日本主義」和「時代精神」的鼓吹，向主張「個人主義」和「本能主義」發生轉變的全部背景。

他從過去曾經全力支持和傾心讚美的這個明治國家當中，在日益物質化的環境當中開始感受到了巨大的壓力，於是以「作為文明批評家的文學者」[104]的身份投入到對現實體制和文明的批判當中，又通過強調「個人本能」來描述「美的生活」[105]，以在日益強化的國家體制和物質環境下爭取個人的自由和個人的精神空

---

[103] 前出，生方敏郎《明治時代の学生生活》，100頁。
[104] 前出，參見《文明批評家としての文学者（本邦文明の側面評）》。
[105] 前出，參見《美的生活を論ず》。

間。從這個意義上來講，「尼采」對於他來說不是學問，而是一種方法，他是要通過「尼采」來製造一場精神革命的契機。這是他與他的同班同學桑木嚴翼的最大的不同。他評前者的〈尼采氏倫理說一斑〉時說，自己關心的不是尼采的學問而是尼采這個人——「嗚呼，我等所關心者非在其說，而在其人。桑木君何不從其所謂倫理說中再向前一步乃至百步，解說尼采其人呢？」[106]

然而，由於他的載體是「本能主義」，他對本能主義生活觀和人生觀的過分描述和強調，就使得他主張「個人主義」的高尚精神動機，不得不返回到現實生活中的倫理層面上來，這不僅使他要和同學桑木嚴翼同坐一條倫理板凳，還不得不去面對成群結隊的道學先生們的攻擊。

登張竹風出面替高山樗牛辯解，搬出「尼采」救駕：「以我等之所見，高山君之〈論美的生活〉明顯有尼采說之根據」，「要理解高山君〈論美的生活〉，還得瞭解尼采的『個人主義』」[107]。於是便又「尼采的個人主義」如何如何，結果不僅沒有把高山樗牛從倫理的泥潭裡解救出來，反倒招致了世間更大的誤解，「以為高山就等於尼采」[108]，以至於提到高山便是裡采，提到尼采便是高山。效果上是幫了倒忙，不僅更進一步加重世人對高山樗牛的誤解，而且也把這種誤解延及到「尼采」身上乃至登張竹風自己身上。

---

[106] 前出，茅野良男〈明治時代のニーチェ解釈——登張・高山・桑木を中心に三十年代前半まで〉，9頁。

[107] 登張竹風〈美的生活論とニーチェ〉，初出《帝國文學》，明治三十四年〔1901〕九月號，此據前出，《近代文學評論大系2・明治Ⅱ》（角川書店，1972）。

[108] 前出，高松敏男《日本における「ツァラトストラ」の受容と翻訳史》，11-13頁。

　　不過從根本上來說，這也是由尼采的鼓吹者所製造的這個尼采形象的局限造成的。正如杉田弘子的研究所顯示的那樣，他們的「尼采」雖然是通過「德文」路徑直入，但接觸真正的尼采的原著有限，主要還是借助德語文獻中對對尼采的評論來塑造「尼采」[109]。這個「尼采」的殘缺和變形自不待言。

　　於是面對這個「尼采」的總攻擊便展開了。主要圍繞著道德層面，即攻擊者們無法接受一個「個人主義」也就是「利己主義」的「尼采」。「尼采」遭到排斥的最大理由就在這裡。對於「道學先生們」來說，他們似乎並不懼怕一個反基督教的「尼采」，因為基督教在日本雖然存在，而且聲勢也逐漸強大，也有像內村鑑三（Uchimura Kanzō, 1861–1930）那樣的代表人物，但還不足以構成體制的威脅；他們也似乎並不懼怕一個「文明批評家」的「尼采」，因為明治雖然是一個所謂「文明開化」的時代，卻還並沒進化到值得展開文明批判地程度，而對國家體制的最大威脅就是這倫理道德層面上的「個人主義的利己主義」。批評者比鼓吹者對「尼采」本身更缺乏瞭解，在批評者當中幾乎很少有懂德文的，至多只是通過英語看到的「尼采」，甚至連英譯也沒讀過而只讀過鼓吹者文章裡的「尼采」，但是他們卻在痛罵「本能」的同時本能地知道「高山們」要說的是什麼，更何況齋藤野之人已經在〈國家與詩人〉一文中把這種資訊明白無誤地表達出來：即「詩人」（個人）是「國家」的前提，不是「詩人」（個人）為「國家」而存在，而是「國家」為「詩人」（個人）而存在，沒有「詩人」（個人）所謂「國家」便沒有意義。

---

[109] 杉田弘子〈ニーチェ解釈の資料的研究──移入初期における日本文献と外国文献との關係〉（《国語と国文学》，昭和四十一年5月），21-34頁。

國家國民之精神，長存於「人」，而「人」又常因詩人而得名，有詩人活著的地方，實乃光榮而偉大之邦。……國家者，方便也，「人」者，理想也。無「人」之國家毫無意義。故無靈魂之國，無人聲之國，吾人不會有一天以其存在為德。世間多有人自稱世界之勢力，陶醉於虛榮讚美，而值得憐憫的國民可能聽到人生之福音乎？嗚呼，若吾等長久不能以我國語知曉「人」之意義，吾等將只會成為亡國之民，身蹈東海的漂浪之民。[110]

熟讀〈摩羅詩力說〉的讀者看了上面這段是否覺得有點眼熟？──是的……，但我想還是暫時將這故事放下，留給下一步去仔細整理，而接著把現在的話題進行完。

很顯然，如果按照這一倫理邏輯走下去，要求對國家絕對服從的明治倫理體系將受到徹底的動搖。只要知道大文豪夏目漱石（Natsume Sōseki, 1867-1916）在十二年後的1915年才敢在公眾面前謹慎而溫和地發表他的《我的個人主義》，[111]就不難想像樗牛、野之人兄弟及其支持者們具有何等巨大的衝擊力了。於是一場驚心動魄的反擊便開始了。坪內逍遙以〈馬骨人言〉長篇連載出馬，使「高山們」充分領略了這個文壇老將的老辣自不待

[110] 斎藤野の人〈国家と詩人〉，原載《帝國文學》1903年6月號，引自《高山樗牛　斎藤野の人　姉崎嘲風　登張竹風集》，106-107頁。
[111] 夏目漱石〈私の個人主義──大正三年十一月二十五日学習院輔仁会において述─〉，原載《輔仁会雜誌》1915年3月22日，載三好行雄編《漱石文明論集》（東京：岩波書店，1986）。其言曰：「私以為，不論怎樣，當國家處在穩定時期，就應理所當然地把重點放在具有高度道德性的個人主義上來。」（国家の平穏な時には、德義心の高い個人主義にやはり重きをおく方が、私にはどうしても當然のように思われます），137頁。

言，而本來應該和他們同處同一戰線的文學者們也因對「尼采」誤解，也對他們施以攻訐，如與謝野鐵幹（Yosano Tekkan, 1873-1935）就是因為「尼采」而在自己創辦的《明星》雜誌上專門撰文對這個《明星》的有力支持者不遺餘力地展開批判[112]。

可以說在當時的日本主流知識界，幾乎大多對這個被解釋為「個人主義的利己主義」的「尼采」保持著高度警惕。

明治三十五年即1902年年初，丸善書店策劃了一項堪稱「知識人總動員」的問卷調查，請七十多位知識界著名人士選定「十九世紀的大著述」，並將結果發表在當年《學燈》雜誌三月號上。達爾文《物種起源》得票最高，32票，尼采得票最低，只得了3票，其中當然包括了高山樗牛的一票，而這一結果也當然令他頗感「意外」[113]。

這一事件反映了體制內對「尼采」的評價，也足以顯示「尼采」在日本的現實中所遭受的困境。而且這種困境還不僅僅是精神的，更是物質的，還不僅僅是口頭的，而且更是人事的。

高山樗牛英年早逝，就在周樹人來到日本留學的1902年末因肺病而去世。但在那以前，他已由十九世紀的「尼采」而投奔十三世紀的僧侶日蓮上人（Nichiren Shonin, 1222-1282），而就在這一刻，用橋川文三的話說，「『未來之權利』的青年之心，已不待他永眠而早已離他而去」[114]。

登張竹風一系列反擊駁難的文章，在很多地方也算是把攻擊

---

[112] 與謝野鐵幹〈高山樗牛に與ふ〉，初出《明星》明治三十五年（1902）二月號，此據前出《近代文學評 論大系2‧明治II》（角川書店，1972）所收文本。
[113] 前出《丸善百年史》（上卷），參見457-473頁。
[114] 橋川文三「高山樗牛」，前出《高山樗牛 斎藤野の人 姉崎嘲風 登張竹風集》，392頁。

者駁斥得體無完膚，例如他回應坪內逍遙的〈馬骨人言〉說，你有罵我們的功夫何不去讀讀尼采的原文？逍遙不懂德文甚至還要以「苦肉計」¹¹⁵的方式在對方的鼓吹尼采的文章裡去找「尼采原說」，也的確是受了不小的屈辱，但這些都無法阻擋體制的勝利和登張竹風的失敗。他當時任高等師範學校教授，校長便正是那著名的教育家嘉納治五郎（Kanō Jigorō, 1860-1938）。儘管登張竹風放言無忌，但由於「是有肚量的嘉納當校長，在那四五年間」，對他的言論未置一言。「然而，不滿之聲卻由外部傳來」。

　　明治三十九年九月十一日，我因病請假。
　　第二天，嘉納先生來了封私信讓我親展，說「有急事商量，請馬上來學校」，於是抱病急忙趕了過去。
　　「友人告訴我最近似有高官到文部省來談判，說『在普通教育之源泉的高等師範學校裡，好像有人發表奇談怪論，而且還鬧到了外邊，好像主張超人什麼的。超人之類的思想，若細考下去，豈非恐懼之至？對這樣的人非人，文部省為何至今不聞不問？』你的言論思想怎樣，我從未去想過。不過事到如今，作為校長，庇護你就等於庇護你的思想，這個當校長的我做不來。但事已經過去，已成舊聞，如果眼下你完全不再主張這種思想，還多少可以想些法子。可思想又是別具一格之物。如果你的意見是今後繼續宣導，這是你的自由，但倘如此也就迫不得已，你必須立刻提出辭呈」。¹¹⁶

115 前出，杉田弘子《ニーチェ解釈の資料的研究──移入初期における日本文献と外国文献との關係》。
116 登張竹風〈三十年前の思い出〉，《人間修行》（中央公論社，昭和九

　　就這樣，登張竹風「丟掉教職」。作為「美的生活的論爭」的結果，尼采的鼓吹者們都遭受重大挫折。而這一點也正和丸善書店所做的問卷調查完全相符。

　　高山樗牛當時對問卷的結果感到「意外」，是因為他知道那個結果與「尼采」在青少年當中的巨大反響不符。《丸善百年史》也總結說：「若是在高中生、初中生中投票，那麼尼采的得票將會因學生們對高山的崇拜而飆升」[117]。這就是說，體制獲得了勝利，而「尼采」卻擁有了青年，贏得了當時青年們的心。留學生周樹人也是在這些青年當中，是他們其中的一個。

　　周樹人並沒親身經歷那場關於「個人主義」的論爭，但他卻通過這場論爭留下來的蕩漾在自己周邊的餘波，思考了這場論爭，不僅做出了自己的價值判斷，也做出了自己明確的批評，也就是我們在〈文化偏至論〉裡看到的這段話：

> 個人一語，入中國未三四年，號稱識時之士，多引以為大詬，苟被其謚，與民賊同。意者未遑深知明察，而迷誤為害人利己之義也歟？夷考其實，至不然矣。

　　這段話不僅是他身邊曾經發生過的關於「尼采」論爭留下的漣漪，更是他對近代精神價值的一種篩選，從此「尼采」及其「個人主義」，便也同樣作為一種方法被他帶入到漢語的語境中來，又經過在此後的文本中被不斷翻譯闡釋和複製，也就跟著他正式進入了中國，以至時至今日，包括本論在內，都在叫做「魯

年〔1934〕），前出，高松敏男、西尾幹二，234-237頁。

[117] 前出《丸善百年史》（上卷），參見468頁。

迅」的文本中爬梳著關於尼采的殘片，思考著它們留給今天的意義。（未完待續）

【附記】

正如文末括弧當中前兩個字所記：「未完」。就研究目的而言，本文還只是一個中間報告，是通向預設目標的一個通過點，接下來要做的工作至少有三個大的方面：

（一）作為留學生周樹人周邊的問題，關於尼采衝擊波造成的廣泛影響和深遠的社會滲透，本篇已經涉及到了一些，但是還很不充分。正如上面所說，尼采的影響主要並不體現在哲學層面，而更多的是體現在倫理層面和社會思想層面上，那麼這個層面的「尼采」是如何體現的呢？或者說「尼采」是以怎樣的形態出現在他在日本的熱心讀者——明治知識青年的言說當中的呢？私以為查清並闡明「尼采」在同齡明治青年言說當中的形態，有助於判定和把握留學生周樹人關於「尼采」的認識所處的時代位置。

（二）探討周樹人在寫作〈人間之歷史〉、〈摩羅詩力說〉、〈科學史教篇〉、〈文化偏至論〉、〈裴多菲論〉和〈破惡聲論〉時所直接借助的「尼采」及其與「尼采」相關的思想資源，以此來展現周樹人周邊的這個「尼采」本身在時代的言說中又擁有怎樣的周邊，而它們又是以怎樣的形態和方式滲透給周樹人的。具體將要涉及加藤弘之、石川千代松、丘淺次郎、高山樗牛、姊崎嘲風、登張竹風、齋藤野之人、坪內逍遙、長谷川天溪、桑木嚴翼、井上哲次郎等進化論者、評論家和哲學家的文本與周樹人文本之關

係。在此，我想明確自己的一個基本觀點，即如果不把至少上面這些人調查清楚，那麼也就不會理解魯迅的「立人」是怎麼來的，而上面這些人如果不成為魯迅研究界的常識，那麼關於魯迅留學時代的思想和文學的認識和研究也就不可能進一步推進。

（三）探討近代的「個人」是如何在青年周樹人的精神當中胚胎並且誕生的。這是後來的魯迅在自己的青年時代所從事的自我塑造過程，他的「人各有己」之「人」，之「己」，正是由這一自我塑造的過程而確立。

二十七年前在寫碩士畢業論文的時候因探討魯迅的文明觀（〈文明、歷史、人、文學——論魯迅的文明觀〉，載《吉林大學研究生論文集刊》，1987）而涉及到「尼采」，主要是上面提到的魯迅留學時代那幾篇論文當中的尼采，自此以後再沒有直接針對魯迅的尼采展開過正面的研究，儘管在做其他課題——如進化論、國民性時要不斷遭遇尼采。因為尼采的問題太大、太複雜，我既沒有勇氣去碰，也沒有研究的準備，說白了就是自覺實力不夠，做不了這個題目。此次能夠試作此篇，完全是南洋理工大學張釗貽教授的敦促，如果沒有他在南洋理工大學主持召開的「尼采與中國現當代文學國際學術研討會」，沒有誠摯的參會邀請，尤其是沒有他那出色的先行研究著作《魯迅：中國「溫和」的尼采》，這篇論文是不可能完成的。在此謹向南洋理工大學、向張釗貽教授表示衷心的感謝，也向在參會期間給予我寶貴建議的各位專家學者表示衷心的感謝，同時也向給予我多種幫助的南洋理工大學崔峰博士表示衷心的感謝。

留學生周樹人
「個人」語境中的「斯契納爾」
——兼談「蚊學士」、煙山專太郎

前言

在周樹人（即後來的魯迅, 1881-1936）留學時代關於「個人」的語境當中有個「斯契納爾（M. Stirner）」，該人被《魯迅全集》注釋為現在通用的「斯蒂納」或「施蒂納」。[1]本論將此作為問題提出，是緣於兩個相互關聯的契機。

一個是作為筆者〈留學生周樹人周邊的「尼采」及其周邊〉[2]一文的接續內容，「マクス・スチル子ル」——即「斯契納爾（M. Stirner）」——也是出現在留學生周樹人周邊的那個

---

[1] 1981年版《魯迅全集》注為「斯蒂納」，參見第60頁註29、註30。2005年版，第61頁，註29為「斯蒂納」，註30為「施蒂納」。本論表述採取目前通常所使用的「施蒂納」。

[2] 這是提交給新加坡南洋理工大學「尼采與中國現當代文學國際學術研討會」（張釗貽教授〔Assoc Prof. Cheung Chiu-Yee〕召集並主持，2012年11月22-23日，於新加坡南洋理工大學文理學院。「Nietzsche and Modern and Contemporary Chinese Literature」.The conference is supported by the Centre for Liberal Arts and Social Sciences (CLASS) and the Confucius Institute at Nanyang Technological University (NTU). It at NTU in 22-23 November, 2012）的專題論文，但從內容上來說，只進行到途中，故在文後注明「未完待續」。收入張釗貽主編《尼采與華文文學論文集》，新加坡：八方文化創作室，2013年11月，第87-126頁。山東社會科學院《東嶽論叢》2014年3期全文轉載。

「尼采」的周邊事項之一，當以「尼采」為中心觀察其周邊時，便必然要與之相遇。在前一篇論文中，筆者在「魯迅與尼采」這一研究框架內做了兩點嘗試，一個是研究視點的調整，即把從後面看的「魯迅」，調整為從前面看的「周樹人」，再由前向後看「尼采」在從「周樹人」到「魯迅」過程中的伴同軌跡及其影響；另外一點是通過「清國留學生周樹人」的視角來確認他當時面對的到底是怎樣一個「尼采」。就方法論而言，筆者在其中導入了「周邊」的概念。

從這個意義上說，這個「斯契納爾」即現今通稱的「施蒂納」，也就是在此之前已經定位了的那個「尼采」周邊的一個相關事項。一般說來，其在周樹人的關注當中，通常與「尼采」結伴而行，是處理「尼采」問題時所必然要涉及的一個對象。而且也跟「尼采」之於「周樹人」的情形一樣，在現在的時點上應該首先明確的一個問題，就是當年的留學生周樹人面對的是怎樣一種情形的「施蒂納」？答案當然是保留在魯迅文本中的「斯契納爾」，而不是後來被闡釋的處在現今語境下的「施蒂納」。

促成本論的另外一個契機，是汪衛東教授（蘇州大學中文系）向筆者提出的問題和他在解答這一問題上做所的努力及其取得的成果。早在七八年前他就向筆者提出「蚊學士是誰？」的問題。這是出現在日本明治時代《日本人》雜誌上的一個署名。由於筆者一直處於其他課題的驅趕之下，無暇去調查，就當作留給自己的一份作業存案下來。2013年3月在南京師範大學參加「魯迅與二十世紀中國文學國際討論會」時，再次見到汪先生並獲贈他的新著《現代轉型之痛苦「肉身」：魯迅思想與文學新論》[3]

---

[3]　汪衛東著，北京大學出版社，2013年1月。

（以下略稱「汪著」），誠乃令人欣喜。作者在與「蚊學士」相關的研究方面付出了艱苦的努力並終於有了新的進展乃至重大突破。該書第三章「資料、闡釋與傳承」當中設專節,即第二節「新發現魯迅〈文化偏至論〉中有關施蒂納的材源」[4]來報告這一成果。其中最重要的內容是通過日文文本翻譯、解讀和與魯迅文本比較，使「魯迅〈文化偏至論〉中有關施蒂納的材源」獲得確證，即來自「明治時期雜誌《日本人》」上的「一篇署名蚊學士的長文〈無政府主義論す〉[5]（〈論無政府主義〉），魯迅有關『施蒂納』的言述，其材源就來自該文，而且屬於直接轉譯過來的」。[6]筆者不揣淺薄，從自己的問題角度檢證了汪先生的這項研究成果，私以為上述結論完全成立，而且是近年來少見的一項重大發現，在「這一發現，應有助於我們進一步深入考察魯迅『立人』思想的形成和內涵」[7]的意義上，怎麼評價都不顯得過分。

本論惠承這項成果，並對汪先生的勞作和貢獻表示欽佩和感謝。筆者在前作〈留學生周樹人周邊的「尼采」及其周邊〉當中曾對〈文化偏至論〉中「尼佉之言曰」的材源進行了調查，也對周樹人為「個人之語」所做的正名之由來的環繞他的「周邊」背景做了較為廣泛的考察，此次汪著對「施蒂納」材源的確證，進一步充實了「留學生周樹人周邊」的內容，與筆者所做工作完全處在一個方向上，那就是證實著人們通常所說的「早期魯迅」所面對的「西方」，其實幾乎就是環繞在留學生周樹人周邊的日本

---

[4] 前出汪衛東著2013，第357-372頁。李冬木按：應為〈無政府主義を論ず〉。
[5] 李冬木按：原題應為〈無政府主義を論ず〉。
[6] 前出汪衛東著2013，第359頁。
[7] 同上。

明治版的「西方」。筆者相信，這種新的發現將促使研究者重返並面對當年周樹人所置身的那個歷史現場以及他在那個現場的所思所想。

那麼，比如說，在〈文化偏至論〉中留下痕跡，處在周樹人周邊的那個歷史現場當中的「蚊學士」是誰呢？對此，汪先生的結論是「目前作者不詳」[8]。如上所述，筆者也一直將此當成一份作業存案。包括這個問題在內，本論的目的便是將當年周樹人身邊的「施蒂納」是怎樣一種存在呈現出來，以考察「斯契納爾」通過怎樣的機制進入到了周樹人關於「個人」的話語當中。不過，在此之前還想就汪著做出進一步檢證。因為這是把一項新的研究成果接納為可用作此後研究之基礎的「先行研究」所應履行的一道必要的手續。

一、關於「蚊學士」文本的處理問題

如果先說結論的話，那麼在認同〈文化偏至論〉中關於「斯契納爾」的評述的確轉譯自「蚊學士」文本的這個大前提下，還應該指出汪著所存在的不足。總體來講，對該材源處理上的粗疏，是比較顯而易見的缺憾。

首先，可以指出的是，既然作為「材源」，那麼除了應附上原文之外，還應進一步明確標出材源資訊，而不是籠統地表述為「文章連載於《日本人》第154號、第155號、第157號、第158號、第159號，時間為明治三十五年（1902年）一月五日至三月二十日」[9]。

---

[8]　同上，第360頁。

[9]　前出汪衛東著2013，第360頁。

　　正如本論前面所提示，「蚊學士」〈論無政府主義〉原題為〈無政府主義を論ず〉，但汪著誤記為〈無政府主義論す〉，在此訂正。

　　該文分五期連載於《日本人》雜誌，原期號、刊載日期和頁碼如下：

　　　第百五拾四號，明治三十五年一月一日，第26-29頁
　　　第百五拾五號，明治三十五年二月五日，第27-30頁
　　　第百五拾七號，明治三十五年二月廿日，第24-27頁
　　　第百五拾八號，明治三十五年三月五日，第26-29頁
　　　第百五拾九號，明治三十五年三月廿日，第23-26頁

　　由重新檢對、確認可知，「《日本人》第154號」的刊載日期非「為明治三十五年（1902年）一月五日」，而是當年的一月一日。被認為是〈文化偏至論〉中「斯契納爾」之材源的部分，出現在第三回連載的「第百五拾七號，明治三十五年二月廿日，第24-27頁」當中。

　　其次，是「蚊學士」之日文原文在「日譯漢」的處理過程中所呈現出來的譯文方面的問題。雖然從結果來看，譯文所見問題最終並未影響到總體上判斷「蚊學士」文中相關部分是「斯契納爾」的材源，但作為一項基礎工作，譯文的正確、準確與否，既關係到能否為此後的進一步研究提供一個可靠的漢譯文本，也牽扯到今天對〈文化偏至論〉文本的解讀以及對周樹人當年取材時對材源的解讀和處理狀況的評價。因此，有必要對目前的漢譯文本做一次精讀和對照。茲將「蚊學士」原文作為【附錄一】，〈文化偏至論〉關於「斯契納爾」部分作為【附錄二】，〈汪著

譯文[10]與重譯之對照〉作為【附錄三】附於文後，以便參考。

　　從精讀和對照的結果來看，目前漢譯文本的主要問題是存在著誤譯和譯得不太準確之處。詳細情形，請參考三個附錄，這裡只挑主要的來說。例如，若就明顯誤譯而言，則可以指出五處。以下分別以「甲、乙、丙、戊、己」標出，並將重譯附在下面。

　　（甲）他以每個人作為至高無上的唯一實在，並斷言：「所謂人類，所謂主義，畢竟只能是**存在於個人**的一種觀念、妄想而已。」
　　　　【重譯】他以每個人為最高唯一的實在，斷言所謂人，所謂主義，**畢竟皆非個人人格**，而只是一種觀念，一種妄想。

　　（乙）自由教導我們：「讓你自身自由吧」，**於是它也能言明所謂「你自身」到底是什麼。**
　　　　【重譯】自由教給我們道，讓汝自身自由！**卻不言明其所謂汝自身者為何物。**

　　（丙）「我性」生來就是自由的，因此先天性地作為自由者追求自由，**與妄想者和迷信者為伍狂奔正是為了忘卻自我。**
　　　　【重譯】我性生來自由，故先天的自由者自己去追求自由，與妄想者和迷信者為伍狂奔，正是**忘卻**了自己。

---

[10]　譯文摘自前出汪衛東著2013，第361-362頁。

（丁）「自由，**起初**須有達到自由之權利，然後才能夠得到的。但是這權利決不能在自由之外求得，而是存在每個人當中。**我的權利也不是別人給予之物，神、理性、自然和國家也都不是人所給予之物。**」

【重譯】自由只有獲得到達自由的權力之後**才會**獲得。然而其所謂權力，決不是要人求之於外。因為權力只存在於每個個人當中。<u>我的權力並非誰所賦予，不是上帝，不是理性，不是自然，也不是國家所賦予。</u>

（戊）「**果然**，當我排斥一切束縛、發揮本來面目時，對我來說，毫無承認國家之理由，**也無自我之存在**。只有毫無『我性』的卑賤之人才應該獨自站在國家之下。」

【重譯】**倘果如此**，那麼意欲排斥一切束縛，發揮本來面目之我，也就原本不會有承認國家之理。<u>只有沒有自己</u>、喪失我性的卑陋之人，才應該獨自站在國家之下。

（己）「**一開始，每個人依據自我形成了自我意識和自我行為的中心及終點，而所謂幸福，即由此產生。**故依據我性，樹立了人的絕對自由。」

【重譯】所謂幸福者，乃是每個個人都以自己為自己的一切意志及行為的中心和終極點時才會產生的那種<u>東西</u>。即他要以我性確立人的絕對自由。

　　在以上對照當中，黑體字和畫底線處，表示「問題」之處。很顯然，（甲）和（乙）把意思譯反了，（丙）和（丁）則把意思譯「擰」了，（戊）把後一句的前半句跟前一句捏在一起來譯，致使意思不通。（己）似偏向「意譯」，卻無法傳遞出原文句子的準確意思。此外，（丁）當中的「起初」和（己）當中的「一開始」等語句，顯然是沒能正確理解由日語副詞「始めて」或「初めて」所搭建的句型而導致的誤譯。這個詞在日語句子結構中，大抵相當於漢語副詞「才」，表示在經歷了某種經驗或狀況之後，「才」怎樣怎樣的意思。

　　譯文問題，如果不影響到〈文化偏至論〉文本相關部分的解讀，那麼也倒無關大局。然而事實又似乎並非如此。參考【附錄一】「蚊學士」原文和【附錄三】的譯文對照可知，「蚊學士」把「施蒂納」闡述的「我」或「我性」與「自由」的關係譯介得很清楚，即我性生來自由，自由是我天生的東西，不必特意向外去尋求；如果一個先天就自由的人特意去追求身外的自由，跟那些不懂得自由為何物的人們為伍狂奔，恰恰是由於忘卻了自己之「我」和「我性」的緣故；看不到自己身上與生俱來的自由，反倒向外尋找，這是一種矛盾。周樹人不僅正確理解和把握了這層意思，而且還將其精當地概括出來，即〈文化偏至論〉關於「德大斯契納爾」那段話當中的「**惟有此我，本屬自由；既本有矣，而更外求也，是曰矛盾**」一句。事實上，在上面指出的誤譯當中，（乙）、（丙）、（丁）三處的內容都跟這句話相關，但遺憾的是，譯者似乎未意識到自己的譯文與周樹人的理解存在著齟齬之處。或許也可以調過來說，在處理周樹人的材源時，沒能將周樹人本身對材源的處理設置為有效的參照。其結果是，不論是通過「蚊學士」（日譯漢）還是通過「魯迅」（閱讀），都沒能

正確地解讀出「施蒂納」關於「我性」與「自由」二者之關係的
闡述——至少從譯文上沒能正確地體現出來。為此，也就真的有
必要重新精讀一遍周樹人當年描繪的「斯契納爾」：

> 德大斯契納爾（M. Stirner）乃先以極端之個人主義現於
> 世。謂真之進步，在於己之足下。人必發揮自性，而脫觀
> 念世界之執持。惟此自性，即造物主。惟有此我，本屬自
> 由；既本有矣，而更外求也，是曰矛盾。自由之得以力，
> 而力即在乎個人，亦即資財，亦即權利。故苟有外力來
> 被，則無間出於寡人，或出於眾庶，皆專制也。國家謂吾
> 當與國民合其意志，亦一專制也。眾意表現為法律，吾即
> 受其束縛，雖曰為我之輿台，顧同是輿台耳。去之奈何？
> 曰：在絕義務。義務廢絕，而法律與偕亡矣。意蓋謂凡一
> 個人，其思想行為，必以己為中樞，亦以己為終極：即立
> 我性為絕對之自由者也。[11]

很顯然，「斯契納爾」這一段的核心意思是強調「我性為絕對之
自由」，將此把握住了以後再回過頭來看與「蚊學士」的文本關
係，兩者在材源上的關聯才呈現得更加明晰。這裡無須贅言，姑
將重譯過的「蚊學士」相關段落對照如下：

> 麥克斯·施蒂納是基於純粹利己主義立場之無政府
> 主義的首倡者。他以每個人為最高唯一的實在，斷言所謂
> 人，所謂主義，畢竟皆非個人人格，而只是一種觀念，

---

[11] 〈文化偏至論〉，《魯迅全集》第一卷，2005年版，第52頁。

一種妄想。曰，人人之理想，越是精靈化，越是神聖，就越會導致對其敬畏之情逐漸增大。然而，這對他們來說，也就因此會反過來導致自身自由的日益縮小而毫無辦法。所有的這些觀念，都不過是各個人心意的制造物，都不過是非實在的最大者。故自由主義所開闢的進步，其實也只是增加了迷惑，只是增進了退步。真正的進步絕不在於此等理想，而在於每個人之足下。即在於發揮一己之我性，在於使我從觀念世界的支配之下完全飄脫出來。因為我性即一切之造物主。自由教給我們道，讓汝自身自由！卻不言明其所謂汝自身者為何物。與之相反，我性沖著我們大叫道，讓汝自身甦醒！我性生來自由。故先天的自由者自去追求自由，與妄想者和迷信者為伍狂奔，正是忘卻了自己。明顯之矛盾也。自由只有獲得到達自由的權力之後才會獲得。然而其所謂權力，決不是讓人求諸於外。因為權力只存在於每個個人當中。我的權力並非誰所賦予，不是上帝，不是理性，不是自然，也不是國家所賦予。一切法律都是支配社會的權力的意志。一切國家，不論其統治的權力出於一人、出於多數或出於全體，皆為一種專制。即使我公然宣佈應以自己的意志去和其他國民的集合意志保持一致，亦難免專制。是乃令我淪為國家之奴隸者也，是乃讓我放棄自身之自由者也。然則將如何使我得以不陷入如此境地呢？曰，只有在我不承認任何義務時才會做到。只有當不來束縛我，而亦無可來束縛時才會做到。倘若我不再擁有任何義務，那麼也就不應再承認任何法律。倘果如此，那麼意欲排斥一切束縛，發揮本來面目之我，也就原本不會有承認國家之理。只有那些沒有自己，喪失我性

的卑陋之人，才應該自己去站在國家之下。

「施蒂納」之言說乃絕對的個人主義。故他一切基於個人意志，排斥道德，譴責義務。

……（中略）……

總之，「施蒂納」說，作為個人的人，是哲學從始至終對人生問題所實際給予的最後的和最真誠的解答。所謂幸福者，乃是每個個人都以自己為自己的一切意志及行為的中心和終極點時才會產生的那種東西。即，他要以我性確立人的絕對自由。

私以為，〈文化偏至論〉中關於「斯契納爾」的那段話，便是留學生周樹人通過「蚊學士」的日文本文對「施蒂納」的容受、轉換和重構的所謂「歷史現場」。

第三，圍繞魯迅對「施蒂納」的選取，汪著描述了當時「無政府主義」的思潮背景，以「排他法」辨析出魯迅「施蒂納」材源非取自同時代的其他關於無政府主義的文章，而只來自「蚊學士」。這在確定作為材源的「蚊學士」是有意義的，但反過來說是否也意味著無形中排除了某些不該排除掉的東西？關於這個問題，將放在後面具體討論。

二、《日本人》雜誌上的「蚊學士」

以上可謂「我田引水」，是在汪著已做先行研究的前提下整理問題，確立本論的出發點。接下來的問題當然是「蚊學士」。他是誰？還寫了哪些東西？既然是他構成「施蒂納」與周樹人之間的仲介，那麼也就成為後者周邊的一個不可迴避的事項。

　　筆者的調查也是從連載〈論無政府主義〉一文的《日本人》雜誌開始的。但調查的結果卻與汪著「在同名雜誌沒有發現同樣署名的文章」[12]這一結論不同，筆者在《日本人》雜誌上還查到了署名「蚊學士」的其他文章。包括〈論無政府主義〉連載在內，茲將署名「蚊學士」的文章按刊載順序編號排列如下：

序號	篇名	收錄卷號	日期／頁碼
1.	愚想愚感	第百拾七號	明治三十三年六月二十日，第32-34頁
2.	志	第百三拾二號	明治三十四年二月五日，第25-26頁
3.	動的生活と靜的生活	第百三拾四號	明治三十四年三月五日，第28-29頁
4.	漫言	第百四拾號	明治三十四年六月五日，第41-43頁
5.	消夏漫錄	第百四拾三號	明治三十四年七月廿日，第32-36頁
6.	虛無主義の鼓吹者（一）	第百四拾六號	明治三十四年九月五日，第36-39頁
	虛無主義の鼓吹者（二）	第百四拾七號	明治三十四年九月廿日，第31-36頁
7.	時	第百五拾三號	明治三十四年十二月廿日，第33-34頁
8.	無政府主義を論ず（一）	第百五拾四號	明治三十五年一月一日，第26-29頁
	無政府主義を論ず（二）	第百五拾五號	明治三十五年二月五日，第27-30頁
	無政府主義を論ず（三）	第百五拾七號	明治三十五年二月廿日，第24-27頁
	無政府主義を論ず（四）	第百五拾八號	明治三十五年三月五日，第26-29頁
	無政府主義を論ず（五）	第百五拾九號	明治三十五年三月廿日，第23-26頁
9.	消夏漫錄（一）	第百六拾七號	明治三十五年七月廿日，第33-35頁

也就是說，「蚊學士」署名過9篇文章，在《日本人》雜誌上出現過14次。首次出現於明治三十三年即1900年6月20日〈愚想愚感〉一文，最後一次出現於明治三十五年即1902年7月20日〈消夏漫錄〉（一）一文。第二次出現的〈消夏漫錄〉標記「（一）」，大概是為了跟上一年發表的同題目文章相區別，但此後卻並無連載，也不見再有同樣標題的其他署名的文章。到目

---

[12]　前出汪衛東著，2013，第360頁。

前為止,就筆者閱讀範圍所及,除《日本人》雜誌外,尚未在其他地方看到「蚊學士」這個署名。

那麼,「蚊學士」是誰呢?──查到這裡,「蚊學士」的線索便一時中斷了。

三、「蚊學士」與煙山專太郎

「蚊學士」這個署名顯然帶有戲謔調侃的味道,其對象或許是「文學士」這種頭銜?──這是當初查找該署名時的一種漠然的揣測。果然,在翻閱資料的過程中獲知,「文學士」頭銜在明治時代還真是塊響噹噹的牌子,「堂堂」且有著相當大的「威力」。這裡有內田魯庵(Uchida, Roan, 1868-1929)當年回憶中的一段描述為證。

> 恰是在那個時,坪內逍遙發表他的處女作《書生氣質》,**文學士春迺舍朧之名,突然間如雷貫耳。**(《書生氣質》最初是作為清朝4號刷的半紙十二三頁左右的小冊子,由神田明神下的叫做晚青堂的書肆隔週一冊續刊,第一冊發行是明治十八年六月二十四日)政治剛好進入公約數年後開設國會的休息期,民心傾向文學,李頓和司各特的翻譯小說續出不斷,大受歡迎,政治家的創作頻繁流行正轉向新的機遇,所以春迺舍的新作以比現在的博士更受重視的**文學士的頭銜發表出來,便在倏忽間人氣鼎沸,堂堂文學士染指小說,**加重了向來被視為戲作的小說的文學地位,更一層喚起了世間的好奇心。到那時為止,青年的青雲希望僅限於政治,青年的理想是從出租屋直接當上參議員,

> 然後再去做太政官，因為是這麼個時代，所以天下最高學
> 府出身的人以春迺舍朧這麼一個很酷的雅號來戲作小說，
> 就比律師的姑娘去當女優，華族家的食客去電影院買票更
> 令人感到意外，《書生氣質》之所以能攪動天下，與其說
> 是因其藝術效果，倒莫如說實乃**文學士**頭銜的威力。[13]

　　很顯然，「蚊學士」是以諧音的方式，用「蚊」子的渺小、
微不足道來對應「文學士」的「堂堂」大牌。那麼，是誰跟「文
學士」頭銜這樣過不去呢？要在眾多的明治著述者當中去把這樣
的「故事」對應到具體的個人當然不容易。幸虧有同事提醒說有
個叫煙山專太郎（Kemuyama Sentaro, 1877-1954）的可是寫過「無
政府主義」的人，[14]於是便去查閱其生平和著作。果然，在一篇
回憶文章裡，有人特意提到了他的「學位問題」。那是煙山專太
郎的弟子、日本戰前和戰後都很著名的國家社會主義者石川準時
郎（Ishikawa junjiro, 1899-1980）所寫的〈憶煙山先生〉一文，於
1954年4月6、7日在《岩手日報》上連載，其上篇副題就是「不
在意學位的秉性（學位に無とんちゃくな人柄）」，而其中還另
設小標題「博士（學位）問題」。說的是「煙山先生在早稻田大
學擔任學位審查委員多年，『製造』過很多所謂的博士，但他自
己卻終生沒當博士」。原因是從明治到大正，日本私立大學無權
授予博士學位，要想拿博士學位只有通過「官學」才行，也就是

13　譯自〈二叶亭四迷的一生〉（〈二葉亭四迷の一生〉），該文收如回
　　憶文集《想起的人們》（《おもひ出す人々》，1925年，春秋社），本
　　論所據文本為《明治文学回顧錄集（一）‧明治文學全集98》，筑摩書
　　房，1980年，第311頁。
14　在此要感謝我的同事辻田正雄教授，是他的提醒使我把注意的方向轉到
　　煙山專太郎上來。

說，「煙山先生得向東京大學歷史科提交論文接受審查」。「但煙山先生說：『要是讓那夥人給我學位，還是不當博士的好。』更何況他並不想當博士。又過了很多年，早稻田也可以授予博士學位了，在先生看來，在自己要培養博士的時候，去跟弟子們一起當博士，實在太傻，遂終生不當博士」。[15]煙山之所以不肯向他畢業的母校東京大學提交博士論文，除了對「官學萬能時代」的抵抗外，還有另一個重要原因，即出於對「學閥派系」的反感。「煙山先生雖然畢業於東京大學，卻並非歷史科出身，而是哲學科出身。學生時代偶然去幫助在早稻田任教的有賀長雄博士（後任中國袁世凱政府顧問）辦《外交時報》……而轉向專門研究歷史並在早稻田就職。即對東大的歷史科來說，煙山先生原本就是系外之人，無緣之人，是個異端者」。[16]在這種情況下，煙山專太郎無心向母校申請博士學位也就並非不可思議了。

不過，煙山專太郎應該擁有「文學士」頭銜。這一點應該沒有問題。明治十年即1877年開成學校和東京醫學校合併，成立東京大學，明治十九（1886）年伴隨大學令改正，改為帝國大學。[17]這是當時日本唯一的一所大學，當然是官辦大學。明治十二（1879）年7月10日東京大學首次舉行學位授予儀式，向法、理、文三個學部的55名畢業生授予學位[18]有介紹說當時的學位名稱為「法學士」、「理學士」、「文學士」、「醫學士」、「製藥士」五種[19]。因為是首屆，故學位授予儀式也就辦得隆

---

[15] 《岩手日報》1954年4月6日第2版。

[16] 同上。

[17] 石井研堂《明治事物起原4》，筑摩書房，1997年，第98-99頁。

[18] 前出石井研堂，第90-92頁。

[19] 日語維基百科「學士」項記：「1879年，舊東京大學向畢業生授予學位，其名稱定為法學士、理學士、文學士、醫學士、製藥士」。（http://

重、熱烈、豪華，不僅55名畢業生在雷霆般的掌聲中一一獲取學位，還舉辦了各種講演會和展覽會，最後是一場豪華的晚宴。連當時作為「國賓」正在日本訪問的美國前總統尤利西斯‧辛普森‧格蘭特（Ulysses S.Grant, 1822-1885）也於當晚列席祝賀。成島柳北（Narishima Ryuhoku, 1837-1884年）的〈恭觀學位授予式記〉記錄了當天的盛況：「球燈千點，光照高高松柏之枝；旭旗萬杆，影翻斜射樓閣之楣。鼓笛殷送歡聲外，衣冠儼溢喜色內。是乃明治十二年七月十日夜於東京大學法理文學部舉行向卒業諸君授予學位大典者也。格蘭特君，亦幸來賓……」[20]。所謂「學位授予」，也僅僅是「學士」學位，可見「學士」在當時的地位之尊。在上文中出現的「文學士春迺舍」坪內逍遙（Tsubouchi Shoyo, 1859-1935）便是明治十六年（1883）畢業於東京大學文學部政治科的文學士。明治二十年（1887），伴隨著「學位令」的頒佈，「學士」不再是學位稱號，而只是帝國大學文科大學畢業生所能獲得的畢業稱號，原則上僅限於帝國大學分科大學的畢業生。「學士」的普及，則在近四十年以後。日本最早的兩所私立大學，即慶應義塾大學和早稻田大學於1920年2月2日同時成立，它們可向畢業生授予「學士」稱號，還要再等4年。

早稻田大學的前身，是當過日本內閣總理大臣的大隈重信（Okuma Shigenobu, 1838-1922）於明治十五年（1882）創辦的東

---

ja.wikipedia.org/wiki/%E5%AD%A6%E5%A3%AB，2014年5月28日參閱）但查閱前者所引以為據的黑田茂次郎、土館長言編《明治學制沿革史》（金港堂，明治三十九年〔1906〕12月），只記載有法、理、醫、製藥四種「學士」，而並無「文學士」字樣。參見該書第1108頁。前出石井研堂記載「法學士」和「理學士」，亦無「文學士」記載。何時開始有文學士名稱，待考。

20 前出石井研堂，第91頁。

京專門學校。明治三十五年（1902）在該校成立20周年之秋，煙山專太郎赴該校任教，在政治經濟學部和文學部史學科教歷史。是年他25歲，4月剛剛畢業於東京帝國大學文科大學哲學科。雖說頭上頂著帝國大學的「堂堂」「文學士」頭銜，但畢業後到私立學校就職，「在日清、日俄戰爭前後的官尊民卑時代，如果知道大多數東大畢業生的夢想和進路都在哪裡，那麼這在人們眼中便不能不映現出一個極端的異類」[21]。更何況如上所述，一個「哲學科」出身的人去私立學校教非本專業的歷史，這在帝國大學史學科方面看來，就更顯得是今天所說的「另類」了。不過從煙山專太郎這一面來看，則是他在研究與教學上終生與官學絕緣的開始。而且也不難想像，或許正是從那一刻起，他甚至不再把包括自己在內的、擁有惟有官學方可授予的「文學士」頭銜太當回事，甚至不惜借「蚊學士」的筆名來加以調侃。

正如前面所述，蚊學士〈論無政府主義〉一文，就在同一年1月1日到3月20日分五次連載於《日本人》雜誌上。這是煙山專太郎於4月畢業離校以前的事。那麼「蚊學士」會是煙山專太郎嗎？回答是肯定的。如果說當初從筆名入手所展開的上述調查還不出推測範圍，那麼通過文本對照，則可以確證，所謂「蚊學士」即煙山專太郎！

就在煙山專太郎畢業離校的那個月，也就是明治三十五（1902）年4月28日，他出版了自己的第一本專著《近世無政府主義》[22]。該書由東京專門學校出版部作為「早稻田叢書」出版

21 小林正之〈煙山專太郎先生の回想——早稻田学園に於ける或る歷史家（一八七七一一九五四）の面影〉，早稻田大學史學會編《史觀》第四十二冊，1964年6月，第73頁。
22 《近世無政府主義》（《近世無政府主義》）版權頁資訊如次：明治三十五年四月廿五日印刷／明治三十五年四月廿八日發行／定價金 壹圓／

並由出版界巨擘博文館發行，當時主要媒體如《朝日新聞》和《讀賣新聞》都刊登了廣告和書訊。[23]這是部厚達411頁的大作。封面除了書名和出版機構外，還印有「法學博士有賀長雄校閱／煙山專太郎編著」的字樣。全書構成有作者序言、參考書目（30種）、目錄和前編、後編正文。前編「俄國無政府主義」標題下分七章，從第一章到第七章各有標題，各章之下還分別有子標題；後編「無政府主義在歐美列國」標題下分三章，每章標題下均有子標題。

將此與「蚊學士」在《日本人》雜誌上連載的〈論無政府主義〉相對照，則可知後者的內容完全出自前者，既是前者內容的「拔萃」，也是將前者的學術性內容以「論」的方式面向一般雜誌讀者所做的介紹和闡述，從而不僅使「近世無政府主義」這一主題更加突出，也使其發生、發展乃至流變的線索呈現得更加簡潔、明晰。

由於篇幅所限，不可能把對照的結果一一開列，而且也沒這種必要。這裡只通過兩點便可以說清楚〈論無政府主義〉一文和《近世無政府主義》一書的作者是同一個人。

首先，僅就〈文化偏至論〉中涉及到「斯契納爾」材源那部分內容而言，前面所見〈論無政府主義〉第三回連載當中的關於「施蒂納」那一段，基本來自《近世無政府主義》「後編」

不許複製（李冬木按：印刷在方框內）／著者 煙山專太郎／發行者 高田俊雄（李冬木按：住址略，以下相同）／印刷者 中嶋島吉（住址）／發行所 東京專門學校出版部（住址）／印刷所 六六社（住址）／發賣元博文館（住址）／發買所 有斐閣書房（住址）／同 東京堂（住址）／吉岡書店（住址）

[23] 《朝日新聞》1902年5月3日東京版朝刊第七版、同年5月27日東京版朝刊第八版；《讀賣新聞》1902年5月25日朝刊第八版。

第一章「近世無政府主義之祖師」²⁴當中的「其二　麥克斯・施蒂納」²⁵。「在十九世紀中葉，隔著萊茵河，河東河西有兩個思想家。他們都出自黑格爾哲學卻又彼此之間沒有任何關係，都鼓吹無政府主義。東岸是麥克斯・施蒂納，西岸是皮埃爾・蒲魯東。他們兩個是近世無政府主義的祖師，前者提倡個人主義的無政府主義，後者主張社會主義的無政府主義」²⁶……該章由此開始，以30頁的篇幅將蒲魯東和「施蒂納」作為「無政府主義的祖師」來介紹。「其二 麥克斯・施蒂納」部分在第294-302頁，雜誌上的論文便是這個部分的縮寫，但略去了其中的「施蒂納」生平介紹。論文中所闡述的「施蒂納」「關鍵特徵」都可在該節裡找到，甚至有些就是專著文本的原文照錄。例如，專著中的以下這些話，都幾乎原樣呈現於論文當中：「所謂人，所謂正義，只是觀念，只是妄想。所謂人，都絕非個人人格，而是一種觀念」²⁷；又如，「真正的進步在吾人足下。其惟在發揮一己之我性，在於使我從這種觀念世界的支配之下飄脫出來。因為我性即一切之造物主。自由教給吾人道，讓汝自身自由！而又不出示其所謂汝自身者為何者。我性向吾人大叫道，讓汝自身甦醒！」²⁸——諸如此類，不一而足。所以，兩者係出自同一作者之手無疑。

其次，在前文「二、《日本人》雜誌上的『蚊學士』」所列署名「蚊學士」文章一覽當中的「6」，即〈虛無主義の鼓吹

---

²⁴ 原文：〈近世無政府主義の祖師〉。前出煙山專太郎《近世無政府主義》，第273頁。

²⁵ 原文：其二　マクス、スチルネル。同上，第294頁。

²⁶ 前出煙山專太郎《近世無政府主義》，第274頁。

²⁷ 同上，第295頁。

²⁸ 同上，第298頁。

者〉（〈虛無主義之鼓吹者〉）兩回連載，（其一）副題為「ア
レキサンドル・ヘルツエン」（即「亞歷山大・赫爾岑」），
（其二）副題為「ニコライ・チェル子シェヴスキー」（即「尼
古拉・車爾尼雪夫斯基」）在內容上也與《近世無政府主義》幾
乎完全一致，相當於後者「前編」「第二章　無政府主義之鼓吹
者」[29]當中「其一　亞歷山大・赫爾岑」和「其二　尼古拉・車
爾尼雪夫斯基」的內容。例如，專著「其一」開頭一句為「亞歷
山大・伊萬諾維奇・赫爾岑一八八二年恰逢拿破崙遠征軍身處莫
斯科大火時降生於此地」[30]。文章與此完全相同，只是在這句之
前加上了「虛無黨之祖」的頭銜；又如，文章連載「其二」的開
頭是「有俄國的羅伯斯皮爾之稱的尼古拉・加夫里諾維奇・車
爾尼雪夫斯基，於一八二九年出生於薩拉托夫」[31]，專著對車爾
尼雪夫斯基的介紹始於〈怎麼辦〉的內容梗概[32]，但此後對車氏
生平的介紹，第一句則與文章的開頭完全相同[33]。據此不僅坐實
了「蚊學士」即煙山專太郎，還可知道在與專著《近世無政府
主義》的關係上，〈虛無主義之鼓吹者〉和〈論無政府主義〉
之不同。如以上所述，後者可以說是對全書的縮寫和概括，而
前者則是專著中的或一章節的幾乎原樣呈現，而且從文後所記
日期——（其一）為「八月二十六日」[34]，（其二）為「九月一
日」[35]——來看，專著中「赫爾岑」和「車爾尼雪夫斯基」這兩

---

[29] 原文：「無政府主義の鼓吹者」，同上，第31頁。

[30] 同上，第32頁。

[31] 「無政府主義の鼓吹者（其二）」，『日本人』第百四拾七號，明治三
十四年九月廿日，第31頁。

[32] 前出煙山專太郎《近世無政府主義》，第49-57頁。

[33] 同上，第57頁。

[34] 『日本人』第百四拾六號，明治三十四年九月五日，第39頁。

[35] 『日本人』第百四拾七號，明治三十四年九月廿日，第36頁。

節，幾乎是在完成的同時就在雜誌上發表出來了。那一年，即1901年，煙山專太郎24歲，還是帝國大學三年級的學生；而從全書的1900年12月起筆日期[36]推算，則可知在籌畫這本專著時，他至多剛讀大學二年級。

四、關於煙山專太郎

既然明確了「蚊學士」即煙山專太郎，那麼就可以回過頭再來查署名「蚊學士」以外的文章了。在《日本人》雜誌上發表的署名「煙山」的文章如下：

序號	篇名	收錄卷號	日期／頁碼
1.	蘇我馬子	第六十六號	明治三十一年五月五日第34-39頁
2.	世界の二大勢力（一）	第六十七號	明治三十一年五月廿日第26-30頁
	世界の二大勢力（二）	第六十八號	明治三十一年六月五日第24-28頁
3.	操觚會に於ける慎重の態度	第八十一號	明治三十一年十二月廿日第23-26頁
4.	露國怪傑ポビエドノスツエフ（一）	第百八十號	明治三十六年二月五日第12-16頁
	露國怪傑ポビエドノスツエフ（二）	第百八十一號	明治三十六年二月廿日第16-22頁
	露國怪傑ポビエドノスツエフ（三）	第百八十二號	明治三十六年三月五日第13-18頁
	露國怪傑ポビエドノスツエフ（四）	第百八十三號	明治三十六年三月廿日第18-23頁
	露國怪傑ポビエドノスツエフ（五）	第百八十四號	明治三十六年三月五日第13-18頁

---

[36] 據『近世無政府主義』「序言」中所記「起稿於前年十二月」推算。文後「煙山專太郎識」的日期為「明治三十五年三月」，即1902年3月。

序號	篇名	收錄卷號	日期／頁碼
5.	5.ウェレシュチヤギンの慘死を傷む	第二百十號	明治三十七年五月五日第15-17頁
6.	アムステルダム社會黨大會の露國社會主義者	第二百廿一號	明治三十七年十月廿日第17-20頁
7.	不真摯の流風	第四百十八號	明治三十八年九月五日第15-16頁[37]
8.	我國將來の外交家	第四百二十二號	明治三十八年十一月五日第12-15頁
9.	阪垣伯の今昔	第四百四十一號	明治三十九年八月廿日第19-21頁

　　以上各文，除了1-3署名「煙山雲城」外，其餘皆署名「煙山專太郎」。根據文章內容和行文風格判斷，認為「煙山雲城」應該是煙山專太郎的另一個署名恐怕不會發生類似張冠李戴的誤差。那麼由以上可知，在《日本人》雜誌上署名「煙山」的文章有9篇，以連載次數計，共出現過14次。如果加上已知的「蚊學士」名下剛巧也是同樣的9篇14次，那麼煙山專太郎一共《日本人》雜誌上發表過18篇文章，「出現」過28次。第一次是〈蘇我馬子〉，署名「煙山雲城」，時間是1898年5月5日，最後一次是〈阪垣伯之今昔〉，署名「煙山專太郎」，時間是1906年8月20日，前後跨越八年多，從21歲到29歲，在年齡段上與周樹人留學日本期間相仿。

　　煙山專太郎退休後，1952年2月，早稻田大學文學部史學會曾為他出「煙山教授古稀頌壽紀念號」[38]，其中有〈煙山先生著作目錄〉長達15頁，記載自1898年至1948年50年間包括《近世無

---

[37] 該文標題在該號《日本人》「目次」裡沒有出現。

[38] 早稻田大學文學部史學會編《史觀》第三十四‧三十五合冊「煙山專太郎古稀頌壽記念號」，1951年2月。

政府主義》在內的「著書」30種,「論文及其他」381篇。³⁹煙山
去世後,弟子小林正之(Kobayashi Masayuki, 1907-2004)在回憶
文章之後附「煙山專太郎先生(一八七七—一九五四)主要著作
表」,又增補專著目錄4種⁴⁰。不過,以上兩種目錄,都不包括
上記本文在《日本人》雜誌上查到的18篇,也不包括筆者另外在
《太陽》雜誌上查到的4篇文章和兩種專著⁴¹。總之,煙山專太郎
從大學一年級起開始發表文章,50年間筆耕不止,是個著述甚豐
的學者這一點確定無疑。

　　根據目前已經獲得的資料,在此或許可以按照一般詞條的規
格來歸納一下這位學者、著述家了。

　　煙山專太郎(Kemuyama Sentaro, 1877-1954),日本歷史學
者,主要研究方向為世界史,尤其是西方近現代史。出生於岩
手縣柴波郡煙山村的一個小學教員的家庭。從南岩手高等小學
校、岩手縣尋常中學校畢業後,赴仙台第二高等學校就讀,1898
年考入東京帝國大學文科大學哲學科,1902年畢業後在有賀長雄
的舉薦下任東京專門學校(早稻田大學前身)講師,在政治經
濟學部和文學部史學科教歷史,1911年升任教授,直到1951年退
休為止,始終沒離開過早稻田大學的講壇。一生著述甚豐,其
《近世無政府主義》(1902)、《征韓論實相》(1907)、《德
意志膨脹史論》(1918)、《西洋最近世史》(1922)、《英國

39　增田富壽〈煙山先生著作目錄〉,上記同號《史觀》第198-213頁。
40　小林正之〈煙山專太郎先生の回想〉,前出《史觀》第四十二冊,1954
　　年6月,第70-77頁。著作表為第76和77頁之間的夾頁。
41　4篇文章:〈外交家としての獨逸皇帝〉,《太陽》17卷9號,明治四十
　　四年(1911)6月15日;〈米國獨立戰爭〉、〈米國南北戰爭〉、〈波蘭
　　土の衰滅〉,18卷3號,明治四十五年(1912)2月15日。2種專著:《英
　　雄豪傑論》,19卷10號,大正2年(1913)7月1日;《カイゼル・ウイル
　　ヘルム》,25卷9號,大正8年(1919)7月1日。

現代史》（1930）、《現今猶太人問題》（長文，1930）、《世界大勢史》（1944）等都是公認的「具有不朽價值」和「巨大影響力」的學術著作。此外，還是日本俄羅斯史和猶太人史研究領域的先驅者和開拓者。精通英、德、法、俄四門外語，可閱讀希臘、羅馬、義大利和西班牙以及朝鮮文，當然還有著自幼培養起來的深厚的漢學功底，這最後一點從其文章行文格調可很容易理會。博學睿智，淡泊名利，堅守學術獨立，始終與當時帝國大學的學閥主義保持距離，終生拒絕博士學位。[42]

1905年他29歲時在盛岡中學校校友會雜誌上寫下過這樣的話：「我確信，即便隱身於村市，不上多數世人之口舌，其責更與顯榮尊貴之人並無所異，其行動影響所及，亦有極大者。我以此為己之所居，不必卑躬屈膝」[43]。可以說，「隱身於村市」，不求聞達，通過學術著作和大學講壇擔責並發揮巨大影響的行為和「不必卑躬屈膝」的處事態度貫穿了煙山專太郎的一生。前者可由其在媒體上的呈現形態獲得佐證。例如，自1902年至1954年，「煙山專太郎」52年間共在《朝日新聞》上出現過56次，有54次都是作為著述者和言論者，而作為報導對象的只有兩次。[44]

---

[42] 以上歸納主要參照了前出《煙山專太郎古稀頌壽記念號》當中的定金右源二〈献呈のことば〉、增田富壽〈煙山先生著作目錄〉；前出小林正之〈煙山專太郎先生の回想〉和盛岡市教育委員會歷史文化課「第65回：煙山專太郎」（http://www.city.morioka.iwate.jp/moriokagaido/rekishi/senjin/007513.html）。

[43] 前出盛岡市教育委員會歷史文化課「第65回：煙山專太郎」。

[44] 「煙山專太郎」的名字首次見於《朝日新聞》是1902年5月3日的朝刊第7版「新刊各種」欄目，該欄目當天介紹了最新出版的《近世無政府主義》的書訊；最後一次出現於《朝日新聞》是1954年3月23日朝刊第7版一段很短的報導——〈煙山專太郎死去〉。自1902年5月3日到1954年3月23日，煙山專太郎在日本《朝日新聞》上一共出現過56次，其中在「新刊」、「廣告」和「出版界」欄目中作為著譯者出現29次，文章連載18次，本人所寫

而在另一家大報《讀賣新聞》上也是同樣，自1902年至1954年共
出現過28次，其中有26次都是作為著述者和言論者出現，關於本
人的報導只有兩次，一次是「死去」，另一次是「告別式」。[45]
而後者的拒絕「卑躬屈膝」的品性在國家主義政治高壓異常嚴峻
的狀態下尤其能夠體現出來。有弟子回憶課堂上的情形：「一直
凝視窗外一點的先生開口了：『這裡是員警也進不來的地方，不
論說什麼話都無所謂，諸君大可不必擔心，盡可自由地學。』當
滿洲事變（李冬木按：即「九一八」事變）發生後，包括先前有
著社會主義架勢的人們在內，天下的學者和先生們都開始屈服於
全體主義之際，先生卻把《共產黨宣言》作為政治科的演習教
材。」[46]還有弟子回憶，在戰時狀態下，員警們開始在校園附近
「逮學生」的時候，「煙山先生……有一天在課堂上換了一種

報導2次，談話5次，以本人為對象的報導2次──除了上記的一次外，另
一次是1924年8月17報導在歐洲訪學的「煙山教授歸來」。總體來看，是
作為西方思想、歷史乃至現實政治關係方面的專業學者出現於公眾視野
的，其著譯主要向公眾提供與外交相關的關於西方的背景知識和資訊。

[45] 「煙山專太郎」的名字首次見於《讀賣新聞》是1902年5月25日朝刊第8
版，係「廣告」裡的「書籍」欄，刊登了《近世無政府主義》的廣告；
最後一次出現於《讀賣新聞》是1954年4月22日朝刊第6版社會欄報導：
〈故煙山專太郎告別式〉，而在此之前的同年3月24日夕刊第3版社會
欄則報導〈煙山專太郎氏死去〉。自1902年5月25日到1954年4月22日，
煙山專太郎在日本《讀賣新聞》上一共出現過28次，其中在「書籍廣
告」、「新刊雜誌與書籍」、「書籍與雜誌」欄目中作為著譯者出現5
次；作為文章作者出現過9次，有7次是連載；發表談話3次，在報導文化
動態的「讀賣抄」欄目中出現9次，以本人為對象的報導2次。總體來
看，在《讀賣新聞》呈現的煙山專太郎仍是著述者，也是西方史學者，
還是早稻田大學教授，其最有存在感的版面是兩次連載，一次是〈中歐
之今後〉（〈中歐の今後〉，1919年10月1、3、4日），另一次是〈從國
民性看列寧〉（〈國民性より見たレーニン〉，1921年1月4、5、6、7
日）。尤其是後者，從日本人關注的「國民性」角度向公眾提供了關於
列寧領導的革命的資訊以及獨到的分析

[46] 前出小林正之〈煙山專太郎先生の回想〉，第74頁。

聲調道：『諸君在大學校園內，不論說什麼，都不會獲咎於任
何人，大學是自由之地。』」[47]1943年10月15日，早稻田大學為
「學徒出陣」舉行「壯行會」，「宮城遙拜和國歌齊唱開始了，
田中穗積總長訓辭：勇士出陣，固不當期生還，即奉身命，乃成
護國之神」。[48]但在此之前的文學部史學科的「壯行會」上，煙
山卻在致辭中對「出陣」的弟子們說：「雖說是出陣，諸君，千
萬不要去死，一定要活著回來，重新在這裡學習。趁著還年輕，
不要急著去死。不要為大義名分去死。……日本軍隊是個野蠻的
地方，倘若諸君入了軍隊，能多少消解其野蠻，那麼諸君的義務
也就盡到了。千萬不要去死，請一定要活著回來！」[49]其不為大
潮所漂泛的獨立人格，錚錚傲骨亦由此可窺一斑。

　　這種獨立的品行也明顯地呈現於煙山專太郎的學術當中。這
倒不僅僅是由以上所見的他對官學所保持距離，更重要的是他在
一個官學主導的國家主義時代，創造出了獨立於官學之外的學術
價值。其學術獨立性價值之巨大，甚至也遠遠超出了他本人的想
像。即使把範圍僅僅限定在《近世無政府主義》一書，這種價值
性仍體現得極其明顯。

五、《近世無政府主義》的寫作動機及其影響

　　就社會政治思想取向來說，煙山專太郎並不擁護虛無主義或
無政府主義。他尤其反對在現實社會中製造暗殺或爆炸等恐怖事

---

[47] 木村時夫〈回想の煙山專太郎先生〉，早稻田大學文學部史學會編《史
　　觀》第146冊，平成十四年（2002）1年3月，第38頁。作者係早稻田大學
　　名譽教授、北京大學客座名譽教授。

[48] 同上，第40頁。

[49] 同上，第39-40頁。

件的「實行的無政府黨」，甚至他編纂《近世無政府主義》一書
的目的，也是為防止不在日本發生「實行的」恐怖主義。因為在
他看來，令人感到恐怖的「無政府主義」，並非只是發生在歐美
各國的隔岸之火，應對其加以瞭解，引起足夠的重視，以防患於
未然。這層意思，不論在專著的《序言》還是在論文的前言裡都
寫得很清楚。例如：

一、近時每聞無政府黨之暴行實為極其慘烈，便有人為之
感到心驚膽戰。然而世人多知謂其名，而不知其實。
本編乃期聊以應對此之缺乏者也。

一、所謂實行的無政府黨者，其凶亂獰猛為天人所共
疾視，然而其無智蒙昧又頗值得憐憫。……（中
略）……本編由純歷史研究出發，嘗試探明這些妄
者、狂熱者作為一種呈現於現實社會的事實是怎樣一
種情形，其淵源和發達過程如何。（《近世無政府主
義》序言）[50]

無政府黨之暴行，近日頗頻頻，故其名傳播於世上已久。
然而彼等究竟為何者？對其性質真髓等知之者甚少，僅止
於見彼等手段野蠻猛惡，感到恐怖而已。余對其雖素無精
究，然日頃翻讀二三書冊，亦並非聊無所觀察，茲欲摘記
其概要，以采其介紹之勞。即便此問題獨歐美列國所特
有，而我東洋與之全然無關，但對其加以研究，豈非方今
以廣博眼光關注世界大局者所一刻不容疏忽也乎？（〈論

[50] 前出《近世無政府主義》，第1-2頁。

無政府主義〉（一））[51]

如果說對無政府主義不應止於恐怖和憎恨，而更應加以瞭解是煙山專太郎的學術動機的話，那麼「由純歷史研究出發」的立場則可以說貫穿了《近世無政府主義》一書的始終，並在〈論無政府主義〉一文當中闡述得更加明確。恰恰是這種學術態度使他與官學和政府保持了的距離，從而確保了自身的學術獨立。他之所謂對無政府主義「素非弄筆做批評，若夫至於對應之策，處置之術，自存讀者方寸之中者焉」，[52]便是就此而言。他本人拒當策士，更不以自己的學術為策術。如果要從其中尋找對於政府的建言的話，那麼，可以〈論無政府主義〉結束部分的一段話為代表：

> 我們可以從這些事實推論歸納出一種確切的說法，曰，作為政府的態度，斷應當抑制禁壓實行的教唆煽動，發現其暴行之處更不在話下。然而，決不可將學說與實行同等看待。即使實行的無政府黨因各國國際間的合作而得以在表面上制服，但思想界的事，學問的哲理研究卻如何制服得了。學理若是謬見，就要交給學者去研究，讓他們得以自由討論，勝敗由其恰當與否決定。如果徒因名號之新奇而失心，欲以政府的威力、法律的力量、法院的力量去壓制，則不可不謂拙之甚拙，愚之甚愚。[53]

---

[51] 《日本人》，第百五拾四號，明治三十五年一月一日，第26頁。

[52] 前出《近世無政府主義》，第1-2頁。

[53] 〈無政府主義を論ず〉，《日本人》第百五拾九號，明治三十五年三月廿日，第24-25頁。

這種堅持純學術立場，學術的事情應該交給學術處理的態度，其
結果是使他提供了一部同時代無可與之比肩的關於無政府主義的
專著。後世學者回頭看發現，《近世無政府主義》是「以日語出
版的可以說是無政府主義研究的唯一像樣的勞作」[54]；這本書和
此前出版的相關書籍相比，「在無政府主義資訊方面，不論是
質還是量都遠遠優於此前」[55]。因此，其產生巨大影響也便在情
理之中。綜合狹間直樹（以下簡稱狹間）[56]、葛懋春、蔣俊、李
興之（以下簡稱葛蔣李或蔣李）[57]、嵯峨隆[58]、曹世鉉[59]等先行研
究可知，在中國，「煙山專太郎的《近世無政府主義》（東京專
門學校出版部，1902年）幾乎馬上就有了各種各樣的翻譯」[60]，
「煙山專太郎的論旨，以各種形態反映在」中國人的文章和著作
當中[61]。試按發表順序將其排列如下：

> 1. 獨頭〈俄人要求立憲之鐵血主義〉，《浙江潮》第四
>   號（1903年4月20日）、第五號（1903年5月20日）【嵯
>   峨，第49頁】

---

[54] 絲屋壽雄〈近世無政府主義解題〉，煙山專太郎《近世無政府主義》
（復刻版），明治文獻，1965年，第2頁。

[55] 嵯峨隆《近代中國アナキズムの研究》，研文出版，1994年11月，第48頁。

[56] 狹間直樹《中國社会主義の黎明》，岩波新書（青版）975，1979年8月
20日。

[57] 葛懋春、蔣俊、李興之編《無政府主義資料選 上、下》，北京大學出版
社，1984年；蔣俊、李興之《中國近代的無政府主義思潮》，山東人民
出版社，1990年。

[58] 前出嵯峨隆《近代中國アナキズムの研究》。

[59] 曹世鉉《清末民初無政府派的文化思想》，社會科學文獻出版社，
2003年。

[60] 前出狹間直樹，第113頁。

[61] 前出嵯峨隆，48-49頁。

2. 〈俄羅斯虛無黨三傑傳〉，《大陸》第七號（1903年6月5日），【蔣李，第25頁】【嵯峨，第49頁】

3. 〈弒俄帝亞歷山大者傳〉，《大陸》第九號，【蔣李，第25頁】

4. 殺青譯〈俄羅斯的革命黨〉，《童子世界》第三十三號（1903年6月16日）【蔣李，第25頁】【嵯峨，第49頁】【曹，第294頁】

5. 殺青譯《俄國壓制之反動力》，【曹，第294頁】

6. 〈俄羅斯虛無黨付印〉（廣告），《漢聲》第六號（1903年7月）【狹間，第114頁】【蔣李，第25頁】

7. 轅孫〈露西亞虛無黨〉，《江蘇》第四、五期（1903年7月24日、8月23日）【狹間，第115頁】

8. 任客〈俄國虛無黨女傑沙勃羅克傳〉，《浙江潮》第七期（1903年10月11日）【狹間，第115頁】【蔣李，第25頁】【嵯峨，第49頁】【曹，第294頁】

9. 中國之新民（梁啟超）〈論俄羅斯虛無黨〉，《新民從報》第40、41合刊（1903年11月2日）【狹間，第118、216頁】【嵯峨，第52、65頁】

10. 張繼等譯〈俄皇亞歷山大第二之死狀〉，《國民日日報》（1903年）【嵯峨，第49頁】【曹，第295頁】

11. 張繼譯《無政府主義》（1903年）【狹間，第115頁】【嵯峨，第49頁】

12. 楊篤生《新湖南》（1903年）【嵯峨，第49頁】

13. 冷血（陳冷）譯〈虛無黨〉，上海開明書店，1904年3月【狹間，第115頁】

14. 金一（金天翮）譯《自由血》，東大陸圖書譯印局、

競進書局，1904年3月【狹間，第114頁】【葛蔣李
（下），第1069頁；蔣李，第25頁】【嵯峨，第49、
65頁】【曹，第295頁】

15. 〈俄國虛無黨源流考〉、〈神聖虛無黨〉、〈俄虛
無黨之斬妖狀〉，《警鐘日報》第28、35、38、39、
40、46、47、49、50、52、53、54、64、65期，1904
年3月至4月【蔣李，第25頁】【曹，第295頁】

16. 淵實（廖仲愷）〈無政府主義與社會主義〉，《民
報》第九號（1906年11月15日）【嵯峨，第56頁】

17. 淵實（廖仲愷）〈虛無黨小史〉，《民報》第十一號
（1907年1月25日）、第十七號（1907年10月25日）
【狹間，第115頁】【嵯峨，第58頁】【曹，第31、
38頁】

18. 爆彈〈俄國虛無黨之諸機關〉，《漢幟》第一號
（1907年3月）【狹間，第115頁】

上列以煙山專太郎《近世無政府主義》為材源的文章和著作，僅
僅是到目前為止被判明的部分，「煙山」的影響範圍恐怕要比已
知的更廣。本論所首次查清的其在《日本人》雜誌上發表的文章
均不處在已經被探討過的範圍之內，所以也不排除其中有些會被
譯成中文。總而言之，「煙山專太郎」是當時中國尋求變革的知
識份子關於無政府主義的主要知識來源這一點毫無疑問。正如狹
間直樹所指出的那樣，「煙山的著作，在整個辛亥革命時期，
一直吸引著部分革命家的注意」[62]。廖仲愷就是個典型的例子。

---

[62] 前出狹間直樹，第115頁。

「廖仲愷在《民報》上發表的介紹無政府主義的文章，主要是向讀者提供思考無政府主義的思想素材，他自身的政治見解幾乎沒有具體的展現出來」。[63]當然，政治見解沒有具體地展現出來並不等於包括廖在內知識份子沒有政治見解，而恰恰是他們按照自己的「見解」最大限度地活用了煙山所提供的知識和素材，那就是他們把煙山專太郎為不希望無政府黨的暴力恐怖行為發生而寫的書，「明確用於推進革命運動的目的」[64]，而那些所謂「意譯」本的出現，正是因為革命派要將《近世無政府主義》「積極地動員到」自己的運動當中的緣故[65]。這種與作者的預期完全相反的閱讀結果，雖為煙山專太郎所始料未及，卻也是獨立的學術所應獲得的效果。

　　說到對中國近代無政府主義思潮的影響，還有兩個人不能不提，一個是幸德秋水（Kotoku Shusui, 1871-1911），另一個是久津見蕨村（Kutsumi Kesson, 1860-1925）。前者是日本明治時代出身於記者的著名思想家、社會主義者和無政府主義者，1911年因所謂「大逆事件」連坐，與其他11人一同被處以死刑；後者是著名記者和自由主義評論家。這兩個人也是清末中國無政府主義和社會主義思想的重要來源，都給予中國知識界以重大影響，在能找到「煙山」之處，也同時可以找到這兩個人，甚至有更多的可以找到之處。不過，本論在此想要提示的是，就位置關係而言，他們雖年長於煙山，卻也都是煙山的影響對象。正如嵯峨隆所指出的那樣，當幸德秋水在1905年自稱是「無政府主義者」時，他對無政府主義思想詳細內容還並沒有真正瞭解，這從他在文章中把

---

[63]　前出嵯峨隆，第58頁。
[64]　前出狹間直樹，第114頁。
[65]　前出嵯峨隆，第49頁。

「虛無黨」等同於恐怖分子便可以獲知。[66]而有回憶說，幸德秋水是讀了煙山的書並且受到影響的。[67]久津見蕨村的《無政府主義》一書，由平民書房出版於明治三十九年（1906）十一月，較之煙山的書晚4年，就對無政府主義的歷史敘述來看，不論在表述方式和內容上還是在章節的劃分上，都明顯地留下了承襲煙山的痕跡，例如，「實行的無政府主義和理論的無政府主義」[68]這種劃分，「第二章 蒲魯東的無政府主義」、「第三章 施蒂納的無政府主義」[69]這種內容上的章節劃分和排列，都無不源自煙山專太郎的「為方便起見，我們可將其分為實行的和理論的兩種類型……」[70]之體例。考慮到幸德秋水和久津見蕨村在中國近代思想界的影響力和存在感，那麼對煙山專太郎的影響力恐怕也就要有更高的評價了。

六、「蚊學士」思想史的敘述模式與周樹人的「文化偏至論」

　　話題要回到周樹人。由前述可知，他是「蚊學士」〈論無政府主義〉一文的讀者，卻未必知道「蚊學士」即當時大名鼎鼎的「煙山專太郎」。在後來的魯迅書帳和藏書目錄裡也找不到

---

[66] 同上，第42頁。
[67] 石川準十郎〈煙山先生を憶う〉（下），《岩手日報》，1954年4月7日，第2版。
[68] 久津見蕨村《無政府主義》，平民書房，明治三十九（1906）年，參見第2、53、114頁。
[69] 同上。原題分別為〈第二章 プルードンの無政府主義〉、〈第三章 スチルネルの無政府主義〉。
[70] 前出煙山專太郎《無政府主義を論ず》（一），第28頁。

與「煙山」書籍和相關記載[71]，正像也找不到「蚊學士」一樣。儘管如此，把「煙山專太郎」從周樹人的閱讀範圍裡排除[72]也是不合適的。事實上，能以「蚊學士」發表在雜誌上的一篇文章為自己的材源，這本身就說明周樹人的敏感和閱讀範圍的廣泛，更不要說在當時已經深深滲透到《新民叢報》、《浙江潮》、《漢聲》、《江蘇》、《民報》等雜誌上的「煙山」了。這就涉及到周樹人與煙山專太郎乃至清末虛無主義、無政府主義、社會主義思潮的關係問題，但這已經超越本論的範圍，需要另外撰文探討。在此只將「蚊學士」思想史的敘述模式與周樹人的「文化偏至論」作為兩者關係當中的一個問題提出。

通讀「蚊學士」〈論無政府主義〉後筆者發現，除了「施蒂納」材源和對「實行的」無政府主義的態度外，周樹人與蚊學士最大的「近似」之處，也就是他對後者的汲取的之處，在於「文化偏至」的文明史觀與蚊學士的思想史敘述一脈相承。

正像人們所熟悉的那樣，〈文化偏至論〉當中最著名的文明史觀是「文明無不根舊跡而演來，亦以矯往事而生偏至」[73]。這句話是對「按之史實，乃如羅馬統一歐洲以來，始生大洲通有之歷史……」[74]這一大段歐洲近代文明史的概括。這段歷史是以「文化偏至」的觀點來描述的，從羅馬「教皇以其權力，制馭全

---

[71] 除了《魯迅全集》中的書帳外，藏書目錄主要參照了兩種：魯迅博物館編《魯迅手跡和藏書目錄》（內部資料），1959年；中島長文編『魯迅目睹書目─日本書之部─』，1986年。

[72] 前出汪著排除了包括「煙山專太郎」在內的其他文獻成為〈文化偏至論〉中施蒂納材源的可能性，斷定「蚊學士」為唯一材源，參見該書第363-368頁。就一段話而言，或許如此，但倘知曉「蚊學士」即「煙山專太郎」的話，恐怕還有重新思考的餘地。

[73] 前出《魯迅全集》第一卷，2005年版，第50頁。

[74] 同上。第48頁。

歐」開始，一直講到「十九世紀末葉文明」和「十九世紀末葉思潮」：「然則十九世紀末思想之為變也，其原安在，其實若何，其力之及於將來也又奚若？曰言其本質，即以矯十九世紀文明而起者耳。」[75]這種「物反於極」[76]的觀點和敘述方式，與蚊學士對「無政府主義之本質及起源」[77]的觀點和敘述方式完全一致。後者在介紹了歐洲近代史上「三大脫縛運動」（這部分也與周樹人的敘述相重合）之後，明確指出所謂無政府主義就是「十九世紀物質文明的反動」[78]。當然，這裡也不排除周樹人參照其他文獻構築自己思路的可能性，還需要做進一步調查，不過，就與蚊學士的在思路上的近似而言，卻可以說並非偶然吧。

七、明治三十年代話語中的「施蒂納」及其周樹人的採擇

接下來，還要探討一下「施蒂納」在日本明治時代話語當中的存在形態問題。這對瞭解留學時期的周樹人與「施蒂納」的關聯機制至關重要，是解決周樹人是在怎樣的維度上理解、擇取並容受「施蒂納」這一問題的前提。

「施蒂納」的名字在日本明治時期的書刊上出現，起於究竟何時？這是個還有待進一步考證的問題。就筆者的閱讀所及，本論所著重探討的「蚊學士」（即煙山專太郎）分5期連載於《日本人》上的〈論無政府主義〉一文，就詳細介紹「施蒂納」而言，應該是最早的一篇。該篇出現「施蒂納」的名字在1902年2

---

[75] 同上。請參閱第48-50頁。
[76] 同上。請參閱第52頁。
[77] 前出煙山專太郎〈無政府主義を論ず〉（一），第27頁。
[78] 同上。第頁28。

月20日發行的「第百五拾七號」上，如前所述，這是第三回連載，其中就包含著構成〈文化偏至論〉裡「斯契納爾」的材源部分。如果單純講列名，那麼「麥克斯‧斯蒂納」的在當時著名文藝評論家長谷川天溪（Hasegawa Tenkei, 1876-1940）的文章裡出現，時間要更早。明治三十二年（1899）8月和11月連載於《早稻田學報》上報上的〈尼采的哲學〉一文，作為「尼采」的思想「繼承」者列出了「施蒂納」：「繼承尼采思想而在近時興盛的起來的極端自我論者有德國的麥克斯‧斯蒂納、魯道爾夫、斯塔伊納、埃里克桑德魯‧契爾萊，他們都介紹尼采，反對世俗。」[79]很顯然，長谷川天溪連「施蒂納」和「尼采」的順序都沒弄清楚，更不要說對於「施蒂納」的正確理解了，甚至對文中介紹的主人公「尼采」的認識也相當膚淺，把「尼采」超人哲學簡單歸結為以「盜掠、征服、破壞和貪欲等一切壞事」為能事的「獸類」的本能[80]，而且也正像後來的學者所指出的那樣，長谷川天溪介紹尼采的這篇文章，也限制了他此後關於「尼采」的認識，他始終沒有超出他當初這篇論文的水準[81]。

如果說長谷川天溪對尼采介紹上的偏誤有其資料方面的先天性不足——他不是直接取自德文，而是轉借英文[82]——那麼，

---

[79] 長谷川天溪〈ニーツエの哲学〉，《早稻田學報》第三三號，明治三十二年（1899）11月。高松敏男、西尾幹二編《日本人のニーチェ研究譜　ニーチェ全集別卷》，白水社，1982年，第332-333頁。

[80] 同上，第331頁。

[81] 杉田弘子〈ニーチェ解釈の資料的研究——移入初期における日本文献と外国文献の関係〉，東京大學國語國文學會《国語と国文学》昭和四十一年（1966）五月號。參見該號第31-32頁。

[82] 據杉田弘子介紹，長谷川天溪〈尼采之哲學〉一文，主要藍本是兩篇英文論文。參見前出〈ニーチェ解釈の資料的研究——移入初期における日本文献と外国文献の関係〉。

也就可以說「尼采」乃至「施蒂納」的正式傳播，還得仰仗以東京大學「哲學科」和「獨逸文學科」為中心的，直接憑藉德文文獻（儘管也不一定都是原著）進行研究和譯介的學者、畢業生乃至在校生。關於在日本明治時代的「尼采」與德語，與日本哲學界，與東京大學，與拉斐爾‧科貝爾（Raphael von Köber, 1848-1923），與井上哲次郎（Inoue Tetsujiro, 1856-1944），與高山樗牛（Takayama Chogyū, 1871-1902）、登張竹風（Tobari Chikufu, 1873-1955）、姉崎嘲風（Anesaki Chofu, 1873-1949）、齋藤野人（Saito Nonohito, 1878-1909，亦稱「野之人」）、桑木嚴翼（Kuwaki Genyoku, 1874-1946）等人的關係，筆者在上一篇論文裡有詳細介紹[83]，茲不做展開而只把話題集中在「施蒂納」。

可以說，就傳播路徑和過程而言，「施蒂納」和「尼采」在日本的明治時代幾乎完全一致，只不過不像「尼采」那般彰顯而屬於前者周邊的一個存在。例如，上述「東京帝大關係者」都是當時最具代表性的「尼采」言說者，但只在井上哲次郎、桑木嚴翼和齋藤信策的行文中有「施蒂納」閃現，且語焉不詳。時任東大教授的井上哲次郎只貼了個標籤，把施蒂納和尼采並稱為「極端的利己主義」的代表（1901）[84]，畢業於東大哲學科的桑木嚴翼，在他1902年出版的「尼采」專著裡，亦承襲老師的套路，只把「麥克斯‧施蒂納」作為「尼采」的「鼓吹極端個人主義的先輩」而一語帶過[85]。1903年畢業於東京帝國大學文科獨逸文學

---

[83] 參見前出李冬木〈留學生周樹人周邊的「尼采」及其周邊〉。

[84] 〈哲學評論‧利己主義の道德的價值〉，井上哲次郎編《哲學叢書》第3集，集文閣，明治三十四年（1901），第1073-1074頁。〈利己主義と功利主義を論ず〉，井上哲次郎著《巽軒論文二集》，富山房，明治三十四年（1901），第2-3頁。

[85] 桑木嚴翼著《ニーチエ氏倫理說一斑》，育成会，明治三十五（1902）

專修的齋藤信策，1906年發表著名的易卜生評論，以百十字的篇幅對「麥克斯‧施蒂納」略有具體介紹[86]，但也只是他所列舉的抗拒十九世紀「黑暗文明」的「個人主義之天才」[87]行列中的一員，是用來襯托易卜生的要素之一。不過，儘管「施蒂納」在當時只是「尼采」或「個人主義」的配角，但他作為一個講授對象出現在東京帝大哲學科或獨逸文學專業課堂上或德文閱讀教材的範文裡也是不難推測的。一個佐證是1901年畢業於東京帝大文科大學國文科的詩人、日本國文學者尾上柴舟（Onoe Saisyu, 1876-1957），在其所作的日本近代首篇海涅評傳——《海因里希‧海涅評傳》裡，亦認為海涅「作為文章家，其文體與施蒂納相似」。由此可知，「施蒂納」當時甚至也是「國文科」學生的閱讀對象。通過以上所述，可獲得兩點認識，一點是東京帝大當時「施蒂納」言說的主要策源地；另外一點是，不論價值判斷如何，也不論偏重於哪一方，「施蒂納＋尼采」可謂一種常態性（常識性）的話語結構，而正是在這樣一種結構中，「施蒂納」被作為一種思想材料來閱讀，反之，「尼采」亦然。

正像前面所介紹的那樣，煙山專太郎1902年畢業於東京帝大哲學科，他對「施蒂納」的敘述，也同樣呈現著知識上的「施蒂納＋尼采」的形態特徵，例如他在介紹了「施蒂納」之後，如次引出「尼采」：「在排斥道德，確立純粹的利己主義，主張我性之點上與麥克斯‧施蒂納相同，在晚近思想界放出一種特異光彩

年，第178頁。

[86] 齋藤信策〈イプセンとは如何なる人ぞ〉，原載《東亞の光》明治三十九（1906）年七、九、十、十一月號。此據《明治文學全集40‧高山樗牛 齋藤野の人 姉崎嘲風 登張竹風集》，筑摩書房，昭和四十二年（1967），第123-124頁。

[87] 齋藤信策〈イプセンとは如何なる人ぞ〉，同上，第122頁。

的是尼采哲學」[88]，並且認為在「施蒂納」止步之處，「尼采」
將前者的結論大大推進了一步。[89]但即便在如此相同的「施蒂納
＋尼采」的形態之內，煙山與其周圍的最大不同就在於他不再把
「施蒂納」作為「尼采」的配角，而是以同等甚至是更大的篇幅
將其作為一個獨立的思想對象來介紹和闡釋。也正因為如此，煙
山專太郎之於「施蒂納」的特點便顯現出來。第一，可以說煙山
比他周圍的任何人都更多也更仔細地研讀了「施蒂納」。其次，
煙山專太郎準確地把握到了「施蒂納」思想，並首次對施蒂納做
出了翔實的介紹和評析；直到大正九（1920）年施蒂納原著的第
一個日譯本[90]出版為止，可以說在關於「施蒂納」言說的水準方
面，無人可及。第三，煙山在其老師井上哲次郎所劃定的偏重於
倫理主義解釋的樊籬當中朝外邁出了重大的一步，把「施蒂納」
從社會倫理層面上的「極端的利己主義」者，解放為真正哲學意
義上的「極端個人主義」的思想者，從而做出了迥異於其導師和
當時社會主流思想的價值判斷。第四，也是最重要的一點，即煙
山在「無政府主義思想史」的脈絡當中確定了「施蒂納」所處的
位置，從而確立起敘述「施蒂納」的另外一種框架。可以說，
「無政府主義思潮當中的施蒂納」始於煙山，其在此後的明治思
想史當中成為一種範式，幾乎原封不動地再現於後來無政府主義
者的言說當中。幸德秋水、久津見蕨村前面已經提到了，這裡還
可以再介紹一位日本近代社會活動家、無政府主義者兼作家的人
物，名字叫石川三四郎（Ishikawa Sanshiro, 1876-1956），筆名旭

[88] 前出《近世無政府主義》，第369頁。
[89] 前出〈無政府主義を論ず〉（三），第25頁。
[90] マックス・スティルネル著，辻潤譯《唯一者とその所有（人間篇）》，東京：日本評論社，大正九年。

山。他是日本埼玉縣人，明治三十四年（1901）畢業於東京法學院，接受洗禮，成為基督徒。明治三十五年（1902）——即周樹人留學日本那一年——26歲時，經堺利彥（Sakai, Toshihiko, 1871-1933年）等人推薦，成為《萬朝報》記者，翌年因反戰而退出萬朝報社，同年11月加入平民社，開始譯介社會主義並參與多種雜誌的創辦、編輯與發行。明治四十年（1907）4月被捕入獄，翌年5月獲釋，在獄中完成《虛無之靈光》一書，但就在該書發行之前正在裝訂時，於1908年9月被當局收繳[91]——據說是因為題目裡出現的「虛無」這個名稱犯了當局的忌諱[92]。而令人感興趣的是，在石川三四郎的《虛無之靈光》一書中也同樣可以找到煙山專太郎關於「施蒂納」的那些句子：「然而，這種精神上的無政府主義的托爾斯泰和前面提到的個人無政府主義的施蒂納，都排斥把理想的滿足寄望於將來而主張求諸於自己的腳下，這一點非常有趣。『未來』是永遠不會到來的。個人的平安總是在個人的腳下。」[93]

在煙山介紹「近世無政府主義」10年後，1910-1911年，發生所謂「大逆事件」，幸德秋水等人因謀害天皇的「大逆罪」而被處以極刑。「無政府主義」再度引人關注並成為暗中話題。就連明治文豪森鷗外（Mori Ogai, 1862-1922）也對此作出反應，發表短篇小說《食堂》，通過三個人物在食堂用餐時的對話來討論無政府主義。森鷗外是精通德文和德意志人文思想的大家，讀取「施蒂納」當有自己的路徑——例如借助小說中人物之口提到的

---

[91] 以上據〈（石川三四郎）年譜〉，《明治文学全集84‧社会主義文学集（二）》，筑摩書房，昭和四十年（1965），第439頁。

[92] 〈（虛無の靈光）解題〉，同上，第425頁。

[93] 石川三四郎〈虛無の靈光〉，前出《明治文学全集84》，第300頁。

「Reclam版」[94]（即周作人所說的「瑞克蘭姆版」文庫）原著，並且也有不同於一般社會常識的判斷，認為「施蒂納是個在哲學史上有著很大影響的人，把他跟那些號稱無政府主義的人劃在一處，實在讓他顯得有點可憐」[95]。由此可見當時環繞著森鷗外的社會輿論是如何強有力地把「無政府主義」與「施蒂納」捏合在一起，以至他不得不讓他的人物出來加以辨析。但從最終結果來看，森鷗外也並沒能把「施蒂納」從關於「無政府主義」的話語中剝離出來。

此後不久，大杉榮（Osigi Sakae, 1885-1923）於1912年發表〈唯一者──麥克斯‧施蒂納論〉一文，以「唯一者及其所有物」為中心詳細介紹了「施蒂納的個人主義」。可以說文中所浮現的「施蒂納」完全不是一個一般社會言說層面的「無政府主義者」──甚至連大杉榮在其他文章裡幾乎必談的「無政府」這三個字都沒出現──而是一個處在高度思想層面的「個人主義」哲學的創說者和闡釋者。「近代思想之根本在於個人主義」，在這個前提下大杉榮展開了他的「施蒂納論」。在他看來，此後的「尼采」並非「施蒂納」的「剽竊者」，「但施蒂納的思想卻間接地影響到了尼采」[96]云云。然而，令大杉榮想像不到的是，他的這篇並非「無政府主義」的「施蒂納論」，反倒將「施蒂納」牢牢固定在了「無政府主義」框架內。這當然主要是大杉榮本人

---

[94] 森鷗外〈食堂〉，《三田文事》明治四十三年（1910）十二月號，《明治文学全集27‧森鷗外集》，筑摩書房，昭和四十年（1965），第95頁。同上，
[95] 同上，第95頁。
[96] 大杉榮〈唯一者─マクス‧スティルナアー論─〉，原載《近代思想》第1卷第12號，1912年12月，此據《アナーキズム‧日本現代思想體系16》，筑摩書房，1963年，第132頁。

是日本近代無政府主義思潮的代表人物使然，但「無政府主義」
譜系中的「施蒂納」卻開始於煙山專太郎。也可以說，從煙山專
太郎到大杉榮，不論他們通過「施蒂納」多麼正確地闡釋了「個
人主義」思想，其結果都為「施蒂納」著上了濃重的「無政府主
義」色彩。「無政府主義」在當時是「施蒂納」最為有力的話語
載體。

　　關於日本近代的無政府主義，評論家松田道雄（Matsuda
Michio, 1908-1998）在戰後曾經指出：「日本的無政府主義，迄
今為止一直被排除在它在思想史上應有的座席之外。雖說這是權
力方面對待否定權力的思想採取防衛手段所導致的結果，但也可
以說，這種防禦是過剩防禦。從明治到大正，當時的統治權力超
越了自己的法的框架，對無政府主義的頭面人物實施了物理性的
抹殺」[97]。這其中最極端的例子，恐怕非上述「大逆事件」以及
1923年「甘粕事件」莫屬。幸德秋水等人因前者而被處刑，大杉
榮等人因後者而被殺害。也就是說，從思想史來看，無政府主
義在日本明治三〇年代以後和整個大正時期即二十世紀的最初25
年，始終作為思想「異端」而處在被嚴酷鎮壓的狀態。這是一個
事實。這個事實的另一面又恰恰意味著「無政府主義」具有令當
權者恐懼的話語張力。而所謂「施蒂納」，首先是借助這種話語
的張力而出現在留學生周樹人面前。如前所述，〈文化偏至論〉
裡的「施蒂納」便取材於煙山專太郎的〈論無政府主義〉。

　　通過上述梳理，周樹人所面對的「施蒂納」的知識維度便大
抵清晰地呈現出來了。其正式傳播始於東京帝大，主要以哲學科
和獨逸文學專業為策源地，並且在「施蒂納+尼采」的話語結構

---

[97] 松田道雄〈日本のアナーキズム〉，《アナーキズム・日本現代思想體
　　系16》，筑摩書房，1963年，第9頁。

中被敘述；又由於敘述者多主言「尼采」，故從「尼采」和接受「尼采」的角度看，其經常屬於「尼采」的周邊事項，而為「尼采」的周邊之周邊。這個結構也同樣呈現於周樹人的文本裡，他提到最多的是「尼佉」（即尼采），如〈摩羅詩力說〉2處，〈文化偏至論〉4處，〈破惡聲論〉1處，「斯契納爾」（即施蒂納）只在〈文化偏至論〉裡出現過一次，是「個人主義之至椉者」[98]「尼佉」這一行列中打頭陣的一個，即作為「先覺善鬥之士」[99]而率先出現。另外一點是「無政府主義」的維度。如前所述，「無政府主義」言說無疑是將「施蒂納」帶給周樹人的一種充滿張力的載體。

那麼，在這樣一種知識維度的前提下，該如何評價周樹人的工作？他主體性又體現在哪裡？很顯然，〈文化偏至論〉中的「施蒂納」，是將「近世無政府主義」流變敘述框架中的一個「理論的」「無政府主義」者，編織到另外一個重構出來的「個人主義」敘述框架當中的產物，雖然在後者的框架內仍原汁原味地保留了材源的內容，卻使「施蒂納」完成了角色轉換，即從無政府主義的理論家，轉變為十九世紀個人主義精神譜系的引領者和敘述者。周樹人在「個人主義」的精神願景中發現了不大為人所注意甚至通常遭受排斥的「施蒂納」，並且為後者重新選定了位置。他並沒像前述淵實（廖仲愷）等人那樣，著眼於把諸如煙山這樣的無政府主義思想資源「積極地動員到」自己正在實行的革命運動，而是從中擇取出有助於「精神」重建的要素並力圖使其內在化。眾所周知，周樹人的「革命」更著眼於「精神」，即「人」的革命，他的所謂「立人」即在於人的主體精神的確立。

---

[98]　〈文化偏至論〉，《魯迅全集》第一卷第53頁，人民文學出版社，2005年。
[99]　〈文化偏至論〉，同上，第52頁。

從這個意義上講，他正確理解了施蒂納的「我性」及其同列者的「個人主義」精神，並對之做出了自己的價值判斷和選擇。他認同包括「施蒂納」在內的一連串「個人主義之至桀者」。然而，就周樹人的成長過程而言，這一階段的所謂「立人」，與其說是對外，是對他者的訴求，倒莫如說首先是在社會大潮中完成自身的確立。「施蒂納」也跟「尼采」等人一樣，是在他確立自身主體性的過程所拿來並汲取的一份營養。消化這份營養的過程，也就是把他自己所理解的「人」之精神內在化的過程。這個過程更多的是關乎周樹人自身的思考，因此那些論文與周圍的各種「革命」和「救國」方略相比因顯得迂闊而聽不到共鳴之聲。雖然在今天看是它們都非常重要。

周樹人做上述幾篇「立人」的文章之時，恰恰是日俄戰爭之後日本的「國家主義」最為激情勃發的時期，此前曾一度出現過的非國家主義的「個人主義」、「無政府主義」、「反戰論」等不僅遭到主流意識形態的徹底壓制，也被社會大潮所淹沒。就「個人主義」而言，周樹人發掘出來的恰恰是早已被「主旋律」所淹沒了的日俄戰爭之前的思想資源，並且以「個人一語，入中國未三四年……」[100]的話語方式，做出了「個人主義」並非「利己主義」的辯解。關於這一點，筆者在另一篇文章裡有詳述[101]，茲不贅言。「施蒂納」也同「尼采」一樣，是他在「利己主義」的污水當中打撈出來的「先覺善鬥之士」，而素材卻取自1902年的話語資源。這種取材上的不合時宜的非時代性，是周樹人文章的明顯特徵，也使他同時「孤立」於當時的日語和漢語言論界之外。就主題意向和表述方式而言，日本同一時期與周樹人文章最

---

[100] 〈文化偏至論〉，《魯迅全集》第一卷第51頁，人民文學出版社，2005年。
[101] 前出李冬木〈留學生周樹人周邊的「尼采」及其周邊〉。

具有「同時代性」的，可以說只有留德歸來，在早稻田大學教哲學的金子築水（Kaneko Chikusui, 1870-1937）〈個人主義之盛衰〉一篇，但時間上略晚於周樹人，發表在1908年9月的《太陽》雜誌上[102]。

　　而在同時期東京的漢語圈言論界，則幾乎找不到與周樹人處在同一層面上的正面闡釋「個人」、「精神」以及「詩」的文章，更不要說這一語境下的「施蒂納」了。或曰，當時的漢語圈對日本的「無政府主義」不是有積極的介紹和熱烈的反應嗎？而周樹人的「施蒂納」與他的周圍不是擁有同樣一個煙山專太郎材源嗎？的確，這是問題的複雜性所在。如果直接下一個結論的話，那麼便是煙山頗得要領地正面介紹了「施蒂納」，而周樹人也只是從「我性」的角度在無政府主義思想史中截取了這一素材，除此之外，他對無政府主義本身並沒表現出格外的興趣。正像周樹人並沒參與出現在《浙江潮》、《漢聲》、《江蘇》、《民報》、《新民叢報》等雜誌乃至著書中的無政府主義議論一樣，在漢語言論界關於「無政府主義」的議論裡也沒出現周樹人語境下的那個「施蒂納」。也就是說，雖然同樣讀煙山專太郎的文章或者書，但偏好和擇取卻大不相同。「東京也無非是這樣」[103]，正如〈藤野先生〉中所寫，同是清國留學生的周樹人，對「成群結隊的『清國留學生』」[104]是頗有「違和感」的，當然從另一邊來看，他也是個另類，常常孤立於「群」之外。

---

[102] 金子築水〈個人主義の盛衰〉，明治四十一年（1908）九月一日發行，《太陽》14卷12號，《明治文學全集50・金子築水 田中王堂 片山孤村 中澤臨川 魚住折蘆 集》，筑摩書房，1965年。
[103] 魯迅〈藤野先生〉，《魯迅全集》第二卷第313頁，人民文學出版社，2005年。
[104] 〈藤野先生〉，同上。

最後還有幾句附言。周樹人之所以能從「個人主義」和「我性」視角截取「施蒂納」，除了煙山素材本身所具有的強烈暗示性外，還有一個人不能不再次提到，那就是齋藤信策。前面提到的作於1906年的長文〈易卜生是怎樣一個人〉在主題和敘述方式上對周樹人顯然有著示範作用。而只有徹底釐清兩者的關係，才能把周樹人對「個人主義」選擇上的主體性和建構上的獨特性講清楚。當然，這已非本篇所能完成，而是下一篇的課題了。關於「魯迅與齋藤信策」，雖早已有伊藤虎丸、中島長文等學者出色的先行研究，但本論所指出的這一點，在此前的研究中卻並未有所言及。

【附錄一】 「蚊學士」原文

*以下書影截自《日本人》第百五拾七號，明治三十五年二月廿日，第208-209頁。

無政府主義を論す（横）

蚊 學 士

マクス・スチルチルは純乎たる利己主義の立脚地に立てる無政府主義を創唱せる者なり。彼は各個人を以て最高唯一の實在なりとし、人間と云ひ、主義と云ひ、畢竟これベゾーンにあらずして一の觀念のみ。主義のみなりと斷言せり。曰く、人々の理想が一層精靈的なり且つ一層神聖となればなるほど、之に對する我教の憎は次第に其大なるを得るに至らん。すべて此等の觀念は各人心意の製造物に過ぎず。非實在の最も大なる者に過ぎず。故に自由主義によりて開かれたる進歩の最も大なる者は實はこれ逃びの增加

意ありといふ。子爵は當今淸國第一流の史家にして、其の精深淵博なること洪文卿（鈞）、李仲約（文田）二氏に過ぐといふ。近年以來、元史譯文證補の渡來あり、又那珂氏の渡來あり、巳に文求堂の重列を經、市村氏は祕史の增註本にして成らば史學會より刊行せらるべく、若し沈氏の蒙古源流事證にして、今裳文祕史の渡來あり、て渡來し、更に余が芸閣に求むる所元經世大典耶律鑄の雙溪醉隱集等にして渡來するに至らば、元史研究の資料は盆豊富を加へて、其の記述する所發明する所、庶幾くはかのドーソン、ホウォルス、ブレットシュナイデル諸人と稍々顏頡するを得んか、余偶に之を先輩諸氏に望み、拜せて以て自ら勗むひと云ふ。

のみ。退步の增進のみ。眞の進步は決して此等の理想にわるに非ずして各人の足下にあり。即己の我性を發揮してかかる觀念世界の支配より我を完全に飄脫せしむることにわり。何となれば我性はすべての遺物主なればなり。自由は我々に敎へて云ふ、汝自身を自由にせよと。而して其所謂汝自身なる者の果して何者なるかを冒明せざるなり。之に反して我性は我々に向て曰ふ、汝自身に蘇れと。我性は生れながらにして自由なる者なり。故に先天的に自由なるにして自ら自由を追求し、安想者、迷信者の間に伍しは生れながらにして自由なる者なり。安想者、迷信者の間に伍して狂弄するはこれ正に己を忘る。明に一の矛盾なり。自由は之に達し得べき權力のあるありて始めて之を得べし。然れども其所謂權力は決して之を外に求むるを要せず。各個人の中に在て存すればなり。神も、理性も、自然も、將た國家も與ふる所に非ずして。余の權力は何人も之を余に與ふる者に非ず。すべて法律は社會を支配する權力の意志なり。すべて國家は其之を統治する權力の一なると、多數なると、將た全體なるとを問はず、共に盡く一の專制なり。假令余が余の意志を以てすべて他の人々の國民的集合意志と合致せしむべしと公言したりし時に於ても亦專制たるを免れず。これ余をして國家の奴隸たらしむる者なり。余自身の自由を放棄せしむる者なり。然らば如何にせば余をして此の如きの地位に陷らざらしむるを得るか。曰く、余が何等の義務をも認めざる時に於てのみなり。余に何等の義務をも有せざりしならば又何等の法律をして既に何等の義務をも有せざりしならば又何等の法律を

二十四

も認ひるとなかるべし。果して然らば一切の繋縛を排斥し、本來の面目を發揮せんとする我にはもとより國家の承認せらるべきの理なく、已なく、我性なき卑陋の人間のみ、獨り國家の下に立つべきなりと。

スチルナルの言說は絕對的の個人主義なり。故に彼は一切個人の意思を基として道德を排し、義務を斥けたり。此點に於ては經濟的の關社てふ社會主義の見地に立ちたる他の無政府論者の道德を推重するとは全く相反對せり。彼のクラポトキンの如く若し其『無政府黨の道德』に於て論ずるが如きを以てせば、彼はたしかに非道德說を採る者として之が例外に立つ者なりと雖、同一共產主義のヘラスや、グュン壘に至ては全く其主張の根底に於て一の一般的道德の世に存在するとを預想したり。集產主義者たるプルードンの如き殊に然り。彼が財產に向て抗擊を加へ、之を盜品なりと公言するに至りたりとし。然るにスチルナルは財產は之を占し得べき權力ある者に當然屬すべしとして、一切正義を否認し、自然淘汰を以て社會に於ける最高唯一の支配者なりとし、プルードンが仕事は協力の成果なりと云へるに對して、最も有效なる努力は各個人の仕事にありとし、個人の仕事は唯一に利己的立脚地によりて定めらるべき者なりと公言したり。

之を要するにマクス・スチルナルは、個人的の人間が哲學の最

無政府主義を論ず

初及最終にして又實に人生の問題に向て最終最眞の解答を與ふる者なりと云ひ、所謂幸福なる者は一に各個人が己を以てすべて己の思意及び行爲の中心及び終極點となすによりて初めて生ずる者なりとせり。彼は即我性によりて、人の絕對的の自由を立せり。然れども若し弱き個性が强きものによりて壓せられ、即暴力が主我の念に打勝ちたる場合に於ては如何にせんと欲するか。彼の學說はこゝに至りて最早其以上を說明すると能はざるなり。ニチエは更に此結論を推しひろめたり。彼は强者によりて弱者を壓せんと欲す。即强者の專人的の支配を欲す。即權力意思を高めて之を世界の根本原理たらしめんと欲するなり。而も彼は此と異りて更に個人ショーペンハウエルにあり。彼の主張の本づく所は主義を否定せず、寧ろ却て之を以て世界に於ける一の重要動と見做し、ショーペンハウエルの意思說と、ダーウィンの生物進化論とを調味して一の世界進化論を搆成し、權力意志を以て創造的の原理とし、これが所謂適者生存、優勝劣敗等の作用によりて常に弱きを、卑しきを壓服し、漸次秀越せる强き個人を得るに至るべき所以を說きたり。是に於てか個人主義は自然主義と合致して自然主義的個人主義なる者を生せり。

ニチエは又民主政及社會主義を斥け、自我のみを主として一切基督教を否認し、眞の文化の意味は天才を作り、創作的の人を作るにありとし、人性の發展に於ける道德的進行は自然の進みにすぎずとなせり。されば彼は倫理說の預想とする所は即ダーウヰンの進化論にあり。彼は動物的本

二十五

【附錄二】 魯迅〈文化偏至論〉關於「斯契納爾」部分

*下文加底線處即關於「斯契納爾」之文字

⋯⋯（前略）⋯⋯

　　個人一語，入中國未三四年，號稱識時之士，多引以為大
詬，苟被其諡，與民賊同。意者未遑深知明察，而迷誤為害人利
己之義也歟？夷考其實，至不然矣。而十九世紀末之重個人，則
弔詭殊恆，尤不能與往者比論。試案爾時人性，莫不絕異其前，
入於自識，趨於我執，剛愎主己，於庸俗無所顧忌。如詩歌說部
之所記述，每以驕蹇不遜者為全局之主人。此非操觚之士，獨憑
神思構架而然也，社會思潮，先發其朕，則譜之載籍而已矣。蓋
自法朗西大革命以來，平等自由，為凡事首，繼而普通教育及國
民教育，無不基是以遍施。久浴文化，則漸悟人類之尊嚴；既知
自我，則頓識個性之價值；加以往之習慣墜地，崇信蕩搖，則其
自覺之精神，自一轉而之極端之主我。且社會民主之傾向，勢
亦大張，凡個人者，即社會之一分子，夷隆實陷，是為指歸，
使天下人人歸於一致，社會之內，蕩無高卑。此其為理想誠美
矣，顧於個人殊特之性，視之蔑如，既不加之別分，且欲致之滅
絕。更舉黑甚暗，則流弊所至，將使文化之純粹者，精神益趨
於固陋，頹波日逝，纖屑靡存焉。蓋所謂平社會者，大都夷峻而
不湮卑，若信至程度大同，必在前此進步水平以下。況人群之
內，明哲非多，傖俗橫行，浩不可御，風潮剝蝕，全體以淪於凡
庸。非超越塵埃，解脫人事，或愚屯罔識，惟眾是從者，其能
緘口而無言乎？物反於極，則先覺善鬥之士出矣：**德人斯契納爾**
（M. Stirner）乃先以極端之個人主義現於世。謂真之進步，在

於己之足下。人必發揮自性，而脫觀念世界之執持。惟此自性，即造物主。惟有此我，本屬自由；既本有矣，而更外求也，是曰矛盾。自由之得以力，而力即在乎個人，亦即資財，亦即權利。故苟有外力來被，則無間出於寡人，或出於眾庶，皆專制也。國家謂吾當與國民合其意志，亦一專制也。眾意表現為法律，吾即受其束縛，雖曰為我之興台，顧同是興台耳。去之奈何？曰：在絕義務。義務廢絕，而法律與偕亡矣。意蓋謂凡一個人，其思想行為，必以己為中樞，亦以己為終極：即立我性為絕對之自由者也。至勖賓霍爾（A‧Schopenhauer），則自既以兀傲剛愎有名，言行奇觚，為世希有；又見夫盲瞽鄙倍之眾，充塞兩間，乃視之與至劣之動物並等，愈益主我揚己而尊天才也。至丹麥哲人契開迦爾（S. Kierkegaard）則憤發疾呼，謂惟發揮個性，為至高之道德，而顧瞻他事，胥無益焉。其後有顯理伊勃生（HenrikIbsen）見於文界，瑰才卓識，以契開迦爾之詮釋者稱。其所著書，往往反社會民主之傾向，精力旁注，則無間習慣信仰道德，苟有拘於虛而偏至者，無不加之抵排。更睹近世人生，每託平等之名，實乃愈趨於惡濁，庸凡涼薄，日益以深，頑愚之道行，偽詐之勢逞，而氣宇品性，卓爾不群之士，乃反窮於草莽，辱於泥塗，個性之尊嚴，人類之價值，將咸歸於無有，則常為慷慨激昂而不能自己也。如其《民敵》一書，謂有人寶守真理，不阿世媚俗，而不見容於人群，狡獪之徒，乃巍然獨為眾愚領袖，借多陵寡，植黨自私，於是戰鬥以興，而其書亦止：社會之象，宛然具於是焉。若夫尼耙，斯個人主義之至雄桀者矣，希望所寄，惟在大士天才；而以愚民為本位，則惡之不殊蛇蠍。意蓋謂治任多數，則社會元氣，一旦可瀦，不若用庸眾為犧牲，以冀一二天才之出世，遞天才出而社會之活動亦以萌，即所謂超人之說，嘗震驚歐

洲之思想界者也。由是觀之，彼之謳歌眾數，奉若神明者，蓋僅見光明一端，他未遍知，因加讚頌，使反而觀諸黑暗，當立悟其不然矣。

　　……（後略）……

【附錄三】 汪著譯文與重譯文本之對照

汪著譯文與重譯文本之對照	
汪著譯文	李冬木重譯
Max Stirner是第一個基於純粹利己主義立場宣導無政府主義的人。他以每個人作為至高無上的唯一實在，並斷言：「所謂人類，所謂主義，畢竟只能是**存在於個人**的一種觀念、妄想而已。」曰：人們的理想越精神化、越神聖，則與之相對應的敬畏之情就應該逐漸擴大。而對於他們自己，則自身的自由反而因此更加縮小了。所有的這些觀念只不過是個人的精神產物，只不過是非實在的最大之物。因此，由自由主義所開闢的道路實際上也只不過是徒增迷惑並導致退步而已。真正的進步決不在理想中，而是在每個人的腳下，即在於發揮自己的「我性」，從而讓這個「我」完全擺脫觀念世界的支配。因為「我性」是所有的造物主。自由教導我們：「讓你自身自由吧」，於是它也能言明所謂「你自身」到底是什麼。與此相反，「我性」對我們喊叫：「復活於你自己」。「**我性**」生來就是自由的，因**此先天性地作為自由者追求自由，與妄想者和迷信者為伍狂奔正是為了忘卻自我**。這裡有一個明顯的矛盾，自由，**起初須有達到自由之權利，然後才能夠得**到的。但是這權利決不能在自由之外求得，而是存在每個人當中。**我的權利也不是別人給予之物，神、理性、自然和國家也都不是人所給予之物**。所有的法律，是支配社會之權力的意志。所有的國家，其統治意志無論是出於一個人，還是出於大多數或者全體，最終都是一種專制。即使我明言我自己的意志與所有其他國民的集體意志相一致，此時也不免是專制。這就使我容易變成國家的奴隸，使我放棄我自身的自由。那麼，	麥克斯・施蒂納是基於純粹利己主義立場之無政府主義的首倡者。他以每個人為最高唯一的實在，斷言所謂人，所謂主義，**畢竟皆非個人人格**，而只是一種觀念，一種妄想。曰，人人之理想，越是精靈化，越是神聖，就越會導致對其敬畏之情逐漸增大。然而，這對他們來說，也就因此會反過來導致自身自由的日益縮小而無可救藥。所有的這些觀念，都不過是各個人心意的制造物，都不過是非實在的最大者。故自由主義所開闢的進步，其實也只是增加了迷惑，只是增進了退步。真正的進步絕不在於此等理想，而在於每個人之足下。即在於發揮一己之我性，在於使我從觀念世界之支配之下完全飄脫出來。因為我性即一切之造物主。**自由教給我們道，讓汝自身自由！卻不言明其所謂汝自身者為何物**。與之相反，我性衝著我們大叫道，讓汝自身甦醒！**我性生來自由**。故先天的自由者自去追求自由，與妄想者和迷信者為伍狂奔，正是忘卻了自己。明顯之矛盾也。自由只有獲得到達自由的權力之後才會獲得。然而其所謂權力，決不是讓人求諸於外。因為權力只存在於每個人當中。**我的權力並非誰所賦予，不是上帝，不是理性，不是自然，也不是國家所賦予**。一切法律都是支配社會的權力的意志。一切國家，不論其統治的權力出於一人、出於多數或出於全體，皆為一種專制'。即使我公然宣佈應以自己的意志去和其他國民的集合意志保持一致，亦難免專制。是乃令我淪為國家之奴隸者也，是乃讓我放棄自身之自由者也。然則將如何使我得以不陷入如此境地呢？**曰，只有在**

| 汪著譯文與重譯文本之對照 ||
汪著譯文	李冬木重譯
我們如何才不至於陷入此種境地呢？**曰：只有在我不承認任何義務時，只有在不束縛自我時，或者在我從束縛中覺醒時。即，我已沒有任何義務，我亦不**必承認任何法律。果然，當我排斥一切束縛、發揮本來面目時，對我來說，毫無承認國家之理由，**也無自我之存在。只有毫無「我性」的卑賤之人才應該獨自站在國家之下。……**	**我不承認任何義務時才會做到。只有當不來束縛我，而亦無可來束縛時才會做到。倘若我不再擁有任何義務，那麼也**就不應再承認任何法律。倘果如此，那麼意欲排斥一切束縛，發揮本來面目之我，也就原本不會有承認國家之理。只有那些沒有自己，喪失我性的卑陋之人，才應該自己去站在國家之下。
……一開始，每個人依據自我形成了自我意識和自我行為的中心及終點，而所謂幸福，即由此產生。故依據我性，樹立了人的絕對自由。	……（中略）……
	總之，施蒂納說，作為個人的人，是哲學從始至終對人生問題所實際給予的最後的和最真誠的解答。**所謂幸福者，乃是每個個人都以自己為自己的一切意志及行為的中心和終極點時才會產生的那種東西。即，他要以我性確立人的絕對自由。**

芳賀矢一的《國民性十論》
與周氏兄弟

一、原書的話語背景及其作者

　　本書日文原版書名的寫法與中文漢字相同：《國民性十論》。日本明治四十（1907年）年十二月，東京富山房出版發行。作者芳賀矢一（Haga Yaichi, 1867-1927年）。

　　原書出版機構「富山房」，由實業家阪本嘉治馬（Sakamoto Kajima, 1866-1938年）於明治十九（1886年）在東京神田神保町創立，是日本近代，即從「明治」（1868-1912年）到「大正」（1912-1926年）時代具有代表性的出版社之一，主要以出版國民教育方面的書籍著稱。「（自創立起），爾來五十餘年，專心斯業之發展，竭誠盡力刊行於教學有益書籍，出版《大日本地名辭書》《大言海》《漢文大系》《大日本國語辭典》《日本家庭大百科事匯》《佛教大辭彙》《國民百科大辭典》《富山房大英和辭典》等辭典以及普通圖書、教科書合計三千餘種，舉劃時代之事功而廣為國民所知者」。[1]——現今子公司「株式會社富山房國際」引先人之言，雖未免自誇，卻也大抵符合實際。日本國會圖書館現存富山房出版物約九百五十種，僅明治時代出版的就占了六百三十餘種，除單行本外，還有各種文庫，如「名著

[1] 株式會社富山房インターナショナル會社概要。參見該公司網站：http://www.fuzambo-intl.com/?main_page=companyinfo。

文庫」、「袖珍名著文庫」、「新型袖珍名著文庫」、「世界哲學文庫」、「女子自修文庫」等，各種「全書」，如「普通學全書」、「普通學問答全書」、「言文一致普通學全書」等；而進入「昭和」（1926-1989年）以來最著名的是「富山房百科文庫」，從戰前一直出到戰後，共出了一百種。就「明治時代」而言，富山房雖不及另一出版巨擘博文館——大橋佐平（Ohashi Sahei, 1836-1901年）於明治二十年（1887）創立於東京本鄉區弓町，僅明治時代就出版圖書三千九百七十種[2]——卻也完全稱得上出版同業當中的重鎮了。富山房明治出版物中，同期就有不少中譯本，值得關心近代出版的朋友注意。

顧名思義，這是一本討論「國民性」問題的專著。如果說世界上「再沒有哪國國民像日本這樣喜歡討論自己的國民性」，而且討論國民性問題的文章和著作汗牛充棟，不勝枚舉的話[3]，那麼《國民性十論》則是在日本近代以來漫長豐富的「國民性」討論史中佔有重要地位的一本，歷來受到很高評價，至今仍有深遠的影響。[4]近年來的暢銷書、藤原正彥（Fujiwara Masahiko, 1943-）的《國家品格》[5]在內容上也顯然留有前者的痕跡。

「國民性」問題在日本一直是一個與近代民族國家相生相伴的問題。作為一個概念，Nationality從明治時代一開始就被接受，只不過不同時期有不同的叫法。例如在《明六雜誌》就被

[2]　參見李冬木：〈澀江保譯《支那人氣質》與魯迅（上）——魯迅與日本書之一〉，《關西外國語大學研究論集》67，1998年，271頁。
[3]　南博：《日本人論——明治から今日まで》まえがき（前言），岩波書店，1994年10月。
[4]　參見久松潛一：《日本人論‧解題》，富山房百科文庫，1977年。
[5]　藤原正彥：《國家の品格》，新潮社「新潮新書141」、2005年。

叫作「人民之性質」⁶和「國民風氣」⁷，在「國粹保存主義」
的明治二〇年代被叫作「國粹」，明治三〇年代又是「日本主
義」⁸的代名詞，「國民性」一詞是在從甲午戰爭到日俄戰爭的
十年當中開始被使用並且「定型」。日本兩戰兩勝，成為帝國
主義時代國際競爭場中的一員，在引起西方「黃禍論」⁹恐慌的
同時，也帶來民族主義（nationalism）的空前高漲，在這一背景
下，「國民性」一詞應運而生。最早以該詞作為文章題目的是
文藝評論家綱島梁川（Tsunashima Ryosen, 1873-1907）的〈國民性
與文學〉¹⁰，發表在《早稻田文學》明治三十一年（1898）五月
號上，該文使用「國民性」一詞達48次，一舉將這一詞彙「定
型」。而最早將「國民性」一詞用於書名的則正是十年後出版的
這本《國民性十論》。此後，自魯迅留學日本的時代起，「國民

6　參見《明六雜誌》第三十號所載中村正直〈改造人民之性質說〉（〈人
　　民ノ性質ヲ改造スル說〉）。明治十二（1879年）出版的《英華和譯
　　詞典》（《英華和訳辭典》，プロシャイト原作、敬宇中村正直校
　　正、津田仙‧柳澤信大‧大井鎌吉著）既以「人民之性質」（「ジ
　　ンミンノセイシツ，jin-min no seishitsu 即「人民ノ性質」）來注釋英文
　　「Nationality」（國民性）了。

7　參見《明六雜誌》第三十二號所載西周〈國民風氣論〉（〈國民氣風
　　論〉）。其原標題「國民氣風」旁邊標注日語片假名「ナシオナルケレ
　　クトル」，即英文National Character（國民氣質，國民性）之音讀。

8　參見高山樗牛〈贊日本主義〉（〈日本主義を贊す〉），《太陽》3卷13
　　號，明治三十七年（1897）6月20日。

9　黃禍論（德文：Gelbe Gefahr；英文：Yellow Peril），又叫作「黃人禍
　　說」，係指19世紀後半葉到20世紀上半葉出現在歐洲、北美、澳大利亞
　　等白人國家的黃種人威脅論。是一種人種歧視的理論，其針對的主要對
　　象是中國人和日本人。黃色人種威脅白種人的論調，突出地呈現於從甲
　　午戰爭，經義和團事件，再到日俄戰爭的十年間，此後又延續到第一次
　　世界大戰，其主要言論人物是德國皇帝威廉二世。

10　〈國民性と文學〉，本文參閱底本為《明治文學全集46‧新島裏‧植村
　　正久‧清沢滿之‧綱島梁川集》，武田清子、吉田久一編，筑摩書房、
　　1977年10月。

性」作為一個詞彙開始進入漢語語境，從而也將這一思想觀念一舉在留日學生當中傳播開來。順附一句，作為一個外來詞，「國民性」一詞幾乎不見於迄今為止中國大陸出版的基本辭書（七十四卷本《中國大百科全書》和十二卷本《漢語大辭典》這類巨型工具書除外），卻又在研究論文、各類媒體乃至日常生活中普遍使用，其在當今話語中的主要「載體」是「魯迅」。——以上與「國民性思想史」相關的各個要點之詳細情形，請參閱筆者的相關研究。[11]

芳賀矢一出生於日本福井縣福井市一個神官家庭，其父任多家神社的「宮司」（神社之最高神官）。在福井、東京讀小學，在宮城讀中學後，他於十八歲入「東京大學預備門」（相當於高中），二十三歲考入東京帝國大學（現東京大學）國文科，四年後畢業。歷任中學、師範學校和高中教員後，於明治三十二年（1899）三十三歲時被任命為東京帝國大學文科大學助教授（副教授）兼高等師範學校教授。翌年奉命赴德國留學，主攻「文學史研究」，同船者有後來成為日本近代文豪的夏目漱石（Natsume Soseki, 1867-1916）。一年半後的1902年——也就是魯迅留學日本的那一年——芳賀矢一學成回國，不久就任東京帝國大學文科大學教授，履職到大正十一年（1922）退休。

芳賀矢一是近代日本「國文學」研究的重要開拓者。如果按現在的理解，近代國民國家離不開作為其「想像的共同體」[12]

11 李冬木：〈「國民性」一詞在中國〉，佛教大學《文學部論集》第91號，2007年；〈「國民性」一詞在日本〉，佛教大學《文學部論集》第92號，2008年。（中國）二文同時刊載於《山東師範大學學報》2013年4期。
12 本尼迪克特・安德森（Benedict Anderson）語，參見吳叡人譯《想像的共同體——民族主義的起源與散步》，上海世紀出版集團，2005年版。

之基礎的「國語的文學，文學的國語」[13]的話，那麼芳賀矢一對日本語言和文學所作的整理和研究，其「近代意義」也就顯而易見。他是公認的首次將德國「文獻學」（philologie）導入到日本「國文學」研究領域的學者，以「日本文獻學」規定「國學」，並通過確立這一新的方法論，將傳統「國學」轉換生成為一門近代學問。他於明治三十七年（1904）一月發表在《國學院雜誌》上的，〈何謂國學？〉一文，集中體現了他的這一開創性思路，不僅為他留學之前的工作找到了一個「啟動」點，亦為此後的工作確立了嶄新的學理起點，呈現廣博而深入之大觀。「據《國語與國文學》（十四卷四號〔1937年4月——引者注〕）特輯《芳賀博士與明治大正之國文學》所載講義題目，關於日本文學史的題目有『日本文學史』『國文學史（奈良朝平安朝）』『國文學史（室町時代）』『國文學思想史』『以解題為主的國文學史』『和歌史』『日本漢文學史』『鎌倉室町時代小說史』『國民傳說史』『明治文學史』等；作品研究有《源氏物語之研究》《戰記物語之研究》《古事記之研究》《謠曲之研究》《歷史物語之研究》；文學概論有《文學概論》《日本詩歌學》《日本文獻學》《國學史》《國學入門》《國學初步》等；在國語學方面有《國文法概說》《國語助動詞之研究》《文法論》《國語與國民性》等。在『演習』課上，還講過《古今集》《大鏡》《源氏物語》、《古事記》、《風土記》、《神月催馬樂》及其他多種作品，大正六年（1917年——引者注）還講過《歐美的日本文研究》[14]。」由此可知芳賀矢一對包括「國語」和「文學」在內的

[13] 胡適語，參見〈建設的文學革命論〉，《新青年》四卷四號，1918年4月。
[14] 久松潛一：〈解題　芳賀矢一〉，《明治文學全集》44卷，筑摩書房，昭和四十三年（1978），428頁。

日本近代「國學」推進面之廣。就內容的關聯性而言，《國民性
十論》一書不僅集中了上述大跨度研究和教學的問題指向——日
本的國民性，也出色地體現出以上述實踐為依託的「順手拈來」
的文筆功力。芳賀矢一死後，由其子芳賀檀和弟子們所編輯整理
的《芳賀矢一遺著》可示其在研究方面留下的業績：《日本文
獻學》《文法論》《歷史物語》《國語與國民性》《日本漢文
學史》。[15]而日本國學院大學1982至1992年出版的《芳賀矢一選
集》七卷，應該是包括編輯和校勘在內的現今所存最新的收集和
整理。[16]

二、《國民性十論》的寫作特點和內容

　　《國民性十論》是芳賀矢一的代表作之一，也是他社會影
響力最大的一本書。雖然關於日本的國民性，他後來又相繼寫
了《日本人》（1912年）、《戰爭與國民性》（1916年）和《日
本精神》（1917年），但不論取得的成就還是對後來的影響，都
遠不及《國民性十論》。書中的部分內容雖來自他應邀在東京
高等師範學校所做的連續講演，卻完整保留了其著稱於當時的
富於「雄辯」的以書面語講演[17]的文體特點。除此之外，與同時
期同類著作相比，該書的寫作和內容特點仍十分明顯。前面提

[15]　《芳賀矢一遺著》二卷，富山房，1928年。
[16]　芳賀矢一選集編集委員會編《芳賀矢一選集》，國學院大學，東京，
　　　1982-1992。第1卷《國學編》、第2卷《國文學史編》、第3卷《國文學
　　　篇》、第4卷《國語‧國文典編》、第5卷《日本漢文學史編》、第6卷
　　　《國民性‧國民文化編》、第7卷《雜編‧資料編》。
[17]　小野田翠雨：〈現代名士演說風範——速記者所見〉（〈現代名士の演
　　　說振り——速記者の見たる〉），《明治文學全集》96卷，筑摩書房，
　　　昭和四十二（1967年），366-367頁。

到，在日本近代思想史當中，從「日清戰爭」（即甲午戰爭，
1894-1895）到「日俄戰爭」（1904-1905年），恰好是日本「民
族主義」空前高漲的時期，而這同時也可以看作是「明治日本」
的「國民性論」正式確立的時期。日本有學者將這一時期出現的
志賀重昂（Shiga Shigetaka, 1863-1927）的《日本風景論》（1894
年）、內村鑒三（Uchimura Kanzo, 1861-1930）的《代表的日本
人》（1894，1908年）、新渡戶稻造（Nitobe Inazo, 1862-1933）
的《武士道》（1899年）和岡倉天心（Okakura Tenshin, 1863-
1913）的《茶之書》（1906年）作為「富國強兵——『日清』
『日俄』高揚期」的「日本人論」代表作來加以探討。[18]就拿這
四本書來說，或地理，或代表人物，或武士道，或茶，都是分別
從不同側面來描述和肯定日本的價值即「國民性」的嘗試，雖然
各有成就，卻還並不是關於日本國民性的綜合而系統的描述和闡
釋。而尤其值得注意的，是這四本書的讀者設定。除了志賀重昂
用「漢文調」的日語寫作外，其餘三本當初都是以英文寫作並出
版的。[19]也就是說，從寫作動機來看，這些書主要還不是寫給普
通日本人看的，除第一本面向本國知識份子、訴諸「地理優越」
外，後面的三本都是寫給外國人看的，目的是尋求與世界的對

---

[18] 船曳建夫：〈《日本人論》再考〉，講談社，2010年。具體請參照該書
第二章，第50-80頁。但作者完全「遮罩」了同一時期更具代表性《國民
性十論》，乾脆沒提。

[19] 《代表的日本人》原書名為*Japan and The Japanese*，明治二十七年（1894）
年由日本民友社出版，明治四十一年（1908）年再從前書選出部分章
節，改為*Representative Men of Japan*，由日本覺醒社書店出版，而鈴木俊郎
的日譯本很久以後的昭和二十三年（1948）才由岩波書店出版；《武士
道》（*Bushido: the soul of Japan*）1900年在美國費城出版（許多研究者將出
版年寫作「1899年」，不確），明治四十一年（1908）才有丁未出版社
出版的櫻井鷗村的日譯本；《茶之書》（*The Book of Tea*）1906年在美國
紐約出版，昭和四年（1929）才有岩波書店出版的岡村博的日譯本。

話，向西方介紹開始走向世界舞臺的「日本人」。

芳賀矢一的《國民性十論》與上述著作的最大的不同，不僅在於它是從「國民教育」的立場出發，面向普通日本人來講述本國「國民性」之「來龍去脈」的一個文本，更在於它還是不見比於同類的、從文化史的觀點出發、以豐富的文獻為根據而展開的綜合國民性論。作為經歷「日清」「日俄」兩戰兩勝之後，日本人開始重新「自我認知」和「自我教育」的一本「國民教材」，該書的寫作方法和目的，正如作者自己所說，就是在新的歷史條件下，「通過比較的方法和歷史的方法，或宗教，或語言，或美術，或文藝來論述民族的異同，致力於發揮民族特性」，[20]建立「自知之明」。[21]

全書分十章討論日本國民性：（一）忠君愛國；（二）崇祖先，尊家名；（三）講現實，重實際；（四）愛草木，喜自然；（五）樂天灑脫；（六）淡泊瀟灑；（七）纖麗纖巧；（八）清淨潔白；（九）禮節禮法；（十）溫和寬恕。其雖然並不迴避國民「美德」中「隱藏的缺點」，但主要是討論優點，具有明顯的從積極的肯定的方面對日本國民性加以「塑造性」敘述的傾向。第一、二章可視為全書之「綱」，核心觀點是日本自古「萬世一系」，天皇、皇室與國民之關係無類見於屢屢發生「革命」、改朝換代的東西各國，因此「忠君愛國」便是「早在有史以前就已成為浸透我民族腦髓之箴言」，是基於血緣關係的自然情感；「西洋的社會單位是個人，個人相聚而組織為國家」，而在日本「國家是家的集合」，這種集合的最高體現是皇室，「我皇室乃國家之中心」。其餘八章，可看做此「綱」所舉之「目」，分別

20　參見本書序言。
21　參見本書結語。

從不同側面來對「日本人」的性格進行描述和闡釋，就內容涉及面之廣和文獻引用數量之多而言，的確可堪稱為前所未有的「國民性論」和一次關於「日本人」自我塑造的成功的嘗試。而這也正是其至今仍具有影響力的重要原因之一。

在我國已出版的日本人「自己寫自己」的書，除新渡戶稻造的《武士道》之外，其他有影響的並不多見。而關於日本及日本人的論述，從通常引用的情況看，最常見的恐怕是「本尼迪克特」的《菊與刀》，求其次者，或許賴肖爾的《日本人》也可算上一本。這兩本書都出自美國人之手，其所呈現的當然是「美國濾鏡」下的「日本」。芳賀矢一的這一本雖然很「古老」，卻或許有助於讀者去豐富自己思考「日本」的材料。

三、關於本書中的「支那」

同日本明治時代的其他出版物一樣，「中國」在書中被稱作「支那」。關於這個問題，中譯本特加「譯注」如下：

> 「支那」作為中國的別稱最早見於佛教經典，據說用來表示「秦」字的發音，日本明治維新以後到二戰結束以前普遍以「支那」稱呼中國，因這一稱呼在甲午戰爭後逐漸帶有貶義，招致中國人的強烈反感和批評，日本在二戰結束後已經終止使用，在我國的出版物中也多將舊文獻中的「支那」改為「中國」。本譯本不改「支那」這一稱呼以保留其作為一份歷史文獻的原貌——而道理也再簡單不過，不會因為現在改成「中國」二字而使「支那」這一稱呼在歷史中消失。事實上，「支那」（不是「中國」）在

本書中是作者使用的一個很重要的參照系，由此可感知，在一個特定的歷史階段，日本知識界對所謂「支那」懷有怎樣的心像。

在此，還想再補充幾句。在日本明治話語，尤其是涉及「國民性」的話語中，「支那」是一個很複雜的問題，並不是從一開始就像在後來侵華戰爭全面爆發後所看到的那樣，僅僅是一個貶斥和「懲膺」的對象。事實上，在相當長的時間內，「支那」一直是日本「審時度勢」的重要參照。例如《明六雜誌》作為「國名和地名」使用「支那」一詞的頻度，比其他任何國名和地名出現得都要多，即使是當時作為主要學習對象國的「英國」和作為本國的「日本」都無法與之相比。[22]這是因為「支那」作為「他者」，還並不完全獨立於「日本」之外，而是往往是包含在「日本」之內，因此拿西洋各國來比照「支那」也就往往意味著比照自身，對「支那」的反省和批判也正意味著在很大程度上是對自身的反省和批判。這一點可以從西周的《百一新論》對儒教思想的批判中看到，也可以在中村正直（Nakamura Masanao, 1832-1891年）為「支那」辯護的《支那不可辱論》（1875年）[23]中看到，更可以在福澤諭吉（Fukuzawa Yukichi, 1834-1901）《勸學篇》（1872年）、《文明論之概略》（1877年）中看到，甚至可以在專門主張日本的「國粹」、「以圖民性之發揚」[24]的三宅雪嶺的

---

[22] 參見〈《明六雜誌》語彙總索引〉，高野繁男、日向敏彥監修、編集，大空社，1998年。

[23] 〈支那不可辱論〉，《明六雜誌》第三十五號，明治八年（1875）4月。

[24] 三宅雪嶺：《真善美日本人》，生松敬三編《日本人論》，富山房，昭和五十二年（1977），17頁。該書初版為明治二十四年（1891），政教社版。

《真善美日本人》（1891年）中看到──書中以日本人瞭解「支那文化」遠遠勝過「好學之歐人」為榮，並以「向全世界傳播」「支那文明」為「日本人的任務」。[25]從某種意義上來說，後來的所謂「脫亞」[26]也正是一種要將「支那」作為「他者」從自身當中剔除的文化上的結論。在芳賀矢一的《國民性十論》當中，「支那」所扮演的也正是這樣一個無法從自身完全剔除的「他者」的角色，除第十章以「吃人」做比較的材料所顯現的「貶損」傾向外，「支那」在全書中大抵處在與「印度」和「西洋」相同的參照位置上，總體還是在闡述日本從前在引進「支那」和「印度」文化後如何使這兩種文化適合自己的需要。

四、周作人與《國民性十論》

翻譯此書的直接動機，緣於在檢證魯迅思考「國民性」問題時所閱文獻過程中的一個偶然發現：芳賀矢一著《國民性十論》不僅是魯迅（周樹人，1881-1936）的目睹書，更是周作人（1885-1967）的目睹書，於是，「《國民性十論》與周氏兄弟」便作為一個問題浮出。對其檢證的結論之一，便是作為一個譯本，該書至少有助於解讀與周氏兄弟相關，卻因年代久遠和異域（中國和日本）相隔而至今懸而未決的若干問題。這是我們想為三聯書店（香港）提供這一中譯本的緣由所在。

---

[25] 同上。富山房版，34頁。「日本人的任務」為第二章標題。
[26] 語見明治十八年（1885）3月16日《時事新報》〈脫亞論〉，一般認為該社論出自福澤諭吉之手。事實上，「脫亞」作為一種思想早在在此之前福澤諭吉就曾表述過，在〈勸學篇〉和〈文明論概略〉中都可清楚的看到，主要是指擺脫儒教思想的束縛。

　　到目前為止，在最具代表性的《魯迅年譜》[27]和《周作人年譜》[28]中，還查不到「《國民性十論》」這本書，更不要說對周氏兄弟與該書的關係展開研究。就筆者閱讀所限，中國學者最早在關於周作人的論文中談到「芳賀矢一」的，或許是現中國社科院文學研究所趙京華研究員1997年向日本一橋大學提交的博士論文[29]，只可惜尚未見正式出版。茲將在翻譯過程中的查閱所及，略做展開。

　　芳賀矢一在當時是知名學者，《朝日新聞》自1892年7月12日至1941年1月10日的相關報導、介紹和廣告等有三百三十七條；《讀賣新聞》自1898年12月3日至1937年4月22日相關數亦達一百八十六條。「文學博士芳賀矢一新著《國民性十論》」，作為「青年必讀之書、國民必讀之書」[30]也是當年名副其實的暢銷書，自1907年年底初版截止到1911年，在短短四年間就再版過八次。[31]報紙上的廣告更是頻繁出現，而且一直延續到很久以後。[32]甚至還有與該書出版相關的「趣聞軼事」，比如《讀賣新聞》就報導說，由於不修邊幅的芳賀矢一先生做新西服「差錢」，西服店老闆就讓他用《國民性十論》的稿費來抵償。[33]

---

[27] 魯迅博物館魯迅研究史編《魯迅年譜》四卷本，人民文學出版社，1981年。

[28] 張菊香、張鐵榮編著：《周作人年譜》，天津人民出版社，2000年。

[29] 趙京華：〈周作人と日本文化〉，一橋大學大學院社會學研究科博士論文，論文審查委員：木山英雄、落合一泰、菊田正信、田崎宣義。1997年。筆者所見該論文得自趙京華先生本人。

[30] 《國民性十論》廣告詞，《東京朝日新聞》日刊，明治四十年（1907）12月22日。

[31] 本稿所依據底本為明治四十四年（1911）9月15日發行第八版。

[32] 《朝日新聞》延續到昭和十年（1935）1月3日；《讀賣新聞》延續到同年一月一日。

[33] 〈芳賀矢一博士的西服治裝費從《國民性十論》的稿費裡扣除——東京

在這樣的情形之下，《國民性十論》引起周氏兄弟的注意
便是很正常的事。那麼兄弟倆是誰先知道並且注意到芳賀矢一的
呢？回答應該是乃兄周樹人即魯迅。其根據就是《國民性十論》
出版引起社會反響並給芳賀矢一帶來巨大名聲時，魯迅已經是在
日本有五年半多留學經歷的「老留學生」了，他對於與自己所關
心的「國民性」相關的社會動態當然不會視之等閒，此其一；其
二，通過北岡正子教授的研究可知，魯迅離開仙台回到東京後
不久就進了「獨逸語專修學校」，從1906年3月初到1909年8月回
國，魯迅一直是作為這所學校的學生度過了自己的後一半留學生
活，一邊學德語，一邊從事他的「文藝運動」，而在此期間在該
校擔任「國語」（即日本語文）教學的外聘兼課教師即是芳賀矢
一[34]。從上述兩點來推測，即便還不能馬上斷言魯迅與芳賀矢一
有著直接的接觸，也不妨認為「芳賀矢一」應該是魯迅身邊的一
個不能無視的存在。不論從社會名聲還是從著作進而是從課堂教
學來講，芳賀矢一都不可能不成為魯迅關注的閱讀對象。相比之
下，1906年9月才跟隨魯迅到東京的周作人，留學時間短，又不
大諳日語，在當時倒不一定對《國民性十論》有怎樣的興趣，而
且即便有興趣也未必讀得了，他後來開始認真讀這本書，有很大
的可能是受了乃兄的推薦或建議。比如說匆匆拉弟弟回國某事，
尤其預想還要講「日本」，總要有些參考書才好，魯迅應該比當
時的周作人更具備判斷《國民性十論》是一本合適的參考書的能

特色西服店〉（〈芳賀矢一博士の洋服代《國民性十論》原稿料から差
し引く　ユニークな店／東京〉），《讀賣新聞》1908年6月11日。

[34] 參見北岡正子《魯迅救亡の夢のゆくえ——惡魔派詩人論から「狂人日
記」まで》〈第一章　〈文芸運動〉をたすけたドイツ語——獨逸語專
修學校での學習〉，關西大學出版部，2006年3月20日。關於芳賀矢一任
「國語」兼課教員，請參看該書第29頁，註30。

力，他應該比周作人更清楚該書可做日本文學的入門指南。而從
周作人後來的實踐來看，其所體現的也正是這一思路。當然，這
是後話。

不過，最早留下關於這本書的文字記錄的卻是周作人。據
《周作人日記》，他購得《國民性十論》是1912年10月5日[35]，
大約一年半後（1914年5月14日）有購入相關參考資料和「閱國
民性十論」（同月17日）的記錄[36]，而一年四個多月之後的1915
年9月「廿二日」，亦有「晚，閱《國民性十論》」的記錄[37]。
而周作人與該書的關係，恐怕在其1918年3月26日的日記中最能
體現出來：「廿六日……得廿二日喬風寄日本文學史國民性十論
各一本」[38]——前一年，即1917年，周作人因魯迅的介紹進北京
大學工作，同年4月1日由紹興抵達北京，與魯迅同住紹興會館補
樹書屋[39]——由此可知《日本文學史》和《國民性十論》這兩本
有關日本文學和國民性的書是跟著周作人走的。不僅如此，1918
年4月19日，周作人在北京大學文科研究所小說研究會上做了可
堪稱為他的「日本研究小店」[40]掛牌開張的著名講演，即《日本
近三十年小說之發達》（4月17日寫作，5月20日至6月1日在雜誌
上連載[41]），其中就有與《國民性十論》觀點上的明確關聯（後
述）。與此同時，魯迅也在周作人收到《國民性十論》的翌月，
即1918年4月，開始動筆寫《狂人日記》，並將其發表在5月出版

[35] 《周作人日記（影印本）》（上），第418頁。大象出版社，1996年。
[36] 同上，501-502頁。
[37] 同上，580頁。
[38] 同上，740-741頁。
[39] 前出《周作人年譜（1885-1967）》，121頁。
[40] 〈過去的工作·跋〉（1945），鍾叔和編《知堂序跋》，嶽麓書社，1987年，176頁。
[41] 前出《周作人年譜（1885-1967）》，131頁。

發行的《新青年》四卷五號上，其在主題意象上出現接下來所要
談的與《國民性十論》的關聯，殆並非偶然吧。

筆者曾在另一篇文章裡談過，這一時期（截止到1923年他們
兄弟失和），周氏兄弟所閱、所購、所藏之書均不妨視為他們
相互之間潛在的「目睹書目」[42]。同住一處的兄弟之間，共用一
書，或誰看誰的書都很正常。《國民性十論》恐怕就是其中最好
的一例。這本書對周氏兄弟兩個人的影響都很大。魯迅曾經說
過，「從小說來看民族性，也就是一個好題目」。[43]如果說這裡
的「小說」可以置換為一般所指「文學」或「文藝」的話，那麼
《國民性十論》所提供的便是一個近乎完美的範本。前面提到，
在這部書中，芳賀矢一充分發揮了他作為國文學學者的本領，也
顯示了作為文獻學學者的功底，用以論證的例證材料多達數百
條，主要取自日本神話傳說、和歌、俳句、狂言、物語以及日語
語言方面，再輔以史記、佛經、禪語、筆記等類，以此推出「由
文化史的觀點而展開來的前所未見的翔實的國民性論」。[44]這一
點應該看作是對周氏兄弟的共同影響。

在周作人收藏的一千四百多種日本書[45]當中，芳賀矢一的
《國民性十論》對他的「日本研究」來說，無疑非常重要。事實
上，這本書是他關於日本文學史、文化史、民俗史乃至「國民
性」的重要入門書之一，此後他對日本文學研究、論述和翻譯也
多有該書留下的「指南」痕跡。周作人在多篇文章中都援引或
提到芳賀矢一，如〈遊日本雜感〉（1919年）、〈日本的詩歌〉

---

[42] 李冬木：〈魯迅與日本書〉，《讀書》2011年9期，北京三聯書店。

[43] 《華蓋集續編‧馬上支日記》，《魯迅全集》第三卷第333頁。

[44] 南博：《日本人論——明治から今日まで》まえがき，岩波書店，1994
年10月，第46頁。

[45] 李冬木：〈魯迅與日本書〉，《讀書》2011年9期，北京三聯書店。

（1921年）、〈關於《狂言十番》〉（1926年）、《狂言十番·附記》（1926年）、〈日本管窺〉（1935年）、〈元元唱和集〉（1940年）、《日本狂言選·後記》（1955年）等。而且也不斷地購入芳賀矢一的書，繼1912年《國民性十論》之後，目前已知購入的還有《新式辭典》（1922——購入年，下同）、《國文學史十講》（1923年）、《日本趣味十種》（1925年）、《謠曲五十番》（1926年）、《狂言五十番》（1926年）、《月雪花》（1933年）、《芳賀矢一遺著》（富山房，1928出版，購入年不詳）[46]。總體而言，在由「文學」而「國民性」的大前提下，周作人所受影響主要在日本文學和文化的研究方面，包括通過〈學術與藝文〉[47]看取日本國民性的視角。這裡不妨試舉幾例。

周作人自稱他的「談日本的事情」[48]始於1918年5月發表的〈日本近三十年小說之發達〉。該文在「五四」時期亦屬名篇，核心觀點是闡述日本文化和文學的「創造的模擬」或「模仿」，而這一觀點不僅是基於對芳賀矢一所言「模仿這個詞有語病。模仿當中沒有精神存在，就好像猴子學人」（第三章「講現實，重實際」）的理解，也是一種具體展開。

又如，從1925年開始翻譯〈《古事記》中的戀愛故事〉[49]，

---

[46] 在〈元元唱和集〉（《中國文藝》3卷2期，1940年10月）中有言「據芳賀矢一《日本漢文學史》」。《日本漢文學史》非單行本，收入《芳賀矢一遺著》，1928年由富山房出版。

[47] 參見周作人〈親日派〉（1920年），鍾叔和編《周作人文類編7·日本管窺》，湖南文藝出版社，1998年版，第619-621頁。〈日本管窺之三〉（1936年），出處同前，第37-46頁。

[48] 周作人：〈過去的工作·跋〉（1945年），鍾叔和編《知堂序跋》，嶽麓書社，1987年版第，176頁。

[49] 載《語絲》第9期。

到1926年〈漢譯《古事記》神代卷〉[50]，再到1963年出版《古事記》全譯本[51]，可以說《古事記》的翻譯是在周作人生涯中持續近40年的大工程，但看重其作為「神話傳說」的文學價值，而不看重其作為史書價值的觀點卻始終未變，雖然周作人在這中間又援引過很多日本學者的觀點，但看重「神話」而不看重「歷史」的基本觀點，最早還是來自芳賀矢一：「試觀日本神話。我不稱之為上代的歷史，而不恤稱之為神話。」（第一章「忠君愛國」）

再如，翻譯日本狂言也是可與翻譯《古事記》相匹敵的大工程，從1926年譯《狂言十番》[52]到1955年《日本狂言選》[53]，前後也經歷了近三十年，總共譯出二十四篇，皆可謂日本狂言之代表作，由中可「見日本狂言之一斑」[54]。這二十四篇當中有十五篇譯自芳賀矢一的校本，占了大半：《狂言十番》譯自後者校本《狂言二十番》（有六篇），《日本狂言選》譯自後者校本《狂言五十番》（有九篇）。而周作人最早與芳賀矢一及其校本相遇，還是在東京為「學日本語」而尋找「教科書」的時代：

> 那時富山房書房出版的「袖珍名著文庫」裡，有一本芳賀矢一編的《狂言二十番》，和宮崎三昧編的《落語選》，再加上三教書院的「袖珍文庫」裡的《俳風柳樽》初二編共十二卷，這四冊小書講價錢一總還不到一元日金，但作

---

[50] 載《語絲》第67期。

[51] 「日本安萬侶著」，「周啟明譯」，北京：人民文學出版社，1963年。

[52] 周作人譯《狂言十番》，北京：北新書局，1926年版。

[53] 周啟明譯《日本狂言選》，北京：人民文學出版社，1955年版。

[54] 周啟明：《日本狂言選‧後記》，鍾叔和編《周作人文類編7‧日本管窺》，湖南文藝出版社1998年版，第365頁。

為我的教科書卻已經盡夠了。[55]

作為文學「教科書」，芳賀矢一顯然給周作人留下了比其他人更多的「啟蒙」痕跡。這與芳賀矢一在當時的出版量以及文庫本的廉價易求直接有關。日本國會圖書館現藏署名「芳賀矢一」出版物四十二種，由富山房出版的有二十四種，屬富山房文庫版的有七種：《狂言二十番》（袖珍名著文庫第七，明治三十六〔1903〕年）、《謠曲二十番》（同名文庫第十四，出版年同前）、《平治物語》（同名文庫第四十一，明治四十四〔1911〕年）、《保元物語》（名著文庫，卷四十，出版年同前）、《川柳選》（同名文庫，卷五十，大正元年（1912））、《狂言五十番》（新型袖珍名著文庫，第九，大正十五年〔1926〕）、《謠曲五十番》（同名文庫，第八，出版年同前）。這些書與周作人的關係還有很大的探討空間。而尤為重要的是，芳賀矢一把他對各種體裁的日本文學作品的校訂和研究成果，以一種堪稱「綜合」的形式體現在了《國民性十論》當中。對周作人來說，這就構成了一個相對完整的「大綱」式教本——雖然「有了教本，這參考書卻是不得了」[56]——為消化「教本」讓他沒少花功夫。

此外，在周作人對日本詩歌的介紹當中，芳賀矢一留下的影響也十分明顯。由於篇幅所限，這裡不做具體展開，只要拿周作人在〈日本的詩歌〉（1921）、〈一茶的詩〉（1921）、〈日本的小詩〉（1923）、〈日本的諷刺詩〉（1923）等篇中對日本詩歌特點、體裁及發展流變的敘述與本書的內容對照比較，便可一

[55] 周作人：《知堂回想錄》上，「八七　學日本語續」，止庵校訂，河北教育出版社，2002，274頁。
[56] 同上。

目了然。

　　當然，對《國民性十論》的觀點，周作人也並非全盤接受，至少就關於日本「國民性」的意義而言，周作人所作取捨十分明顯。總體來看，周作人對書中闡述的「忠君愛國」和「武士道」這兩條頗不以為然（〈遊日本雜感〉1919、〈日本的人情美〉1925、〈日本管窺〉1935）。雖然周作人認為確認「萬世一系」這一事實本身對於瞭解日本的「重要性」，而且像芳賀矢一那樣介紹過臣民中很少有人「覬覦皇位」的例子（〈日本管窺〉），而且在把對日本文化的解釋由「學術與藝文」擴大到「武士文化」時，也像芳賀矢一一樣舉了武士對待戰死的武士頭顱的例子，以示「武士之情」（〈日本管窺之三〉1936），但對這兩點，他都有前提限制。關於前者，認為「忠孝」非日本所固有，關於後者，意在強調「武士之情」當中的「忠恕」成分。而他對《國民性十論》的評價是「除幾篇頌揚武士道精神的以外，所說幾種國民性的優點，如愛草木喜自然，淡泊瀟灑，纖麗纖巧等，都很確當。這是國民性的背景，是秀麗的山水景色，種種優美的藝術製作，便是國民性的表現。我想所謂東方文明的裡面，只這美術是永久的永久的榮光，印度中國日本無不如此」。[57]

　　還應該指出的是，越到後來，周作人也就越感到日本帶給他的問題，而芳賀矢一自然也包括在其中。例如，1935年周作人指出：「日本在他的西鄰有個支那是他的大大方便的事，在本國文化裡發現一點不愜意的分子都可以推給支那，便是研究民俗學的學者如佐藤隆三在他新著《狸考》中也說日本童話《滴沰山》（かちかち山Kachikachi yama）裡狸與兔的行為殘酷非日本民族

---

[57] 周作人：〈遊日本雜感〉，《新青年》6卷6號，1919年11月刊。鍾叔和編《周作人文類編7‧日本管窺》，第7頁。

所有，必定是從支那傳來的。這種說法我是不想學，也並不想辯駁，雖然這些資料並不是沒有。」[58]其實這個例子周作人早就知道，因為芳賀矢一在《國民性十論》第十章〈溫和寬恕〉裡講過，「這恐怕不是日本固有的神話」，而是「和支那一帶的傳說交織轉化而來的」，由此可知，「這種說法」周作人一開始就是「不想學」的。

到了寫〈日本管窺之四〉的1937年，年輕時由芳賀矢一所獲得通過文藝或文化來觀察日本「國民性」的想法已經徹底發生動搖，現實中的日本令周作人對這種方法的有效性產生懷疑，「我們平時喜談日本文化，雖然懂得少數賢哲的精神所寄，但於瞭解整個國民上我可以說沒有多大用處」，「日本國民性終於是謎似的不可懂」[59]。這意味著他的「日本研究小店的關門卸招牌」[60]。——就周作人對日本文化的觀察而言，或許正可謂自「芳賀矢一」始，至「芳賀矢一」終吧。

五、魯迅與《國民性十論》

筆者曾撰文探討魯迅《狂人日記》中「吃人」這一主題意象的生成問題，認為其與日本明治時代「食人」言說密切相關，是從這一言說當中獲得的一個「母題」。為確證這一觀點，筆者主要著手兩項工作，一項是對明治時代以來的「食人」言說展開

[58] 知堂：〈日本管窺〉，《國文週報》12卷18期，1935年5月，鍾叔和編《周作人文類編7‧日本管窺》，第26頁。
[59] 原載《國文週報》14卷25期，1937年6月，署名知堂，鍾叔和編《周作人文類編7‧日本管窺》，第56頁。
[60] 周作人：〈過去的工作‧跋〉（1945），載鍾叔和編：《知堂序跋》，嶽麓書社1987年版，第176頁。

全面調查和梳理，另一項是在該言說整體當中找到與魯迅的具體「接點」，在這一過程中，芳賀矢一和他的《國民性十論》浮出水面，因此，「魯迅與《國民性十論》」這一題目也就自然包括在了上述研究課題中。該論文題目為〈明治時代「食人」言說與魯迅的《狂人日記》〉，發表在《文學評論》2012年第一期（中國社會科學院文學研究所）上，此次特作為「附錄」附於書後，詳細內容請讀者參閱這篇文章，這裡只述大略。

與周作人相比，魯迅對《國民性十論》的參考，主要體現在他對中國國民性問題的思考方面。具體而言，魯迅由芳賀矢一對日本國民性的闡釋而關注中國的國民性，尤其是對中國歷史上「吃人」事實的注意。

在屬於魯迅的自創文本中沒有出現「芳賀矢一」，或者說沒有相關的記載[61]，這一點與周作人那裡的「細帳」呈現的情形完全不同。不過，在魯迅的譯文當中，「芳賀矢一」是存在的。例如，被魯迅稱讚為「對於他的本國的缺點的猛烈的攻擊法，真是一個霹靂手」[62]的廚川白村（Kuriyakawa Hakuson, 1880-1923）就在《出了象牙之塔》一書中大段介紹了芳賀矢一和《國民性十論》，魯迅翻譯了該書[63]，其相關段落譯文如下：

---

[61] 這是就目前容易看到的兩種「全集」而言，即1981年16卷本和2005年18卷本人民文學出版社版《魯迅全集》，這兩種全集都未收錄占魯迅畢生工作量一半的翻譯。

[62] 魯迅：〈觀照享樂的生活·譯者附記〉，收《譯文序跋集》，《魯迅全集》第10卷，277頁。

[63] 《出了象牙之塔》，原題《象牙の塔を出て》，永福書店，大正九年（1920），係廚川白村的文藝評論集，魯迅在1924年至1925年之交譯成中文，並將中的大部分陸續發表於《京報副刊》、《民眾文藝週刊》等期刊上。1925年12月由北京未名社出版單行本，列為「未名叢刊」之一。

但是，概括地說起來，則無論怎麼說，日本人的內生活的
熱總不足。這也許並非一朝一夕之故罷。以和歌俳句為中
心，以簡單的故事為主要作品的日本文學，不就是這事的
證明麼？我嘗讀東京大學的芳賀教授之所說，以樂天瀟
脫，淡泊瀟灑，纖麗巧致等，為我國的國民性，輒以為誠
然。（芳賀教授著《國民性十論》一一七至一百八十二頁
參照。）過去和現在的日本人，卻有這樣的特性。從這樣
的日本人裡面，即使現在怎麼嚷，是不會忽然生出托爾斯
泰和尼采和易卜生來的。而況莎士比亞和但丁和彌爾敦，
那裡會有呢。[64]

再加前面提到的魯迅在「獨逸語專修學校」讀書時，芳賀矢一也
在該校教「國語」那層關係，即使退一萬步，也很難如某些論者
那樣，斷言魯迅與芳賀矢一「沒有任何關係」。[65]

　　也就是說，不提不記並不意味著沒讀沒受影響。事實上，在
「魯迅目睹書」當中，他少提甚至不提卻又受到很深影響的例子
的確不在少數。[66]芳賀矢一的《國民性十論》也屬於這種情況，
只不過問題集中在關於「食人」事實的告知上。具體請參閱第十
章〈溫和寬恕〉，芳賀矢一在該章中舉了十二個中國舊文獻中記
載的「吃人」的事例，其中《資治通鑒》四例，《輟耕錄》八
例。筆者以為，正是這些事例將中國歷史上「吃人」的事實暗示

[64] 〔日〕廚川白村著、魯迅譯：《出了象牙之塔》，載王世家、止庵編：《魯迅著譯編年全集》卷六，北京：人民出版社，2009年，86頁。
[65] 參見《國民性十論》附錄所列相關評論和論文。
[66] 請參閱李冬木：〈魯迅與日本書〉，《讀書》2011年9期，生活·讀書·新知三聯書店，以及李冬木關於《支那人氣質》和「丘淺次郎」研究的相關論文。

給了魯迅。其推查過程如下：

《狂人日記》發表後，魯迅在1918年8月20日致許壽裳的信中說：「偶閱《通鑑》，乃悟中國人尚是食人民族，因成此篇。此種發見，關係亦甚大，而知者尚寥寥也。」這就是說，雖然史書上多有「食人」事實的記載，但在《狂人日記》發表的當時，還很少有人意識到那些事實，也更少有人由此而意識到「中國人尚是食人民族」；魯迅是「知者尚寥寥」當中的「知者」，他告訴許壽裳自己是「偶閱《通鑑》」而「乃悟」的。按照這一說法，《資治通鑑》對於「食人」事實的告知便構成了《狂人日記》「吃人」意像生成的直接契機，對作品的主題萌發有著關鍵性影響。

魯迅讀的到底是哪一種版本的《資治通鑑》，還有待進一步探討。目前可以確認到在魯迅同時代或者稍早，在中國和日本刊行的幾種版本不同版本的《資治通鑑》。[67]不過，在魯迅藏書目錄中未見《資治通鑑》。[68]《魯迅全集》中提到的「《資治通鑑》」，都是作為書名，而並沒涉及到其中任何一個具體的「食人」記載，因此，單憑魯迅文本，目前還並不能瞭解到究竟是「偶閱」到的哪些「食人」事實令他「乃悟」。順附一句，魯迅日記中倒是有借閱（1914年8月29日、9月12日）和購買（1926年11月10日）《資治通鑑考異》的記載，魯迅也的確收藏有這套三

---

[67] 中國：清光緒十四（1888年）上海蜚英館石印本；民國元年（1912）商務印書館涵芬樓鉛印本。日本：明治十四年（1881）東京猶興館刊刻，秋月韋軒、箕輪醇點校本（十冊）；明治十七年（1884）東京報告堂刻本（43卷）；明治十八年（1885）大阪修道館，岡千仞點，重野安繹校本。

[68] 參閱《魯迅手跡和藏書目錄》（內部資料），北京魯迅博物館編，1957年；《魯迅目睹書目——日本書之部》（《魯迅目睹書目—日本書之部》），中島長文（中島長文）編刊，宇治市木幡御藏山，私版300部，1986年。

十卷本[69]，從《中國小說史略》和《古籍序跋集》可以知道是被用作了其中的材料，然而卻與「食人」的事實本身並無關聯。

因此，在完全不排除魯迅確實直接「偶閱」《資治通鑒》文本這一可能性的前提下，是否還可以做這樣的推斷，即魯迅當時「偶閱」到的更有可能是《國民性十論》所提到的四個例子而並非《資治通鑒》本身，或者還不妨進一步說，由《國民性十論》當中的「《資治通鑒》」而過渡到閱讀《資治通鑒》原本也並非沒有可能。但正如上面所說，在魯迅文本中還找不到他實際閱讀《資治通鑒》的證據。

另外，芳賀矢一援引八個例子的另一文獻、陶宗儀的《輟耕錄》，在魯迅文本中也有兩次被提到[70]，只不過都是作為文學史料，而不是作為「食人」史料引用的。除了「從日本堀口大學的《腓立普短篇集》裡」翻譯過查理路易・腓立普（Charles-Louisphilippe, 1874-1909）《食人人種的話》[71]和作為「神魔小說」資料的文學作品「食人」例子外，魯迅在文章中只舉過一個具體的歷史上「吃人」的例子，那就是在《抄靶子》當中所提到的「兩腳羊」：「黃巢造反，以人為糧，但若說他吃人，是不對的，他所吃的物事，叫作『兩腳羊』。」1981年版《魯迅全集》注釋（2005年版注釋內容相同）對此作出訂正，說這不是黃巢事蹟，並指出材源：「魯迅引用此語，當出自南宋莊季裕《雞肋

69　《魯迅手跡和藏書目錄》：「資治通鑒考異　三十卷　宋司馬光著　上海商務印書館影印明嘉靖刊本　六冊　四部叢刊初編史部　第一冊有『魯迅』印」。
70　《中國小說史略・第十六篇　明之神魔小說（上）》，《魯迅全集》第九卷第57頁。《古籍序跋集：第三分》，《魯迅全集》第十卷第94頁。
71　參見〈食人人種的話・譯者附記〉，《譯文序跋集》，《魯迅全集》第十卷。

編》」[72]。這一訂正和指出原始材源都是正確的，但有一點需要補充，那就是元末明初的陶宗儀在《輟耕錄》中照抄了《雞肋編》中的這個例子，這讓芳賀矢一也在讀《輟耕錄》時看到並且引用到書中，就像讀者將在這個譯本中所看到的那樣：「宋代金狄之亂時，盜賊官兵居民交交相食，當時隱語把老瘦男子叫『饒把火』，把婦女孩子叫『不慕羊』，小兒則稱作『和骨爛』，一般又叫『兩腳羊』，實可謂驚人之至。」私以為，魯迅關於「兩腳羊」的模糊記憶，不一定直接來自《雞肋編》或《輟耕錄》，而更有可能是芳賀矢一的這一文本給他留下的。

截止到魯迅發表小說《狂人日記》為止，中國近代並無關於「吃人」的研究史，吳虞在讀了《狂人日記》後才開始做他那著名的「吃人」考證，也只列出八例。[73]調查結果表明，「食人」這一話題和研究是在明治維新以後的日本展開的。《國民性十論》的重點並不在於此，卻因其第十章內容而與明治思想史當中的「食人」言說構成關聯，其之於魯迅的意義，是促成魯迅在「異域」的維度上重新審視母國，並且獲得一種對既往閱讀、記憶以及身邊正在發生的現實故事的「啟動」，也就是魯迅所說的一個「悟」。

總之，即使只把話題限定在「周氏兄弟」的範圍，也可略知《國民性十論》對於中國「五四」以後的思想和文學有著不小的意義。相信讀者在閱讀中還會有更多的發現和新的解讀。

最後，還想提請讀者注意的，是這本書的成書年代。這是一本距今一百一十年的出版物，是一個歷史上的文本，其中所述情形已經和此後乃至現今的日本有了很大的不同自不待言，尤其書

---

[72] 收入《准風月談》，《魯迅全集》第5卷第205頁。

[73] 參見〈吃人與禮教〉，《新青年》六卷六號，1919年11月1日。

中出現的諸如「近頃」、「最近」、「不久前」、「至今」這類表述時間的詞語，都是以1907年即明治四十年日俄戰爭結束後不久的時間點為基準而言的，相信它們會提示讀者，現在的閱讀體驗在，正是重返一百多年前的歷史現場。

　　　　　　　　　2012年3月15日初稿於大阪千里
　　　　　　　　　2017年10月19日修改於京都紫野

明治時代「食人」言說
與魯迅的《狂人日記》

一、前言　明治時代相關語境的導入

　　魯迅小說《狂人日記》是中國現代文學奠基作，也是作者以「魯迅」的筆名發表的第一篇作品。作於1918年4月，登載在同年5月出刊的《新青年》雜誌四卷五號上。由於事關中國現代文學以及作家「魯迅」之誕生，九十多年來，《狂人日記》及其相關研究在中國現代文學研究史和魯迅研究史中佔有重要一頁。僅「中國知網」資料庫所收論文數就已超過1400篇，在史家著述裡甚至有「狂人學史」這樣的提法。[1]

　　其中，《狂人日記》是怎樣寫作的？其創作過程是怎樣的？一直是很多論文探討的重要課題。不過論述的展開還都大抵基於魯迅自己所做的「說明」[2]，即作品「形式」借鑒於果戈理的同名小說，而「禮教吃人」的主題則「乃悟」於《資治通鑑》。這在魯迅研究當中已經作為一種常識被固定下來。而實證研究亦業

---

[1]　參閱張夢陽著《中國魯迅學通史》6卷本，廣東教育出版社，2005年。在該通史中，以單篇作品研究而構成「學史」的只有《阿Q正傳》和《狂人日記》兩篇——參閱下卷一：第十三章〈阿Q學史〉和第十四章〈狂人學史〉。

[2]　參見《且介亭雜文‧《中國新文學大系》小說二集序》，《魯迅全集》第六卷；〈1918年8月20日致許壽裳〉，第十一卷，人民文學出版社，1981年。本文引文皆自該版。

已在事實關係上明示出魯迅對果戈理的借鑒：「《狂人日記》」
這一作品名和「日記」形式直接取自明治四十年（1907）《趣
味》雜誌第二卷第三、四、五號上連載的「長谷川二葉亭主人」
（即二葉亭四迷，Futabatei Shimei, 1864-1909）自俄語譯成日語的
果戈理的《狂人日記》。[3]然而，在與作品主題相關之處卻還留
有若干疑問，比如魯迅說他「偶閱《通鑒》，乃悟中國人尚是食
人民族，因成此篇」[4]，那麼他讀到的是《資治通鑒》裡的哪些
記述，而他又是通過怎樣的契機去「偶閱《通鑒》」的呢？這些
問題都與作品「吃人」意像的創出密切相關卻又懸而未決。

　　《狂人日記》給讀者帶來最具衝擊力的閱讀體驗，便是「吃
人」意像的創造。「吃人」這一意像令主人公「狂人」恐懼，也
強烈震撼著讀者。全篇4870字，「吃人」一詞出現28次，平均每
170字出現一次，其作為核心語詞支撐和統領了全篇，成為表達
作品主題的關鍵。不僅如此，正像在《熱風》（四十二、五十
四，1919）和《燈下漫筆》（1925）等篇中所看到的那樣，「吃

---

[3] 姚錫佩〈魯迅初讀《狂人日記》的信物——介紹魯迅編定的「小說譯
叢」〉，北京魯迅博物館魯迅研究室編《魯迅藏書研究》，1991年。在
起草本稿之際，筆者重新確認了《趣味》雜誌連載的三期，獲得了更為
詳細的版本資訊，茲列如下，以作為補充。又，姚文將「明治四十年」
標為西元「1906」年也是不對的，應為1907年。
　　狂人日記（ゴーゴリ原作）　二葉亭主人訳　目錄訳者名：長谷川二葉
　　亭主人訳]
　　　趣味　第二卷第三號（一至五頁）　明治四十1907]年三月一日
　　狂人日記（ゴーゴリ原作）（承前）二葉亭主人訳目錄訳者名：長谷川
　　二葉亭主人訳]
　　　趣味　第二卷第四號　明治四十年四月一日（一至十四頁）
　　狂人日記（ゴーゴリ原作）（承前）二葉亭四迷訳　目錄訳者名：長谷
　　川二葉亭主人]
　　　趣味　第二卷第五號　明治四十年五月一日（一五一至一六一頁）
[4] 〈1918年8月20日致許壽裳〉，《魯迅全集》第十一卷第353頁。

人」這一意像還拓及到文明史批評領域並使其成為貫穿「魯迅」整體的一個關鍵字。那麼，「吃人」這一意像為什麼會被創造出來？其又是被怎樣創造的呢？本文旨在就此嘗試一種思路，那就是把日本明治時代有關「吃人」的言說作為一種語境導入到《狂人日記》這篇作品的研究中來。

如果先講結論的話，那麼筆者以為，《狂人日記》「吃人」這一意像是在日本明治時代相關討論的「知識」背景下創造出來的，或者可以說明治時代關於「吃人」的言說為《狂人日記》的創作提供了一個「母題」。

當然這還只是一個假說。為講清楚這個問題，也就有必要暫時離開《狂人日記》，而先到明治時代的「言說」中去看個究竟。看看那個時代為什麼會有「吃人」這一話題以及這一話題是被如何談論的。

二、明治時代以來有關「食人」或「人肉」言說的基本文獻

在日語當中，「吃人」一詞的漢字寫做「食人」。筆者以「食人」或「人肉」為線索，查閱了相關文獻並獲得初步認識：日本近代以來關於「食人」或「人肉」言說，發生並成型於明治，完善於大正，延續到昭和乃至現在。

日本近代以來年號與西曆年之對應關係如下（本文以漢字數字表示日本年號，阿拉伯數字表示西元紀年）：

明治歷時四十五年：1868年9月8日 — 1912年7月29日。
大正歷時十五年：1912年7月30日 — 1926年12月24日。

昭和歷時六十四年：1926年12月25日－1989年1月7日。

現在是平成年號：1989年1月8日──至今，今年2011年

為平成二十三年。

就與《狂人日記》相關的意義而言，文獻調查的重點當然
是放在明治，但考慮作為一種「言說」的延續性和魯迅創作並發
表這篇作品的時期在時間上與大正有很大的重合，故文獻調查範
圍也擴大到大正末年。這樣，就獲得了明治、大正時期有關「吃
人」或「人肉」言說文獻的「總量輪廓」。這裡所說的「總量」
是指筆者調查範圍內所獲文獻「總量」，其肯定是不完整的，因
此呈現的只能是一個「輪廓」。不過，即便是「輪廓」，相信其
中也涵蓋了那些主要的和基本的文獻。請參見圖表1：《明治、
大正時期有關「吃人」或「人肉」言說的出版物統計》。[5]

圖表1　明治、大正時期有關「吃人」或「人肉」言說的出版物統計

出版物種類及年代 期間	書籍 1882-1912 1912-1926	雜誌 1879-1912 1913-1926	讀賣新聞 1875.6.15-1912.4.9 1913.9.4-1926.5.31	朝日新聞 1881.03.26-1911.03.24 1913.10.20-1926.10.29	總數
明治時期	34	20	22	49	125
大正時期	28	15	29	64	136
分類合計	62	35	51	113	261

如表所示，查閱的對象是明治、大正兩個時期的基本出版
物，具體區分為書籍、雜誌和報紙；報紙只以日本兩大報即《讀
賣新聞》和《朝日新聞》為代表，其餘沒納入統計範圍。那麼從
調查結果中可以知道，在自1875年到1926年的半個世紀裡得相關

---

[5]　因篇幅所限，各文獻資訊清單在此從略，今後有機會出版時，將以〈附
　　錄〉形式附於文後。

文獻261點。這些文獻構成本論所述「言說」的基本話語內容及
其歷程。不過，這裡還有幾點需要加以說明：

（1）兩份報紙相關文獻數總和雖然多於書籍、雜誌相關文
　　獻數總和，呈164對97之比例，但在體現「言說」的
　　力度方面，在內容的豐富、系統和深度上都無法與書
　　籍、雜誌相比，因此，在本論當中，報紙只作參閱文
　　獻來處理。

（2）作為文獻主體的書籍和雜誌，時間跨度47年（1879-
　　1926），數量為97點，綜合平均，大約每年2點，基本
　　與該「言說」的呈現和傳承特徵相一致，那就是既不
　　「熱」，也不「冷」，雖幾乎看不到集中討論，其延
　　續性探討卻一直存在，呈涓涓細流，源源不斷之觀。

（3）書籍的數量明顯多於雜誌裡的文章，但兩者存在著相
　　互關聯，一些書籍是由先前發表在雜誌上的文章拓展
　　而成的。同時也存在著同一本書再版發行的情況。

三、有關「食人」或「人肉」言說的時代背景及其成因

那麼，為什麼明治時代會出現有關「食人」或「人肉」即
Cannibalism的言說？或者說為什麼會把「食人」或「人肉」作為
一個問題對象來考察，來討論？其時代背景和話題背景都是怎樣
的呢？當然，若求本溯源去細究，那麼便肯定會涉及「前史」，
這裡擬採取近似算數上的「四捨五入」方式，姑且把話題限制在
明治時代。從這個意義上講，「文明開化」便顯然是「食人」言
說的大背景。這一點毫無疑問。不過除此之外，私以為至少還有
三個具體要素值得考慮：（一）「食用牛肉之始」；（二）知識

的開放、擴充與「時代趣味」；（三）摩爾斯關於大森貝塚的發現及其相關報告。

首先是「食用牛肉之始」。讓一個從沒吃過肉的人討論「肉」是不現實的，更何況涉及到的還是「人肉」。從這個意義上說，明治時代的開始食用牛肉及其相關言論便構成了後來「食人」或「人肉」言說的物質前提和潛在話語前提之一。

那個時代對「肉」的敏感，遠遠超乎今天的想像。伴隨著「文明開化」，肉來了，牛肉來了，不僅是嗅覺和味覺上的衝擊，更是精神意識上的震撼。接受還是不接受？吃還是不吃？對於向來不吃肉並且視肉為「不潔之物」的絕大多數日本人來說，遭遇到的當是一次大煩惱和大抉擇。儘管日本舉國後來還是選擇了「吃」，並最終接受了這道餐桌上的「洋俗」，但其思想波紋卻鮮明地保留在了歷史記錄當中。明治五年（1872）農曆正月二十四日，天皇「敕進肉饌」：「時皇帝……欲革除嫌忌食肉之陋俗，始敕令進肉饌，聞者嘖嘖稱讚睿慮之果決，率先喚醒眾庶之迷夢。」[6]「吃肉」等於「文明開化」，對之加以拒絕，「嫌忌食肉」則是「陋俗」、「迷夢」，要被擺在「革除」和「喚醒」之列，天皇率先垂範，其行為本身便構成了「明治啟蒙」的一項重要內容。石井研堂（Ishii Kendo, 1865-1943）《明治事物起原》有專章記述「食用牛肉之始」[7]，這裡不做展開。總之，自那時起，日本上下共謀，官民一體，移風易俗，開啟了一個食肉的「文明時代」。

---

[6]　山田俊造、大角豐次郎《近世事情》五編卷十一，第4頁。全五編十三卷，明治六至九年（1873-1876）刊。

[7]　石井研堂《明治事物起原・牛肉食用之始》有不同版本：橋南堂，明治四十一年（1908）版第403-416頁；日本評論社，昭和五十九年（1984）版，《明治文化全集・別卷》第1324-1333頁。

　　誠如當時的戲作文學家假名垣魯文（Kanagaki Robun, 1829-1894）滑稽作品《安愚樂鍋》所記：「士農工商，男女老幼，賢愚貧富，爭先恐後，誰不吃牛鍋誰就不開化進步」[8]。魯迅後來在文章挖苦留學生「關起門來燉牛肉吃」，跟他「在東京實在也看見過」有關[9]，追本溯源，也都是當初「吃牛肉即等於文明開化」之影響的遺風。

　　明治時代的「文明開化」，不僅引導了日本國民的食肉行為，也在客觀上喚起了對「肉」的敏感與關注，而「人肉」和「吃人肉」也當然是這種關注的潛在對象。例如，既然「吃肉」是「開化」是「文明」的，那麼緊接著的問題就是，當得知同一個世界上還存「食人肉人種」時，該去如何評價他們的「吃肉」？如果按照當時的「文明論」和「進化論」常識，將這類人種規定為「野蠻人種」，從而認定「吃肉的我們」與「吃肉的他們」本質不同，存在文野之別，而當又陸續得知包括自己在內的世界「文明人種」也可能「吃人」時，又會發生怎樣一種混亂？筆者以為，這些都是「食用牛肉之始」的實踐後預設下的關係到「吃人」或「人肉」言說的潛在問題，具有向後者發展的很大暗示性。

　　其次，是知識的開放、擴充與「時代趣味」。對明治時代來說，「文明開化」當然並不僅僅意味著吃肉，這一點毋庸贅言；更重要的還是啟蒙，導入新知，放眼看世界。明治元年（1868）4月6日，明治天皇頒佈《五條誓文》，也就是明治政府的基本施政方針，其第五條即為「當求智識於世界」[10]。借用西周（Nishi

8　假名垣魯文《牛店雜談安愚樂鍋》初編，第5頁。早稻田大學圖書館藏。
9　《華蓋集續編・雜論管閒事・做學問・灰色等》，參見《魯迅全集》第三卷第22-23頁。
10　〈禦誓文之禦〉，《太政官日誌》第一冊，慶應四年。國會圖書館近代デジタルライブラリー。

Amane, 1829-1897）的「文眼」，可以說這是一個「百學連環」
而又由philosophy創設出「哲學」這一漢字詞彙的時代[11]。由《明
六雜誌》和《東京學士會院雜誌》所看到的知識精英們對「文
明」的廣泛關注自不待言[12]，其中就有關於「食人肉」的話題。
這一點將在後面具體展開。民間社會亦對來自海內外的類似「新
鮮事」充滿好奇與熱情。因此，所謂「食人」或「人肉」言說，
便是在這種大的知識背景下出現的。對於一般「庶民」來說，接
觸這類「天下奇聞」主要還是通過報紙和文學作品。例如明治
八年（1875）六月十五日《讀賣新聞》和《朝日新聞》同日報導
同一則消息說，播州一士族官員與下女私通，被「細君」即太
太察知，趁其外出不在時殺了下女，並割下股肉待官員歸宅端
上「刺身」；《讀賣新聞》翌年十月十九日援引一則〈三重新
聞〉的報導說，斐濟島上最近有很多食人者聚集，出其不意下山
捕人，已有婦女兒童等18人被吃。在本論所掌握的「言說文獻」
中，還有明治十五年（1882）出版的清水市次郎《繪本忠義水滸
傳》，其第五冊卷之十四，便是《母夜叉孟州道賣人肉》的標題
——當然是用日文。不過，與這類日本庶民早已耳熟能詳的東方
故事相比，來自「西洋」的「人肉故事」似乎更能喚起人們的

---

[11] 西周屬於明治時代首批啟蒙學者，曾在明治維新以前往荷蘭留學，精通
漢學並由蘭學而西學，在介紹西方近代科學體系和哲學方面作出了開創
性貢獻。其將Encyclopedia（百科全書）按希臘原詞字義首次譯成「百學
連環」，而《百學連環》亦是其重要著作，奠定了日本近代「學科」與
「科學」哲學體系的基礎。現在日本和中國所通用的「哲學」一詞也是
西周由philosophy翻譯過來的。

[12] 《明六雜誌》為明治初期第一個啟蒙社團明六社的機關刊物，明治七年
（1874）4月2日創刊，明治八年（1875）11月14日停刊，共出43號，對
「文明開化」期的近代日本產生了極大啟蒙影響。《東京學士會院雜誌》
為明六社的後繼官辦團體東京學士會院的機關刊物，對科學啟蒙產生了重
要影響。兩種雜誌都體現了對近代自然科學和人文科學廣泛關注。

好奇心。莎士比亞（Shakespeare William, 1564-1616）的《威尼斯商人》由井上勤（Inoue Tsutomu, 1850-1928）譯成日文並於明治十六年（1883）十月由東京今古堂出版後，在短短的三年內至少重印6種版本[13]，還不算雜誌上的刊載和後來的原文講讀譯本。該本之所以被熱讀，依日本近代「校勘之神」神代種亮（Kojiro Tanesuke, 1883-1935）的見解，該本「看點」有二，一是「題名之奇」，二是「以裁判為題材」，二者皆投合了當時的「時尚」。[14]所謂「題名」非同現今日譯或漢譯譯名，而是〈西洋珍說人肉質入裁判〉。日文「質入」一詞的意思是抵押，「裁判」的意思是法院審判，用現在的話直譯，就是〈人肉抵押官司〉。很顯然，「人肉」是這個故事的「看點」。威尼斯富商安東尼奧為了成全好友巴薩尼奧的婚事，以身上的一磅肉作抵押，向猶太高利貸者夏洛克借債，從而引出一場驚心動魄的官司，對於當時的讀者來說是令人歎為觀止的「西洋珍說」，用神代種亮的話說，就是體現了「文明開化期日本人所具有的一種興趣」。[15]

事實上，文學作品始終是這種時代「興趣」和「食人」言說的重要承載，除了〈人肉質入裁判〉外，同時代翻譯過來的〈壽其德奇談〉[16]和後來羽化仙史〈食人國探險〉[17]、澀江不鳴〈裸

---

[13] 這六種版本為：（1）英國西斯比亞著，日本井上勤譯，《西洋珍說人肉質入裁判》，東京古今堂，明治十六年十月；（2）東京古今堂，明治十九年（1886）六月；（3）東京闇花堂，明治十九年八月；（4）東京鶴鳴堂，明治十九年八月；（5）東京鶴鳴堂二版，明治十九年十一月；（6）東京廣知社，明治十九年十一月。

[14] 〈人肉質入裁判解題〉，明治文化研究會編《明治文化全集》第十五卷，〈翻譯文藝篇〉，日本評論社，1992年，第30頁。

[15] 同上。

[16] スコット著《壽其德奇談》，明治十八年（1885）十一月，內田彌八刊刻。

[17] 大學館「冒險奇怪文庫」第11、12編，明治三十九年（1906）。2008年冬蒙

體遊行〉[18]等都是這方面的代表作。

然而「人肉故事」不獨囿於獵奇和趣味範圍，也擴展為新興科學領域內的一種言說。尤其美國動物學者摩爾斯（Edward Sylvester Morse, 1838-1925）的到來，既為日本帶來了「言傳身教」的進化論，也將關於「吃人」的言說帶入進化論、人類學、法學、經濟學乃至文明論的領域。這就是接下來將要介紹的摩爾斯關於大森貝塚的發現及其相關報告。

摩爾斯出生於美國緬因州波特蘭市，自1859年起兩年間在哈佛大學擔任著名海洋、地質和古生物學者路易・阿凱西（Jean Louis Rodolphe Agassiz, 1807-1873）教授的助手並旁聽該教授的講義。在此期間剛好趕上達爾文（Charles Robert Darwin, 1809-1882）《物種起源》（1859）出版發行，摩爾斯便逐漸傾向進化論。1877年即明治十年6月，為研究腕足動物私費前往日本考察，旋即被日本文部省聘請為東京大學動物學和生理學教授。摩爾斯是第一個在日本傳授進化論、動物學、生物學和考古學的西方人，其在東京大學任教期間所作的進化論和動物學方面的講義，由其東大聽講弟子石川千代松（Ishikawa Chiyomatsu, 1860-1935）根據課堂筆記相繼整理出版，其《動物進化論》（萬卷書房，1883）和《進化新論》（東京敬業社，1891），都是公認的進化論在日本的早期重要文獻[19]，也是魯迅到日本留學之後學習進化論的教科書[20]。摩爾斯的最大貢獻、也是他到日本的最大收穫，是大森貝

復旦大學龍向洋先生教示，獲知該本有中譯本：羽化仙史著《食人國》，覺生譯，保定，河北粹文書社，1907年，現藏北京師範大學圖書館。

[18] 出版社不詳，明治四十一年（1908）。
[19] 金子之史〈モースの「動物進化論」周邊〉，《香川大學一般教育研究》11號，1977年。
[20] 參見中島長文〈藍本〈人間の歷史〉〉，《滋賀大國文》，1978、79年。

塚的發現。大森貝塚位於現在東京都品川區和大田區的交匯處，
是1877年6月19日摩爾斯乘火車由橫濱往新橋途中經過大森車站時
透過車窗在眼前的一座斷崖處偶然發現的。這是一座日本「繩文
時代」（1萬6千年前到3千年前）的「貝塚」，保留了豐富的原始
人生活痕跡，摩爾斯於同年9月16日帶領東大學生開始發掘，出
土了大量的貝殼、土器、土偶、石斧、石鏃、鹿和鯨魚乃至人的
骨片等，這些後來都成為日本重要國家文物。1879年7月摩爾斯關
於大森貝塚調查發掘的詳細報告由東京大學出版，題目為「Shell
Mounds of Omori」[21]。大森貝塚的發現與摩爾斯的研究報告在當時
引起轟動，其中最具衝擊力的恐怕是他基於出土人骨所作的一個
推論，即日本從前曾居住著「食人人種」。不難想像，當1878年6
月他在東京淺草須賀町井深村樓當著五百多名聽眾的面首次披露
自己的這一推論時[22]，對於正在「文明開化」的近代化道路上匆忙
趕路的「明治日本」來說引起的該是怎樣一場心靈震撼。

很顯然，除了整個時代的文化大背景外，摩爾斯的上述見
解，構成了此後關於「吃人（食人）」或「人肉」言說「科學
性」展開的主要契機。

四、摩爾斯之後關於「食人」言說的展開

最早將摩爾斯的上述見解以日文文本形態傳遞給公眾的，是
明治十二年（1879）東京大學出版會出版的《理科會粹》第一帙

---

[21] 《東京大學文理學部英文紀要》（*Memoirs of the Science Department, University of Tokyo*）第一卷第一部。

[22] 〈大森村發見の前世界古器物について〉，《なまいき新聞》第三、四、五號，明治十一年（1878）七月六、十三、二十日。《大森貝塚》〈關連資料（三）〉，近藤義郎、佐原真譯，岩波書店，1983年。

上冊，在《大森介墟古物篇》內的〈食人種之證明〉這一小標題下，明確記述著摩爾斯的推斷，譯文如下：

> 在支離散亂的野豬和鹿骨當中，往往會找到人骨……沒有一具擺放有序，恰和世界各地介墟所見食人遺跡如出一轍。也就是說，那些人骨骨片也同其他豬骨鹿骨一道在當時或為敲骨吸髓，或為置入鍋內而被折斷，其留痕明顯，人為之斑跡不可掩，尤其在那些人骨的連筋難斷之處，可以看到留在上面的最深而且摧殘嚴重的削痕。[23]

這是摩爾斯推斷日本遠古時代存在食人風俗的關鍵性的一段話。私以為，這段話在思想史上的意義恐怕比作為考古學的一項推論更加重要，因為自摩爾斯開始，所謂「食人」就不一定只是「他者」的「蠻俗」，而是與日本歷史和日本精神史密切相關的自身問題。換句話說，就是一個將「他者」轉化為「自己」的問題。日本過去也存在過食人人種嗎？也有過食人風俗嗎？在這些問題的背後，就有著自己可能是食人者的後裔這樣一種惶惑。事實上，此後許多具有代表性的重要論文和書籍，都是圍繞著摩爾斯的這一論斷展開的，也可以說「摩爾斯」是後續「食人」言說的所謂「問題意識」。

作為對摩爾斯的「反應」，最為引人注目的是「人類學會」的成立和該學會雜誌上發表的相關文章。「人類學會」後改稱「東京人類學會」，正式成立於明治十九年（1886）2月，會刊〈人類學會報告〉，後來伴隨學會名稱的變化相繼改稱《東京

---

[23] 矢田部良吉口述，寺內章明筆記。在《大森貝塚》一書中為「食人の風習」部分。

人類學會報告》和《東京人類學會雜誌》，其當初的關注對象
是「動物學以及古生物學上之人類研究、內外諸國人之風俗習
慣、口碑方言、史前或史上未能詳知之古生物遺跡等」[24]方面的
研究，目的「在於展開人類解剖、生理、發育、遺傳、變遷、開
化等研究，以明人類自然之理」[25]。很顯然，最早這是一個「以
學為主」的學生同人團體。不過他們的生物學和考古發掘方面的
興趣卻是「大學教授摩爾斯君於明治十二年在大森貝塚」的發
掘、採集以及各種相關演說引起的——據發起人之一坪井正五郎
（Tsuboi Shogoro, 1863-1913年）介紹，他們於是也開始對日本古
人類生活遺跡展開獨立調查與發掘並有所發現，同時也展開討
論，每月一次例會，到學會成立時已開過14次例會，而第15次例
會報告便是《人類學會報告》「第一號」[26]，成員也由當初的4名
「同好」發展到28人[27]，而此後更多，遂成為日本正規的人類學
學術研究機構。

　　「食人」、「食人種」、「食人風俗」等當然也是「人類
學」感興趣的課題之一，見於會刊上的主要文章和記事有（〈〉
內為日文原標題片名，《》為書名，下同）：

　　（1）入澤達吉〈人肉を食ふ說〉（食人肉說），第二卷十
　　　　　一號，明治二十年（1887）一月。

　　（2）寺石正路〈食人風習に就いて述ぶ〉（就食人風習而
　　　　　述），第四卷第三十四號，明治二十一年（1888）十
　　　　　二月。

---

[24] 《人類學會報告》第一號首頁。明治十九年二月。

[25] 〈人類學會略則〉，《人類學會報告》第一號，明治十九年二月。

[26] 參見坪井正五郎〈本會略史〉，《人類學會報告》第一號，明治十九年
二月。

[27] 參見《第一號》所載「會員姓名」。

（3）寺石正路〈食人風習論補遺〉，第八卷第八十二號，明治二十六年（1893）一月。

（4）鳥居龍藏〈生藩の首狩〉（野蠻部落之獵取人頭），第十三卷第一百四十七號，明治三十一年（1898）六月。

（5）《食人風習考》（作者不詳，介紹寺石正路同名著作），同上。

（6）伊能嘉矩〈臺灣における食人の風俗（臺灣通信ノ第二十四回）〉（臺灣的食人風俗，臺灣通信之第二十四回），第十三卷第一百四十八號，明治三十一年（1898）七月。

（7）今井聰三節譯「食人風俗」，第十九卷第二百二十號，明治三十七年（1904）七月。

其中（1）和（7）是對西方學者相關「食人」的調查與研究的介紹；（2）（3）（5）都與寺石正路（Teraishi Masamichi, 1868-1949）有關，事實上，在「食人」研究方面，明治時代做得最為理論化和系統化的一個就是寺石正路。他不僅提供了豐富的「食人」事實，而且也試圖運用進化論來加以闡釋；他和其他論者一樣，不太同意摩爾斯關於日本過去「食人」的推斷，但又是在日本舊文獻中找到「食人」例證最多的一個研究者，1898年，他將自己的研究集成專著作為東京堂「土陽叢書第八編」出版，書名為《食人風俗考》。（4）和（6）是關於臺灣「生藩」「食人」的現地報告，與甲午戰後日本進駐臺灣直接相關。

除了上列《東京人類學會雜誌》上發表的文章外，「人類學」方面的書籍和論文至少還有兩種值得注意，一種是英國傳教士約翰・巴奇拉（Batchelor John, 1854-1944）所著《愛奴人及其說

話》（1900）[28]，另一種河上肇的論文〈食人論──論作為食料的人肉〉（1908）[29]。巴奇拉自明治十六年（1883）起開始在日本北海道傳教，對愛奴人有深入的觀察和研究，該書是他用日語所作關於愛奴人的專著，是此前他用英文所寫論文的內容總匯，對日本的愛奴人研究產生了巨大影響。其第二章〈愛奴人之本居〉開篇就說：「愛奴最早居住在日本全國；富士山乃愛奴之稱呼；愛奴為蝦夷所驅逐；愛奴乃食人肉之人種也。」[30]由此「食人肉」也成為愛奴人的一種符號。河上肇是經濟學家，也是將馬克思主義經濟學導入東亞的重要學者，在後來中國的追求「社會主義」的年輕學子當中也很有魅力，1924年郭沫若在翻譯完了他的《社會組織與社會革命》後還要再譯《資本論》都與之相關。他於1908年發表的這篇論文當然不乏「作為食料」的經濟學意義上的考慮，事實上他後來也將該篇該題納入到「經濟學研究」的「史論」當中。[31]但總體上來說，他實際是通過這篇論文來參與他並不是特別熟悉的「人類學」領域的討論，而且主要用意在於「論破」摩爾斯的日本古人食人風俗說。[32]

摩爾斯與河上肇前後整整有三十年的間隔，三十年後不同領域的人特意以兩萬多字的長篇大論來做反駁，亦足見摩爾斯的影響。

此外，「食人」言說也衍及到法學領域，引起相關的法律

---

[28] ジエー・バチエラ著《アイヌ人及其說話》上編，明治三十三年（1900）十二月；中編，明治三十四年九月。

[29] 〈雜錄：食人論──食料トシテノ人肉ヲ論ス〉，《京都法學會雜誌》第3卷12號，明治四十一年（1908）。

[30] 《アイヌ人及其說話》上編，明治三十三年（1900）十二月，第5頁。

[31] 《經濟學研究》下篇，〈史論：第八章　食人俗略考〉，博文館，大正元年（1912）；後收入《河上肇全集》第6卷，岩波書店，1982年。

[32] 《河上肇全集》第6卷第305-306頁，岩波書店，1982年。

思考。在法學雜誌上可以看到同船漂泊因缺少食物而吃掉同伴的「國際案例」，而在探討老人贍養問題的專著中，亦有很大篇幅涉及到與「食人」有關的法律問題。前者以原龜太郎、岸清一《漂流迫餓食人件》[33]為代表，後者以穗積陳重（Hozumi Nobushige, 1856-1926）《隱居論》[34]為代表，而在上面提到的河上肇的論文亦對這兩樣資料有著廣泛的引用。

總之，「食人」言說憑藉新聞媒體和文學作品的承載，作為整個明治時代的一種「興趣」而得以在一般社會延續，同時作為一個學術問題也展開於考古學、進化論、生物學、人類學、民族學、社會學、法學乃至「文明論」等廣泛的領域，摩爾斯無疑為這一展開提供了有力契機。在這個前提下，接下來的內容便可具體化到這樣一個問題上來，那就是明治時代「食人」言說中的「支那」。

五、「支那人食人肉之說」

在整個明治時代的「食人」言說中，所謂「支那人食人肉之說」占了相當大的比重。從一個方面而言，也是中國歷史上大量相關史料記載為「食人」這一話題或討論提供了豐富的素材。事實上，在摩爾斯做出日本過去存在「食人人種」的推斷後，對其最早做出回應的論文就是神田孝平（Kanda Takahira, 1830-1898）的〈支那人食人肉之說〉，發表在明治十四年（1881）12月發行的《東京學士會院雜誌》第三編第八冊上。[35]

---

[33] 《法學協會雜誌》第二卷第七十一號，明治二十二年（1889）。
[34] 哲學書院《法理學叢書》，明治二十四年（1891）。
[35] 神田孝平述〈支那人人肉ヲ食フノ說〉。

　　神田孝平是明治時代首批知識精英中的一員，亦官亦學，
為明治開化期的啟蒙做出重要貢獻。他不僅在《明六雜誌》上
就「財政」「國樂」「民選議員」「貨幣」「鐵山」等問題展
開的廣泛論述[36]，也是承繼於前者的國家學術機構——日本學士
會院的7名籌辦者[37]和首批21名會員之一，還擔任過副會長和幹
事[38]。當坪井正五郎等青年學生籌辦成立「人類學會」之際，他
又以「兵庫縣士族」身份獎掖後學，出任會刊《人類學會報告》
的「編輯並出版人」，而且在該刊上先後發表過39篇文章，成為
日本近代「人類學」濫觴和發展的有力推動者。[39]

　　〈支那人食人肉之說〉是神田孝平的一篇重要論文，雖然未
提摩爾斯的報告，卻視為是對摩爾斯的間接回應[40]，其所提出的
問題是：野蠻人吃人並不奇怪，那麼「夙稱文明之國，以仁義道
德高高自我標榜」的「支那」，自古君臣子民食人肉之記載不絕
於史，又該作何解釋呢？這在當時確是人類學所面臨的問題，同
時也是歷史學、社會學乃至文明論所面臨的問題。三十八年後，
吳虞在五四新文化運動時期借魯迅《狂人日記》的話題，將「吃

---

[36] 神田孝平發表過8篇論文，分別見於《明六雜誌》第17、18、19、22、
23、26、33、37號。

[37] 參閱《日本学士院八十年史》第一編第一章〈東京学士会院の設立〉，
日本學士院，昭和三十七年，第65頁。神田孝平是在提交給文部大臣
〈諮詢書〉上簽名的7位學術官員之一。

[38] 《日本学士院八十年史（資料編一）》第17-18頁。

[39] 參見《人類學會報告》第一號版權頁，明治十九年（1886）二月；《東
京人類學雜誌》第十三卷第百四十八號所載〈男爵神田孝平氏の薨
去〉、〈故神田孝平氏の論說報告〉、〈記念図版〉，明治三十一年
（1898）七月二十八日。ほかにも次のような參考文獻がある。

[40] 作為官員學者，神田孝平對摩爾斯的考古調查有很深的介入，或提供支
援，或參與討論，或將其考古發現介紹給皇室以供「天覽」。參閱《大
森貝塚》第13、151、195頁。

人」與「禮教」作為中國歷史上對立而並行的兩項提出，其精神
正與此相同。[41]不過，神田孝平似乎無心在這篇論文中回答上面
的問題，而是對「食人」方法、原因尤其是對「食人」的事實本
身予以關注，這就構成了該論文的最大特點，那就是高密度的文
獻引用，全文2600多字，援引「食人」例證卻多達23個，平均每
百字就有一個例子，不僅將文獻學方法帶入人類學研究領域，為
這一領域提供了新的參照系統，同時也為此後「支那人食人肉之
說」構築了基本雛形，對「食人」研究產生了舉足輕重的影響。
茲譯引一段，以窺一斑。

> 支那人食人肉者實多，然食之源由非一，有因饑而食者，
> 有因怒而食者，有因嗜味而食者，有為醫病而食者。調理
> 之法亦有種種，細切生食云鱠，如我邦之所謂刺身；乾而
> 燥之云脯，我邦之所謂乾物也；有烹而為羹者，有蒸食
> 者，而最多者醢也。所謂醢者亦注為肉醬，又有注曰，先
> 將其肉晾乾而後切碎，雜以粱麴及鹽，漬以美酒，塗置於
> 瓶中百日則成，大略如我邦小田原制之鹽辛者也。今由最
> 為近易之史，抄引數例，以供參考之資。支那史中所見最
> 古之例當首推殷紂王。據史記，殷紂怒九侯而醢之，鄂侯
> 爭之並脯之。設若是乃有名暴君乘怒之所為，其非同尋常
> 自不待言，然若非平生嗜人肉味而慣於食之，又安有醢之
> 脯之儲而充作食用等事焉？由是可征在當時風習中有以人
> 肉為可食，嗜而食之者也。其後齊桓公亦食人肉……

41　吳虞〈吃人與禮教〉，《新青年》六卷六號，1919年11月1日。

此後那些在日本、中國乃至世界各國古代文獻中發現新的「食
人」例證的研究，不論是否明確提到「神田孝平」，卻幾乎都始
於神田的這篇先行論文。就「支那」關係而言，包括神田孝平在
內，重要文獻如下：

(1) 神田孝平〈支那人人肉ヲ食フノ說〉（支那人食人肉
　　　之說），《東京學士會院雜誌》第三編第八冊，明治
　　　十四年（1881）十二月；

(2) 穗積陳重《隱居論》，哲學書院，明治二十四年
　　　（1891）；

(3) 寺石正路《食人風俗考》，東京堂，明治三十一年
　　　（1898）；

(4) 南方熊楠 *The Traces of Cannibalism in Japanese Records*（日本
　　　の記錄にみえる食人の形跡＝日本文獻中所見吃人之
　　　痕跡）[42]，係明治三十七年（1903）三月十七日向英國
　　　《自然》雜誌的投稿，未發表；

(5) 芳賀矢一《國民性十論》，東京富山房，明治四十年
　　　（1907）；

(6) 桑原騭藏〈支那人ノ食人肉風習〉（支那人之食人肉風
　　　習），《太陽》第二十五卷七號，大正八年（1919）；

(7) 桑原騭藏〈支那人間に於ける食人肉の風習〉（支那
　　　人當中的食人肉之風習），《東洋學報27》第14卷第1
　　　號，東洋學術會，大正十三年（1924）七月。

---

[42] 英文原文現收《南方熊楠全集》別卷2，平凡社昭和五十年（1975）；日
　　文翻譯見《南方熊楠英文論考（ネイチャー）誌篇》，飯倉平照監修、
　　松居龍五、田村義也、中西須美譯，集英社，2005年。

除了南方熊楠之外，後繼研究文本有兩個基本共同點，一個是重複或補充神田孝平提出的例證，另一個是持續論證並確認神田孝平所提出的問題，即「吃人肉是支那固有之風習」。「圖表2」是相關文獻所見「支那」例證統計對照表。

圖表2　各文獻所見「支那」例證數量對照表

作者與發表年	例證數量	備註
神田孝平1881	23	首提史記、左傳、五雜俎等史籍中的記載
穗積陳重1891	10	同時提供了日本和世界各地的例證
寺石正路1898	23	同時提供了日本和世界各地的例證
南方熊楠1903	0	無具體例子，但所列文獻有：神田孝平、雷諾、水滸傳、輟耕錄、五雜俎
芳賀矢一1907	12	資治通鑒4例；輟耕錄8例
桑原騭藏1919	22	為1924完成版之提綱
桑原騭藏1924	200以上	與西方文獻參照、印證
合計	288	

關於（1），神田孝平最大貢獻在於他提醒人們對中國古代文獻記載的關注，其援引《史記》、《左傳》和謝肇淛《五雜俎》等都是後來論者的必引文獻，直到四十年後，桑原騭藏仍高度評價他開創性貢獻。

關於（2），上面提到，穗積陳重的《隱居論》是從近代「法理學」角度來探討日本由過去傳承下來的「隱居制」的專著。所謂「隱居」具體是指老人退出社會生活，涉及贍養老人和家族制度，其第一編「隱居起原」下分四章：第一章「食人俗」、第二章「殺老俗」、第三章「棄老俗」、第四章「隱居俗」，從這些標題可以知道，在老人可以「隱居」的時代到來之前，其多是遭遇被吃、被殺和被棄的命運的。第一編援引了10個

「支那」例證，並非單列，而是同取自日本和世界各國例證混編在一起。上面介紹過的河上肇在做《食人論》（1908）時，因「就支那之食人俗未詳」[43]而多處援引該文本中的例證。

關於（3），《食人風俗考》是寺石正路在此前發表在《東京人類學會雜誌》上的兩篇論文的基礎上，進一步整理、擴充的一部專著，也是整個明治時代關於「食人風俗」研究的最為系統化、理論化的專著，取自「支那」的23個例子，混編於取自日本和世界各國的例證當中，而尤其值得一提的是，該書也是取證日本本國文獻最多的研究專著。

關於（4），南方熊楠（Minakata Kugusu, 1867-1941）是日本近代著名博物學家和民俗學者，1892年至1900年在倫敦求學，因1897年與孫中山在倫敦結識並被孫中山視為「海外知己」也使他成為與中國革命史相關的日本人。在摩爾斯、穗積陳重和寺石正路等先行研究的引導下，南方熊楠也對「食人研究」表現出濃厚興趣，1900年3月開始調查「日本人食人肉事」[44]，6月完成論文《日本人太古食人肉說》，「引用書數七十一種也（和二二、漢二三、英一六、佛〔即法國——筆者注〕七、伊〔即義大利——筆者注〕三）」[45]。上面所列論文是他回國後向英國《自然》雜誌的投稿，雖然並沒發表出來，在日本「食人」研究史上卻是佔有重要地位的一篇。南方熊楠是為數不多的支持摩爾斯見解的日本學者之一[46]，對日本「食人」文獻調查持客觀態度，對中國亦

---

43 《河上肇全集》第六卷第288頁，岩波書店，1982年。

44 《ロンドン日記》1900年3月7日，《南方熊楠全集》別卷2，平凡社昭和五十年（1975），第204頁。

45 同上，第222頁。

46 他在1911年10月17日致柳田國男的信中稱自己的關於日本「食人」調查「在學問上解除了摩爾斯的冤屈」。《南方熊楠全集》第八卷第205頁。

然，並無文化上和人種上的偏見。

關於（5），芳賀矢一所提供的12個「支那」例證，顧名思義，用意不在「人類學」或其他學問領域，而在於闡釋「國民性」，因此是將「食人風俗」導入「國民性」闡釋的重要文獻，而且也正因為這一點，也才與魯迅發生直接關聯（後述）。

（6）和（7）是歷史學家桑原騭藏（Kuwahara Jitsuzo, 1870-1931）專題研究論文，幾乎與魯迅的《狂人日記》發表在同一時期，但都晚於《狂人日記》，因此不論在主題還是在材料上都不可能影響到前者。列出桑原騭藏是因為他是從明治到大正整個「支那人食人肉之說」的集大成者。其自認自己的研究是在同一系列中直承神田孝平：

> 支那人當中存在食人肉之風習，決非耳新之問題，自南宋趙與時《賓退錄》、元末明初出現的陶宗儀《輟耕錄》始，在明清時代支那學者之隨筆、雜錄中對食人之史實的片段介紹或評論都並不少見。在日本學者當中，對這些史實加以注意者亦不止二三。就中《東京學士會院雜誌》第三編第八冊所載、神田孝平氏之〈支那人食人肉之說〉之一篇尤為傑出。傑出雖傑出，當然還談不上充分。[47]

正是在神田孝平「傑出」卻「不充分」的研究基礎上，才有了他「對前人所論的一個進步」，不僅對以往「所傳之事實」進行了更充分也是更有說服力的闡釋，也對「支那人食人肉之風習」做

---

[47] 〈支那人間に於ける食人肉の風習〉，《桑原騭藏全集》第二卷，岩波書店，昭和四十三年（1968），第204頁。

出了「歷史的究明」[48]，援引例證多達200以上，是神田孝平例證的8倍，並且遠遠超過既往所有例證的總和。尤其值得一提的是，桑原騭藏首次大量引用西方文獻中同時代記載，用以印證「支那」文獻裡的相應內容。

由以上可知，「支那人食人肉之說」始於神田孝平，完成於桑原騭藏，其主要工作是完成對中國歷史上「食人」事實的調查和確認，從而構成了一個關於「支那食人」言說的基本內容框架。可以說，《魯迅全集》所涉及到的作為事實的「吃人」，都並沒超出這一話語範圍，甚至包括小說《藥》裡描寫的「人血饅頭」[49]，而《狂人日記》的「吃人」意像誕生在這一框架之內也就毫不奇怪了。

六、芳賀矢一的《國民性十論》

在上述文獻中，只有芳賀矢一（Haga Yaichi, 1867-1927）的《國民性十論》並不重點討論「食人風俗」，卻或許是提醒或暗示魯迅注意去中國歷史上「食人」事實的關鍵性文獻。

顧名思義，這是一本討論「國民性」問題的專著，出版發行於明治四十年（1907）年12月。如果說世界上「再沒有哪國國民像日本這樣喜歡討論自己的國民性」，而且討論國民性問題的文章和著作汗牛充棟，不勝枚舉的話[50]，那麼《國民性十論》則是

---

[48] 同上，第205頁。

[49] 「桑原騭藏1924」援引 *Peking and the Pekingese.* Vol. II, pp. 243-244：「創刀手がその斬り首より噴出する鮮血に饅頭を漬し、血饅頭と名づけて市民に販賣した」（創子手將那由斬首噴出的鮮血浸泡過的饅頭叫做「血饅頭」，賣給市民）。《桑原騭藏全集》第二卷201-202頁。

[50] 南博《日本人論──明治から今日まで》まえがき〈前言〉，岩波書店，1994年10月。

在日本近代以來漫長豐富的「國民性」討論史中佔有重要地位的
一本，歷來受到很高評價，影響至今。[51]近年來的暢銷書、藤原
正彥（Fujiwara Mashahiko, 1943- ）的《國家品格》[52]，在內容上便
很顯然是依託於前者的。

　「國民性」問題在日本一直是一個與近代民族國家相生相
伴的問題。作為一個概念，從明治時代一開始就有，只不過不同
時期有不同的叫法。例如在《明六雜誌》就被叫做「國民風氣」
和「人民之性質」，在「國粹保存主義」的明治二〇年代被叫做
「國粹」，明治三〇年代又是「日本主義」的代名詞，「國民
性」一詞是在從甲午戰爭到日俄戰爭的十年當中開始被使用並且
「定型」。日本兩戰兩勝，成為「國際競爭場中的一員」，在引
起西方「黃禍論」恐慌的同時，也帶來民族主義（nationalism）
的空前高漲，「國民性」一詞便是在這一背景下應運而生。最
早以該詞作為文章題目的是文藝評論家綱島梁川（Tsunashima
Ryosen, 1873-1907）的《國民性與文學》[53]，發表在《早稻田文
學》明治三十一年（1898）五月號上，該文使用「國民性」一詞
達48次，一舉將這一詞彙「定型」。而最早將「國民性」一詞用
於書名的則正是十年後出版的這本《國民性十論》。此後，自魯
迅留學日本的時代起，「國民性」作為一個詞彙開始進入漢語語
境，從而也將這一思想觀念一舉在留日學生當中展現開來。其詳
細情形，請參閱筆者的相關研究。[54]

---

[51]　參見久松潛一〈《日本人論》解題〉，富山房百科文庫，1977。
[52]　《国家の品格》，新潮社「新潮新書141」，2005年。
[53]　〈国民性と文学〉，本文參閱底本為《明治文學全集46・新島襄・植村
　　正久・清沢満之・綱島梁川集》（武田清子、吉田久一編，筑摩書房，
　　1977年10月）。
[54]　李冬木〈「國民性」一詞在中國〉，佛教大學《文學部論集》第91號，

　　芳賀矢一是近代日本「國文學」研究的重要開拓者。畢業於東京帝國大學（現東京大學）國文科，1900年作為國文科副教授赴德國留學，1902年回國，擔任東京帝國大學國文科教授。他首次把西方文獻學導入到日本「國文學」研究領域，從而將傳統的日本「國文學」生成為一門近代學問。主要著作有《考證今昔物語集》、《國文學史十講》、《國民性十論》等，還編輯校訂了多種日本文學作品集。從其死後由其後人和弟子們編輯整理的《芳賀矢一遺著》可窺其所留下的研究方面的業績：《日本文獻學》、《文法論》、《歷史物語》、《國語與國民性》、《日本漢文學史》。[55]

　　《國民性十論》是芳賀矢一的代表作之一，部分內容來自他應邀在東京高等師範學校所做的連續講演，明治四十年（1907）十二月結為一集由富山房出版。在日本近代思想史當中，可以說這是一部「近代日本」經過甲午（1894-95）和日俄（1904-05）兩場戰爭勝利後「自我認知」的重要文獻，是一部向本國國民講述自己的「國民性」是怎樣的書，旨在於新的歷史條件下「發揮國民之相性」[56]，建立「自知之明」[57]。

　　該書分十章討論日本國民性：（一）忠君愛國；（二）崇拜祖先，重視家族名譽；（三）現實而實際；（四）熱愛草木，喜尚自然；（五）樂天灑脫；（六）淡泊瀟灑；（七）纖麗纖巧；（八）清淨潔白；（九）禮節禮法；（十）溫和寬恕，雖並不迴避國民「美德」中「隱藏的缺點」，但主要是討論優點，具有

　　2007年；〈「國民性」一詞在日本〉，佛教大學《文學部論集》第92
　　號，2008年。
[55]　《芳賀矢一遺著》二卷，富山房，1928年。
[56]　芳賀矢一《國民性十論‧序言》。
[57]　芳賀矢一《國民性十論‧結語》。

明顯的從積極的肯定的方面對日本國民性加以「塑造性」陳述的
傾向。「支那食人時代的遺風」的例證就是在這樣的語境下被
導入的，其出現在「十、溫和寬恕」之章。茲將引述例證以及前
後文試譯中文如下，以窺全貌。

　　對於不同人種，日本自古以來就很寬容。不論隼人
屬還是熊襲族[58]，只要歸順便以寬容待之。神武天皇使弟
猾[59]、弟磯城[60]歸順，封弟猾為猛田縣主，弟磯城為弟磯
縣主。這種關係與八幡太郎義家之於宗任的關係[61]相同。
朝鮮人和支那人的前來歸化，自古就予以接納。百濟滅亡
時有男女四百多歸化人被安置在近江國，與田耕種，次年
又有二千餘人移居到東國，皆饗以官食。從靈龜二年[62]的
記載可知，有一千七百九十個高句麗人移居武藏之國，並
設置了高麗郡。這些事例在歷史上不勝枚舉，姓氏錄裡藩
別姓氏無以數計。並無隨意殺害降伏之人或在戰場上鏖殺

[58] 「隼人」和「熊襲」都是日本古書記載當中的部落──譯注。
[59] 弟猾為《日本書紀》中的豪族，在《古事記》裡寫做「弟宇迦斯」，大
和（奈良）宇陀的豪族，因告密其兄「兄猾」（兄宇迦斯）暗殺神武天
皇計畫而獲得受封為猛田縣主──譯注。
[60] 弟磯城為《日本書紀》中的豪族，在《古事記》裡寫做「弟師木」，大
和（奈良）磯城統治者「兄磯城」之弟，因不從其兄而歸順神武天皇被
封為磯城縣主──譯注。
[61] 八幡太郎義家，即源義家（Minamoto no Yoshiihe, 1039-1106），日本平安
時代後期武將，因討伐陸奧（今岩手）地方勢力安倍一族而獲戰功，其
私財獎勵手下武士，深得關東武士信賴，有「天下第一武人」之稱。宗
任即安倍宗任（Abe no Muneto, 1032-1108），陸奧國豪族，曾與其父安倍
賴良、其兄安倍貞任共同與源義家作戰，在父兄戰死後投降，被赦免一
死，相繼流放四國、九州等地。在《平家物語》中有他被源義家感化的
描寫──譯注。
[62] 靈龜為日本年號（715-717），二年為西元716年──譯注。

之例。以恩為懷，令其從心底臣服，是日本自古以來的做法。像白起那樣坑殺四十萬趙國降卒的殘酷之事，在日本的歷史上是找不到的。讀支那的歷史可以看到把人肉醃製或調羹而食的記載，算是食人時代的遺風吧。

支那人吃人肉之例並不罕見。《資治通鑑》「唐僖宗中和三年」條記：「時民間無積聚，賊掠人為糧，生投於碓磑，並骨食之，號給糧之處曰『舂磨寨』」[63]。這是說把人扔到石臼石磨裡搗碎碾碎來吃，簡直是一幅活靈活現的地獄圖。翌年也有「鹽屍」的記載：「軍行未始轉糧，車載鹽屍以從」。[64]鹽屍就是把死人用鹽醃起來。又，光啟三年條記：「宣軍掠人，詣肆賣之，驅縛屠割如羊豕，訖無一聲，積骸流血，滿於坊市。」[65]實在難以想像這是人間所為。明代陶宗儀的《輟耕錄》記：

> 天下兵甲方殷，而淮右之軍嗜食人，以小兒為上，婦女次之，男子又次之。或使坐兩缸間，外逼以火。或於鐵架上生炙。或縛其手足，先用沸湯澆潑，卻以竹帚刷去苦皮。或盛夾袋中入巨鍋活煮。或剒作事件而淹之。或男子則止斷其雙腿，婦女則特剜其兩腕（乳）[66]，酷毒萬狀，不可具言。總名曰想肉。以為食之而使人想之也。此與唐初朱粲以人為糧，置搗磨寨，謂啖醉人如食糟豚者無異，固

63　見《資治通鑑》卷二百五十五——譯注。
64　見《資治通鑑》卷二百五十六——譯注。
65　見《資治通鑑》卷二百五十七——譯注。
66　該段記載見《輟耕錄》卷九，此處的「兩腕」，亦有版本作「兩乳」——譯注。

在所不足論。

這些都是戰爭時期糧食匱乏苦不堪耐使然，但平時也吃人，則不能不令人大驚而特驚了。
同書記載：

> 唐張鷟《朝野僉載》云：武后時杭州臨安尉薛震好食人肉。有債主及奴，詣臨安，止於客舍飲之，醉並殺之，水銀和飲（煎）[67]，並骨銷盡。後又欲食其婦，婦知之躍牆而避，以告縣令。」云云。

此外，該書還列舉了各種古書上記載的吃人的例子。張茂昭、萇從簡、高澧、王繼勳等雖都身為顯官卻吃人肉。宋代金狄之亂時，盜賊官兵居民交交相食，當時隱語把老瘦男子叫「饒把火」，把婦女孩子叫「不美羹」[68]，小兒則稱做「和骨爛」，一般又叫「兩腳羊」，實可謂驚人之至。由此書可知，直到明代都有吃人的例子。難怪著者評曰「是雖人類而無人性者矣」。

士兵乘戰捷而凌辱婦女，肆意掠奪之事，日本絕無僅有。日俄戰爭前，俄國將軍把數千滿洲人趕進黑龍江屠殺之事，世人記憶猶新。西班牙人征服南美大陸時，留下最多的就是那些殘酷的故事；白人出於種族之辨，幾乎不把黑人當人。從前羅馬人趕著俘虜去喂野獸，俄羅斯至今

---

[67] 同上，「飲」字之處，亦有版本作「煎」──譯注。
[68] 原文如此，在另一版本中做「下羹羊」，在《雞肋編》中做「不慕羊」，在《說郛》卷二十七上亦做「下羹羊」──譯注。

仍在屠殺猶太人。白人雖然講慈愛論人道，卻為自己是最
優秀人種的先入思想所驅使，有著不把其他人種當人的謬
見。學者著述裡也寫著「亞利安人及有色人」。日本自
古以來，由於國內之爭並非人種衝突，自然是很少發生
殘酷之事的原因，但日本人率直、單純的性質也決定了日
本人不會在任何事情上走極端，極度的殘酷令其於心有所
不堪。

很顯然，上述「殘酷」例證來自世界各國，不獨「支那」，
還有俄國、西班牙、古羅馬等，只不過是來自「支那」的例子
最多，也最具體。作為日本國文學者，芳賀矢一熟悉漢籍，日
本近代第一部《日本漢文學史》便出自他的手筆，不過此處舉
證「支那食人」卻是對明治以來既有言說的承接，只是在「食
人」的例證方面，芳賀矢一有更進一步的發揮。其中「白起坑殺
四十萬趙國降卒」未提出處，疑似同樣取自接下來出現的《資
治通鑒》[69]，而明示取自《資治通鑒》的有3例，取自《輟耕
錄》的有8例。《資治通鑒》為既往涉及「食人」文獻所不曾提
及，故增加了舉證的文獻來源，而《輟耕錄》過去雖有穗積陳重
（1891：1例）和寺石正路（1898：3例）援引，例證範圍卻不及
芳賀矢一（1907：8例），故雖出自同一文獻，卻增加了例證數
量。因此，與過去的「人類學」方面提供的例證相比，可以說這
些例證都具有芳賀矢一獨自擇取文獻的特徵。不過，還有幾點需

---

[69]　《資治通鑒》卷五記載：「趙括自出銳卒搏戰，秦人射殺之。趙師大
　　　敗，卒四十萬人皆降，武安君曰，秦已拔上黨，上黨民不樂為秦而歸
　　　趙，趙卒反覆非盡殺之恐為亂，乃挾詐而盡坑殺之」。又，《史記》卷
　　　七十三，〈白起王翦列傳第十三〉也有相同的記載。

要在這裡闡明：

首先，近代所謂「種族」、「人種」、「民族」或「人類學」等方面的研究，從一開始就具有與「進化論」和「民族國家」理論暗合的因數，其「研究成果」或所使用的例證很容易會被運用到關於「國民性」的討論當中從而帶有文化上的偏見。例如明治三十七年（1904）出版的《野蠻俄國》一書，就將日俄戰爭前夜的俄國描述為「近乎食人人種」[70]。芳賀矢一將「食人時代的遺風」拿來比照日本國民性「溫和寬恕」的「美德」，也便是這方面明顯的例證。不過也不能反過來走向另一極端，即認為「食人研究」都帶有「種族偏見」，從這個意義上講，南方熊楠完成於明治三十六年（1903）的研究就非常難能可貴，只是他的這篇沒有偏見的論文被「種族偏見」給扼殺掉了。[71]

其次，在《國民性十論》中，芳賀矢一有意無意迴避了那些已知的本國文獻中「食人」的事例，即使涉及到也是輕描淡寫或一語帶過，這在今天看來是顯而易見的「例證不均衡論證」，不過囿於論旨，也就難以避免。只是他在講「士兵乘戰捷而凌辱婦女，肆意掠奪之事，日本絕無僅有」時，當然不會想到後來日軍在侵略戰爭中的情形。

第三，當「食人風習」成為「支那人國民性」的一部分時，

---

[70] 足立北鷗（荒人）著《野蠻ナル露国》東京集成堂，明治三十七年五月。參見第268-271頁：「一七　食人種に近し」。

[71] 據松居龍五研究，1900年3月至6月，旅居倫敦的南方熊楠完成〈日本人太古食人說〉，要發表時遭到倫敦大學事務總長迪金斯（Frederic Victor Dickins, 1839-1915）的阻止，理由是內容對日本不利。《南方熊楠英文論考（ネイチャー）誌篇》第280-281頁。又，摩爾斯的調查成果雖獲得達爾文的肯定，卻受到了一些西方學者的反對，而迪金斯正是其中最具代表性的人物。請參閱《大森貝塚》「關連資料」（五）（六）（七）（八）。

所謂「支那」便自然會被賦予貶義。這一點魯迅在後來也明確意
識到，例如他在1929年便談到了中國和日本在被向外介紹時的不
對稱：「在中國的外人，譯經書，子書的是有的，但很少有認真
地將現在的文化生活──無論高低，總還是文化生活──紹介給
世界。有些學者，還要在載籍裡竭力尋出食人風俗的證據來。
這一層，日本比中國幸福得多了，他們常有外客將日本的好的
東西宣揚出去，一面又將外國的好的東西，循循善誘地輸運進
來。」[72]魯迅雖不贊成「有些學者」「要在載籍裡竭力尋出食人
風俗的證據」的態度，卻並不否認和拒絕載籍裡存在的「食人」
事實，甚至以此為起點致力於中國人人性的重建。

　　第四，在日本明治話語，尤其是涉及到「國民性」的話語
中，「支那」是一個很複雜的問題，並不是從一開始就像在後來
侵華戰爭全面爆發後所看到的那樣，僅僅是一個貶斥和「懲膺」
的對象。事實上，在相當長的時間內，「支那」一直是日本「審
時度勢」的重要參照。例如《明六雜誌》作為「國名和地名」使
用「支那」一詞的頻度，比其他任何國名和地名出現得都要多，
即使是當時作為主要學習對象國的「英國」和作為本國的「日
本」都無法與之相比。[73]這是因為「支那」作為「他者」，還並
不完全獨立於「日本」之外，而是往往是包含在「日本」之內，
因此拿西洋各國來比照「支那」也就往往意味著比照自身，對
「支那」的反省和批判也正意味著在很大程度上是對自身的反省
和批判。這一點可以從西周的《百一新論》對儒教思想的批判中
看到，也可以在中村正直（Nakamura Masanao, 1832-1891）為「支

---

[72] 《集外集・〈奔流〉編校後記》，《魯迅全集》第7卷。
[73] 參見〈《明六雜誌》語彙總索引〉，高野繁男、日向敏彥監修、編集，
　　大空社，1998年。

那」辯護的《支那不可辱論》（1875）[74]中看到，更可以在福澤諭吉（Fukuzawa Yukichi，1834-1901）《勸學篇》（1872）、《文明論概略》（1877）中看到，從某種意義上來說，後來的所謂「脫亞」[75]也正是要將「支那」作為「他者」從自身當中剔除的文化上的結論。在芳賀矢一的《國民性十論》當中，「支那」所扮演的也正是這樣一個無法從自身完全剔除的「他者」的角色，其作為日本以外「國民性」的參照意義，要明顯大於貶損意義，至少還是在客觀闡述日本從前在引進「支那」和「印度」文化後如何使這兩種文化適合自己的需要。正是在這樣一種「國民性」語境下，「食人」才作為一種事實進入魯迅的視野。

七、魯迅與《國民性十論》

　　芳賀矢一是知名學者，《朝日新聞》自1892年7月12日至1941年1月10日的相關報導、介紹和廣告等有337條；《讀賣新聞》自1898年12月3日至1937年4月22日相關數亦達186條。「文學博士芳賀矢一新著《國民性十論》」，作為「青年必讀之書、國民必讀之書」[76]也是當年名副其實的暢銷書，自1907年底初版截止到1911年，在短短四年間就再版過八次。[77]報紙上的廣告更

---

[74]　〈支那不可辱論〉，《明六雜誌》第三十五號，明治八年（1875）四月。

[75]　語見明治十八年（1885）3月16日《時事新報》社說〈脫亞論〉，一般認為該社論出自福澤諭吉之手。事實上，「脫亞」作為一種思想早在在此之前福澤諭吉就表述過，在〈勸學篇〉和〈文明論概略〉中都可清楚的看到，主要是指擺脫儒教思想的束縛。

[76]　《國民性十論》廣告詞，《東京朝日新聞》日刊，明治四十年（1907）12月22日。

[77]　本稿所依據底本為明治四十四年（1911）9月15日發行第八版。

是頻繁出現，而且一直延續到很久以後。[78]甚至還有與該書出版
相關的「趣聞軼事」，比如《讀賣新聞》就報導說，由於不修邊
幅的芳賀矢一先生做新西服「差錢」，西服店老闆就讓他用《國
民性十論》的稿費來抵償。[79]

在這樣的情形之下，《國民性十論》引起周氏兄弟的注意
便是很正常的事。據《周作人日記》，他購得《國民性十論》是
1912年10月（5）日。[80]筆者曾在另一篇文章裡談過，截止到1923
年他們兄弟失和以前的這一段，周氏兄弟所閱、所購、所藏之書
均不妨視為他們相互之間潛在的「目睹書目」。[81]兄弟之間共用
一書，或誰看誰的書都很正常。《國民性十論》對周氏兄弟兩個
人的影響都很大。魯迅曾經說過，「從小說來看民族性，也就
是一個好題目」。[82]如果說這裡的「小說」可以置換為「一般文
學」的話，那麼《國民性十論》所提供的便是一個近乎完美的範
本。在這部書中，芳賀矢一充分發揮了他作為「國文學」學者的
本領，也顯示了作為「文獻學」學者的功底，用以論證的例證材
料多達數百條，主要取自日本神話傳說、和歌、俳句、狂言、物
語以及日語語言方面，再輔以史記、佛經、禪語、筆記等類，以
此展開的是「由文化史的觀點而展開來的前所未見的翔實的國民
性論」。[83]這一點應該看做是對周氏兄弟的共同影響。

---

[78] 《朝日新聞》延續到昭和十年（1935）1月3日；《讀賣新聞》延續到同
年1月1日。

[79] 〈芳賀矢一博士の洋服代《国民性十論》原稿料から差し引く　ユニー
 クな店／東京〉（芳賀矢一博士的西服製裝費從《國民性十論》的稿費
裡扣除——東京特色西服店），《讀賣新聞》1908年6月11日。

[80] 《周作人日記（影印本）》（上）第418頁，大象出版社，1996年。

[81] 拙文〈魯迅與日本書〉，《讀書》2011年8期，北京三聯書店。

[82] 《華蓋集續編‧馬上支日記》，《魯迅全集》第三卷第333頁。

[83] 南博：1994。前出第46頁。

　　尤其是對周作人，事實上，這本書是他關於日本文學史、文
化史和民俗史的重要入門書之一，此後他對日本文學研究、論述
和翻譯也多有該書留下「指南」的痕跡。周作人在多篇文章中都援
引或提到芳賀矢一，如〈日本的詩歌〉、〈遊日本雜感〉、〈日本
管窺〉、〈元元唱和集〉、《日本狂言選・後記》等。而且也不斷
地購入芳賀矢一的書，繼1912年《國民性十論》之後，目前已知
的還有《新式辭典》（1922購入）、《國文學史十講》（1923）、
《日本趣味十種》（1925）、《謠曲五十番》（1926）、《狂言
五十番》（1926）、《月雪花》（1933）。總體而言，在由「文
學」而「國民性」的大前提下，周作人所受影響主要在日本文學
和文化的研究方面，相比之下，魯迅則主要在「國民性」方面，
具體而言，魯迅由芳賀矢一對日本國民性的闡釋而關注中國的國
民性，尤其是對中國歷史上「吃人」事實的注意。

　　在魯迅文本中沒有留下有關「芳賀矢一」的記載，這一點與周
作人那裡的「細帳」完全不同。不過，不提不記不等於沒讀沒受影
響。事實上，在「魯迅目睹書」當中，他少提甚至不提卻又受到
很深影響的例子的確不在少數。[84]芳賀矢一的《國民性十論》也
屬於這種情況，只不過問題集中在關於「食人」事實的告知上。

　　《狂人日記》發表後，魯迅在1918年8月20日致許壽裳的信
中說：「偶閱《通鑒》，乃悟中國人尚是食人民族，因成此篇。
此種發見，關係亦甚大，而知者尚寥寥也。」這就是說，雖然史
書上多有「食人」事實的記載，但在《狂人日記》發表的當時，
還很少有人意識到那些事實，也更少有人由此而意識到「中國人
尚是食人民族」；魯迅是「知者尚寥寥」當中的「知者」，他告

---

[84]　請參閱拙文〈魯迅與日本書〉，以及筆者關於《支那人氣質》和「丘淺
　　次郎」研究的相關論文。

訴許壽裳自己是「偶閱《通鑑》」而「乃悟」的。按照這一說法，《資治通鑑》對於「食人」事實的告知便構成了《狂人日記》「吃人」意像生成的直接契機，對作品的主題萌發有著關鍵性影響。

魯迅讀的到底是哪一種版本的《資治通鑑》，待考。目前可以確認到在魯迅同時代或者稍早，在中國和日本刊行的幾種版本不同版本的《資治通鑑》。[85]不過，在魯迅藏書目錄中未見《資治通鑑》。[86]《魯迅全集》中提到的「《資治通鑑》」，都是作為書名，而並沒涉及到其中任何一個具體的「食人」記載，因此，單憑魯迅文本，目前還並不能瞭解到究竟是「偶閱」到的哪些「食人」事實令他「乃悟」。順附一句，魯迅日記中倒是有借閱（1914年8月29日、9月12日）和購買（1926年11月10日）《資治通鑑考異》的記載，魯迅也的確收藏有這套30卷本[87]，從《中國小說史略》和《古籍序跋集》可以知道是被用作了其中的材料，然而卻與「食人」的事實本身並無關聯。

因此，在不排除魯迅確實直接「偶閱」《資治通鑑》文本這一可能性的前提下，是否還可以做這樣的推斷，即魯迅當時「偶閱」到的更有可能是《國民性十論》所提到的4個例子而並非《資治通鑑》本身，或者還不妨進一步說，由《國民性十論》

---

[85] 中國：清光緒十四年（1888）上海蜚英館石印本；民國元年（1912）商務印書館涵芬樓鉛印本。日本：明治十四年（1881）東京猶興館刊刻，秋月韋軒、箕輪醇點校本（十冊）；明治十七年（1884）東京報告堂刻本（43卷）；明治十八年（1885）大阪修道館，岡千仞點，重野安繹校本。

[86] 參閱《魯迅手跡和藏書目錄》（內部資料），北京魯迅博物館，1957年；《魯迅目睹書目——日本書之部》，中島長文編刊，宇治市木幡檠藏山，私版300部，1986年。

[87] 《魯迅手跡和藏書目錄》：「資治通鑑考異　三十卷　宋司馬光著　上海商務印書館影印明嘉靖刊本　六冊　四部叢刊初編史部　第一冊有『魯迅』印」。

當中的「《資治通鑒》」而過度到閱讀《資治通鑒》原本也並非沒有可能。但正如上面所說，在魯迅文本中還找不到他實際閱讀《資治通鑒》的證據。

另外，芳賀矢一援引8個例子的另一文獻、陶宗儀的《輟耕錄》，在魯迅文本中也有兩次被提到[88]，只不過都是作為文學史料，而不是作為「食人」史料引用的。除了「從日本堀口大學的《腓立普短篇集》裡」翻譯過查理路易・腓立普（Charles-Louis philippe, 1874-1909）《食人人種的話》[89]和作為「神魔小說」資料的文學作品「食人」例子外，魯迅在文章中只舉過一個具體的歷史上「吃人」的例子，那就是在《抄靶子》當中所提到的「兩腳羊」：「黃巢造反，以人為糧，但若說他吃人，是不對的，他所吃的物事，叫作『兩腳羊』。」1981年版《魯迅全集》註釋對此作出訂正，說這不是黃巢事蹟，並指出材源：「魯迅引用此語，當出自南宋莊季裕《雞肋編》」[90]這一訂正和指出原始材源都是正確的，但有一點需要補充，那就是元末明初的陶宗儀在《輟耕錄》中照抄了《雞肋編》中的這個例子，這讓芳賀矢一也在讀《輟耕錄》時看到並且引用到書中，就像在上面所看到的那樣：「宋代金狄之亂時，盜賊官兵居民交交相食，當時隱語把老瘦男子叫『饒把火』，把婦女孩子叫『不慕羊』，小兒則稱做『和骨爛』，一般又叫『兩腳羊』，實可謂驚人之至。」私以為，魯迅關於「兩腳羊」的模糊記憶，不一定直接來自《雞肋編》或《輟耕錄》，而更有可能是芳賀矢一的這一文本給他留下的。

---

[88] 《中國小說史略：第十六篇　明之神魔小說（上）》，《魯迅全集》第九卷第57頁。《古籍序跋集：第三分》，第十卷第94頁。

[89] 參見《食人人種的話・譯者附記》，《譯文序跋集》，《魯迅全集》第十卷。

[90] 收入《准風月談》，《魯迅全集》第五卷第205頁。

八、「吃人」：從事實到作品提煉

　　《狂人日記》中的「吃人」，是個發展變化著的意像，先是由現實世界的「吃人」昇華到精神世界的「吃人」，再由精神世界的「吃人」反觀現實世界的「吃人」，然後是現實與精神的相互交匯融合，過去與現在的上下貫通，從而構成了一個橫斷物思兩界，縱貫古今的「吃人」大世界。主人公的「吃人」與「被吃」，而自己也跟著「吃」的「大恐懼」就發生在這個世界裡。或者說，是主人公的「狂」將這個恐怖的「吃人」世界透析給讀者，振聾發聵。這是作者和作品的成功所在。

　　文學作品創作是一個非常複雜的過程，也是任何解析都無法圓滿回答的課題。研究者所能提供的應首先是切近創作過程的那些基本事實，然後才是在此基礎上的推導、分析和判斷。就《狂人日記》的生成機制而言，至少有兩個基本要素是不可或缺的。一個是實際發生的「吃人」事實本身，另一個是作品所要採用的形式。

　　正像在本論中所看到的那樣，截止到魯迅發表小說《狂人日記》為止，中國近代並無關於「吃人」的研究史，吳虞在讀了《狂人日記》後才開始做他那著名的「吃人」考證，也只列出8例。[91]如上所述，「食人」這一話題和研究是在明治維新以後的日本展開的。西方傳教士在世界各地發回的關於cannibalism的報告，進化論、生物學、考古學和人類學以及近代科學哲學的導入，引起了對「食人族」和「食人風俗」的關注，在這一階段，

---

[91]　參見〈吃人與禮教〉，《新青年》六卷六號，1919年11月1日。

「支那」作為被廣泛搜集的世界各國各人種的事例之一而登場，提供的是文明發達人種的「食人」實例。由於文獻史籍的豐富，接下來「支那」被逐漸單列，由「食人風習」中的「支那」變為「支那人之食人風習」，而再到後來，「支那人之食人風習」便被解釋為「支那人國民性」的一部分了。當然，這是屬於日本近代思想史當中的問題。從中國方面看，魯迅恰與日本思想史當中的這一言說及其過程相承接，並由其中獲取兩點啟示，一是獲得對歷史上「食人」事實的確認，或者說至少獲得了一條可以想到（即所謂「乃悟」）去確認的途徑，另外一點就是將「中國人尚是食人民族」的發現納入「改造國民性」的思考框架當中。

此外，現實中實際發生的「吃人」事實當然也是作品意像生成的不可或缺的要素。徐錫麟和秋瑾都是魯迅身邊的例子，前者被真名實姓寫進《狂人日記》，後者改作「夏瑜」入《藥》。由「易牙蒸了他兒子，給桀紂吃，……一直吃到徐錫林」，再「從徐錫林」到「用饅頭蘸血舐」，《狂人日記》的「四千年吃人史」便是在這樣的歷史和現實的「吃人」事實的基礎上構建的。

另外一個生成機制的要素是作品形式。正如本文開頭所說，魯迅通過日譯本果戈理《狂人日記》獲得了一種現成的表達形式。

「今日は余程変な事があった（今天的事兒很奇怪）。」「阿母さん、お前の倅は憂き目を見てゐる、助けて下され、助けて！……（中略）……阿母さん、病身の児を可哀そうだと思ってくだされ！」（娘，你兒子正慘遭不幸，請救救你的兒子吧，救救我！……娘，請可憐可憐你生病的兒子吧！）[92]當魯迅

---

[92] 這兩句分別為二葉亭四迷日譯本《狂人日記》的首句和尾句。

寫下《狂人日記》正文第一行「今天晚上，很好的月光」和最後一句「救救孩子」時，心中浮現的恐怕是二葉亭四迷帶給他的果戈理的這些句子吧。

在同時期的留學生當中，注意到明治日本「食人」言說和翻閱過《狂人日記》二葉亭四迷譯本的人恐怕不止「周樹人」一個，但碰巧的是它們都被這個留學生注意到並且記住了，正所謂「心有靈犀」，此後經過數年的反芻和醞釀，便有了《狂人日記》，中國也因此而誕生了一個叫做「魯迅」的作家。這裡要強調的是，《狂人日記》之誕生，還不僅僅是「知識」乃至認識層面的問題，在與魯迅同時代的日本人中，稔熟明治以來「食人」研究史以及「支那食人風習」者不乏其人[93]，如前面介紹過的桑原騭藏，而在此「知識」基礎上獲得「在我們這個社會，雖然沒有物質上的吃人者，卻有很多精神上的吃人者」這一認識到達點的也不乏其人，卻並沒有相關的作品誕生，只是由於「周樹人」對中國歷史也發生同樣的「乃悟」，才註定要以高度提煉的作品形態表現出來。說到底這是作家的個性氣質使然，多不可解，然而僅僅是在關於《狂人日記》這篇作品的「知識」層面上，已大抵可以領略到「周樹人」成長為「魯迅」的路徑，或許可視為「近代」在「魯迅」這一個體身上發生重構的例證也未可知。

不過論及到這一步，有一點似乎可以明確了，即《狂人日記》從主題到形式都誕生於借鑒與模仿──而這也正是中國文學直到現今仍然繞不開的一條路。

2011年10月30日，於大阪千里

---

[93] 宮武外骨〈人肉の味（人肉的味道）〉，《奇想凡想》第23-26頁，東京文武堂，大正九年（1920）。

狂人之誕生
——明治時代的「狂人」言說 與魯迅的《狂人日記》

一、前言　尋找「狂人」誕生的足跡

在距今一百年的1918年，《新青年》雜誌四卷五號上發表了署名「魯迅」的短篇小說《狂人日記》，中國現代文學有了第一篇作品並且有了一個標誌性的人物——「狂人」，也從此誕生了一個叫做魯迅的作家。這些都是文學史舊事，耳熟能詳。那麼，《狂人日記》對於「今天」有怎樣的意義呢？這是百年「狂人學史」所一直探究的問題，並且今後還將繼續探究下去。本論願意在百年這個時間的通過點上，提交一份「今天」的觀察，以就教於各方。

這裡要提出的問題是，魯迅《狂人日記》裡的「狂人」是如何誕生的？這個「狂人」是否有他的「前世」？這實際上也是對「狂人」是從哪裡來的一個追問。誠如史家所言，「狂人這個奇特、怪異的文學形象誕生了，震撼了整個中國精神界，也成為五四文化革命的第一聲春雷」[1]。可以說，自那以來，「狂人」誕生之後的「今世」在是一部閱讀史的同時，也是一部震盪史，其

---

[1] 張夢陽著《中國魯迅學通史（下卷一）》，廣東教育出版社，2005年，第270頁。

給中國精神界帶來的巨大波紋，至今仍絲毫沒有減弱的跡象。本論即是在此前提下提出上述問題。

　　就作品構成而言，《狂人日記》有著兩個核心要素，一個是「吃人」的意象，另一個是「狂人」形象，是「狂人」在告發「吃人」。既然現在已經知道在「吃人」這個主題意象生成之前，有著很長一段的「食人」言說史為其鋪路，[2]那麼是否可以設想，「狂人」之誕生會不會也同樣存在著一個關於「狂人」的言說背景？先行者們的出色研究早已注意並且揭示了周樹人的留學時代與《狂人日記》的內在關聯。如伊藤虎丸（Ito Toramaru, 1927-2003）、北岡正子（Kitaoka Masako, 1936- ）、中島長文（Nakajima Osafumi, 1938- ）和劉柏青（1924-2016）等學者所做的開創性貢獻，不僅提示了「周樹人」何以到「魯迅」的問題構架，也為這一框架呈現了一個跨越國境的更為廣闊的近代思想文化背景。本論將在此基礎上，通過「狂人」言說的整理，進一步考察周樹人周邊的「狂人」現象與他本人及其作品的關聯，以填補「狂人」形象生成機制探討中的一項空白，即把「狂人」本身作為作品人物的精神史的一個背景。

　　以下，本論將通過語彙、社會媒體、「尼采」和「無政府主義」話語、文學創作以及時代精神特徵等幾個側面，揭示這一背景的存在，並且嘗試在這一背景當中尋找「狂人」誕生的足跡。

二、涉「狂」語彙與「狂人」言說

　　首先，「狂人」言說是否存在？這是一個前提。回答當然是

2　關於這個問題，請參見拙文〈明治時代「食人」言說與魯迅的《狂人日記》〉，中國社會科學院文學研究所編《文學評論》，2012年1期。

肯定的。

　　筆者在翻閱與周樹人及其周邊相關的明治文獻時，會經常目睹涉「狂」詞語，諸如「狂」「狂氣」「狂人」「狂者」「發狂」「狂奔」……之類，開始並沒怎麼注意，後來逐漸發現，這些詞語的使用都有其特定的範疇和文脈，關涉著表達特定人物、事件、事物、思想乃至文學創作，從而構成特定語境中的一種言說。可以說，「狂人」言說，是一種客觀存在，只是過去沒有被發現和整理而已。

　　從詞語角度看，「狂」係漢語古字古詞。甲骨文中即有「狂」字，《說文》：「狂，狾犬也」，即瘋狗，後轉及至人，指精神失常、發瘋、癡呆等並衍生出傲慢、輕狂、放蕩、縱情、氣勢猛烈、急促等語義。[3]《康熙字典》[4]和《辭源》[5]等所列舉的諸如《尚書》《左傳》《論語》《詩經》《楚辭》等當中的詞語用例雖未必是最早，但已相當古老。即使從李白的著名詩句「我本楚狂人，鳳歌笑孔丘」[6]算起，那麼距今也有一千二百五十多年。作為詞根，「狂」字具有強大的造詞功能，衍生出大量的涉「狂」詞彙。僅以「狂」字開頭的詞語為例，諸橋轍次著《大漢和辭典》收詞160個[7]，《漢語大詞典》收詞240個[8]，雖然這意味

---

[3] 以上參照漢語大字典編輯委員會編纂《漢語大字典（第二版）》關於「狂」字的解釋。四川辭書出版社，2010年，第三卷，第1431-1432頁。

[4] 參照渡部溫標注訂正《康熙字典》，東京：講談社，昭和五十二年（1977）復刻版，第1605頁。

[5] 參照商務印書館編輯部編《辭源（合訂本）》，商務印書館，1988年，第1080-1081頁。

[6] 李白〈廬山謠寄盧侍御虛舟〉，公元760年作，《辭海》亦收此句作為用例。

[7] 統計使用版本：諸橋轍次著《大漢和辭典》修訂第二版，東京：大修館書店，平成三年（1991），第七卷，第676-680頁。

[8] 統計使用版本：漢語大詞典編輯委員會漢語大詞典編纂處編纂《漢語大

漢語當中有著更為豐富的涉「狂」詞彙量，但同時也不難看出，中日之間共用著大量的「狂」字詞語。「狂人」言說便構建在這些詞語之上。

截止到明治時代，日語裡的涉「狂」漢字詞語，基本來自中國。諸如「狂人」「狂士」「狂者」「狂子」「狂生」「狂父」等詞都不被看作「和製漢語」[9]。但這並不意味著日語當中既有的涉「狂」詞語沒有參與明治時代規模空前的「和製漢語」造詞活動。如瘋癲病院〔瘋癲病院　フウテンビョウイン〕、偏執狂〔偏執狂　ヘンシュウキョウ〕[10]等便都是這類詞語。井上哲次郎（Inoue Tetsujiro, 1855-1944）等人所編《哲學字彙》，是日本近代史上的第一部哲學辭典，在明治年間出版發行過三版，是考察明治思想文化的重要文獻。其1881年初版收帶「狂」字的漢字詞語只有5個，[11]到了1911年第三版，帶「狂」字的詞語，已經增加到64個並涉及到各種「狂」，諸如〔愛國狂〕〔珍書狂〕〔魔鬼狂〕等等，如果再加上語義相關的諸如〔妄想〕〔誇大妄想〕〔虛無妄想〕〔被害妄想〕〔健忘〕等表達精神狀態的詞語，則有近百是新增詞彙。[12]——順附一句，新增漢字詞彙並非全部新創，沿用古詞的情形也很多，例如「Rudeness」一詞就全

詞典》，上海：漢語大詞典出版社，1990年，第五卷第12-25頁。

9 「和製漢語」通常指非來自中國本土的、日本所造漢字詞彙。佐藤武義編「和製漢語」（遠藤好英、加藤正信、佐藤武義、飛田良文、前田富祺、村上雅孝編《漢字百科大事典》，東京；明治書院，1996年）未收這些詞語。

10 前出《漢字百科大事典》，第983、984頁。

11 統計使用版本：飛田良文編《哲學字彙譯語總索引》，笠間索引叢刊72，有限會社笠間書院，昭和五十四年（1979）。

12 統計使用版本：井上哲次郎、元良勇次郎、中島力造共著《英獨佛和哲學字彙》（*DICTIONARY OF ENGLISH, GERMAN, AND FRENGH WITH JAPANESE EQUIVALENTS*），東京：丸善株式會社，明治四十五年。

是使用古語來對譯：〔疎暴、疎狂、鄙野、固陋、獷獰、魯莽、
狷獷、麁鹿〕[13]。

和其他近代新詞語一樣，涉「狂」語彙如此大幅度劇增，
不僅在一般意義上體現著明治日本導入西方思想文化的速度之快
和範圍之廣，同時也意味著對「狂」這種精神現象認識的日益深
化、專業化和詞語使用範圍的廣泛化。到明治三十年代結束的時
候，在日語系統中已經基本具備了把「狂」作為一種精神現象加
以認識和討論的語彙基礎。這裡至少有兩層含義。一是大量新詞
語（還不僅僅圍於使用「狂」字的詞語）的創造和廣泛應用，使
本文所要討論的「狂人」言說成為可能；二是「狂人」言說同時
具備著不同於以往的近代性。

然而，還有一點應該指出，上述《哲學字彙》所涉領域並
不包括「醫學」。如果把一個學醫的學生所必然會接觸到的作為
醫學術語的涉「狂」的詞語考慮在內，那麼就意味著作為一個個
體，他擁有著介入「狂人」言說的更多的語彙量和可能性乃至判
斷力。

魯迅後來談到《狂人日記》時所說的「大約所仰仗的全在
先前看過的百來篇外國作品和一點醫學上的知識」[14]這句話裡的
「一點醫學知識」，便應該是在以上所述的語彙範圍內獲得的，
其中當然也包括當時學醫的學生所必修的德語及其和日語詞語的
對譯。這一點只要流覽一下當年由藤野先生修改過的醫學筆記[15]

---

[13] 同上，第134頁。

[14] 魯迅《南腔北調集·我怎麼做起小說來》，《魯迅全集》第四卷，北
京：人民文學出版社，2005年，第526頁。以下引用魯迅，版本相同。

[15] 關於這個問題，請參閱以下文獻：〈魯迅解剖學ノート〉，魯迅·東
北大學留學百周年史編集委員會編《魯迅と仙台　東北大學留學百周
年》，東北大學出版會，2004年，第90-113頁。坂井建雄〈明治後期の

當中的詞語用例便不難推測。因此，從涉及「狂人」言說的層面講，周樹人與明治時代擁有共同的語彙。

三、見於社會生活層面的「狂人」言說

就一般社會生活層面而言，有關「狂人」語彙和話語又是怎樣一種情形呢？

如上所述，大量「狂」「癲」範疇的漢語詞彙早就進入日本，並融化為日語詞語，出現在日本的各種典籍和作品當中。例如「狂人走れば不狂人も走る」便是句著名諺語，意思是「一馬狂奔，萬馬狂跟」，直譯是倘有一個瘋子在前面跑，不瘋的人也會跟在後面，比喻人總是追隨他人之後，附和雷同。該諺語早見於文集《沙石集》（1283年）、謠曲《關寺小町》（1429年前後）和俳諧《毛吹草》（1638年）中。[16]到了江戶時代的國學者本居宣長（Motoori Nobunaga, 1730-1801）那裡，則更以「狂人」做書名：《鉗狂人》（1785年）[17]。這本駁難之作，後來成為日本國學史上的重要文獻。千百年間，日語如何吸收消化漢語當中的涉「狂」語彙，因年代久遠和卷帙浩繁而不可考，不過從明治

解剖學教育——魯迅と藤野先生の周辺〉，日本解剖學會《解剖學雜誌》，82卷1號 2007年，第21-31頁。阿部兼也〈魯迅の解剖學ノートに對する藤野教授の添削について〉，東洋大學中國學會編《白山中国學》12號，2006年3月，第17-27頁。解澤春譯《魯迅與藤野先生》，北京：中國華僑出版社，2008年版。

16 參見：日本國語大辭典第二版編集委員會‧小學館國語辭典編集部編《日本國語大辭典》第二版，東京：小學館，2000年12月-2002年12月，第4卷第452頁。

17 筆者所見為1819年版，日本國立國會圖書館：http://dl.ndl.go.jp/titleThumb/info:ndljp/pid/2541616

十二年（1879）到明治四十年（1907）明治政府編纂了一套多達
千卷的百科全書，對日本歷史上積累下來的各種知識加以全面的
統合整理，故取書名《古事類苑》，其中就有「癲狂」事項：

〔倭名類聚抄　三病〕癲狂　唐令云，癲狂酗酒，皆不得
居侍衛之官。本朝令義解云，癲發時，臥地吐涎沫無所
覺，狂或自欲走，或高稱聖賢也。[18]

　　接下來便是「癲」字怎麼來，「狂」又作何解的歷史和典籍
的考察。總之，這兩個字不論單獨用還是連用，皆「云病也」；
又特注明「癲狂」與「狂人同」[19]。同時還彙集了大量症狀表現
以及諸如《沙石集》《源氏物語》等歷代典籍和作品中的狂人事
蹟，並附有《癇病總論》[20]，可謂「狂」事大全。總之，到編纂
這部書的時候為止，日語是把「狂」「癲」「癇」等歸類為精神
疾病的。這是明治時代「狂人」言說的基本認知前提。
　　近代媒體的出現與發展，使「狂人」言說作為一種近代話題
首先在社會傳播層面上獲得確立。僅以《讀賣新聞》和《朝日新
聞》這兩份大報為例。1874年11月2日創刊的《讀賣新聞》，截
止到1919年底，關於「狂人」報導超100件[21]。1879年1月25日創
刊的《朝日新聞》，截止到1919年7月16日朝刊第五版「狂人從
巢鴨醫院逃走」[22]的報導，與「狂人」相關的報導多達540件。

---

[18] 〈方技部十八　疾病四〉，《古事類苑》，洋卷，第一卷第1472頁。
[19] 〈伊呂波字類抄　毛病瘡〉，《古事類苑》，洋卷，第一卷第1473頁。
[20] 同上，第1475頁。以上所介紹的內容，參見該書第1472-1479頁。
[21] 參見1919年12月19日朝刊第三版〈獨帝を精神障害者扱〉，這是第104件
　　關於狂人的記事。《讀賣新聞》データベース：ヨミダス歷史館。
[22] 標題為〈物騷なる狂人逃走　昨夜巢鴨病院より　非常の暴れ者市中の

再進一步看報導數的增加趨勢。僅以《朝日新聞》為例，明治十年代和二十年代（1879-1897）的十八年間報導數為140件[23]，明治三十年代（1898-1907）猛增到208件[24]，幾乎是前十八年的1.5倍，明治四十年代在僅有的四年半裡報導數為144件[25]，如果把此後截止到1919年年底的進入到大正時代（1912-1925）的七年半期間僅有48件報導數的情況考慮進來，那麼可以很明確地獲得一個結論：「狂人」通過報紙等媒體成為社會層面的話題，主要集中在明治三十年代到四十年代的十五年間（《讀賣新聞》也呈同樣的趨勢）。這個調查結論，從公眾話語層面為筆者先前的一個基本推測提供了佐證，即「狂人」作為一種言說，大抵形成於明治三十年代前期，膨脹於明治三十年代後期乃至整個明治四十年代。比照中國的歷史階段和事件，剛好是從戊戌變法到辛亥革命的十幾年間，涵蓋了二十世紀的最初十年。周樹人在日本留學的七年半（1902-1909）也處在這一時間段內。

那麼，媒體層面出現的「狂人」是怎樣一種存在呢？如果把報導的內容加以分類，就會發現，絕大多數都是關於狂人行為、事件的報導，也就是說，媒體上的「狂人」，在人格上大抵是精神病患者，即俗語所說的瘋子。他們是傷人、殺人、放火、偷盜、逃跑、橫死和胡言亂語乃至各種奇怪行為的主角，同時也是醫學、醫療的話語對象，他們的身影不僅出現在癲狂院、醫院和監獄，也經常出現在總理大臣官邸、侯門爵府、文部省和員警署

大警戒〉，〈朝日新聞記事データベース：聞藏II〉。

[23] 統計範圍：1879年3月6日至1897年12月31日，標題為〈物騷なる狂人逃走　昨夜巢鴨病院より　非常の暴れ者市中の大警戒〉，〈朝日新聞記事データベース：聞藏II〉。

[24] 同上。

[25] 同上。

等，是「大鬧」各種「重地」的主角，而伴隨他們登場最多的是員警，卻又往往束手無策，甚至受到傷害。也就是說，一般公眾言說中的「狂人」與《古事類苑》中「狂人」所扮演的諸如「幼者狂人放火」[26]「癲狂者犯罪」[27]「狂人犯罪」[28]「狂疾愚昧者犯罪」[29]之類的角色沒有太大的區別，同屬「瘋子」之列。而與此前不同的是，「狂人」的存在普遍化，其作為問題，開始成為一般社會的關注點，並由此形成一種進入公共話語空間的言說。

「狂人」在書籍中的出現，雖然在節奏上比報紙要晚一兩步，但遞增的趨勢是同樣的。由於後面還要涉及，茲不做展開。總而言之，對於1902年來到日本的周樹人來說，「狂人」即便不是一個「耳濡目染」的日常性話題，至少也不會是一個陌生的話題。例如，宮崎滔天（Miyazaki Toten, 1871-1922）輯錄「狂友」的名著《狂人譚》也是在周樹人登陸橫濱的那一年出版的[30]。

四、「尼采」與「狂人」言說

明治三十三年即1900年，德國哲學家、文明批評家、詩人尼采（Friedrich Wilhelm Nietzsche, 1844-1900）死去，第二年也就是明治三十四（1901）年，日本爆發了「尼采熱」。簡單地說，這場「尼采熱」是由「美的生活論爭」所引發。1901年評論家高山

---

[26] 〈法律部四十四　下編上　放火〉，《古事類苑》，洋卷，第2卷第785頁。

[27] 〈法律部四十五　下編上　殺傷〉，《古事類苑》，洋卷，第1卷第855頁。

[28] 〈法律部二十三　中編　殺傷〉，《古事類苑》，洋卷，第2卷第885頁。

[29] 〈法律部三十一　下編上　法律總載〉，《古事類苑》，洋卷，第2卷第21頁。

[30] 宮崎滔天（寅藏）著《狂人譚》，東京：國光書房，明治三十五年（1902）。

樗牛（Takayama Chogyu, 1871-1902）發表了兩篇文章，題為〈作
為文明批評家的文學者〉和〈論美的生活〉[31]，主張開展「文明
批評」和追求「滿足人性本然要求」的「美的生活」，由此引發
爭論。由於高山樗牛在前一文裡提到了「尼采」的名字（儘管
只是提到名字）再加上他的援軍登張竹風（Tobari Chikufu, 1873-
1955）上來就宣告「高山君的『美的生活論』明白無誤地有尼采
說之根據」[32]，就使「尼采」捲入了這場論爭並成為其中的一個
焦點。「尼采」就像一個巨大的漩渦，裹挾著各種問題，攪蕩出
各種言說和話語。其中，尤為顯著的一種，便是與「尼采」的登
場相伴隨的「狂人」言說。

可以說，「尼采」是作為一個「瘋子」出現在日本思想界
的。「發瘋」是他的一個自帶標籤。「尼采」最早傳到日本的
路徑之一，據說是1894年醫學博士入澤達吉（Irisawa Tatsukichi,
1865-1938）從德國帶回的一批哲學書，同年，同為醫生並且同
樣留學過德國的的森鷗外（Mori Ogai, 1862-1922）向他借閱了這
批書，雖然究竟是怎樣的著作目前尚不清楚，但森鷗外在給友
人的信中關於「尼采」的寥寥數語，卻呈現著「尼采」給他留下
的最初印象：「尼采尤已發狂。」[33]1899年1月發表的吉田靜致
（Yoshida Seichi, 1872-1945）的《尼采氏之哲學（哲學史上第三期
懷疑論）》和同年8月發表的長谷川天溪（Hasegawa Tenkei, 1876-

---

[31] 高山林次郎〈文明批評家としての文學者（本邦文明の側面評）」，
《太陽》，明治三十四年（1901）一月五日。樗牛生〈美的生活を論
ず〉，《太陽》，明治三十四年（1901）八月五日。本文參照《明治文
學全集4》』，築摩書房，昭和四十五年（1970）。

[32] 登張竹風〈美の生活とニイチエ〉，《帝國文學》，明治三十四年
（1901）九月十日，前出《明治文學全集40》，第311頁。

[33] 以上關於入澤達吉與森鷗外事，參閱並引自：高松敏男著《ニーチェか
ら日本近代文學へ》，幻想社，1981年，第7頁。

1940）的《尼采之哲學》，是公認的最早介紹「尼采哲學」的兩篇論文，卻都不約而同地把「尼采哲學」與他的「癲狂」或「心狂」聯繫在一起加以介紹。前者介紹「尼采」是個「偉大懷疑論者」，但「據聞，他當時正罹患癲狂症」。[34]後者雖對「尼采」充滿同情，並不願意「把他視為一個狂者」[35]，然而仍然認為「其激烈的活動和狂奔的思想流動，影響到此人的神經組織……終於因其心狂而被幽閉於愛娜的癲瘋病院」[36]。

尤其值得一提的，是桑木嚴翼（Kuwaki Genyoku, 1874-1946）於1902年8月出版的《尼采氏倫理說一斑》[37]一書。該書在介紹「超人」時，仍將其跟「癲狂院」拉在一起評述：「倘自己自覺到是個天才，倘這個一身毛病的人自己給自己發證成為天才、超人，則他會可憐地最早成為癲狂院裡的一員。我認為這種實際上並不存在的超人，作為詩的一種是有趣的，但作為人生理想卻無甚價值。」[38]桑木嚴翼明治二十六（1893）年入東京帝國大學文科大學哲學科，是在東大「祖述」尼采的德國教授拉斐爾・科貝爾（Raphael von Köber, 1848-1923）和東京帝大首任哲學教授井上

[34] 吉田靜致〈ニーチユエ氏の哲學（哲學史上第二期の懷疑論）〉，《哲學雜誌》，明治三十二年（1899）年第1期，茲引自高松敏男・西尾幹二編《日本人のエーチェ研究譜・II資料文献篇》，《ニーチェ全集》（別卷），東京：白水社，1982年，第307頁。
[35] 長谷川天溪〈ニーツエの哲學（承前）〉，《早稲田學報》第三十三號，明治三十二年（1899）11月，茲引自前出《日本人のエーチェ研究譜・II資料文献篇》，第332頁。
[36] 長谷川天溪〈ニーツエの哲學〉，《早稲田學報》第三十號，明治三十二年（1899）8月，茲引自前出《日本人のエーチェ研究譜・II資料文献篇》，第323頁。
[37] 桑木嚴翼《ニーチェ氏倫理說一斑》，東京：育成會，明治三十五年（1902）。
[38] 同上，第186頁。

哲次郎的高足，出書的這一年已經升任東京帝國大學文科大學
助教授（即副教授），是當時最有資格闡釋「尼采」的學者之
一，[39]其評述的影響力不言而喻。作為關於「尼采」的專著，話
雖說得委婉，也很「學術」，卻不外乎是把「超人」當做瘋子看
待。而更有甚者，便徑直把歐洲「精神病學」方面的最新研究成
果迅速導入進來，用以評價「尼采」，這便是1903年4月12日發
表在《讀賣新聞》星期日附錄上的〈從精神病學上評尼采（尼
采乃發狂者也）〉[40]一文。「1902年，保羅‧尤里烏斯‧莫比斯
（筆者按：德國神經科醫生Paul Julius Möbius，1853-1907）發表了
他的病跡學研究報告《關於尼采身上的精神病理性特徵》，雖然
從今天的醫學水準來看這份報告幾乎不可信，但在當時卻是影響
力巨大的一部書」，[41]《讀賣新聞》上的這篇文章，便是對該書
內容的一個整版的介紹。

　　眾口鑠金，尼采是個瘋子！短短幾年內，「尼采」就是這樣
通過報紙、雜誌和專著的介紹和評論，在公眾話語、思想學術乃
至精神病醫學等各個層面被定型為一個「狂人」。這個印象也深
深留給了生田長江（Ikuta choko, 1882-1936）。他是日本最早著手
翻譯《查拉圖斯特拉如是說》的人，也是後來《尼采全集》的日
譯者，但在這場明治三十年代的「尼采熱」當中，卻是個「晚到
的青年」[42]。他明治三十六（1903）年入東京帝國大學文科大學

---

[39] 峰島旭雄編〈年譜‧桑木嚴翼〉，《明治哲學思想集》，明治文學全集
80，東京：築摩書房，昭和四十九年（1974），第437頁。

[40] 藪の子〈精神病學上よりニーチェを評す（ニーチェは発狂者な
り）〉，《讀賣新聞》，明治三十六年（1903）四月十二日日曜附錄。

[41] 西尾幹二〈この九十年の展開〉，前出《日本人のエーチェ研究譜‧II
資料文献篇》，第524頁。

[42] 前出高松敏男著《ニーチェから日本近代文學へ》，第13頁。

哲學科[43]，是比桑木嚴翼晚十年的同門，他在這一年看到的情形是「尼采尚未被理解」，卻熱度已經過去，只留下了「狂人」的標籤。[44]因此，對於幾乎和生田長江同齡，又幾乎同時在東京求學的周樹人來說，最早目睹到的「尼采」，與其說是先學們指出過的「積極的奮鬥的人」「文明批評家」「本能主義者」[45]，倒莫如說「狂人」「尼采」或許更接近實際。

通過前面介紹的社會生活層面的「狂人」言說可以知道，被稱作「狂人」，不啻一種殘酷的指控，意味著被社會排擠，被邊緣化，被等而下之化。因此，以尼采是「狂人」的理由來攻擊尼采，是尼采價值否定論者的一件強有力的武器，其邏輯簡單而直接：一個瘋子說的話你們也相信嗎？

> 客年，尼采異說一登論壇，輕佻浮薄之文界，喜其奇矯之言、激越之調，或以之視同本能主義，或以之結合自然主義，或以之解釋為快樂主義，甲難乙駁，無有底止。
>
> 然而，當時虛心而頭腦冷靜之識者，竊忌彼之詭辯偏說，而不得不懷疑其是否果真思想健全之產物。
>
> 果然，尼采終至作為醫學上一狂者而為人知曉。……[46]

---

[43] 伊福部隆彥編〈生田長江年譜〉，《高山樗牛 島村抱月 片上伸 生田長江集》，《現代日本文學全集16》，東京：築摩書房，昭和四十二年（1967），第422頁。

[44] 生田星郊〈輕佻の意義〉，《明星》卯歲第八號，明治三十六年（1903）八月，第68頁。

[45] 參見伊藤虎丸著、李冬木譯《魯迅與日本人》，河北教育出版社，2000年，第25、30頁。

[46] 前出藪の子〈精神病學上よりニーチエを評す（ニーチエは發狂者なり）〉。

　　就這樣，到了文壇老將、著名小說家、評論家、翻譯家、劇作家和教育家坪內逍遙（Tsubouchi Shōyō, 1859-1935）親自出馬，匿名以〈馬骨人言〉為題，嬉笑怒罵，攻擊「尼采」及其追隨者，一口氣用31個子標題在《讀賣新聞》上連載24回[47]之後，「尼采」在明治主流意識形態領域，尤其在社會輿論當中已經基本聲名狼藉，即便有人想以「天才」辯護，也只能「叫做『似是而非的天才』『贗天才』『疵天才』『屑天才』『污天才』『狂天才』『病天才』『偏天才』『歪天才』『畸天才』『怪天才』，那麼就請自選，對號入座吧」。[48]

　　那麼，在關於「尼采」的爭論中，就沒有出來替「狂人」辯護的嗎？回答是，有，只是過於勢單力薄，不足以抵抗「瘋狂」之論的襲來。不論是挑起「美的生活論爭」的高山樗牛本人，還是將這場論爭的烽火引向「尼采」的登張竹風以及在當時從留學地德國遙致聲援的姊崎嘲風（Anesaki Chofu, 1873-1949），雖然他們的論陣本身對思想界造成了巨大的衝擊力，但除了他們本身是極少數外，他們直接為「狂人」辯解的言論也少得可憐，只有他們的殿軍齋藤信策（Saito Shinsaku, 1878-1909），1904年11月發表長文〈天才與現代文明〉以「明確崇拜天才的意義」[49]才算是一次認真的回應。

　　總而言之，「狂人」作為一種言說，伴隨著「尼采」的登場

---

[47] 〈馬骨人言〉連載於明治三十四年（1901）10月13日至明治三十四年11月7日《讀賣新聞》，時間跨度為26天。

[48] 《馬骨人言・天才》，《讀賣新聞》，明治三十四年（1901）11月6日第一版。

[49] 齋藤信策〈天才と現代の文明（天才崇拜の意義を明かにす）〉，《帝國文學》第十卷第十一號，明治三十七年（1904）11月10日，後在集入《藝術と人生》（東京：昭文堂明治四十年〔1907〕六月）時，改題為〈天才とは何ぞや〉（何謂天才？）。

而成為明治精英群體討論思想問題的話語，同時也成為「尼采」
獨具特徵的標記。因此，如何理解和認識「狂人」，也涉及到對
「尼采」的理解和把握。根據已知的魯迅對「尼采」、對「狂
人」的總體認識，顯然是和上述「尼采」和「狂人」形象有著嚴
重離齬，那麼，他是怎樣克服世間輿論所造成的認知干擾，到達
自己所把握到的那個「尼采」的呢？這是個非常值得探討的問
題，而且也與下一個問題相關。

五、「無政府主義」話語與「狂人」言說

明治三十年代「無政府主義」話語，也和「尼采」一樣，有
力地強化了「狂人」言說。

十九世紀八〇年代以後，歐洲各國尤其是俄國「虛無黨」
或「無政府黨」的活動頻繁，屢屢在歐洲和俄國引起轟動，明治
時代的相關話語也與日本政府和社會對歐洲、俄國勢態關注和報
導密切相關。僅以截止到明治三十五年（1902）為計，《讀賣新
聞》自1880年2月22日至1901年10月21日，對歐洲和俄國的「虛無
黨」報導55條，對「無政府黨」報導29條，兩項總計84條。《朝
日新聞》自1880年2月29日至1902年7月29日，對「虛無黨」報導
140條，對「無政府黨」報導16條，兩項總計156條。也就是說，
在20年多一點的時間裡，「虛無黨」和「無政府黨」僅在這兩種
報紙上就有240條報導見諸報端。報導的內容主要集中在「虛無
黨」人和「無政府黨」人的暗殺、爆炸、暴動等恐怖活動以及各
國政府尤其是沙俄政府對他們的取締、鎮壓、驅逐和處刑方面，
給人的感覺前者是一群與皇上和政府為敵的殺人放火、無惡不作
的犯罪團夥，是一幫不計後果的亡命之徒和神經錯亂的瘋子。

「虛無主義」（Nihilism）和「無政府主義」（Anarchism）原本是兩個意思不同的詞彙，它們在日本出現的順序也不一樣，前者在1881年初版《哲學字彙》就有，譯成「虛無論」[50]，到1911年第三版更有「虛無主義」乃至「虛無論者（Nihilist）」[51]等漢字對譯，而在同一本《哲學字彙》第三版中卻仍找不到「無政府主義」一詞。但在明治二、三十年代語言的具體運用當中，「虛無主義」和「無政府主義」，「虛無黨」和「無政府黨」在語義上幾乎是可以互換的。1902年4月日本出版了第一部關於「無政府主義」的專著，書名叫《近世無政府主義》[52]，作者煙山專太郎（Kemuyama Sentaro, 1877-1954）在〈序言〉裡對兩者關係做了以下說明：

> 現時無政府主義和虛無主義，其間之性質雖稍稍有所不同，然此二者作為近時革命主義（余輩不敢稱之為社會主義）最為極端的形式發展而來，在或種意義上，余相信把虛無主義看做包括在無政府主義之內的一種特殊現象亦無不可，故此處出於方便的考慮，亦將其一並列入無政府主義的題目下，祈讀者諒察為幸。[53]

這是一部劃時代的著作，摒棄了因對「無政府主義」的恐怖和憎恨所帶來的偏見，「由純歷史研究出發，嘗試探明這些妄者、狂熱者作為一種呈現於現實社會的事實是怎樣一種情形，其

---

[50] 前出飛田良文編《哲學字彙譯語總索引》，第150頁。

[51] 前出《英獨佛和　哲學字彙》，第103頁。

[52] 煙山專太郎著《近世無政府主義》，東京：博文館，明治三十五年四月廿八日發行。

[53] 前出煙山專太郎著《近世無政府主義》，第2頁。

淵源和發展過程如何」[54]，故被後人評價為是同時期「以日語出版的無政府主義研究的唯一像樣的勞作」[55]，其「在無政府主義資訊方面，不論是質還是量都遠遠優於此前」[56]。不僅對同時代日本社會主義者如幸德秋水（Kotoku Shusui, 1871-1911）和無政府主義者如久津見蕨村（Kutsumi Kesson, 1860-1925）產生影響——這兩個人也同時影響了中國——更對中國清末民初思想界產生重大影響。僅就筆者查閱範圍所及，在同時期的中國言論界，以煙山專太郎《近世無政府主義》為材源的文章和著作就達18種之多。[57]

從今天的角度看，在煙山專太郎的諸多貢獻中，有兩項格外突出：一是對「無政府主義」的兩種類型的劃分，一是在兩類劃分當中突出「施蒂納」和「尼采」。

首先，在他看來，「無政府主義」可大分為「實行」和「理論」兩種，行使暴力手段給世間帶來恐懼並引起普遍關注的主要是前者，即「實行的無政府主義」，但他又不同義大利犯罪學家、精神病學家切薩雷·龍勃羅梭（Cesare Lombroso, 1835-1909）的著名觀點——也是社會通常的觀點，即把「實行的無政府主義」者普遍視為具有病理根源的精神病患者和「狂者的一種」，認為這是以偏概全，陷入謬誤。[58]因此他在自己的書中對這類無

---

54 同上，第1-2頁。
55 絲屋壽雄《近世無政府主義解題》，煙山專太郎《近世無政府主義》（復刻版），明治文獻，1965年，第2頁。
56 嵯峨隆《近代中国アナキズムの研究》，研文出版，1994年11月，第48頁。
57 關於煙山專太郎《近世無政府主義》與魯迅、與近代中國的關係，請參閱拙文〈留學生周樹人「個人」語境中的「斯契納爾」——兼談「蚊學士」、煙山專太郎〉。該文刊發在山東省社會科學院主辦《東岳論叢》2015年第6期，亦收入呂周聚、趙京華、黃喬生主編《「世界視野中的魯迅」國際會議論文集》，中國社會科學院出版社，2016年1月。
58 蚊學士〈無政府主義を論ず〉，《日本人》第百五拾四號，明治三十五年（1902）年1月1日，第28頁。

政府主義者通常以「熱狂的」或「熱狂者」來描述，從而有效地
減弱了無政府主義者身上背負的似乎與生俱來的「狂人」惡名，
並且以這種把他們從「狂人」的行列中甄別出來的方式在客觀上
強化了「狂人」言說的力度。

不僅如此，他還同時花費很大篇幅把「施蒂納」和「尼采」
作為「理論的無政府主義」加以詳細介紹，前者是「近世無政府
主義的祖師」之一，後者是「晚近無政府主義」的代表。「施蒂
納之言說乃絕對的個人主義」[59]；「我性衝著我們大叫道，讓汝
自身蘇醒！我性生來自由。故先天的自由者去自己追求自由，與
妄想者和迷信者為伍狂奔，正是忘卻自己」[60]；「施蒂納這一奇
拔新說，恰如燦爛的焰火，絢然一時」[61]。煙山專太郎在《日本
人》雜誌上用了整整兩頁來介紹施蒂納[62]，而在書中更用了9頁
的篇幅[63]，是日本同時期最為詳細、完整和準確的施蒂納評介。
而對尼采的介紹就更多，除了在《日本人》雜誌上連載多次提到
外[64]，《近世無政府主義》用了14頁篇幅[65]。「尼采學說可看作
純粹哲理性的無政府論」[66]，「在晚近思想界放出一種特異光彩
的是尼采哲學。……尼采學說絕非出於社會改革的動機，而純粹
是確立在理論上的。在這一點上和個人主義者麥克斯‧施蒂納立

[59] 蚊學士〈無政府主義を論ず〉，《日本人》第百五拾七號，明治三十五年（1902）年2月20日，第25頁。
[60] 同上，第24頁。
[61] 前出煙山專太郎著《近世無政府主義》，第302頁。
[62] 《日本人》第百五拾七號，第24-25頁。
[63] 前出煙山專太郎著《近世無政府主義》，第294-302頁。
[64] 參見《日本人》第百五拾七號、第百五拾九號連載〈無政府主義を論ず〉。
[65] 參見煙山專太郎著《近世無政府主義》，第369-383頁。
[66] 蚊學士〈無政府主義を論ず〉，《日本人》第百五拾七號、明治三十（1902）五年二月廿日，第26頁。

腳點完全相同」[67]，「吾人想稍稍來觀察一下他的主張」[68]——而關於「尼采」的介紹，就在這樣開場白之後開始了。煙山專太郎並沒有參與同時期發生的「尼采熱」論爭，在後來出現的日本尼采學史當中也找不到他的名字[69]，不過今天看來，和當年的那些在「尼采」流行當中突顯的支持或反對的「尼采論」相比，只有煙山專太郎的「尼采」最為清晰地呈現了其在思想史上的位置和價值。

> 夫針對一方極端之說，出現另一方反對之說，而兩者相互調和行進，乃人文發展的自然進路。人世豈夫有絕對者焉？衝突，調和相生不已，苟無休止，其間存在著不可言說的意味。所謂實行的無政府主義者之所求，在於其理想的立刻實現，其順序之有誤，自不待言。然而若對他們的主張徒加排斥，以狂者之空言對處之則不可也。他們大聲疾呼之處，確有其根據。……出於個人主義的斯蒂納、尼采以及後來的哈佛的無政府主義，不就是主張自我中心，進而推崇自由意志，鼓吹發揮我性和本能自由，以至於最終否認我之以外一切權力的嗎？……尼采哲學，動搖了一代思想界，世界所到之處皆有其信徒。夫進步之動機，在理想攖人心故。不讓人去追求理想，而營營拘泥於現實世俗之物質，何以會有進步？以深謀遠慮，修正改善現實事物，使其逐漸接近自己心中的理想國，豈不正是有志者私

---

[67] 前出煙山專太郎著《近世無政府主義》，第369-370頁。

[68] 同上，第370頁。

[69] 作為尼采研究的基本文獻，前出高松敏男著《ニーチェから日本近代文學へ》和高松敏男・西尾幹二編《日本人のエーチェ研究譜》都沒有提到煙山專太郎對尼采的介紹。

　　下之所圖嗎？[70]

　　熟悉魯迅文本的人，或許不難從上面這段話裡中獲得某種
「似曾相識」的感受。然而，從「狂人」言說的問題角度看，煙
山專太郎實際上是通過對「施蒂納」和「尼采」的闡釋，做著一
項「狂人」價值反轉的工作：「狂人」之言，並非所謂「瘋言
瘋語」所可以了斷，「他們大聲疾呼之處」，不僅「確有其根
據」，而且其「攖人心」的理想還有推動人類進步的價值。如果
說誰在發瘋，借用「施蒂納」之所言（上引），那麼就正是那
些「先天的自由者去自己追求自由，與妄想者和迷信者為伍狂
奔，……忘卻自己」的人。在徹底的個人主義者看來，「忘卻自
己」才是不堪忍受的真正的發瘋。而這種價值轉換的確認與肯定
的痕跡，也被忠實地記錄在了「令飛」即當年的周樹人1907年所
作的〈文化偏至論〉[71]裡，即「原於外者」和「原於內者」的那
段話[72]。

　　總之，與「尼采熱」裡「狂人」作為一個負面形象出場不
同，在「無政府主義」的話語裡「狂人」伴隨著對「施蒂納」和
「尼采」的肯定，「狂人」被鑒別為世間給具有創造性的獨立的
個人披上的一種諡號（就像把「個人主義」歸類於「利己主義」
一樣），從而使「狂人」擁有了具有正面意義的新屬性。

　　煙山專太郎對「無政府主義」兩種類型的劃分和對「狂人」
的價值肯定，也被後來的論者承襲下來。例如久津見蕨村在四年

[70] 蚊學士〈無政府主義を論ず〉，《日本人》第百五拾九號、明治三十五年（1902）三月廿日，第25頁。

[71] 該文後署日期為1907年8月。發表於1908年6月發表在《河南》第5號，署名令飛。

[72] 魯迅《墳‧文化偏至論》，前出《魯迅全集》第一卷，第55頁。

後的1906年11月出版的《無政府主義》一書，不論在章節的劃分
上，還是在表述方式和內容上，都明顯地留下了煙山的痕跡，諸
如「實行的無政府主義和理論的無政府主義」[73]之類的用法自不
待言，就是批評龍勃羅梭，為「狂人」辯護也較煙山尤近了一
步[74]。他還為「尼采」辯護說：

> 或許有人說他的性格異於常人，多有奇矯言行，遂發狂而
> 死，故其所論為狂者之言，不足採信。然而，天才與狂者
> 的距離只有一步之遙。……可以按個人之好惡將其視為狂
> 者，卻不可以人廢言。若他之所言不狂不愚，是在講述真
> 理，將其採納，又何須遲疑？[75]

再到後來大杉榮（Osugi Sakae, 1885-1923）作他的《健全的狂人》
（1914年5月）時，這個「狂人」已經演變成一個不屈不撓，百
折不回，「向著人生之最高的山頂去攀登」[76]的清醒而健全的
「狂人」了：

> 到達生之最高潮之瞬間的我們，是價值的創造者，是一種
> 超人。我想體味這種超人的感覺，並且想伴隨著自己體驗
> 這種超人次數的重疊增加而一步一步，獲得成為這種超人

[73] 久津見蕨村著《無政府主義》，平民書房，明治三十九年（1906）十一
月，參見第2、53、114頁。
[74] 同上，第4-5頁。
[75] 久津見蕨村〈文部省とニイチエニズム（明治四十年五月稿）〉，《久
津見蕨村集》，東京：久津見蕨村集刊行會，大正十五年（1926）八
月，第591頁。
[76] 大杉榮〈正氣の狂人〉，松田道雄編《アナーキズム》，《現代日本思
想大系16》，東京：筑摩書房，1963年10月，第179頁。

的資格。[77]

也就是說，在大杉榮看來，「狂人」即理想人格的體現，因為這個「狂人」是清醒的、勇敢的、健全的和超越的。眾所周知，周氏兄弟都是大杉榮的愛讀者。那麼，周樹人與以上「無政府主義」話語及其包括在內的「狂人」言說的關係，則又是一個非常值得探討的問題。

六、文藝創作和評論中的「狂人」

除了以上介紹過的社會層面和思想層面外，總體看來，文藝創作應該是明治時代傳播和擴散「狂人」言說的最大和最有力的管道。「狂人」在文學作品和評論中頻繁登場，可謂明治文學當中的一種突出現象。僅以進入二十世紀之後最初二十年間出版的涉及到「狂人」的圖書為例，在1900年至1909年的37種圖書中，有15種是「文學類」，而在1910年至1919年的69種圖書中，屬於「文學類」的竟高達42種。[78]

倘若再向前追溯，便會發現，「狂人」在「文藝」這個話語範圍內一直有跡可循。只要去翻閱任何一套明治文學「全集」或「大系」之類，都不難在作品或評論中與「狂人」相遇。比如令森鷗外蜚聲文壇、以他留學德國體驗為素材的早期「德國三部作」，前兩部就都有「狂人」登場，《舞姬》（1890年）中的女主人公愛麗絲最後成為一個不可治癒的「狂人」，《泡沫記》

---

[77] 同上，第189頁。
[78] 以上統計來自日本國會圖書館〈国立国会図書館デジタルコレクション〉對目前館藏書籍所做的分類。

（同年）竟一口氣寫了三個「狂人」，在後人看來是名副其實的「三狂」之作。[79]

　　如果說早期作品和評論裡的「狂人」具有更多的「借喻性」，那麼越到後來，「狂人」也就越發具有「實在性」，即「狂人」的實體形象在文藝中獲得確立。不僅有了「狂人」的實體塑像[80]，諸如「狂人之家」[81]、「狂人之音樂」[82]、「狂人與文學」[83]之類的標題也到處可見。其中尤其引人注目的是，明治三十五年即1902年3月1日，也就是周樹人「一行三十四名」乘坐「神戶丸」——不是「大貞丸」[84]——抵達橫濱之前的一個月餘，《文藝俱樂部》雜誌上竟刊登了一篇題為《狂人日記》的小說。但這並不是人們所熟知的二葉亭四迷（Futabatei Shimei, 1864-1909）翻譯的果戈里的那篇同名小說，而是日本人的創作，作者署名「松原二十三階堂」。這篇整整占了19頁雜誌紙面[85]的不算短的短篇小說，以下面的開場白，在明治文學史上首次把一個日

[79] 長谷川泉〈森鷗外の人と文學〉，《舞姬・山椒大夫他4編》，旺文社文庫，東京：旺文社，昭和四十七年（1970），第192頁。〈泡沫記〉原著題為〈うたかたの記〉。

[80] 米原雲雪雕塑〈狂人〉，《美術新報》，明治三十七年（1904）1月12日，第五版，附照片。

[81] 児玉花外〈狂人の家〉，《太陽》，明治四十一年（1908）1月1日，第95-96頁。

[82] 北原白秋〈狂人の音楽〉（1908），《邪宗門》，《明治反自然派文學集（一）》，明治文學全集74，筑摩書房，昭和四十一年（1966）12月10日，第23-25頁。

[83] 〈時報・狂人と文學〉，《文藝俱樂部》，明治三十八年（1908）12月1日，第318頁。

[84] 北岡正子〈魯迅の弘文學院入學〉，《魯迅　日本という異文化の中で——弘文學院入學から「退學」事件まで》，關西大學出版部，平成十三年（2001）三月，參見第35-43頁。

[85] 松原二十三階堂〈狂人日記〉，《文藝俱樂部》，明治三十五年（1902）3月1日），第129-147頁。

本「狂人」的日記披露出來。

> 一日在郊外散步時，在原上樹蔭下得此日記。封面施以布
> 皮，裝訂紙數百餘頁。文章縱橫無羈，逸氣奔騰，慷慨淋
> 漓，可知非常識家之筆。故從中拔萃數章，權名之為狂人
> 日記。[86]

這種展開的方式會令人很自然地聯想到魯迅的《狂人日記》。但
是兩者的主人公作為「狂人」卻並不相同。魯迅的主人公是「被
害妄想狂」，松原二十三階堂的主人公則可以說是個「誇大妄想
狂」；而且有名字，叫「在原」。小說以「拔萃」主人公「在
原」自3月3日至7月10日之間的10篇日記構成。開篇道：「予今
天下定決心，予想就在今天，斷然辭掉上班的這家世界貿易會
社！」這個會社擠滿了「小人和俗物」，看不到他的「經綸天下
之大手腕和弈理陰陽的大伎倆」，只打發他做「計算薄記的雜
務」。就這樣，主人公的「絕大無比的天才」意識便與他所處的
現實發生尖銳的衝突。他身居陋室，到處躲債，卻想像著自己以
大貿易攫取巨利，或置田萬頃。他想到做官，是「將來的總理大
臣」。小說通過這樣一個自我膨脹的「狂人」的眼睛，把明治三
十年代紙醉金迷的社會膨脹呈現出來。

作者號「二十三階堂」，本名松原岩五郎（Matsubara Iwagoro,
1866-1935），是明治時代關注底層的小說家和新聞記者，1893年
出版的《最黑暗的東京》被評價為記錄時代黑暗的報告文學名
著。該篇《狂人日記》雖屬於社會問題小說，卻開啟了「狂人」

---

[86] 同上，第129頁。

作為主人公在明治文學中正式登場的先河。

五年後的1907年3月1日，《趣味》雜誌上再次出現《狂人日記》，而且三期連載，這才是人們熟知的「二葉亭主人」（即二葉亭四迷）翻譯的俄國作家果戈里的同名小說。不過，有一點或許不為人所知，那就是二葉亭在《趣味》雜誌上連載《狂人日記》的同時，也就是同年3月，還在《新小說》上發表了另一篇譯自俄文而且也是寫「狂人」的作品，題目叫作《二狂人》[87]。與《狂人日記》相比，《二狂人》後來幾乎默默無聞，不受重視，就連岩波書店出版的《二葉亭四迷全集》「解說」都把該作品出自哪篇原作弄錯，指為「《舊式地主》的部分翻譯」[88]，令人誤以為同樣是果戈里的作品，幸蒙高人指點[89]，始知這是一個關於《錯誤》的錯誤：《二狂人》原作係高爾基的《錯誤》（ОШИБКА, 1895）。然而，其中的問題卻並沒結束，筆者將就此另行撰文予以探討，茲暫不做展開。

二葉亭同時推出的兩篇「狂人」譯作，把明治時代的「狂人」文學推向了新的高潮。幾乎就在同一時段，署名「無極」的首篇關於「狂人」的文學評論──《狂人論》也在《帝國文學》雜誌上正式登場了。

　　頃者，我文壇由二葉亭主人靈妙之譯筆，而新得俄羅斯種

---

[87] ゴーリキイ原作　二葉亭主人譯〈二狂人〉，《新小說》，明治四十年（1907）第三號。本論所使用版本收在如次書中：二葉亭主人著《カルコ集》，東京：春陽堂刊，明治四十一年（1908）一月一日。

[88] 〈解說〉，河野與一、中村光夫編《二葉亭四迷全集》第四卷，東京：岩波書店，昭和三十九年（1964）年12月，第439頁。

[89] 在此謹向南京師範大學汪介之教授就此問題給予的悉心指教致以衷心感謝。

三狂人。他們是高爾基《二狂人》及果戈里《狂人日記》的主人公。《二狂人》心理解剖令人驚訝……[90]

而相比之下，「《狂人日記》裡卻沒有像兩個狂人那樣令人驚異之處和深刻的東西」[91]。論者的這種閱讀體驗，符合這兩篇作品帶給人的感受。如果說果戈里的作品裡有「含淚的微笑」，那麼，在《二狂人》裡就不僅有「含淚的微笑」[92]，也更有「安特萊夫式的陰冷」[93]。故後者在當時的震撼力和影響力都遠遠大於前者——雖然後來的影響力正好相反。翌年（1908）1月1日二葉亭的譯作集[94]只收錄《二狂人》等四篇而未收《狂人日記》也是一個有力的佐證。總之，《狂人論》對兩篇作品不僅從內容和創作手法上都給予了高度評價，還把它們提升到美學的高度，首次提出了「狂人美」[95]的概念。《帝國文學》是有著巨大影響力的雜誌，這種呼喚促使「狂人」創作變得更加自覺。

待到四年後評論家、翻譯家和小說家內田魯庵（Uchida Roan, 1868-1929）著手作「通過小說腳本來觀察現代社會」的長文時，他通過「調查應募《太陽》雜誌的征獎小說」發現，「狂人小說已經到了令人感到比例過多」的程度，而且描寫的內容「也比安特萊夫的《血笑記》更加令人感到顫慄」。[96]

---

[90]　無極〈狂人論〉，《帝國文學》，明治四十年（1907）7月10日，第140頁。
[91]　同上，第142頁。
[92]　魯迅《且介亭雜文二集‧幾乎無事的悲劇》，前出全集第六卷，第384頁。
[93]　魯迅《中國新文學大系‧小說二集序》，前出全集第六卷，第247頁。
[94]　二葉亭主人著《カルコ集》，東京：春陽堂刊，明治四十一年（1908）1月1日。
[95]　前出無極〈狂人論〉，第145頁。
[96]　內田魯庵〈小說腳本を通じて觀たる現代社会〉，初刊《太陽》，明治四十四年（1911）2月15日，以上引文出自稻垣達郎編《內田魯庵集》，

那麼，為何「狂人」何其多？

七、一個製造「狂人」的時代

文學作品中的「狂人」不過是現實的折射。這是一個「狂人與日俱增」，「世界到處都是狂人」而「瘋人院」又不夠用的時代，內田魯庵如是說。[97]

究其原因，首先是「日清（1894-1895）」「日俄（1904-1905）」兩場戰爭造成的。尤其是後一場戰爭，不論是日本還是俄國，都出現大量精神失常者。[98]用內田的話說，「這是為國家名譽增光添彩的戰爭所賜之物」[99]。其次，是近代產業社會的發達所帶來的社會環境和精神的重壓造成的。「機械的車輪聲響充斥在空氣裡，煤煙遮蔽了碧空，瓦斯和電器打著渦旋，人處在這樣的世間，則無論是誰，變得歇斯底里理所當然，因此也就把這種社會普遍存在的歇斯底里叫作世紀末或頹廢的時代」。[100]

除了以上兩點之外，還應特別指出的是思想精神方面的「狂人」及其成因。伴隨著明治憲法的頒佈（1889年2月11日）和實施（1890年11月29日）以及《教育敕語》（1890年10月30日）的公佈，日本以天皇為核心的近代國家體制正式確立，明治維新以來的文明開化，殖產興業，富國強兵等開始初見成效。這是一個處在上升時期的明治國家，官民一體，擁有著一個共同追求的強國夢。此後不久的「日清戰爭」（即甲午戰爭）檢驗了明治國

東京：筑摩書房，昭和五十三年（1978）3月，第257頁。
[97] 同上，第257頁。
[98] 參見內田魯庵〈樓上雜話〉，收入前出《內田魯庵集》，第295頁。
[99] 前出，內田魯庵〈小說腳本を通じて觀たる現代社会〉，第257頁。
[100] 內田魯庵〈氣まぐれ日記〉，前出《內田魯庵集》，第308頁。

家體制和實力，同時也讓日本舉國突然覺得自己厲害了，並且瞄準下一個目標再次發力，開始了在帝國主義道路上「臥薪嚐膽」的十年。八幡製鐵所有了，軍工有了，巨艦利炮大規模地建造出來了，民間製造業也發達起來了，日英同盟條約締結了（1902年），與世界一等國為伍了，結果日俄戰爭又贏了。繼割臺灣之後，又建「滿鐵」（1906年），還把韓國合併（1910年）過來⋯⋯這一連串的向世界亮肌肉，便是日俄戰爭前後時期的所謂「大日本帝國」的「膨脹」。這種國家「膨脹」，導致了民族主義的畸形發展，舉國從「在原」式的「發大財」的癡夢又陷入國家主義的狂亂。幸德秋水在「世之所謂志士愛國者皆髮豎眥裂之時」[101]，留給這個時代的最大獻辭就是一個「狂」字。他把「膨脹我國民，擴張我版圖，建設大帝國，發揚我國威，讓我國旗飄滿榮光」[102]的鼓吹視為「煽動國民獸性」[103]的「狂癲的愛國主義」[104]，稱這些人是一群「愛國狂」[105]，並且尖銳指出「對外的愛國主義的最高潮，就意味著內治當中罪惡的最高潮」[106]。因此，當所謂「愛國心」變成一種強制性的奴隸道德時，也就正如內田魯庵所指出的那樣，「這種道德只會帶來兩個結果，即不是使國民墮落，就是使他們變成狂人」。[107]

　　這既是一個「舉世朝著國家帝國主義狂奔」[108]，製造「獸

---

[101] 幸德秋水〈廿世紀之怪物帝國主義〉，飛鳥井雅道編集《幸德秋水集》，東京：築摩書房，1975年11月，第34頁。

[102] 同上，第36頁。

[103] 同上，第65頁。

[104] 同上，第46頁。

[105] 同上，第42頁。

[106] 同上，第42頁。

[107] 前出內田魯庵〈小說腳本を通じて觀たる現代社會〉，第258頁。

[108] 登張竹風〈フリイドリヒ・ニイチェ〉，《帝國文學》，明治三十四年

性愛國之士」[109]的癲狂時代，也是一個精神極度窒息的「閉塞」
的時代。少數清醒而敏銳的人開始嘗試打破「時代閉塞之現
狀」[110]。他們也曾是國家的熱烈認同者和衷心的擁護者，他們謳
歌國家的繁榮富強，讚美「日本主義」[111]，主張文學「表現國民
性情」[112]，呼喚「時代精神與大文學」[113]，那是因為「國權」與
「民權」並行不悖，個人的精神拓展與國家的上升同步。但是經
過兩場戰爭，他們的感受變了：這個國是自己想要的國嗎？包括
自己在內的「人」在這個國裡又處在怎樣的位置呢？這個國家有
靈魂嗎？於是，他們把「人」即「精神和理想」問題擺到了「國
家」這個物質實體面前，確立其「個人」的存在價值，並且以
「天才」「詩人」「精神」「價值創造」等來充填這個「個人」
的內涵，直到有一天他們終於發出關於「國家與詩人」的宣言，
直接對這個瘋狂的國家大聲說，沒有人，沒有詩人，這個國家什
麼都不是！[114]顯而易見，在這個過程中，「尼采」不過是由外部
導入進來，藉以闡發「個人」的一個發揮啟示和引領作用的對象
而已。

　　反過來，在世人看來，他們就是一幫瘋子在胡言亂語，這就
是在本篇「四」裡所看到的「尼采」遭受「狂人」待遇的原因所

　　六月至八月、十一月號，前出《明治文學全集40》，第297頁。
[109] 魯迅《集外集拾遺補編·破惡聲論》，前出全集第八卷，第34頁。
[110] 參見石川啄木〈時代閉塞の現狀〉（1910年）一文，收入前出《明治文學全集52》。
[111] 高山林次郎〈日本主義を贊す〉《太陽》，明治三十年（1907）6月20日。
[112] 高山林次郎〈非国民的小說をを難す〉，《太陽》，明治三十一（1898）年4月5日。
[113] 高山林次郎〈時代の精神と大文學〉，《太陽》，明治三十二年（1899）2月20日。
[114] 野の人〈国家と詩人〉，《帝國文學》，明治三十六年（1903）6月10日。

在。而有趣的是，就在舉世滔滔的對「狂人」的聲討當中，這些「狂人」們甚至乾脆以「狂人」自認。高山樗牛以描寫遭受迫害的日本日蓮宗始祖日蓮上人自況，他借僧侶之口道：「嗚呼，日蓮遂狂矣！」[115]在同樣的意義上，以反對國家主義著稱的基督徒內村鑑三（Uchimura Kanzo, 1861-1930）多次宣稱自己就是個「狂人」[116]，他拒絕向《教育敕語》「奉拜」的所謂「不敬事件」引起社會轟動。因此，可以說，「狂」作為一種時代標記，也成為「個人主義」者的精神特質當中的一部分。「他晚年說過這樣的話：避免此生憂愁困苦之路有三條：永恆之戀或者早死，再不然就是發狂。……他在早死和永恆之戀之外又加上了發狂。嗚呼，狂乎！予在這樗牛的話語裡感受到無以名狀的哀傷」[117]。──這是高山樗牛的胞弟齋藤信策為他寫的悼文。的確，那是一個製造兩種「狂人」──「庸眾」與「哲人」並消滅後一種的時代。或許，當周樹人在仙台的教室裡聽到那一陣刺耳的「萬歲」歡呼時，他對「狂人」已經有了清醒的鑒別力。

八、周樹人的選擇

以上是「狂人」言說史的一個粗略概述，挂一漏萬自不待言。不過，在明治語史、思想史、文學史乃至世相和時代精神當

---

[115] 高山樗牛〈日蓮上人とは如何なる人ぞ〉，《太陽》，明治三十五年（1902）年4月，前出《明治文學全集40》，第88頁。

[116] 參見內村鑑三〈基督信徒の慰〉《後世への最大遺物》，《現代日本文學大系2》，東京：筑摩書房，昭和四十七年（1972）七月。

[117] 齋藤信策〈亡兄高山樗牛〉，《中央公論》，明治四十年（1907）六月，姉崎正治、小山鼎浦編纂《哲人何処にありや》，博文館，大正二年（1913），第437頁。

中到處有「狂人」的身影浮現，則可以說是個不爭的事實。很顯然，「狂人」言說，是周樹人在整個留學期間經受精神洗禮，完成自我確立過程當中的一個有機組成部分。總體來看，以「尼采」「施蒂納」為標誌的「個人主義」話語和文藝創作、評論使他接近和面對「狂人」的可能性最大。

首先，周樹人在精神上參與了「明治尼采」的論爭，通過「夷考其實」[118]做出了明確的價值選擇，「尼采」開始進入他的文本。筆者於2012年秋首次確認〈文化偏至論〉中介紹「德人尼佉氏」時所引用的「察羅圖斯德羅之言曰」那段著名的話，並非如先學所說是周樹人本人對尼采原書之一章的「精彩概括」，而是直接從前出桑木嚴翼的《尼采氏倫理說一斑》抄來的。[119]如前所述，桑木嚴翼並不認同尼采的價值，通過這部書選取肯定「尼采」的素材，就必須突破桑木嚴翼藉口「狂人」而否定「尼采」這一關。這一選擇意味著周樹人摒棄了主流話語對「狂人」的排斥。

其次，〈文化偏至論〉裡在由「個人一語……」引出為「個人主義」的辯護之後，緊接著出現的「德人斯契納爾（筆者按：即施蒂納）……」以下長達260字的一大段，完全來自前出煙山專太郎的〈論無政府主義〉[120]。正如前面所介紹過的那樣，在同一時期譯介煙山專太郎的中文文本達18種之多，但是從中發現施蒂納並且通過精准的翻譯將其採納到自己彰顯「個人主義」文脈

[118] 魯迅《墳‧文化偏至論》，前出全集第一卷，第51頁。
[119] 參見拙文〈留學生周樹人周邊的「尼采」及其周邊〉。該文最早是提交給2012年11月22-23日在新加坡南洋理工大學召開的「魯迅與現當代華文文學」國際討論會的論文。後收入張釗貽主編《尼采與華文文學論集》，新加坡：八方文華創作室，2013年，第87-126頁。亦刊載於山東省社會科學院主辦《東岳論叢》2014年第3期。
[120] 參見拙文〈留學生周樹人「個人」語境中的「斯契納爾」──兼談「蚊學士」、煙山專太郎〉。

當中的卻只有周樹人，他的著眼點與當時的中國革命党人完全不同。他不看重那些所謂「實行的」主張，而是看重「理論的」力量——這一點與他在現實中採取的行動也完全一致——他把「無政府主義」話語中的「施蒂納」剝離出來，用以彰顯對於精神革命來說至關重要的「極端個人主義」，並由此同時獲得對「狂人」正面闡釋的話語。

第三，是周樹人與文學世界「狂人」的關係。即使僅限於本論所及，也可以明確斷言，在這個世界裡，並不只有日譯本果戈里《狂人日記》一篇，「狂人」也不止一個九等文官「波普裡希欽」，還有「在原」、「克拉弗茨夫」和「亞洛斯拉弗切夫」[121]以及內田魯庵看到的令他感到「顫慄」的那些「狂人」，而且更有文學評論所展開的「狂人美學論」。這些圍在周樹人身邊的「狂人」，除了果戈里之外，其餘都與周樹人無關嗎？很顯然，不論哪一條或哪一項都在告訴他「狂人」作為審美對象的意義，而他也是真正把握到了這種意義。

第四，「狂人」直接進入文本，意味著周樹人完成了對「狂人」價值的終極判斷。他在對「尼采」和「無政府主義」的圍剿聲浪中，鑒別出「狂人」實乃「尼采」和「施蒂納」那樣的「個人主義之雄桀」遭受打壓的化身，在英雄與庸眾的對峙當中，「狂人」始終處在「英雄」那一邊。拜倫如此，雪萊也是如此。〈摩羅詩力說〉第六章裡有介紹修黎（筆者按：雪萊）的話：「詩人之心，乃早萌反抗之朕兆；後作說部，以所得值饗其友八人，負狂人之名而去」。據北岡正子查證，這段話出自濱田佳澄《雪萊》（『シェレー』）一書的第二章。[122]他之所以選來，

---

[121] 兩者是前出〈二狂人〉裡的主人公。
[122] 北岡正子《魯迅文學の淵源を探る——「摩羅詩力說」材源考》，東

就是對這些「狂人」價值的認同。因此，「狂人」也就可與「天才」「詩人」「精神界之戰士」同列，並成為他們的載體。

在這個意義上，還要再次提到齋藤信策（野之人），他在文本層面上被最多地證實，是明治時代「在主張確立作為個的人的言說中與魯迅的文章最有親近性」[123]的一個。這裡不妨再添一個「親近性」例證，即「狂者之教」：「健全之文明，美名也。然而活人卻因此而死。此時不正是由狂者之教尋找新的生命之時嗎？豈不知乎，狂者之文明，就是挖掘自己腳下之所立，尋求源泉，以新的理想創造自己居住的世界之謂也」[124]。這和〈摩羅詩力說〉開頭所說的「新泉之湧於淵深」[125]和文中所說的「惡魔者，說真理者也」[126]意思完全一樣。他們都在追求「哲人」「天才」「新泉」，並在這條路上與「狂人」和「惡魔」相遇，獲得名之為「教」或「真理」的啟示。

九、狂人之誕生及其意義

通過以上考察可以知道，周樹人實際上是帶著一個完整的「狂人」雛形回國的。這是他建構自身過程當中的一個生成物。病理知識、精神內核以及作為藝術對象去表現的文學樣式都齊

京：汲古書院，2015年6月，第111頁。

[123] 中島長文《ふくろうの聲　魯迅の近代》，東京：平凡社，2001年，第20頁。此外，文本關係還可參見伊藤虎丸著、李冬木譯《魯迅與日本人》，河北教育出版社，2000年；清水賢一郎〈国家と詩人——魯迅と明治のイプセン〉，東京大學東洋文化研究所編《東洋文化》74號，1994年3月。

[124] 齋藤信策〈狂者の教〉，《帝國文學》第九卷第七號（明治三十六年（1903）7月10日），第118頁。

[125] 前出《魯迅全集》第一卷第65頁。

[126] 出自《魯迅全集》第一卷第84頁。

了，只待一個罹患被害妄想症的「表兄弟」走上門來[127]，為他提供一個中國式的宿體。

　　從形式上看，魯迅的「狂人」是中國現代文學移植外國思想和文藝，將其本土化的結果，但對他個人而言，則是把內面化了的「真的人」，帶回中國並遭遇另一個「時代閉塞」的結果。「時代閉塞」造就「狂人」，這在前面已經看到了。這回輪到他，則是一場他名之為「寂寞」[128]的折磨。現實中在吊死過人的S會館抄古碑，精神上又身處「都要悶死了」的「鐵屋子」[129]，卻又偏偏清醒，「精神的絲縷還牽著已逝的寂寞的時光」，「苦於不能全忘卻」[130]，而「這寂寞又一天一天的長大起來，如大毒蛇，纏住了我的靈魂」[131]——這是他記憶中的「真的人」與現實的衝突帶給他的痛苦體驗。因此，「狂人」的登場發聲，可以解讀為「真的人」發聲的現實形態。筆者認為，這是「狂人」之誕生的內在邏輯。這個「狂人」，是一個時代關於狂人言說的凝聚，是作者將其內質化之後再創造的產物。其率先成為魯迅文學精神的人物載體，是一種必然。

　　作品最後，「難見真的人」[132]一句，是「狂人」覺醒後對「真的人」記憶的喚醒，同時也是作者「苦於不能全忘卻」的記憶。這句話歷來是《狂人日記》解讀的重點，但似乎並沒找到這個「真的人」出自哪裡。現在可以明確，也還是出自作者當年熟

---

[127] 參閱周遐壽〈狂人是誰〉，《魯迅小說裡的人物》，北京：人民文學出版社，1957年。

[128] 魯迅《吶喊・吶喊自序》，前出全集第一卷，第437頁。

[129] 同上，第441頁。

[130] 同上，第437頁。

[131] 同上，第439頁。

[132] 同上，第454頁。

讀過的文字。

> 　　尼采又曰，幸福生活到底屬於不可能之事。人所能到達最高境界的生活，是英雄的生活，是為了眾人而與最大的痛苦所戰的生活。真的人出現，才會使吾人得以成為真的人。所謂真的人，就是一躍而徑直化作大自然的人。與其說他們以自己的事業教育世界，還不如說他們通過自己的人物教育世界。思想家、發明家、藝術家、詩人固無須問。
>
> 　　這樣的人便是歷史的目的。[133]

　　由此可以佐證「狂人」與「真的人」其實是血脈相連的親兄弟。「狂人」之誕生，即意味著「狂者之教」在中國的出現，他不僅宣告「吃人」時代的行將終結，更宣告「真的人」之必將誕生。因此，就本質而言，《狂人日記》是「人」之誕生的宣言。百年過去，這也正是它的至今令人「苦於不能忘卻」之處和意義所在。

　　「狂人」之前，除了魯迅本人之外，中國幾乎不存在關於「人」，關於「個人」的言說[134]。當周樹人發現「尼采」，並且竭力為「個人」辯護之時，只有他的老師章太炎（1869-1936）與他保持了某種意義的同調，但也只有短短的一句：「然所謂我見者，是自信而非利己，猶有厚自尊貴之風。尼采所謂超人，庶

---

[133] 登張竹風〈フリイドリヒ・ニイチエ〉，《帝國文學》，明治三十四年（1901）六、八、十一月，《明治文學全集40》，第300頁。

[134] 參見董炳月對此問題的梳理，《「同文」的現代轉換——日語借詞中的思想與文學》，北京：昆侖出版社，2012年，第十三章〈「個人」與「個人主義」〉。

幾相近。」[135]章氏「狂狷」之論或可一議，但應屬另文了。梁啟超（1873-1929）熱衷於近代的「國民國家」理論，但他的「新民」當中並不包括「個人」，他提到尼采並攻擊「自己本位說，其說弊極於德之尼采」[136]是1919年的事，更不要說「狂人」言說了。剛剛去世的范伯群先生，提倡「中國的文學史上應該研究文學形象中的『狂人史』」，但在1917年以前的近代文學中似乎只有陳景韓《催醒術》一篇可勉強作為樣本。[137]也就是說，中國的「狂人」言說史乃至「吃人」言說史都是自魯迅的《狂人日記》之後開始的，而這一點已經獲得了來自谷歌大資料的支援，如下圖所示。

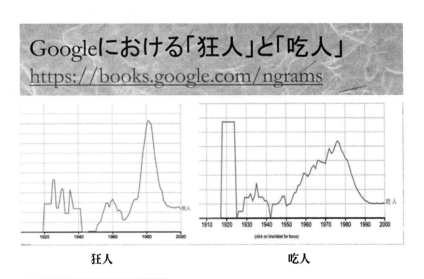

狂人　　　　　　　　吃人

---

[135] 湯志鈞編《章太炎年譜長編》卷三，光緒三十三年丁未（1907），北京：中華書局，2013年，第245頁。

[136] 梁啟超〈歐遊中之一般觀察及一般感想〉，1919年，《飲冰室專集23》，第9頁。中華書局，1989年，第7卷。

[137] 范伯群〈《催醒術》：1909年發表的「狂人日記」——兼談「名報人」陳景韓在早期啟蒙時段的文學成就〉，《江蘇大學學報（社會科學版）》第6卷第5期，2004年9月。

　　既然到目前為止，已經大抵明確構成《狂人日記》的兩個
核心要素──「吃人」意象和「狂人」形象──都不是孤立的
存在，而是和作者留學時期異域的相關言說有著密切關聯和
「史」的屬性，那麼也就可以對這篇作品給予重新審視和評
價：其拓展了中國文學的疆域，對破除狹隘封閉的一國文學史
觀仍具有現實意義。對於中國文學來說，《狂人日記》的開拓性
意義和基本精神是「拿來主義」，就其結果而言，也正符合作者
的初衷：

> 明哲之士，必洞達世界之大勢，權衡校量，去其偏頗，得
> 其神明，施之國中，翕合無間。外之既不後於世界之思
> 潮，內之仍弗失固有之血脈，取今復古，別立新宗，人生
> 意義，致之深邃，則國人之自覺至，個性張，沙聚之邦，
> 由是轉為人國。人國既建，乃始雄屬無前，屹然獨見於
> 天下，更何有於膚淺凡庸之事物哉？（《墳・文化偏至
> 論》）

──《狂人日記》之所以開山，就在於有這種「取今復古，別立
新宗」的真正的自信。

> 夫國民發展，功雖有在於懷古，然其懷也，思理朗然，如
> 鑒明鏡，時時上征，時時反顧，時時進光明之長途，時時
> 念輝煌之舊有，故其新者日新，而其古亦不死。若不知所
> 以然，漫誇耀以自悅，則長夜之始，即在斯時。（《墳・
> 摩羅詩力說》）

──《狂人日記》之所以百年不衰，就在於有這種「思理朗然，如鑒明鏡」的文化自覺。文化上的自信與自覺，不正是《狂人日記》給予百年後的現在的最大啟示嗎？

2018年5月30日於京都紫野

「國民性」一詞在中國

緒論

　　「國民性」一詞，不論在近代思想史還是在近代詞彙史上，無疑都是一個重要的詞彙。然而，在筆者的閱讀所及範圍內，這個詞彙似乎從未作為一個研究對象在詞彙史的研究領域被專門探討過，而在思想史的領域內，人們重視的又往往是這個詞彙所代表的「思想」，這個詞彙本身事實上是被邊緣化了的。也就是說，在近代思想史和近代詞彙史中，「國民性」一詞並未構成問題焦點而引起人們的重視，致使對「國民性」這一詞彙（思想）的認識和使用都存在著諸多的模糊和混亂。

　　針對這種情況，本文把「國民性」一詞作為問題提出，其問題範圍當然首先要包括這一詞彙本身的問題，如詞義、詞彙結構、詞源、生成過程以及詞義的演變等問題，但同時，本文又不囿於詞彙史範疇，即把「國民性」一詞的問題作為單純的語言學問題來處理，而是要通過這一詞彙來尋找一種從今日之角度接近包括語言和思想在內的「近代」的可能性，探討「國民性」這一詞彙背後的思想狀況、思想過程以及在現代語言生活中這一詞語的存在狀況。因此，對「國民性」一詞的探討，無疑具有語言學和思想史的雙重意義。

　　一般說來，「國民性」一詞肇始於近代日本，可認為是大量的「和製漢語」詞彙之一，後來這一詞彙又進入中國，成為中國近代語言乃至現代漢語詞彙之一。這幾乎已是常識，中日兩國

學者之間對此並不存在異議。然而，所謂「常識」，有些是來自經驗或實感，而非來自研究的結論。關於「國民性」一詞的「常識」，實際上幾乎並沒有經過實證檢驗，因此其具體過程到底是怎樣的，人們還並不清楚。這本身當然就是個饒有興味的大問題，筆者打算另行撰文予以探討。本文的計畫是在把「國民性」一詞作為詞彙史問題納入研究課題之前，想要先來調查一下「國民性」這個詞彙在現代中國的存在和使用狀況以及由此可以透視到的問題。

　　促使筆者寫作本文的主要背景，當然是與研究作為中國近代思想史問題的「國民性」有關，不過最直接的動機還是來自在現代漢語詞典中查找「國民性」一詞。這使筆者意識到，在作為「思想」問題探討之前，有必要首先認真對待作為詞彙問題的「國民性」。

一、「國民性」是一個消失了的詞彙嗎？

　　在探討「國民性」以及相關的問題之前，不能不先打開詞典，看一下「國民性」這個詞有著怎樣的含義。這是從事研究所必須履行的一道基本手續。不過，對現在生活在中國大陸的中國人來說，要想在詞典裡找到這個詞是不容易的。

　　筆者意外發現，在現在人們可以從書店裡購買到或者在一般的圖書館、閱覽室比較容易找到的各種最通用的詞典當中，竟沒有「國民性」這個詞。比如在最新出版的《現代漢語詞典》（1998年）、《新華詞典》（2001年修訂版）、《實用漢語詞典》（2000年）中就都找不到。這三種詞典都是中國出版語言工具書的核心出版社——商務印書館出版的中型詞典，除了最後一

種是2000年才進入詞典家族的新出詞典[1]以外，前兩種都是70年代和80年代以來的「修訂本」[2]。就它們被使用的範圍而言，應該說在一般的有中學生以上的學生的家庭中，擁有其中的哪一本詞典都並不奇怪。僅以中國語言學的權威機構中國社會科學院語言研究所編《現代漢語詞典》為例，自1978年12月第一版以來，經過1983年1月第二版和1996年7月修訂第三版之後，在1998年北京218次印刷時，僅一次就印了10萬冊。另據新華社2004年8月5日報導，《現代漢語詞典》是「我國現代漢語規範使用和推廣普通話歷程中最重要的一部工具書」，「30年來，創造35個版本、320多個印次、發行4000多萬冊的輝煌成績」。[3]——一本累計發行量達到4000萬冊的詞典，也不可不謂之「國民詞典」了。然而，就是在這樣一本「國民詞典」當中，而且在這一詞典的任何版本當中，都找不到「國民性」一詞。

　　順便還似乎應該提到《新華字典》，這是另一本幾乎普及到每個中國小學生的更為「國民」的漢語言工具書。當然這是「字典」，以「字」為主，但因其畢竟有著「以字帶詞」的詞典功能，所以也不妨附帶看一下。當商務印書館在2004年出版《新華字典》的第十個修訂版時，據說這本字典自1953年出版以來，

---

[1] 商務印書館辭書研究中心：《應用漢語詞典》，商務印書館辭書研究中心編，2000年，北京。發行50000冊。

[2] 中國社會科學院語言研究所：《現代漢語詞典》，據1998年6月北京第218次印刷的版權頁所記，該詞典此前有「1978年12月第一版」、「1983年1月第二版」、「1996年7月修訂第三版」。1998年以後的情形不詳。
《新華詞典（2001年修訂版）》，商務印書館辭書研究中心修訂，2001年，北京第36次印刷，發行30000冊。據版權頁，有「1980年8月第一版」、「1989年9月第二版」、「2001年1月修訂第三版」。2001年以後的情形不詳。

[3] 新華網2004年8月5日。http://news.xinhuanet.com/book/2004-08/05/content_1714411.htm

已重印過200多次，「累計發行突破4億冊，是目前世界上發行量最大的詞典」。[4]但情形與上述詞典也沒有什麼不同，其中與「國」字相組合的詞有「國家」、「國貨」、「國歌」，沒有「國民」，當然也就更沒有「國民性」了。

也許有的讀者會說，上面提到的都是中、小型語言工具書，可能不收這個詞，那些大型的，專業的辭書會是怎樣呢？那麼，就先來看看《辭海》罷。《辭海》號稱是「以字帶詞，兼有字典、語文詞典和百科辭典功能的大型綜合性辭典」。[5]這裡有兩種辭海編輯委員會編《辭海》，一種是1989年版縮印本[6]，另一種是「1999年彩圖版」[7]——如果把作為「1989年版縮印本」底本的1979年版三卷本也考慮進去，那麼就是間隔20年的有著直接承接關係的三個版本，它們都沒收「國民性」一詞。

這裡還有另一種詞典，即彭克宏主編，1989年10月由中國國際廣播出版社出版的《社會科學大詞典》。該詞典按照「中國圖書分類法」的排列順序，將詞條按照哲學、邏輯學、倫理學等22個學科進行分類和排列，收詞條8000餘條，320萬字，[8]作為人文社會科學研究方面的專業工具書，這本詞典不僅「大」，而且也很「專業」，然而，從中卻仍然找不到「國民性」這個詞。

---

[4] 新華網2004年12月30日。http://news.xinhuanet.com/book/2003-12/30/content_1253693.htm

[5] 《辭海（1999年彩圖版）‧前言》。辭海編輯委員會編，上海辭書出版社，1999年9月。

[6] 據《出版說明》，該縮印本「係根據《辭海》（1979年版）三卷本，1980年2月第二次印刷本縮製。內容除個別條目、圖文略有補正外，均未作改動」。

[7] 參見註5。全五冊，正文四冊，附錄索引一冊。

[8] 參見該詞典中〈《社會科學大詞典》撰寫人員名單〉和《社會科學大詞典》編輯委員會〈前言〉。

查辭書查到這一步，是不是可以部分得出結論了？即在目前中國所能看到的小型、中型、大型乃至大型專業的漢語言字典和辭書當中，都沒有「國民性」這個詞；而這種情況實際上意味著「國民性」一詞在目前現代漢語標準工具書中的不存在。

那麼，是不是可以說這個在漢語詞典中從就來沒有過呢？回答是否定的。以中華書局1936年發行的《辭海》[9]為例，其中收錄有「國民性」這一詞條。

【國民性】（Nationality）謂一國國民共有之性質，在國人為共相，對外人為特質。[10]

如果再進一步回溯的話，或許還可以在其他更早的漢語詞典中發現。這就意味著在過去的詞典裡曾經有過這個詞，只是在後來的辭書裡消失了。

那麼，是不是在當今的漢語言中已經不使用「國民性」這個詞了？或者說即便使用卻又在現今出版的所有辭書中都找不到呢？兩者的回答也都是否定的。關於第一個問題，將放在下一個題目裡去談，這裡先來說後一個問題。據筆者所知，在兩種現在的辭書中，還可以查到「國民性」這個詞。一種是1993年出版的《現代漢語大詞典》，[11]一種是1994年出版的《中國大百科全

---

[9] 舒新城、沈頤、徐元誥、張相主編，分甲乙丙丁戊五種版式。

[10] 此處引自《辭海戊種（全二冊）》，中華民國二十七年（1938）十月發行，中華民國二十八年（1939）五月再版。又，中華書局1981、1987年曾影印這一版本，該詞條沒有變動。

[11] 據漢語大詞典工作委員會・漢語大詞典編輯委員會〈後記〉：「《漢語大詞典》，漢語大詞典編輯委員會編，1986年由上海辭書出版社出版第一卷後，從第二卷起改由漢語大詞典出版社出版，到1993年出齊，正文12卷，另有《附錄・檢索》一卷。」——此據「縮印本」《漢語大詞典

書》。[12]前者全12卷，外加《附錄‧檢索》卷，收詞語37萬5千餘條，約5000餘萬字，即使後來出版的「縮印本」，也有厚厚的三大卷，長達7923頁；[13]後者74卷，12900萬字，[14]與前面介紹過的那些小型、中型、大型的字典或辭書相比，這兩種都可謂「超大型」，不僅個人很難「插架」，就是一般的學校或公共圖書館也不易購置和存放，因此，儘管這兩種辭書中收錄了「國民性」一詞，也並不意味它們同時擁有普及和傳播該詞語的實用功能。也就是說，「國民性」詞條雖沒在現今漢語言工具書中徹底消失，但也並沒通過工具書而有效地成為記憶、構築和傳播相關知識的詞語工具。查找「國民性」這個詞，實在不容易！

二、「國民性」的記憶與魯迅──收錄「國民性」詞條的工具書

　　辭書是對詞語及其所表達的相關知識的整理和記憶。一個在詞典裡不存在或者近乎「束之高閣」的詞彙，還會在人們的言語生活中保留並且延續嗎？如果存在這種情形的話，那麼又是靠什麼來記憶和維持記憶的呢？「國民性」一詞適用於上述假說。

　　這裡想以上面提到的兩種大型工具書為例。一是因為現在的讀者一般不容易見到漢語言工具書對這一詞條的解釋，二是因為下文要通過這兩種辭書的解釋來說明問題，故不厭略為冗長，分

（全三冊）》，1997年4月第一版。
[12] 《中國大百科全書》，中國大百科全書總編輯委員會‧中國大百科全書出版社編輯部編，中國大百科全書出版社出版發行，自1982年出版〈體育〉和〈外國文學〉卷起，到1994年出版〈總檢索〉，共出74卷。
[13] 參見註4。
[14] 《中國大百科全書》出版說明。

別抄錄如下——

　　《現代漢語大詞典》的詞條：

【國民性】謂一國國民所特有的氣質。魯迅《華蓋集・忽然想到（四）》：「幸而誰也不敢十分決定說：國民性是決不會改變的。」朱自清《〈老張的哲學〉與〈趙子曰〉》：「將阿Q當作『一個』人看，這部書確是誇飾，但將他當作我們國民性的化身看，便只覺得親切可味了。」

　　《中國大百科全書・社會學》[15]卷中的詞條：

guó míin xìng

【國民性】

national character

　　用來表示文化精神和心理結構的集合概念。指一個民族多數成員共有的、反復起作用的文化精神、心理特質和性格特點。又稱民族性格。不過，國民性通常是以國家為單位考察國民特點時使用；民族性格則相對於人格概念。中國學者莊澤宣在《民族性與教育》（1938）一書中說，「民族性系一個民族中各個人相互影響所產生之通有的思想、感情和意志，對個人深具壓迫敦促之勢力」。美國社會學家A.英克爾斯在《民族性格》（1969）一文中把民族

---

[15]　《中國大百科全書・社會學》，中國大百科全書總編輯委員會《社會學》編輯委員會・中國大百科全書出版社編輯部編，中國大百科全書出版社出版發行，1991年12月第一版，1994年2月第二次印刷。

性格定義為成年人中最頻繁出現的比較持續的人格特點或方式，並稱之為「眾趨人格」。

民族是一個結構體，由生物的、地理的、文化的和心理等要素構成。民族性格是各種心理要素的組合系列。構成民族的其他要素直接或間接地影響民族性格的形成和發展。這些要素主要有：①生物要素。如種族的血統、身體基準、人口的生殖和生長的能力等，它們是民族存在和延續的生理基礎，同時又影響民族心理功能的發揮和心理活動的特點。②地理要素。如疆域、氣候、地形、物產等。生物要素和地理要素是影響民族性格的天然因素。③文化要素。這是影響民族性格的社會因素。中國學者梁漱溟在《中國文化要義》一書中認為，文化是維繫民族統一而不破滅所必需的內在紐帶，是體現民族特點的東西，民族性格是根植於人的內心的文化模式。

對中國人民族性格或國民性最早進行直接研究的，是美國傳教士A. H. 史密斯。他於1894年出版《中國人的氣質》（或譯《中國人的性格》）一書，列舉了中國人愛面子、勤儉、保守、孝順、慈善等26種性格特點。中國近代學者梁啟超曾對中國人的國民性做過頗為深刻地研究。中國社會學家孫本文在〈我國民族的特性與其他民族的比較〉一文中，認為中國民族有重人倫、法自然、重中庸、求實際、尚情誼、崇德化6種特點，而這6種特點有優點也有缺點。（沙蓮香）

上面這兩條對「國民性」的解釋，可以說是目前中國知識界通過辭書所能獲得的（當然是理論上的，實際上未必都能看到）

關於這一概念的唯一的知識支撐。儘管由此可以想像到建立一個有關這一概念的知識平臺是多麼遙遠，但它們卻畢竟有著象徵意義，即意味著「國民性」這一詞語終於沒有在漢語言的規範記憶中徹底消失。

作為一種概念的解釋，既然提供的是關於這一概念的知識，那麼就有必要從知識體系上對解釋的內容加以評價，以觀其就這一概念所能支撐的程度。但筆者卻想把這一工作暫時放下，而指出另一點更為重要的事實，即這兩個詞條在內容上都直接或間接與魯迅有關。首先，從《漢語大詞典》的解釋中可以看到，說明這一詞條的有兩個例子，一個是魯迅的文章《忽然想到（四）》的例子，另一個雖然是朱自清談老舍作品的例子，但是作為「例中之例」，魯迅作品中的「阿Q」還是在後一個例子中出現了。也就是說，支撐這一詞條內容的實際上是魯迅。其次，在中國大百科全書《社會學》卷的詞條中，雖然魯迅並沒出現，而且從字面上也看不出與魯迅有什麼關係，但其第三段提到的「對中國人民族性格或國民性最早進行直接研究的」「美國傳教士A. H. 史密斯」以及他在1894年出版的《中國人的氣質》一書，卻與魯迅有著密切的關係。第三，雖然現在無法知道《漢語大詞典》的詞條出自誰人之手，但在本文下面的內容中將會看到《中國大百科全書》詞條的作者沙蓮香教授對當時魯迅研究界成果的吸收。

就目前辭書中「國民性」這一詞條與魯迅的關係而言，現在可否這樣說呢？——從目前的知識系統上來講，現代漢語規範「記憶」當中的「國民性」一詞的內涵，實際是靠魯迅來支撐的。

如果把上面分別講到的1936年《辭海》中對「國民性」的解釋和在相距半個多世紀後的1990年代出現的兩種解釋加以對照，將會有不少有趣的發現，但這裡的問題是，後來，這一詞語在

《辭海》中消失了，而且直到今天也沒恢復過來。

那麼，「國民性」為什麼會在包括《辭海》在內的一般辭書中消失呢？

一般說來，吐故納新，去掉那些陳舊的或成為死語的舊詞，增添融入和代表新知的新詞，是任何字典、詞典的再版和修訂都要做的工作，是知識的積累和更新所必須履行的基本手續。然而，「國民性」這個詞的消失，是屬於這種單純的詞語上的吐故納新嗎？回答是否定的。筆者注意到，2006年5月在中國最具言論代表性的網站——新華網上還在展開關於「國民性」的討論。[16]而正像下面所要討論的那樣，「國民性」一詞在現實中並沒成為死語的事實，還會在更廣泛的範圍內看到。比如說，即使在1949年以後，即使在1949年以後中國最主流的媒體《人民日

[16] 許博淵在新華網上以〈國民性思考之一〉至〈之六〉為總體連續發表探討「國民性」問題的文章，引起討論。這些文章發表的日期、篇名和網址如下：20060523〈中國人的「家國觀念」要改一改〉（http://news.xinhuanet.com/comments/2006-05/23/content_4587723.htm）、20060524〈增強民主意識是全民族的事情〉（http://news.xinhuanet.com/comments/2006-05/24/content_4592221.htm）、20060525〈先有雞還是先有蛋〉（http://news.xinhuanet.com/comments/2006-05/25/content_4597018.htm）、20060529〈談談國人繼承的劣質遺產〉（http://news.xinhuanet.com/comments/2006-05/29/content_4614580.htm）、20060530〈國民性是什麼？〉（http://news.xinhuanet.com/comments/2006-05/30/content_4619267.htm）、20060601〈入芝蘭之室，久而不聞其香〉（http://news.xinhuanet.com/comments/2006-06/01/content_4627678.htm）、〈國人何時才會不在卑與亢之間走極端〉（http://news.xinhuanet.com/comments/2006-06/01/content_4631452.htm）、20060609〈從中、日兩位女士「窺看」外國談起〉（http://news.xinhuanet.com/comments/2006-06/09/content_4664791.htm）；對此回應有愛琳的文章：20060526〈對許博淵先生國民性思考的再思考〉（http://news.xinhuanet.com/comments/2006-05/26/content_4602764.htm）、20060602〈對許博淵先生國民性思考的再認識〉（http://news.xinhuanet.com/comments/2006-06/02/content_4637021.htm）。

報》當中也還不是一個死語。這個詞彙在作為語言規範和知識記憶的詞典、辭海中的消失，與其說上因為這個詞自身內容的陳舊而被淘汰，倒不如說是一種人為的削除，是國家意識形態所主導的對這一詞語的有意識的遺忘。順便還要提到，在很長一段時間裡，「人民」幾乎取代了「國民」，而且人們現在也終於意識到，前者是政治概念，後者是法律概念。

然而，有遺忘也就有記憶。正像上面所說，就在國家意識形態有意識的遺忘「國民性」這一詞語的同時，在最體現國家意志的最為主流的媒體上，卻延續著對這一詞語的記憶。

三、《人民日報》上的「國民性」及其相關事情

圖表1　《人民日報》中的「國民性」

年度	篇數	魯迅	國際	文化	文學	社會
1949	1	1				
1954	1	1				
1956	2	2				
1959	1	1				
1961	2	2				
1962	1		1			
1963	1	1				
1967	1	1				
1979	1		1			
1980	1	1				
1981	10	8	2			
1984	2	1		1		
1985	4	2			1	1
1986	10	6			3	1
1987	4	1		1	1	1

年度	篇數	魯迅	國際	文化	文學	社會
1988	18	5	3	6		4
1989	9	3		3	2	1
1991	2	1			1	1
1992	1				1	
1994	4					4
1995	6	2	1	2		1
1996	4	1	1	1		1
1997	10	4	2	4		
1998	1				1	
1999	3	2			1	
2000	0	0	0	0	0	0
2001	5	3	1	1		
2002	0					
2003	7	3		2	2	
2004	3	1			2	
合計	115	52	13	21	15	15

　　《人民日報》是中國共產黨中央委員會機關報，創刊於1946年5月15日，號稱「中國第一大報，也是世界『十大』報紙之一」，[17]在半個多世紀裡，堪稱中國政治經濟文化的晴雨錶，從中調查一下「國民性」一詞的使用狀況，或許會在某種程度上看到這一詞語所包含的意味以及在半個多世紀的中國的言語生活中的消長變化。

　　調查的範圍是1946年到2004年的《人民日報》，[18]調查設計和操作方式是：一、找出每一年出現「國民性」這一詞語的文章

[17] 《人民日報‧五十年光碟版簡介》，北京博利群電子資訊有限責任公司製作《人民日報圖文資料光碟檢索系統》。
[18] 這次調查所使用的工具是佛教大學圖書館館藏《人民日報圖文資料光碟檢索系統》。又，2001-2004年的《人民日報》，惠蒙《中國日報》（China Daily）張毅君先生的幫助，得以檢索，特在此致謝。

篇數；二、分析這一詞語是在怎樣的語境下被具體使用的；三、
再按照不同的使用語境，把出現「國民性」一詞的文章篇數進行
分類，具體分類為「魯迅」、「國際」、「文化」、「文學」和
「社會」五項；四、於是便獲得了以下這張〈《人民日報》中的
「國民性」〉表格，由此可以看到，使用「國民性」一詞的文章
篇數及其內容分佈，即「圖表1」；五、「圖表2」是根據「圖表
1」的資料所作出的曲線表，是前者的直觀形態，用以標示出現
「國民性」一詞的總篇數與「魯迅語境」篇數的關係。六、出現
「國民性」一詞的文章的基本資訊，即日期、版號、標題、作者
等，編為〈附錄一：《人民日報》中出現「國民性」一詞的文章
的基本資訊〉，但這次由於篇幅的限制，從略。

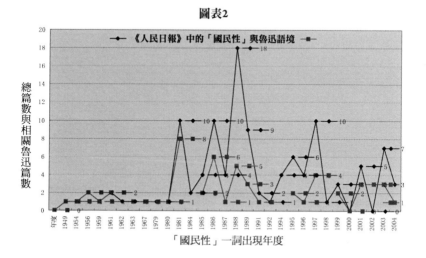

圖表2

從以上兩張圖表中可以看到什麼並且由此可以聯想到哪些相
關的事情呢？

　　首先，從1946年到2004年的五十八年間，「國民性」一詞在
《人民日報》中不是持續出現的，在其中的1946、1947、1948／
1951、1952、1953、1958／1964、1965、1966、1968、1969／1970、
1971、1972、1973、1974、1975、1976、1977、1978／1990、1993
／2000／2002年就完全沒有出現過，這些年頭累加起來有二十五
年，尤其從1968年到1978年，間斷的時間更長，整整有十一年間
沒有出現過。而相比之下，例如從首次出現「國民性」這個詞的
1949年到1980年之間，有「國民性」這個詞出現的年份，累計起
來只有十年，出現的篇數也只有12篇，如果只看這種情況，那麼
說「國民性」是個幾乎被廢棄不用的「死語」也並不過分。然
而，就整體而言，在五十八年間裡，有「國民性」一詞出現的累
計年頭為三十三年，在數字上大於沒有出現過的累加年份二十
五年，而且出現的這一詞語的文章的總篇數也達到了115篇，因
此，也還可以說，即使在中國最占主導性地位的意識形態話語當
中，「國民性」這個詞，也還仍是一個廢而未能盡棄，死而並不
氣絕的詞語。而且到今天還似乎更有一般化的趨勢。

　　筆者未對其他媒體做過統計，所以不敢妄下結論，但從有些
學者近來在探討「國民性」問題時對「國民性」這個詞及其問題
所表現的不耐煩──曰：「國民性，一個揮之不去的話題。」[19]
曰：「已是被千百遍地談論過的老話題」[20]──來看，也可以想像
這個詞的使用已經方興未艾到了怎樣的程度。就是說，「國民性」

[19] 劉禾〈語際書寫──現代思想史寫作批判綱要〉，上海三聯書店，1999
年10月，第67頁。劉禾著、宋偉傑等譯《跨語際實踐──文學、民族文
化與被譯介的現代性（中國，1990-1937）》，北京三聯書店，2002年6
月，第75頁。
[20] 潘世聖〈關於魯迅的早期論文及改造國民性思想〉，北京魯迅博物館編
《魯迅研究月刊》，2002年4期。

至少還是一個在對這一詞語的集體忘卻中被記憶下來的詞語。

其次，是魯迅在不停地喚醒著這一忘卻中的記憶。根據上面「圖表1」整理出的「圖表2」，可以明示這一點。例如在一一五篇使用「國民性」的文章中，除去涉及國際關係的13篇文章使用該詞（可以斷定其語境與魯迅無關）外，還剩下102篇文章。在這102篇當中，直接或間接在涉及魯迅的語境下使用「國民性」一詞的文章有52篇，[21]在剩下的內容上涉及「文學」、「文化」、「社會」等方面的文章中，使用「國民性」的語境又多是魯迅「國民性」母題的延伸。[22]因此，從「圖表2」的曲線上

---

[21] 所謂「涉及魯迅的語境」，其基本標誌是，在文章中使用「國民性」一詞的同時，也有「魯迅」一詞出現。但也有個別例外，即1949年的一篇和1967年的一篇。前者是報導周揚講話的文章，標題是〈周揚同志在文代大會　報告解放區文藝運動〉，文中出現了「新的國民性」的提法，即「他（指周揚——李冬木注）說中國人民經過了三十年的鬥爭，已經開始掙脫了帝國主義封建主義加在他們身上的精神枷鎖，發展了中國民族固有的勤勞英勇及其他一切優良品性，新的國民性正在形成之中；我們的作品就反映著並推進著新的國民性的成長的過程。」這篇報導中雖然沒出現「魯迅」，但所謂「新的國民性」的提法，顯然是從魯迅所批判的「舊的」「國民性」而來的，因此，也視為「涉及魯迅的語境」。後者是姚文元在文革期間寫的批判周揚（「新的國民性」）的文章，標題是〈評革命兩面派周揚〉，其曰：「他（指周揚——李冬木注）同胡風一樣，主張資產階級人道主義和人性論，反對階級分析，用所謂『新的國民性的成長的過程』（一九四九年）之類人性論的語言，來歪曲勞動人民的階級面貌和階級性格。」由於姚文元的這篇文章使人們從此遠離魯迅的「國民性」語境，因此也納入到「涉及魯迅的語境」的分類中來。

[22] 例如，1967年1月3日姚文元〈評反革命兩面派周揚〉：「他同胡風一樣，主張資產階級人道主義和人性論，反對階級分析，用所謂『新的國民性的成長的過程』（一九四九年）之類人性論的語言，來歪曲勞動人民的階級面貌和階級性格。」1984年7月2日張琢〈改革與開放——讀書瑣記〉：「中國資產階級革命民主派和『五四』文化運動的領袖都很注重總結這血的教訓，從而對改造中國、改造『國民性』、振興中華的政治革命和思想革命的必要性和艱巨性，有了更清醒的認識。」兩篇文章雖然沒提魯迅，但所使用的「國民性」一詞又顯然都是從魯迅那裡延伸

能清楚地看到，到1980年代中期為止，使用「國民性」一詞文章的總篇數的曲線，與在涉及到魯迅的語境下使用「國民性」一詞的文章篇數的曲線，其升降起伏，幾乎是重疊在一起的；而在那以後，雖然兩條幾乎一直重合的曲線產生了間隔，但升降起伏還是基本一致的。因此，所謂忘卻中的記憶，實際是人們通過魯迅來對這一詞語產生記憶，這種情形正好與上面所談辭書的情況相一致。可以說，在半個多世紀以來的中國，魯迅實際成了「國民性」這一話語的事實上的載體。參見圖表2。

第三，從1981年起，「國民性」的詞頻突然增加，出現這一詞語的文章的篇數達十篇（其中有8篇涉及魯迅語境），就數量上來講，這幾乎相當於過去三十四年《人民日報》出現這一詞語文章篇數的總和（12篇）。這種突然變化，原因可能很複雜，非在此所能盡述，但筆者以為，與那一年「為紀念魯迅百年誕辰，由天津社會科學院文學研究所和天津語文學會發起，天津市於5月20日至29日，舉行了關於魯迅改造國民性思想學術討論會」[23]這一事情也許不無關係。「來自北京、上海和十四個省區的專家，魯迅研究工作者參加了會議」，[24]而會議的成果便是翌年8月由天津人民出版社出版的鮑晶編《魯迅「國民性思想」討論集》。關於這本討論集，今後還要具體涉及，這裡只談給人留下印象至深的一點，即很多發言者都對討論魯迅「國民性思想」感慨萬分，以為「值得大書特書」（參見該討論集第13頁。——以下在本段落中的引文，如無特別注明，均出自該

過來的，諸如此類。
[23] 參見《魯迅「國民性思想」討論集‧前言》，鮑晶編《魯迅「國民性思想」討論集》，天津人民出版社，1982年8月，第1頁。
[24] 參見《魯迅「國民性思想」討論集‧前言》，鮑晶編《魯迅「國民性思想」討論集》，天津人民出版社，1982年8月，第1頁。

討論集，標出的頁碼數為該討論集裡的頁碼），「值得慶幸」
（參見第346頁），因為「國民性」問題，一直「是魯迅研究的
禁區」（參見第22、29頁），人們對此「不敢越雷池一步」（參
見第170頁），在三十多年的時間裡，魯迅研究界「有意無意地
忽視或迴避了」（參見第66頁）這一問題——其中，「迴避」一
詞出現的次數之多，[25]也恰可以表明在對「國民性」這一詞語的
忘卻中，學界所做出的自主疏遠。疏遠到了什麼程度了呢？在
1981年這一時間點上，「現在來談『國民性』思想，也就像欣賞
『出土文物』，……未免將信將疑」（第118頁）。而在大會《閉
幕詞》中，也留下了心有餘悸的話，說「如果沒有黨的十一屆三
中全會」，這個會「即使勉強召開，也會變成『黑會』」（第68
頁）。這種情形，恰好為在上一個題目中講的中國的辭書裡為什
麼沒有「國民性」這一詞條提供了有力的注釋。1981年，在《人民
日報》中「國民性」這一詞頻的突增，實際上意味著一個宣告，
借用十幾年之後一位日本學者對1981年討論會的評價之言，便是
「關於所謂魯迅『國民性思想』的討論，終於獲得了市民權」！[26]

　　第四，魯迅研究界在1981年對魯迅「國民性思想」所做的問
題的集中提起，不僅意味著在專業學術研究領域內對「國民性」
這一詞語的記憶的恢復，而且也意味著在思想和社會文化方面對
「國民性」問題的全面提起。正如當年討論會的一篇論文所說，
「『國民的弱點』可以說仍然是『四化』的一種阻力。因此重新
認識魯迅對國民性的研究，總結其經驗，就不僅僅是一個學術問

---

[25]　參見《魯迅「國民性思想」討論集》第17、66、146、415頁。——這只
　　是筆者在一般性瀏覽時所目及之處。
[26]　北岡正子《魯迅　日本という異文化のなかで―弘文學院入學から退學
　　事件まで》第291頁，關西大學出版部、平成13年3月。

題，而是有現實意義的」。[27]魯迅研究史家後來在評價這一現象
時指出，這是「文革」以後中國知識份子思想狀態的反映：「痛
定思痛、反思封建專制主義的危害、痛感反封建思想革命的必要
性」。[28]這無疑是正確的，不過現在看，反省「文革」也還只是
問題的一面，事實上，關於魯迅「國民性思想」的討論在當時所
要面對的不僅是「文革」中暴露的「國民性」問題，更是進入
「改革開放」時代所將面臨的「國民性」問題，其所導致的客
觀結果是，把「文革」中暴露的「國民性」問題，通過魯迅重
新提起，由此而引發出現實中的中國「人」的問題，即精神文化
問題。

　　因此，從上面的圖表中也可以清楚地看出，儘管在1982、
1983兩年沒有出現「國民性」一詞，但從1980-1989的十年（實際
是八年）間，《人民日報》出現「國民性」一詞的文章篇數共
有58篇，比此外四十八年間出現的篇數總和（57篇）還要多。而
且，出現的情形也發生了變化，到1980年為止，「國民性」一詞
的出現，幾乎與「魯迅」一詞的出現相伴隨，而在此後的文章
裡，「國民性」一詞由魯迅的「專屬詞彙」，開始向社會生活的
其他領域延伸使用範圍。僅以1986和1988兩年為例，1986年出現
「國民性」詞語的文章為10篇，有6篇是在語涉「魯迅」的情況
下出現，有3篇是「文學」，有1篇是「社會」。1988年有18篇，
是《人民日報》上出現「國民性」史上最高的一年，但其中只
有5篇在語境上與魯迅直接有關，其餘分散到「國際」（3篇）、

---

[27] 邵伯周〈試論魯迅關於「國民性」問題的見解〉，《魯迅「國民性思想」討論集》第168頁。
[28] 張夢陽著《中國魯迅學通史》上卷，廣東教育出版社，2002年12月，第543頁。

「文化」（6篇）、「社會」（4篇）方面，明顯地表現這一詞
語正在擴大的使用範圍。「圖表2」中這兩年「總篇數曲線」和
「相關魯迅篇數曲線」之間產生的「間差」，表明的正是這種情
況。由此，人們可能聯想到1980年代中後期許許多多的政治、思
想乃至社會文化現象，比如文學或文化上的「尋根熱」等等。

四、1980年代兩部關於「國民性」的書

　　1980年代中後期，「國民性」開始在《人民日報》上激增的
現象，雖然可以在一般的意義上說明這一詞語在時代言語中的力
度，以及它作用於社會生活的深度和廣度，但到底有多少報刊雜
誌，有多少文章或作品，有多少本書使用了「國民性」一詞或者
涉及到「國民性」問題，現在卻無法統計。這裡以當時出版的兩
部書為例，來具體看一下「國民性」（這一詞語和問題）在當時
的意識形態當中究竟處在怎樣的位置。

　　一部是溫元凱、倪端著《中國國民性改造》，1988年8月
由香港曙光圖書公司出版，另一部是沙蓮香編《中國民族性》
（一）、著《中國民族性》（二），由中國人民大學出版社分別
於1989年3月和1990年7月出版。這兩部書的立意都很明確，那就
是通過對中國國民性的研究和分析，找出中國國民性的特點（主
要是弱點），喚起人們的注意，以減輕改革開放所遇到的來自國
民心理和傳統文化的阻礙。[29]

---

[29]　如《中國國民性改造·前言》：「改革的實踐，使人深切地體會到了舊
　　的文化——心理的羈絆。」（該書第1頁）「在我們民族走向現代化的時
　　候，我們更多地感受到了表現在我們民族舊文化上的國民的劣根性對改
　　革的阻礙……（中略）……對於國民劣根性的改造，是當前不應忽視的
　　一個重要問題。」（第2頁）

　　前一部書的作者之一溫元凱，是八十年代中國改革的樣板式人物，他的最初由科技領域發出的一系列關於體制改革的主張和所從事的實踐，經常是全國媒體關注和報導的焦點[30]，被當時香港媒體稱為「中國學術界四大金剛之一」[31]。《中國國民性改造》可以說是溫氏改革主張的理論歸結，從中可見當時中國改革所關注問題以及改革訴求所達到的深度。

　　後一部書實際是一個國家重點課題的成果形式。該課題的名稱是：「中國人民族性格和中國社會改革」。「（課題）於1986年10月經國家社會科學基金會評審通過，被納入國家第七個五年計劃期間重點研究項目，受國家社會科學基金資助」[32]。此項課題研究，前後有幾十人直接或間接參與[33]，「用去大約4年功

　　又《中國民族性（一）‧編後記》：「隨著我國改革與開放的不斷發展，終於在八十年代中期釀成了中國『文化熱』。人們清楚地意識到，對中國文化及中國人的研究是中國社會改革的需要，勢在必行。」（該書第341頁）

[30] 溫元凱是中國科技大學（安徽）從事量子化學研究和教學的青年教師，1980年被中國科學院提升為副教授。自新華社報導的這一消息在1980年1月5日的《人民日報》上發表後，在整個80年代，「溫元凱」這個名字就不斷地出現從中央到地方的各級領導人的講話中，也出現在包括《人民日報》在內的各種媒體上。由於溫本人的對科技體制改革的呼籲和所從事的實踐活動，使他成為那個時代中國改革的代言者之一。據筆者）對《人民日報》的調查統計，在1980-1989年的十年間，這個名字在總共在60篇文章裡出現過。

[31] 參見溫元凱、倪端著《中國國民性改造》封底，香港曙光圖書公司，1988年8月。

[32] 參見《中國民族性（二）‧前言》（第Ⅰ頁）和《中國民族性（一）》第337-338頁。

[33] 在《中國民族性（一）‧前言》和《中國民族性（二）‧後記》中提到的直接參加課題研究以及對課題給予協助的中外專家學者的名字有三十多位。課題申請人沙蓮香亦坦言，課題完成，「絕非我個人力量所致」（《中國民族性（二）》第362頁）。

夫」[34]，其成果是出版了編、著各一的兩本書。[35]

課題申請人，即該部書的編著者沙蓮香教授，後來是《中國大百科全書》社會學分卷中「國民性」詞條——這一詞條前面已經引用過了——的作者，看來也並非偶然，大百科全書中的詞條，可以說是「中國人民族性格和中國社會改革」這一七五期間國家重點研究課題所帶來的直接結果，其對「國民性」的解釋，既體現了當時對國民性問題的整體認識所達到的理論水準，也記錄了當時的研究所存在的學理上的缺點，比如說關於「國民性」這一詞彙的語源問題幾乎沒有涉及，這就使這一概念的理論背景顯得曖昧模糊（詳細情形後述）等等。

總之，兩部書的出版和當時《人民日報》上頻繁出現「國民性」一詞的情況相互印證，可使人推知「國民性」一詞在八〇年代中後期中國的政治、文化乃至學術領域當中的地位。如果說那時所謂「文化尋根熱」，其本質是中國人對自身的反省、認識和研究，那麼「國民性」一詞就是這一意識活動中的一個最重要的概念工具，它是中國人在主體意識當中把自身作為一個

---

[34] 《中國民族性（二）·後記》，第360頁。

[35] 這是部由兩本書——即《中國民族性（一）》和《中國民族性（二）》——構成的著作，其中（一）是歷史上對中國民族性認識的主要觀點的資料彙編，從71個人物的著述中，抽取出500多個觀點，用編者的話說，實際上是一張「歷史上有關研究中國人的主要觀點及其主要論據」的詳細圖表，即「歷史量表」（參見該卷前言）；（二）是以前者的「歷史量表」為參照，對生活在1980年代現實中的中國人展開的問卷調查、統計及其比較和分析。據作者說，課題的研究對像是「作為一個整體的中國人」，而所謂「『整體』是包括了歷史上和現在甚至將來相當長時期的中國人。研究的入手點是八〇年代的中國人，即通過八〇年代的人把握貫通古今、背負民族文化的中國人」（該卷第52頁）。現在應該指出的是，不論是前者的「歷史量表」，還是後者的對八〇年代中國人性格特徵的量化研究，在中國本國的國民性研究方面都屬首次嘗試，具有劃時代意義。

「整體」，作為一個「客觀對象」來加以認識（亦即「客觀對象化」）時的關鍵字語。從這個意義上可以說，「文化尋根熱」，實際上就是「國民性研究熱」。而在1990年代出齊的《漢語大詞典》（1993）和《中國大百科全書》（1994）中相繼有「國民性」詞條出現，也正是八〇年代「熱」的結果，標誌著這一詞語自1949年以來首次被官方正式認可。

然而這裡還仍然要強調的是「魯迅」在這一「關鍵字語」中所發揮的關鍵作用。就以上兩部書為例，它們都不是「魯迅研究」領域的著作，卻又都從魯迅「改造國民性」的立意上起步，並把魯迅的許多觀點納入自己的內容。[36]可以說，作為一般現象，「魯迅」已經在事實上滲透到了中國關於「國民性」討論的任何一種語境當中。

此外，從「國民性」在《人民日報》上的消長曲線上似乎還可以看到更多的發人深思的內容，比如這一詞語的波動與政治動盪以及意識形態的變化的關係等等，筆者相信，如果去做深入的調查和探討，將不無許多有趣的發現，這裡只提示一點，那就是任何一場政治風波都會導致「國民性」一詞在《人民日報》上的減少或消失（反之，文化氛圍的寬鬆，又會導致這一詞語使用的

---

[36] 比如《中國國民性改造》這一標題就是魯迅的題目。該書開篇勸誡國人要勇於面對自己的短處：「一個民族只有心服口服地承認自己確有差勁之處，才能自立自強起來。……（中略）……魯迅先生曾對我們的人民『哀其不幸，怒其不爭』，他的一生對『國民的劣根性』作了種種深刻、形象的刻劃和揭露。然而，正是他，才真正無愧於『民族魂』的稱號。」（第2頁）在第四章「改造國民性的諸因素」標題下，有第三節標題曰：「文藝——『引導國民精神的前途的燈火』」。這話也是魯迅的，出自〈論睜了眼睛看〉（《墳》，《魯迅全集》第一卷第240頁）又如，在《中國民族性（一）》中，魯迅被列為一家之言，而這一課題本身也有魯迅學者的參與，《中國民族性（二）‧後記》有言：「張琢和張夢揚先生為資料集提供了有關魯迅研究的成果。」

出現或增加），「反右鬥爭」和「文革」都自不待言，在1984年
和1987年這兩年間的曲線大幅度下滑，顯然和「反精神污染」和
「反對資產階級自由化」的政治運動有關，眾所周知，中共中央
前總書記胡耀邦在後一場風波中被迫辭職；88-89年間，是「國
民性」一詞出現最多的時期，而在「天安門事件」之後，幾乎是
在一夜之間，便消失得無影無蹤，以至於1990年全年都是空白；
到95年雖有所恢復，但96和98年的兩次下跌，又顯然與「台海問
題」有關，而2000年和2002年的兩次跌至為零，則不能考慮分別
與「法輪功」和政治學習有關，總之，「國民性」一詞似乎與中
國的文化和政治構成著一種密切的聯動關係，它在中國主流話語
中的多寡，似不妨可以看作政治與文化的晴雨錶，其詳細情形雖
有必要做進一步的探討，但因為是已經超越本書範圍以外的問
題，所以在此「割愛」。

五、「國民性」：一個記憶與遺忘的故事

以上通過兩項調查，即辭書與《人民日報》，對「國民性」
這一詞語七十年間在現代漢語中的存在方式，進行一次近乎純粹
語學意義的考察。毫無疑問，這並不是一次全面的考察，或者說
充其量也只能叫做關於一個詞彙的「抽樣調查」，然而即便如
此，也足以使人充分感知到「國民性」這個詞語本身所具有的思
想文化內涵以及這個詞語所涉及的許多重大問題。

「國民性」不是單純的語言學意義上的詞語問題，而是和二
十世紀中國精神史有著重大關聯的思想問題、文化問題、社會問
題。折射在這一詞語上的問題，如在上面所看到的關於這一詞語
的「忘卻與記憶」的問題，其本質不過是二十世紀中國思想史問

題的一種外化形式。

在本文所設定的這幾個題目當中，實際上都分別包含著兩種截然相反的結論，即「國民性」這個詞的「非存在」，和「國民性」這個詞的「存在」。詞典中沒有這個詞，詞典中有這個詞；主流媒體，例如《人民日報》上不大使用這個詞，卻又來有力傳播這個詞；作為一個概念，這個詞幾乎沒有一個經過系統整理的，成體系的知識（如除了這一詞語內涵的解釋外，它的發生，發展和演變及其意義等）環節來支撐，卻又在現實中被廣泛的當作一種思想來介紹，來接受，來運用。「國民性」一詞在匯傳播過程中所出現的這兩種截然相反的現象，反映出來的實際是思想史上兩種主觀意志的相反作用，一種是拒絕和排斥這一詞語及其思想，另一種則是認同和接受，如果說前者的主體意識行為對其所承擔的是「忘卻」的職能，那麼後者的主體意識行為所承擔的就是對其加以「記憶」的職能。因此，在現代漢語詞彙史上，在二十世紀中國精神史上，再沒有哪一個詞彙更能像「國民性」這個詞彙那樣，編織著如此豐富的忘卻與記憶的內容。

現在，這場忘卻與記憶的角逐還在繼續，而魯迅作為「國民性」這一詞語的最重要的承載者的角色卻始終未變。由於魯迅的存在，使「國民性」的記憶被從忘卻中喚醒，並在抹殺中至今仍頑強地保持著話語權。事實上，排斥和否定「國民性」的意識行為本身，也構成了對「國民性」的記憶，因為無論肯定或否定，記憶或遺忘，似乎都要從「魯迅」那裡開始，而「魯迅」也幾乎滲透到了關於這一話題討論的所有層面。魯迅並沒為「國民性」下過定義，卻為詞典中的定義提供了思想內涵；而尤為重要的是，他不光使「國民性」只是作為一個概念留在辭書中，還更

使「國民性」作為一種富有實踐精神的思想「活」在了辭書以及官制的思想之外。「國民性」因魯迅而成為中國人反觀自身的轉換性概念，亦因魯迅而成為反觀自身之後如何去「想」，如何去「做」的思想。到目前為止，關於這一思想的知識體系的平臺，事實上還仍然是由「魯迅」來構築的。竹內好（Takeuchi Yoshimi, 1910-1977）在1940年代談到魯迅的死時說，「魯迅的死，不是歷史人物的死，而是現役文學者的死」。[37]就魯迅與「國民性」這一詞語的關係而言，這一評價還仍然沒有過時，因為他至今還不是一個「歷史人物」，而是一個「現役」的「國民性」問題的論者。可以說，魯迅在很大程度上是以「國民性」問題進入並且不斷參與著現代中國的文學史和思想史的。作為一種話語關係，在上面的兩項調查中所偶然看到的「魯迅」與「國民性」這兩個詞的關聯，也恰好呈現了魯迅的「國民性」問題意識與現代中國思想史的不可分割的內在關係。「國民性」問題是中國現代思想史上仍未解決的一個重大課題。人們可以無視這個問題，就像從《辭海》中把這個詞條刪除一樣，也可以否定這一思想的價值，然而，「國民性」問題又總是以各種方式表現出來，使人們要不斷地面對它，由於每當這時總有「魯迅」出現，因此也就不可迴避地要遇到一系列與魯迅相關的重要問題，如魯迅的「國民性」思想本身的形態究竟是怎樣的？它在「魯迅」當中究竟佔有怎樣的位置？今天應該如何來評價？──這些問題雖然都並不是新問題，但圍繞它們的探討和爭論至今還在繼續，它們在事實上構成了「魯迅」在現代思想史當中的某種參與和存在的方式。

---

[37] 竹內好《魯迅》，日本評論社，1944。參見中譯本：李冬木、孫歌、趙京華譯《近代的超克》，北京三聯書店，2005年2月，第10頁。

六、認識的模糊性：「國民性」一詞的肇始之地——日本

　　縱觀以上所述，我們已經非常深的介入到「國民性」這一問題中來，我們至少已經知道這一問題與語言、思想的關係以及魯迅在這一問題的背後所發揮的作用。然而，這些還僅僅是問題展開的基本背景。就詞語本身而言，接下來的問題就自然是「國民性」這一詞語在魯迅文本中到底是怎樣的，魯迅在中國是否是第一個使用「國民性」一詞的人等等。

　　現在可以知道，魯迅文本中使用「國民性」一詞共有十六處，[38]首次使用是在〈摩羅詩力說〉裡，[39]這是篇作於1907年留日時期的文藝評論，而且在後來也確有「改革國民性」[40]或「國民性可改造」[41]的提法。但一般認為，魯迅在中國並不是第一個提出「國民性」問題的人，與此相關，亦可推斷他也不會是第一個使用「國民性」一詞的人，人們就此往往要提到魯迅之前的梁啟超、嚴復、章太炎等人。但問題是，如果是這樣的話，那麼這些人當中又是誰最早提出「國民性」問題，至少是誰最先使用「國民性」一詞的呢？

　　這個問題至今沒有答案。不過就「國民性」這個詞彙本身而言，似無人認為是中國人原創而將目光投向了近代日本。在上面提到的1981年在天津召開的「關於魯迅改造國民性思想學術討論會」上，就已經涉及到了「國民性」的詞源和概念特指，儘管今

---

[38] 李冬木調查。底本依據人民文學出版社1981年版十六卷本《魯迅全集》。
[39] 《魯迅全集》第一卷第81頁：「裴倫大憤，極詆彼國民性之陋劣」；第88頁：「或謂國民性之不同」。
[40] 《兩地書‧七》，第十一卷第31頁。
[41] 《出了象牙之塔‧後記》，第十卷第244頁。

日看來不無可商榷之處，但卻具有將討論引向深入的可能性。如陳鳴樹和鮑晶都明確指出「國民性」這個詞來自日語，⁴²雖然缺少具體論證，但在客觀上已經深入到中日近代詞彙交流史的問題——鮑晶「詞僑歸國」的提法是個饒有興味的比喻——其問題的隱身指向必然是，可否將「國民性」思想作為外來思想來考慮？然而遺憾的是「可能性」並未變成可能，當時隔二十多年的2002年4月6日，《魯迅研究月刊》編輯部邀集學者再次召開「魯迅改造中國國民性思想研討會」時，中國魯迅研究界幾乎仍在原地踏步地就此思想進行「探源」，至少，自此以後幾乎沒有進步，人們並未在已知這個概念是來自日語的外來語的基礎上向前走出的更遠，甚至還倒退了，例如有學者認為「絕不是某種外來思潮的移植」。⁴³

此後，在漢語圈內，唯一值得注意的發言是劉禾的關於「國民性」一詞的「考源」。⁴⁴曰：「『國民性』一詞（或譯為民族性或國民的品格等），最早來自日本明治維新時期的現代民族國家理論，是英語national character或national characteristic的日譯，正如現代漢語中的其它許多複臺詞來自明治維新之後的日語一樣。……（中略）……有關國民性的概念最初由梁啟超等晚清知識份子從日本引入中國時，是用來發展中國的現代民族國家理

---

⁴² 陳鳴樹〈論國民性問題在魯迅思想中的地位〉：國民性「首先是從日語『國民性』傳入中國的」（鮑晶編《魯迅「國民性思想」討論集》第169頁）。鮑晶〈魯迅早期的「立人」思想〉：「『國民』和『國民性』，是從日語中引進。日語中『國民』的語源來自中國，它算是『詞僑歸國』。」（同上，第223頁）
⁴³ 參見北京魯迅博物館編《魯迅研究月刊》2002年5期討論會紀要。引文為錢理群發言，見該刊第14頁。
⁴⁴ 〈「國民性」一詞考源〉，北京魯迅博物館編《魯迅研究月刊》1995年8期。其詳細內容見於註45所提書中。

論的。」[45]劉禾將該解釋（詞彙）填入她編製的《現代漢語的中
—日—歐外來詞》作為「附錄B」附於自著之後，而呈「national
character kokuminsei國民性guomin xing」[46]之形態。但很遺憾，雖
然這是作者在自著中特設一章來「著重考察」的「一個特殊的外
來詞」，卻並未給出推導上述結論的任何檢證過程和根據，因此
並不意味在有關「國民性」詞源的看法上有了實質性的推進。問
題還是模糊和不確定的。例如，說「明治維新時期」，倘若不
理解為是整個明治時代的四十五年，那麼當是指1867－68年前後
了，「國民性」一詞果真是這時翻譯的嗎？它又是怎樣從「英
語national character或national characteristic」變成日語漢字詞彙「國
民性kokuminsei」的呢？「梁啟超等晚清知識份子」是怎樣「最
初」把這一詞彙「引入中國」的呢？很顯然，在問題的模糊和不
確定這一點上，較之1980年代並無改變。

　　看來，「國民性」的「詞源」的確成為問題。「詞源」不
明，不僅是詞語來路問題，而是思想鏈條的銜接問題，由於不能
通過「詞源」找到上一個思想環節，那麼概念本身或思想也就容
易成為一個脫離具體的歷史過程而被任意解釋的對象。在這個意
義上，「詞」與思想「同源」，「詞源」即「思想源」。正確把
握「國民性」這一詞語的「詞源」，也許就是走進包括梁啟超和
魯迅在內的中國「國民性」思想過程的一個關鍵。

　　「詞源」在日本。那麼日本的情形又是怎樣的呢？「海客談
瀛洲，煙濤微茫信難求」。[47]對於當年的李白來說，日本當是自

45　劉禾著、宋偉傑等譯《跨語際實踐──文學、民族文化與被譯介的現代
　　性（中國，1990-1937）》，北京三聯書店，2002年6月，第76頁。

46　同上。第395頁。

47　李白〈夢遊天姥吟留別〉。《李太白全集》中冊，第706頁。中華書局
　　1990年。

　　《史記》以來所謂海上「三神山」[48]的「微茫」境界，對於現在
的中國人來說，肇始於近代日本的「國民性」一詞，其「詞源」
問題又何嘗不是如此？只要不實際走到明治時代具體的語境中去
尋找，便永遠不會擺脫「煙濤微茫」的模糊之境。在這個意義
上，「國民性」的「詞源」問題，又是涉及到中日相互認識的大
問題了，可以說，在這個最能體現中日近代思想密切交流的詞語
背後，正隱藏著一種認識上的巨大隔膜。因此，調查「國民性」
的詞源，勢在必行。

---

[48] 司馬遷《史記》卷六：「齊人徐市等上書言海中有三神山，名曰，蓬
萊、方丈、瀛洲。」《史記》第一冊第247頁，中華書局1982年。

從日本到中國：

「國民性」一詞的誕生及其旅行

——關於現代漢語中「國民性」一詞的詞源問題

前言

人們已經知道現代漢語中「國民性」一詞的詞源在日本，然而這個詞在日語當中又是怎樣的呢？它現在還存在於日語之中嗎？是以怎樣的方式存在的？它出現在何時？形成過程又是怎樣的？如果把它作為近代思想史上的一個問題，那麼這一詞語的形成過程與相應的思想史過程具有怎樣的關係？它究竟又是怎樣從一個日語詞彙即Kokuminsei變成一個現代漢語詞彙即Guominxing的呢？筆者以為，只要這些問題不解決，「國民性」一詞來自日本的所謂「知道」，也就只能是一個未經確認的假說。本文試對上述問題進行探討。

一、現在日語辭書裡的「國民性」一詞

日語辭書裡有這個詞，這與一般現代漢語辭書裡不收這個詞恰好形成鮮明對照。小學館與商務印書館合編的《日中辭典》（小學館，1987）和《中日辭典》（小學館，1992）是目前日本最為通用的日中、中日辭典，但就「國民性」一詞而言，兩者並

不對應。前者收該詞條，後者無該詞條，即使是現在的第二版，這一點也無改變。此外，八十年代中國最為暢銷的商務印書館《日漢辭典》（1959年初版，1979年重印）收「國民性」一詞，但吉林大學編《漢日辭典》（吉林人民出版社，1982年）卻並無該詞。可見「國民性」在日中和中日辭書中的有與無是涇渭分明的。

那麼，這個詞在日本通常的辭典中是怎樣的呢？請看以下幾種：

◎『新明解國語辭典　第四版』（金田一京助、柴田武、山田明雄、山田忠雄編，三省堂，1989年）：【國民性】その國の國民一般に共通した性質。〔譯文：其國國民一般共有之性質〕

◎『學研國語大辭典　第2版』（金田一春彥、池田彌三郎編，學習研究社，1988）：こくみんせい【國民性】その國の國民が共通してもっている特有の性質・感情。〔譯文：其國國民共同具備的特有的性質、感情〕

◎『大辭林　第二十二刷』（松村明編，三省堂，1992）：こくみんせい○【國民性】價值觀・行動樣式・思考方法・氣質などに關して、ある國民に共通して見られる特徵。〔譯文：見於某國國民的關係到價值觀、行動方式、思考方法、氣質等方面的共通特徵〕

◎『廣辭苑　第五版』（新村出編，岩波書店，1998）：こくみんせい【國民性】（nationality）ある國民一般に共通する性質。その國民特有の價值觀や行動樣式・氣質などについていう。〔譯文：某國國民國民普遍共有

之性質。就其國民特有的價值觀、行動方式和氣質等方
面而言〕

除此之外，更大的辭書還有以下兩種，因後面還要涉及到，
此處暫時省略該詞條的解釋。

◎『大漢和辭典　修訂版』（諸橋轍次著，大修館書店，
昭和61年9月修訂版第七刷）
◎『日本國語大辭典』（日本國語大辭典刊行會編，小學
館，第1版1972-1976；第2版2000-2002）

總之，儘管在說法上各有不同，但在指一國國民所共同具有（日
語做「共通」）的特性上是一致的，而這種特性又可具體落實到
價值觀、行動方式、思考方法和氣質等方面。這是由日語辭書中
所看到的通常的解釋。

　　然而，即使在日本，關於該詞的「語史」或「語志」其實
也不存在。就是說，該詞即使在「近代詞彙」的研究方興未艾的
語言學或詞彙學領域，也從未成為被專門研究的對象。不僅如
此，在專門探討「國民性」問題的思想領域，作為表述（命名）
這一思想的詞彙，「國民性」的詞語問題實際也被擱置，或者說
被忽視。可以確認這兩點的證據能夠找出很多，這裡只通過兩種
較為易尋的資料來說明問題。一種是佐藤喜代治等七名日本當代
著名的詞彙學家合編的『漢字百科大事典』（明治書院，平成八
年〔1996〕），該書十六開本，厚達1730頁，是日本第一本也是
迄今為止最權威的一本關於「漢字和漢語」的大型專業百科事
典。其「資料編」中作為「漢字文獻研究目錄」的第二種而收錄

的「字別」即「逐詞」排列的目錄裡未見「國民性」這一詞條；飛田良文編「和製漢語一覽」的「近代」部分，收詞519個，其中雖有「國民性」，但「注記等」欄目卻是空白，按照詞表《凡例》的說明，這便意味著該詞作為「譯語」的「源詞」、它的「造語者」以及形成的過程都是未知的。

另一種是南博著『日本人論　明治から今日まで』（岩波書店、1994）。由於日本近代關於「國民性」問題的討論主要集中在所謂「日本人論」當中，因此，南博關於「日本人論系譜」的研究目前便處在關於國民性問題這一專項研究的具有代表性的位置上。南博的這本書主要以日本近代以來思想史上的國民性討論作為問題，對其脈絡走向整理和闡釋得都相當清楚，僅明治時代就列專著和文章不下百種，但由於其著眼點是「思想」內容本身而非表述思想的名詞，因此詞彙本身也就不構成問題。可以說，在該系統中這是一種普遍現象，並非只是南博的著作，同類著作一般都不涉及詞源及其生成與演變過程等問題。

由此可知，不論詞彙研究還是思想研究，都沒把「國民性」這一詞彙本身作為問題提出，也許這並不妨礙在日語語境下對各自領域的問題加以探討，但既然是要尋找現代漢語中「國民性」一詞的詞源，那麼就與這兩方面都構成關係。在本文的問題框架內，思想和詞彙問題是一個有機整體的兩個側面，只是出於描述的方便，才將兩者相對分開探討。

二、「國民性」一詞不見於明治時代出版的各類辭書

從上文可知道「國民性」一詞在現在日語辭書裡的一般存在形態及辭義。接下來的問題便是：在日語當中這個詞彙是從何時

開始使用？又是怎樣形成的？與其伴隨的思想過程又是怎樣的？等等。為著手解決這些問題，有必要打點一下在中國的「國民性」話語中已知的關於這個詞彙的知識，以此來求證未知。

有學者說，「『國民性』一詞（或譯為民族性或國民的品格等），最早來自日本明治維新時期……，是英語national character或 national characteristic的日譯」。[1]就「探源」的一種解答而言，似乎給出了該詞生成的時間和內容，但又正由於在時間和內容這兩個關鍵問題上沒有給出任何實證資料，就使這一「知識」似是而非，難以成為靠得住的結論。明治時代有四十五年，倘若不把「明治維新時期」理解為這整個期間，那麼當是一般常識所指的1867-68年的「王政復古」、「大政奉還」，或者再擴大一點說，可以延及到明治憲法頒佈的明治二十二年〔1889〕前後。「國民性」一詞果真是這一時期翻譯的嗎？又是怎樣從「英語national character或national characteristic」變成日語漢字詞彙「國民性kokuminsei」的？顯然，已做的「探源」對此並沒做出回答。

似乎不妨說得武斷一些，「國民性」作為一個詞條，恐怕不見於明治時代出版的各類辭書。儘管這在詞彙研究者中有一條人所共知的常識，即斷定一個詞的存在比較容易，斷定一個詞的不存在卻很難，而且我也願引以為戒，但還是忍不住試做以上結論。其基本根據是查遍目前大抵可以找到的、明治時代出版的分屬於三個系統的主要辭書，沒有發現有這個詞條。三個系統的辭書，是指漢語辭書、英學辭書、國語辭書。

---

[1]　劉禾著、宋偉傑等譯《跨語際實踐——文學、民族文化與被譯介的現代性（中國，1990-1937）》，北京三聯書店，2002年6月，第76頁。該作者的相同觀點也以〈「國民性」一詞考源〉為題在更早些時候被介紹過，參見北京魯迅博物館編《魯迅研究月刊》1995年8期。

　　漢語辭書主要參照的是65五卷本『明治期漢語辭書大系』（松井榮一、松井利彥、土屋信一監修・編集，東京大空社，1995-1997），該大系收截止到明治三十九年的1906年為止、日本在四十年間出版的各類「漢語辭書」140種。[2]

　　英學辭書並不止於「英和」或「和英」，也包括部分被認為對前者構成影響的「英華」和「華英」在內，雖並非明治時代「英學辭書」的全部，似也占了絕大部分，有包括被視為基本英學辭書的「日本近代英學資料」和「近代英華・英華辭書集成」在內的自1867年到1911年間的29種辭書（具體參見本文第五節）。

　　國語辭書主要參照《明治期國語辭書大系》（飛田良文、松井榮一、境田稔信編，東京大空社，1997-1999）所收26種從明治四年（1871）至明治三十五年（1902）的23種辭書以及同大系「別卷」之『書誌と研究』。

　　眾所周知，就其來源而言，現代日語詞彙出自三個語言系統：一個是日語固有詞彙，一個是來自漢語的詞彙，一個是來自西歐語言的詞彙。它們在日本語言學領域分別被稱為「和語」、「漢語」和「外來語」。嚴格說來「漢語」也應算做「外來語」，但由於有著悠久漫長的語彙融合歷史，習慣上也就不把「漢語」放在「外來」語之內。日語中所謂的「外來語」一般是指從歐洲語言中進入到日語中的詞彙；而所謂「漢語」，譯成中文應該叫做「漢語詞彙」。不過有一點需要注意，日語中的「漢語」即「漢語詞彙」，除了出自中國本土漢文典籍的詞彙之外，還有大量的是日本人在習讀和使用漢語的過程中自己創造的，由於後者不是來自中國本土，所以人們通常把後者稱為「和製漢

語」。「和製漢語」一般可以理解為在日本被創造和使用的漢語
詞彙。包括「和製漢語」在內，在日語中「漢語」自古就有，而
且不斷增加，特別是到了明治時代，有了爆發性的增加，「並非
只是過去就已經使用過的那些詞彙，有很多是新造或被賦予新意
的，還有很多是為翻譯外語而產生出來的」，從而進入到了一個
被專家稱為「漢語大眾化」³的時代，上面介紹過的『明治期漢
語辭書大系』所收各類「漢語辭書」140種就是最好的證明。

　　雖然迄今為止「和製漢語」的定義和詞彙範疇仍是一個頗
有爭議的問題⁴，但即使按照最嚴格的規定，「國民性」這個漢
語詞彙也應該屬於「和製漢語」，即它是一個在日本產生的漢語
詞彙。假設這個詞彙是日本人在明治時期用漢字創造出來，用
以翻譯某個英文詞彙（例如Nationality）並使之「歸化」為「國
語」的話，那麼它作為詞條或作為對詞條解釋的用語而最有可能
被收藏的形態，就是上述（甲）、（乙）、（丙）三類辭書。這
三類辭書可謂明治時期的基本語料庫，是日語「近代語成立」過
程中的語彙素材，並構成現代日本國語的詞彙基礎。但由上述調
查可知，「國民性」一詞不見於明治時期的由（甲）、（乙）、
（丙）三類辭書構成的這一基本語料庫中。另外，《明治のこと
ば辭典》（惣鄉正明、飛田良文編，東京堂出版、1986年）也未
收「國民性」這一詞條。

---

³　松井榮一、松井利彥、土屋信一《明治期漢語辭書大系‧刊行のことば》。
⁴　參見陳力衛《和製漢語の形成とその展開》（汲古書院，2001年2月）。
　　該書〈序章〉用47頁的篇幅來討論「和製漢語的概念與問題點」。

三、「國民性」一詞出現於大正以後的辭典當中

那麼，接下來的問題是，「國民性」這一詞條是從什麼時候起被收入辭典的呢？在我的調查範圍之內，目前首次見到該詞條的辭典是時代研究會所編『現代新語辭典』，此次所見版本為耕文堂大正八年〔1919〕的第七次印刷，版權頁表示，該詞典的第一次印刷為前一年的1918年。不過這已經是屬於「明治以後」的辭典。《近代用語の辭典集成》（松井榮一、曾根博義、大屋幸世監修，東京大空社，1994-1996）收明治四十五年〔1912〕到昭和八年〔1933〕的「近代用語」辭典復刻版42種，『現代新語辭典』為其中之一。事實上，在這本辭典中該詞條除了「こくみんせい國民性」這一平假名＋漢字形態外，還有以片假名來標注的「外來語」形態，即「ナショナリティー」。後者是英語nationality的日語音譯，其詞條解釋是「國民性」。就是說，「こくみんせい國民性」和「ナショナリティー」都作為「新語」詞條而並存於同一辭典當中。像如此「一詞兩收」，兩種形態並存的辭典，在「集成」中占9種。

那麼，兩者在時間上有先有後嗎？就「集成」收錄辭典所見，初見「ナショナリティー」一詞的辭典是《文學新語小辭典》，出版時間為大正二年〔1913〕，在時間上比「國民性」一詞的漢字形態早六年。而且，就存續狀態而言，在「集成」的42種辭典裡，除了上述「一詞兩收」的9種之外，還另有13種單收「ナショナリティー」（或作ナショナリチー），1種單收「國民性」，前者總數為22種，後者總數為10種，這意味著在大正到昭和初期的「新語」辭典中，外來語形態的「ナショナリティー」詞條，比

漢語形態的「國民性」詞條被更早和更多地採用，而收入「國民性」詞條的辭典也主要集中在大正年間。參見【附表一】。

從表面上看，幾乎可以斷定「國民性」是日語對譯英語Nationality一詞的「漢語」形態。那麼，它與「ナショナリティー」這一音譯的「外來語」形態具有怎樣的關係呢？後者是它與英語原詞之間所存在的中間環節嗎？僅看上述列表，回答似乎是肯定的，詞彙的衍生順序似可推定為英語〔Nationality〕→日語外來語〔ナショナリティー〕→日語漢語詞彙〔「國民性」〕。即體現為一個從音譯到意譯的過程。

另外，『外來語の語源』（吉沢典男、石綿敏雄著，角川書店，昭和54〔1979〕年初版）收「ナショナリティー」詞條，並將該詞的「借入期」確定在「大正」年間[5]，即1912至1926年間。按照上述衍生關係，漢語形態則稍晚於前者，但也同樣出現在大正年間，就像在一覽表中已經看到的那樣。

然而，請注意，這只是就對辭典調查而言，所以現在只能判斷「國民性」這一詞條同〔ナショナリティー〕一樣，最早出現在大正時代的辭典中。不過，僅此還不能斷定它究竟是不是這個時代所創造的詞語。

四、「國民性」一詞是什麼時候開始使用的？──《太陽》雜誌、高山樗牛、綱島梁川、芳賀矢一

看來要解決這個問題，僅靠排查辭書有很大局限。因為其中顯然存在著該詞的實際使用與被收入辭典的「時間差」問題──

---

[5] 吉沢典男、石綿敏雄著《外來語の語源》，第400頁。

　　儘管就一般意義而言，辭書總是那個時代實際使用的語言的記錄。最好、最精確的調查辦法，當然是能夠有一個可供全文檢索的囊括明治時代所有文獻的資料庫。但在目前還不具備這一條件的情況下，只能根據已有的資料和線索來推斷。

　　《明治大正新語俗語辭典》（樺島忠夫、飛田良文、米川明彥編，東京堂出版，1984年）把「國民性」一詞提出的最早用例確定為明治三十九年即西元1906年。[6]但《日本國語大辭典》較前者將用例的時間提前了八年。[7]

　　通過目前最先端的相關語料庫『太陽コーパス』（國立國語研究所編，博文館新社，平成十七年（2005））查檢，可以把「國民性」的使用時間再提早三年，即確定為明治二十八年〔1895〕。《太陽》雜誌同年2月5日發行的1卷2號續載坪內雄藏（逍遙，1859-1935）的〈論說〉《戰爭と文學（承前）》〔戰爭與文學〕使用了「國民性」一詞：

　　　　しかしながら國民其の者が性の罪にして、文學其のもの

---

[6] 例文：《早稻田文學》彙報（明治三十九年・一號）一部の社會には國家主義は唯一の真理の如く認められ、國體と國民性とは不易の標準の如く仰がれた〔中譯：國家主義被社會上一部分人認作唯一之真理，國體和國民性被仰承為不動之標準〕。

[7] 其對「國民性」詞條的解釋，第一版與第二版完全相同。例文：內田魯庵〈如是放語〉（1898）：「卿等が燃犀（ぜんさい）の眼を以て細に今の社會を觀察し所謂我が國民性（コクミンセイ）を發揮するに勉めよや」〔中譯：卿等當以慧眼仔細觀察今日社會，努力發揮所謂我國民性〕。另外，還需補充一點，上記用例中標記的「1898」這一時間，似來自內田魯庵（Uchida Roan, 1868-1929）〈如是放語〉文末所標記「明治三十一年六月」，因此可視為寫作時間。內田魯庵〈如是放語〉收入《文藝小品》一書，於翌年即明治三十二年〔1899〕九月由博文館出版，作者署名「不知庵」（封面）和「內田貢」（版權頁）。

、科にあらざるや勿論なり、以て國民性の涵養の極めて
大切なるを見るべし。〔中譯：然則此乃國民其者性之
罪，非可怪罪文學自不待言，以是可見國民性之涵養至關
重要〕

這是本文此次調查所發現的最早的用例。《太陽》係明治時代的
出版重鎮東京博文館出版的每期200頁的大型綜合月刊，明治二
十八年〔1895〕一月創刊，昭和三年〔1928〕二月停刊，在三十
三年零兩個月的時間裡，包括臨時增刊在內，共出34卷531冊，
紙頁合計17萬5千頁[8]，可謂「傾博文館之全力」、「令全國讀
書人啞然」的雜誌。[9]不過《太陽コーパス》也有明顯的「缺
欠」，它只提供了五年（1895/1901/07/17/25年）60冊雜誌的資
料，所以從中只能獲得「抽檢」結果，而不能獲得「國民性」一
詞從誕生到使用的衍伸形態。例如1895年只有上見一例，1901年
3例，而在此期間的狀況不詳。

我以「手工」查到的使用「國民性」的兩篇文章，剛好同《日
本國語大辭典》裡的用例一樣，都出在明治三十一年〔1898〕，一
篇是綱島梁川（Tsunashima Ryosen. 1873-1907）的〈國民性と文
學〉〔國民性與文學〕，該文初出《早稻田文學》「明治三十一
年5月3日，第七年第八號」[10]；另一篇文章是高山林次郎（即高
山樗牛Takayama Chogyu, 1871-1902）的〈ワルト・ポイツトマン

8 該數值根據電子復刻版（近代文學館，《太陽》，八木書店）。
9 坪谷善四郎《博文館五十年史》，博文館出版，昭和十二年〔1937〕，
第94頁。
10 即所謂「第一次第三期第八號《早稻田文學》」。此次參閱底本除該
期外還有《明治文學全集46・新島襄・植村正久・清沢満之・綱島梁川
集》（武田清子、吉田久一編，築摩書房，1977年10月）。

を論ず〉〔論沃爾特・惠特曼〕，該文初刊明治三十一年6月5日
發行的《太陽》雜誌4卷12號。[11]兩篇文章的發表時間接近，兩位
論者當時探討的問題也互有聯繫。就是說，他們幾乎同時在各自
的文章裡使用「國民性」一詞並非偶然，這一現象的背後似乎就
隱藏著這個詞彙誕生的瞬間形態。

　　高山樗牛是引領明治三十年代的英年早逝的著名評論家，
從1895年4月到1902年11月，僅在當時最具有影響力的《太陽》
雜誌上就發表了近70篇文章。〈論沃爾特・惠特曼〉是其中的一
篇。他在該文裡的用例為：

> 終りに彼はげに一個の亞米利加人として其國民性を最も
> 明晰に、最も忠實に唱へたる詩人なり。〔中譯：最後，
> 作為一個美國人，他是最明晰，最忠實地謳歌其國民性的
> 詩人〕

　　在高山樗牛同時期的文章裡，雖然用例只找到這一個，但仍
不妨把他看作是「國民性」一詞的催生者之一。正像他評惠特
曼時所體現的那樣，他是一個主張「日本主義」和文學應該表現
「國民性情」的人，不僅以自己的批評躬身實踐，還以這一標準
來要求文學批評家，即「國民的見地に據りて一國の文藝を批判
する〔中譯：據國民性之見地，批評一國之文藝〕」[12]他在一系

---

[11]　此次參閱底本為該期和《明治文學全集40・高山樗牛・齋藤野の人・姊
　　崎嘲風・登張竹風集》（瀨沼茂樹編，築摩書房，1970年7月）。

[12]　高山林次郎〈我邦現今の文藝界に於ける批評家の本務〉，明治三十年
　　五月，《太陽》三卷二號。此據《近代文學評論大系2・明治期Ⅱ》（吉
　　田精一、淺井清、稻垣達郎、佐藤勝、和田謹吾編，角川書店，昭和六
　　十〔1985〕3月）所收該文。

列文章裡的用詞，不僅在形態上極其接近，而且詞義表達上也就
是「國民性」的意思。試舉下列例子（括弧裡的數位為同一篇文
章中該用法出現的次數）：

〈道德の理想を論ず〉〔論道德之理想〕（明治二十八年
〔1895〕6-9月，《哲學雜誌》）

〈國民性情〉（5）　國民の性情（4）

〈我邦現今の文藝界に於ける批評家の本務〉〔批評家在
我國現今文藝界的根本任務〕（明治三十年〔1897〕
6月5日，《太陽》3卷11號）

〈國民性情〉（6）　國民の性質（4）

〈日本主義を讚す〉〔讚日本主義〕（明治三十年
〔1897〕6月20日，《太陽》3卷13號）

〈國民的特性〉（4）　國民の特性（1）　國民的性情
（2）　國民の性情（3）

〈國民性情〉（1）　國民的意識（1）

〈非國民的小說を難ず〉〔駁難非國民性小說〕（明治
三十一年〔1898〕4月5日，《太陽》4卷7號）

〈國民的性情〉（5）　國民性情（6）

翻閱同時期的代表性文學評論，強調所謂「國民的」似並非始
於高山樗牛，但像上面所見到的那樣，把「國民」一詞與「性
情」、「性質」、「特性」或者「意識」相組合並加以反復強調
的卻無人居高山樗牛之上。上述片語表達的意思基本相同，而
且，不論是否有「の」或「的」聯接，其最終都有發展為「國民
性」一詞的可能。就是說，把「國民の性情（或特性）」、「國

民の性質」、「國民的性情（或特性）」、「國民性情」這幾種形態視為「國民性」一詞在「高山樗牛」那裡成熟的胚胎似乎並無大錯。事實上，正是在這些文章之後，高山樗牛才如上所見，首次在《論沃爾特・惠特曼》中使用「國民性」一詞。

　　然而，高山樗牛本人似乎並沒按照自己的觀點由上述用詞形態中最終提取出「國民性」一詞來。代替他做這項工作的是其論敵綱島梁川。梁川的〈國民性と文學〉一文正是為反駁高山樗牛的文學應表現「國民性情」的觀點而作。開篇這樣提出問題：

> 今日の文學、就中小說に對する世間の要求の主なるものを舉ぐれは、現社會に密接して時事時潮を描けといふもの其の一にして、國民性を描寫して國民的性情の滿足を與へよといふもの其の二なり。前者は姑く措く、後者の要求に對しては吾人頗る惑ふ。則ち問うて曰く、國民性とは何ぞや、國民的性情の滿足とは何ぞや、そもそも又此の要求に是認せらるべき點ありとせば、そは果して如何程の意味にて是認せらるべきかと。〔中譯：世間對今日之文學特別是小說之要求，舉其要者，其一為緊密聯繫現實社會，描寫時事時潮；其二為描寫國民性，以滿足國民的性情。前者可姑且不論，對後者之要求，吾人卻頗感困惑。則問曰，何謂國民性？何謂滿足國民的性情？若此要求有應是認之點，那麼究竟又應在何種意義上予以是認？〕

　　包括標題在內，綱島梁川在該文中一氣用了48次「國民性」，使用頻度之高在同時期的文章中絕無僅有。這篇文章是針

對高山樗牛而寫，所謂「描寫國民性，以滿足國民的性情」正是
對高山觀點的概括，因此，也就足以成為「國民性」一詞誕生時
期在文脈上留下的軌跡。正像上面介紹的，到了高山樗牛在此後
的〈論沃爾特‧惠特曼〉中稱惠特曼是「最明晰，最忠實地謳歌
其國民性的詩人」時，就說明他已經接受了由他的論敵在他此前
的表述中所「提煉」的這個詞。聯想到『日本國語大辭典』裡所
舉的內田魯庵文章的例子剛巧也是出現在同一個時期，而且也是
論述的同樣的問題，就不是偶然的了。不妨暫時把綱島梁川假設
為繼坪內逍遙之後第一個自覺使用「國民性」一詞的人。

　　做此假設還有另外一層因素，即在綱島梁川之後的十年間，
把「國民性」一詞用於行文中的恐怕不乏其人，但用於文章或書
籍標題的卻極為罕見，這不僅意味著綱島梁川在自覺提煉和運用
詞語上的先驅性，而且也意味著「國民性」一詞在使用上經歷了
一個普及的過程。這種情況至少可以通過《太陽》的文章標題獲
得佐證。該雜誌使用「國民」一詞的文章標題，幾乎在所有期號
中都有，而相關的表述「國民性」意思的詞彙是漸次出現的。參
見【附表二】。

　　再進一步將【附表二】的結果做「提取」和「分類」處理，
似不難看到從明治後半到整個大正期結束時的三十年間「國民性」
一詞的浮現軌跡。由縱向來看，「國民性」一詞在《太陽》雜誌
的文章標題中首次出現是1909年9月1日發行的第15卷12號，[13]這
比綱島梁川在文章標題裡使用該詞晚十一年多。由橫向來看，可獲

---

[13] 在文章中出現當然要比標題更早，據《太陽》（コーパス）所做「國民
性」抽檢結果為：1901年用例3，1907年用例96，1917年用例27，1925年
用例37。可知《太陽》雜誌上出現帶「國民性」字樣的文章標題是1907
年用例激增以後的事。

得三類片語：一類是「國民的」，第二類是「國民」＋「元氣」、「心懸」、「特質」、「氣象」、「特性」、「思想」、「性格」、「氣質」、「精神」、「性情」、「道德」、「心理」等詞語組成的片語（是否有「の」忽略不計），第三類即「國民性」。由此可知，在「國民性」一詞普及開來之前，表達相同或近似意思的主要是「一」和「二」兩類片語，而這種情形又和上面所見高山樗牛個人文章裡的使用狀況大抵一致。也就是說，由「高山樗牛」到「綱島梁川」的過程，實際上又在《太陽》雜誌上重複了一回，只不過規模更大、時間更長而已。我認為，正是在這一過程中，「國民性」逐漸演變為一個普通的詞彙。

　　事實上，到明治四十年（1907）十二月東京富山房出版芳賀矢一（1867-1927）的《國民性十論》時，「國民性」一詞在日語語境裡不僅已使用得相當普遍，而且正如本文前面所示，「國體和國民性被仰承為不動之標準」了。如果說坪內逍遙以及稍後的高山樗牛和綱島梁川文章的直接歷史背景是甲午戰爭，那麼芳賀矢一出書的直接背景則是日俄戰爭，日本在相距十年的這兩場戰爭中獲勝，「國家主義」或「國權主義」便因此而高漲起來。「國民性」由綱島梁川的篇名變成芳賀矢一的書名，也許就是這一過程的最為「點睛」的注解。《國民性十論》出版後反響強烈，一年多以後《太陽》雜誌上出現拿「國民性」做題目的文章，似亦與此不無關係。《國民性十論》的出版對「國民性」一詞的普及既是一種推動也是一種標誌，標誌著該詞在日俄戰爭之後已被普遍使用，其進入大正時代的辭典只是時間問題。

五、「國民性」問題意識及其翻譯——《明六雜誌》與 英學辭書

面對西方的明治思想界，從一開始便似乎並未只著眼西方
的物質文明，同時也注意西方的精神文明，而能把人的精神、
意識、思想、氣質、性質、風氣等作為問題提出並加以深入思
考，亦可謂這種觀照意識的反映。這一點可以由明六社的機關
刊物《明六雜誌》看出。該雜誌因傳播啟蒙思想著稱。明六
社為明治初期著名的思想啟蒙團體，由1873年從美國回國的森
有禮（1847-1889）宣導而成立，主要成員有福澤諭吉（1834-
1901）、西周（1829-1897）、加藤弘之（1836-1916）、西村茂
樹（1828-1902）、中村正直（1832-1891）等十多人，皆為當時
日本著名學者和文化人，也都是《明六雜誌》撰稿人。1873年為
明治六年，故團體和雜誌都取名「明六」。

雜誌從1873年3月創刊到翌年1874年11月被迫停刊，共出43
號，發表文章一百五十多篇，其中不少討論人的「性質」、「氣
風」和「精神」。例如〈人民ノ性質ヲ改造スル說〉（〔改造人
民之性質說〕中村正直，第30號）、〈國民氣風論〉、（西周，
第31號）、〈養精神一說〉（阪谷素，第40號）、〈養精神一說
（二）〉（阪谷素，第41號）等。至於福澤諭吉則更是闡釋「國
民性」問題的名人。正像南博所指出的，福澤諭吉的在〈內地旅
行西先生ノ說ヲ駁ス〉（〔駁西先生之內地旅行說〕，第26號）
裡「稱人民的『氣質』就相當於國民性所表達的內容，也和同
年發表的〈文明論之概略〉中所使用的『人民的風氣』、『人

心』一樣，都是指國民性」。[14]由以上可知，當時表達後來「國民性」意思的有種種詞彙。那麼，作為一種「問題意識」，這些詞彙又是來自哪裡？可以考慮的一個途徑是對西文概念的翻譯。例如，上面提到的西周〈國民氣風論〉一文，標題旁邊明確標注西文詞彙的發音而呈「國民氣風論（ナシオナルケレクトル）」（豎排）之觀，以日文片假名標注的所謂「ナシオナルケレクトル」，即英文National Character而今譯為「國民性」的這個詞。如果說National Character是一個片語而非一個詞，那麼還可以考慮對一個單獨詞語的翻譯，這個詞便是Nationality。

此次調查，查閱明治時代的「英學辭書」有29種[15]，其中收「Nationality」詞條並做出解釋的辭書有以下24種，釋義形態參見【附表三】。

---

[14] 南博《日本人論　明治から今日まで》，第15頁。岩波書店，1994年。

[15] （1）慶應三年（1867）　ヘボン（J. C. Hepburn）著，《和英語林集成》（橫濱，上海・美華書院，飛田良文，李漢燮編《和英語林集成：初版・再版・三版對照總索引》，2000年）。

（2）明治二年（1869）　斯維爾士維廉士著，清衛三畏鑑定，日本柳沢信大校正訓點《英華字彙》（近代日本英學資料1，東京ゆまに書房，1995年）。

（3）明治四年（1871）　W.ロプシャイト著《漢英字典》（香港，那須雅之監修《近代英華・華英辭書集成》9，東京大空社，1999年）。

（4）明治五年（1872）　ヘボン著《和英語林集成》（第2版，橫濱，上海・美華書院。飛田良文，李漢燮編《和英語林集成：初版・再版・三版對照總索引》，2000年）。

（5）明治六年（1873）　柴田昌吉，子安峻編《附音插圖英和字彙》（橫濱日就社，國會圖書館）。

（6）明治十二年（1879）　ロプシャイト原著・敬宇中村正直校正・津田仙・柳澤信大・大井鎌吉著《英華和譯字典》（山內輶出版2卷。那須雅之監修《近代英華・華英辭書集成》1-6，東京大空社，1998）。

（7）明治十四年（1881）　井上哲次郎《哲學字彙》（初版，東京大學

三學部。飛田良文編《哲學字彙譯語總索引》，東京笠間書院，1979年）。

（8）明治十四年（1881）　永峰秀樹《華英字典》（東京竹雲書屋，國會圖書館）。

（9）明治十五年（1882）　柴田昌吉，子安峻著《附音插圖英和字彙》（增補訂正改訂二版，東京日就社，國會圖書館）。

（10）明治十七年（1884）　羅布存德原著，井上哲次郎訂《增訂增英華字典》（近代日本英學資料8，東京ゆまに書房，出版年：1995年）。

（11）明治十七年（1884）　井上哲次郎・有賀長雄增補《改訂增補哲學字彙》（東洋館書店，國會圖書館）。

（12）明治18（1885）　P. A. Nuttall原著，棚橋一郎，《英和雙解字典》（丸善商社書店，近代日本英學資料2，東京ゆまに書房，1995年）。

（13）明治十八年（1885）　小山篤敘編譯《學校用英和字典》（東京小山篤敘，國會圖書館）。

（14）明治十九年（1886）　ヘボン著《改正增補　和英英和語林集成》（第3版，丸善商社書店，飛田良文，李漢燮編《和英語林集成：初版・再版・三版對照總索引》，2000年）。

（15）明治十九年（1886）　斎藤恒太郎纂述《和訳英文熟語叢》（攻玉社藏版，共益社書店；近代日本英學資料3，東京ゆまに書房，1995年）。

（16）明治十九年（1886）　井波他次郎編譯《新撰英和字典》（金澤雲根堂，國會圖書館）。

（17）明治十九年（1886）　市川義夫編譯，島田三郎校《英和和英字彙大全》（橫濱如雲閣，國會圖書館）。

（18）明治二十年（1887）　棚橋一郎，鈴木重陽編《英和字海》（東京文學社，國會圖書館）。

（19）明治二十一年（1888）　島田豊《附音插圖，和譯英字彙》（大倉書店，國會圖書館）。

（20）明治二十一年（1888）　岩貞謙吉編譯《新譯英和字彙》（大阪積善館，國會圖書館）。

（21）明治二十一年（1888）　木村良平編譯《袖珍新選英和字府》（東京伯樂園。國會圖書館）。

（22）明治二十二年（1889）　尺振八《明治英和字典》（六合館藏版，近代日本英學資料5，東京ゆまに書房，1995年）。

（23）明治三十年（1897）　中沢澄男等編《英和字典》（東京大倉書

　　由【附表三】可知，在29種英學辭書中最早以漢語對應Nationality詞條的是明治六年（1873）出版的《附音插圖英和字彙》。根據森岡健二從「譯語」角度對明治時期英和辭書的劃分，該辭書及其增訂第二版應該是明治「第二期（明治六年至二十年）」最重要的辭書。[16]僅以表中所見，其關於Nationality的對譯和解釋，即（5）民情、民性、國」和（9）民情。民性。國。國體。國風國二依テ、國ノ為ニ」對後來的「英和辭書」有著顯而易見的影響。但就分類而言，上表中還存在著「英華」系統的辭書，它們與「英日」系統構成怎樣的關係，似須略作討論。

　　明治以前，日本主要通過荷蘭語（所謂「蘭學」）學習西方，後逐漸由「蘭學」轉向「英學」。「英和辭書自文化十一年（1814）的《諳厄利亞語林大成》以來，多至無以數計」。[17]

店，國會圖書館）。

（24）明治三十年（1897）　W.ロプシャイト著・F.キングセル增訂《新增英華字典》（橫濱版，那須雅之監修《近代英華・華英辭書集成》7，8，東京大空社，1998年）。

（25）明治三十一年（1898）　エフ・ダブリュー・イーストレーキ（Eastlake, Frank Warrington），島田豐編《學生用英和字典》（東京博文館，國會圖書館）。

（26）明治三十二年（1899）　W.ロプシャイト著・F.キングセル增訂《新增英華字典》（橫濱版，那須雅之監修《近代英華・華英辭書集成》14，15，東京大空社，1999年）。

（27）明治三十五年（1903）　W.ロプシャイト著・企英譯書館增訂《華英音韻字典集成》（商務印書館，那須雅之監修《近代英華・華英辭書集成》10-13，東京大空社，1999年）。

（28）明治三十九年（1906）　野間正穩著《中學英和字書》（東京東雲堂，國會圖書館）。

（29）明治四十五年（1911）　井上哲次郎，元良勇次郎，中島力造共著《英獨佛和哲學字彙》（哲學字彙三版，東京丸善株式會社）。

[16]　森岡健二編著《近代語の成立・語彙編》第2-3頁。東京明治書院，1991年10月。

[17]　森岡健二。第2頁。

尤其在明治維新以後，英和辭書與翻譯實踐互動，形成了通過英
語學習西方的新的知識體系。但所謂「英和辭書」系統並非一
開始就自成一體，而是受到當時已有的「英華字典」的影響。
「英學在中國比在日本早起一步，已先有了辭書的編撰和聖經
的翻譯，日本的英學起步略晚，自然要蒙受這些中國業績的恩
惠」。[18]因此，專門研究日語近代語彙的學者一般也把對「英和
辭書」系統構成影響的「英華字典」看作前者的有機組成部分。
森岡健二列舉了十四種「英華字典」，其中羅布存德《英華字
典》（*W. Lobscheid: English and Chinese Dictionary. Hongkong, 1866-69*）
的影響最大，後來敬宇中村正直校正‧津田仙‧柳澤信大‧大井
鎌吉在明治十二年（1879）年翻譯的《英華和譯字典》（即表中
的「6」）和井上哲次郎於明治十六、十七年（1883、1884）增
訂的《增訂英華字典》（即表中的「10」）均以羅布存德的《英
華字典》為底本。這樣，在去查找有關詞語的時候，「英華」和
「英和」辭書便構成一個可以互為參照的系統。

僅以Nation、National、Nationality這三個相關詞的條目為
例，它們在羅布存德《英華字典》中形態為：

> Nation，n‧民，國，邦，邦國；all nations，萬民，萬
> 邦，萬國‧
> National，a‧國的，國；national affairs，國事；
> national character，國人之性情；
> national seal，國印，國璽；public，公；the national
> flag，國旗‧

---

[18] 森岡健二。第55-56頁。

Nationality，n・國之性情，好本國者。[19]

如果去掉那些無關項，來看由中村正直校正的日譯本『英華和譯字典』對前者的翻譯，將會獲得一些有趣的發現。

英華字典中村正直校正『英華和譯字典』

　　Nation，n・民，國，邦，邦國　　→　　タミ　tami，クニ，kuni，ジンミン jin-min，

　　コクミン，koku-min

　　National，a・國的，國 →　　クニノ，kuni no；ジンミンノ，jin-min no

　　national character，國人之性情　　→　　ジンミンノセイシツ，jin-min no sei-shitsu

　　Nationality，n・國之性情，好本國者→　　コクフウ，koku-fu，ミンプウ，minpu，

　　ジンミンノセイシツ，jin-minn no sei-shitsu

請看右邊的日譯部分。其中的片假名是日語釋義，後面的羅馬字標注片假名的發音，倘若將日語釋義部分直接轉換為漢字，那麼便會依次呈現出以下情形：

　　Nation，n・民，國，邦，邦國→　「民，國，人民，國民」

　　National，a・國的，國　　→　「國的，人民的」

19　筆者所見非1866-69年香港原版，而是上記29種辭書中的（6），即明治十二年（1879）年出版的「敬宇中村正直校正」本《英華和譯字典》。

national character，國人之性情→　「人民之性質」

Nationality，n‧國之性情，好本國者　→　「國風，
民風，人民之性質」

　　顯而易見，在「nation」詞條內，日譯版保留了原典中的「民，
國」，去掉了與「國」字字義相同的「邦，邦國」，代之以新增
的「ジンミン jin-min，コクミン，koku-min」即「人民，國民」這
兩個詞。也就是說，「人民，國民」這兩個詞是對原辭書創造性
翻譯的產物──儘管標示它們的還不是漢字，而是日語片假名。

　　不僅如此，接下來的對「National，a‧國的，國」的派生詞
組──「national character，國人之性情」和對「Nationality，n‧
國之性情，好本國者」的翻譯，更是使用了與原典不同的「漢
語」，即分別譯成「人民之性質」和「國風，民風，人民之性
質」。這會令人想到上面提到的中村正直發表在《明六雜誌》第
30號上的文章，他在做〈人民ノ性質ヲ改造スル說〉（〔改造人
民之性質說〕）時，腦海裡恐怕一定會浮現出nationality或national
character這類詞吧。如果說現在日語辭典中一般以「國民性（こ
くみんせい）」一詞來對應nationality或the national character的話，
那麼，『英華和譯字典』中所做的日語釋義「ジンミンノセイシ
ツ，jin-min no sei-shitsu」即「人民之性質」便可視為「國民性」
一詞1879年在日語中的一種使用形態。

　　總之，明治時代的英和辭書在翻譯nationality（或national
character）概念的過程中產生了相當豐富的對譯詞語，僅歸納
【附表三】便可獲得16個，它們依次是：「國風、民風、人民之
性質、民情、民性、國、國體、民生、愛國、人民、人種、本
國、國粹、國民主義、建國、國籍」。

　　這和從羅布存德《英華字典》到【附表三】「26」《新增英華字典》關於該詞條的無變化恰好形成鮮明對照。就是說，「英華」系統的辭書幾十年間除了「國之性情，好本國者」之外，並沒為對譯Nationality創造新詞彙，直至1903年的『華英音韻字典集成』（【附表三】「27」）將該詞譯成「國風、民情」——不過這顯然已是反過來受了英和辭書的影響了。應該說，日語所體現的豐富對譯，顯然與自明治初期以來的明確的「國民性」意識有關，而漢譯的貧乏亦與對此問題認識的滯後密切相關。對於二十世紀初的中國人來說，「國民性」還是一種嶄新的「現代意識」。當然這是後話了。

六、一個假說：「國民性」＝「國民」＋「民性」？

　　上面由英和辭書中歸納出來的16個詞語，雖然與「國民性」構成詞義上的關聯，甚至不妨看作「國民性」誕生之前的漢語形態，但畢竟還不是「國民性」一詞本身。正像本文第二節指出的，「國民性」詞語形態亦不見於明治時代的英學辭書。這就產生了一個問題：「國民性」與上述那些詞語是否具有結構或形態上的關聯？

　　從構造上來講，「國民性」屬於典型的近代「和製漢語」中所常見的「～＋性」的組詞結構，因此應該是「國民」＋「性」。本文也是根據這一結構著手調查的。例如先查「國民」及其相關概念「民」、「臣民」、「人民」、「民人」、「國人」、「邦人」……等，[20]然後再去查「性」及其相關概念「性質」、「特

20　相關研究參閱：大原康男〈翻訳語からみた〈國體〉の意味——〈國體〉の多義性に關する——考察として—〉，國學院大學《日本文化研

性」、「氣質」、「人心」、「氣風」、「風氣」、「精神」、「品性」……等，最後再由前後兩類的組合中來看「國民」＋「性」的生產過程。但如上所見，英和辭書中的對譯主要不是片語而是詞，倘若以「國民」＋「性」這種結構來看那些對譯詞語，那麼在構造上只有一個詞比較接近，那就是「民性」。換句話說，在「國民」＋「性」的形態之前，實際是存在著「民」＋「性」這一形態的。『日本國語大辭典』「民性」詞條如下：

> みんせい【民性】〔名〕人民の性質や性格。※真善美日本人〈三宅雪嶺〉日本人の能力「民性の発揚を図る者」※禮記－王制「司徒脩六禮，以節民性」。

可知「民性」為古詞，到明治時代專因翻譯Nationality而新用。第二節提到的《明治期漢語辭書大系》所收明治年間出版的140種「漢語辭書」中並無「民性」一詞，但該詞卻大量出現在「英和辭書」裡便足以反證這一點。順附一句，「漢語辭書」中常見「民情」一詞，被解釋為「民心」（タミノココロ）或「庶民之心」（下々ノココロモチ）等。因此，即使「民情」和「民性」同被用來對譯Nationality，「民性」也當是在對譯中產生的一個更新了的漢語詞彙。

從這個意義上來講，我認為在「國民」＋「性」這一結構成立之前，似應把「民性」的要素考慮進來，而成「國民」＋「民性」的重疊形態：

究所概要》第四十七輯，昭和五十六年〔1981〕3月；京極興一〈「人民」「國民」「臣民」の消長〉，松村明先生喜壽記念會編集《國語研究》，明治書院，平成五年（1993）。

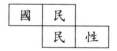

還有一個有趣的例子。明治十九年（1886）出版的《新撰英和字典》（井波他次郎編譯），即上表「16）」在印刷上所呈之觀，也幾乎「以假亂真」，竟使筆者一時覺得在明治時代的辭書裡莫非存在著「國民性」這個詞。「立此存照」，請見附圖Nationality詞條。如果去掉「國」與「民性」之間的「‧」，就是「國民性」了。那麼，「國」＋「民性」這種結構的可能性會是零嗎？

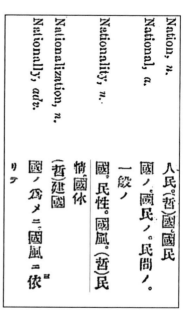

附圖

七、「國民性」一詞在清末民初中國的使用
——梁啓超、嚴復、《新爾雅》、魯迅等

如前所述，進入到二十世紀的第一個十年，「國民性」一詞雖然尚未被正式收進日本的辭書，但在日語的語境裡已經是一個相對成熟和穩定的概念。那麼，在這種背景下，它是怎樣進入漢語中的呢？——這是個複雜的問題，在此只按本文的思路歸納要點如下。

在中國提到「國民性」問題，除了魯迅，人們還會想到魯
迅之前的梁啟超。梁啟超無疑是中國把「民」或「國民」作為問
題提出並對所謂「國民性」問題大加闡發的第一人，因此人們總
是自覺不自覺地把「國民性」一詞的使用首先與梁啟超聯繫在一
起。但這裡有兩點需要注意：第一，問題離不開梁啟超與日本的
關係，梁的「國民」思想顯然來自日本。正如狹間直樹指出的，
「『國民』的用法在《時務報》時期的《變法通議》中只出現
過一次，而在到日本後經常使用」。[21]第二，「國民性」作為一
種問題意識和作為一個詞語的使用並不同步。正如上面所見，
「Nationality」或「National character」作為概念早在明治初期就為
日本的啟蒙者所接受並且開始作為問題思考，但作為一個詞彙，
「國民性」在明治三十年代才開始使用，而直至明治時代結束仍
沒被收進辭書。同理，梁啟超的「國民性」問題意識與他對這個
詞語的使用似乎並不構成直接關聯。具體地說，梁啟超似並沒在
他闡釋「國民國家」思想最鼎盛的時期使用「國民性」這個詞。

在我調查範圍內，梁啟超第一次使用「國民」一詞是1896
年，《學校總論》云：「夫人才者，國民之本。學校者人才之
本，興學所以安國而長民也。」[22]此後，「國民」在他那裡逐漸
成為一個普通詞。但除了不太多見的「豈非……拂國民之性而逆
大局之勢乎」（〈論變法必自平滿漢之界始〉）、「吾國民之性
質」（〈新民說第四節〉）、「吾觀我祖國民性之缺點」（同第十
五節）的用法外，在1911年以前似並無「國民性」獨立用例。其

---

[21] 狹間直樹《新民說‧略論》，狹間直樹編《梁啟超‧明治日本‧西方
　　——日本京都大學人文科學研究所共同研究報告》第71頁，北京社會科
　　學文獻出版社，2001年。日文原本：《共同研究　梁啟超——西洋近代
　　思想受容と明治日本》，みすず書房，1999年。
[22] 《時務報》第三冊，1896年8月29日。

實，作為「同義詞」，梁使用最多的是「民氣」。這個詞大量出現在他最活躍時期的主要文章裡[23]，也許是這個緣故，「民氣」的話語一直影響到上個世紀三十年代，以致魯迅在《非攻》裡造了個「曹公子」來挖苦，讓他對眾人大叫道：「我們給他們看看宋國的民氣！我們都去死！」[24]。此外，梁在使用「國民性」前後還並用過「國風」、「國性」的概念。[25]梁啟超使用「國民性」一詞最早似見於〈中國前途之希望與國民責任〉，該文作於1911年，發表在同年3至5月《國風報》（即「第二年」）第5、7、10期，以明確獨立的「國民性」詞語形式使用該詞不下三十幾處。1914年「歐洲大戰」爆發後，作〈麗韓十家文鈔序〉，就「國民性」給出明確定義：「國民性何物。一國之人。千數百年來受諸其祖若宗。而因以自覺其卓然別成一合同而化之團體以示異於他國民者是已。」梁此後才開始多用「國民性」，但皆為1918年以後的文字了。[26]由此可以斷定，漢語中「國民性」一詞

---

[23] 例如1896：《波蘭滅亡記》〈論中國積弱由於防弊〉〈變法通議（1）〉；1897：〈變法通議（2）〉〈致伍秩庸星使書〉；1898：〈清議報敘例〉；1899：〈論中國與歐洲國體異同〉〈論支那獨立之實力與日本東方政策〉；1900：〈論今日各國待中國之善法〉；1901：〈滅國新法論〉〈難乎為民上者（自由書）〉〈清議報一百冊祝辭並論報館之責任及本館之經歷〉〈中國積弱溯源論〉〈中國四十年來大事記〉；1902：〈新民說〉（至1906）《近世第一女傑羅蘭夫人傳》《匈加利愛國者噶蘇士傳》〈論教育當定宗旨〉《新史學》《新羅馬傳奇》《新中國未來記》《義大利建國三傑傳》；1903：《新英國巨人克林威爾傳》；1905：《俄京聚眾事件與上海聚眾事件》《德育鑒》《祖國大航海家鄭和傳》《代五大臣考察憲政報告》；1906：〈申論種族革命與政治革命之得失〉等。
[24] 《魯迅全集》第二卷第456頁。人民文學出版社，1981年。
[25] 參見《國風報·敘例》〈說國風〉（1910）、〈國性篇〉（1912）。
[26] 如《紀夏殷王業》《春秋載記》《歐遊心影錄》《佛典之翻譯》《歷史上中華國民事業之成敗及今後革進之機運》《墨子學案》《清代學術概論》《教育與政治》《敬業與樂業》《復劉勉己書論對俄問題》《佛陀時代及原始佛教教理綱要》《墨子學案》《國產之保護及獎勵》等。

非自梁啟超始。

再看看嚴復的情況。作為「國民性」的同義詞，嚴復除了一例「國民性習」[27]和兩例「國民精神」外[28]，一般多使用「民性」或「民氣」，前者不見於梁啟超，但在上面所見的英和辭書中卻是一般用法之一，後者則與梁啟超多用「民氣」相一致（實際用例略）。嚴復還有一點與梁啟超相似，那就是使用「國民性」一詞較晚，到1914年的〈建議提倡國民性案原文〉（《宗聖匯志》1卷10期）才開始使用，就時間而言晚於梁啟超。而此時不論在中國還是在日本，「國民性」已成了一個普通詞。

還有一個大家是章太炎。未及全面調查，不好妄下結論，但至少在《民報》（1905年12月至1908年10月，26期）裡未發現「國民性」一詞的用例。[29]

由此似乎可以得出一個結論：清末民初最具影響力的梁啟超、嚴復和章太炎均非「國民性」一詞的在中國的傳播者。

據朱京偉最近的研究報告，《清議報》（橫濱，1898年12月至1901年11月，100期）出現的「三字詞」中有「國民的」用語，但尚未見「～＋性」的組詞結構[30]，這意味著《清議報》裡

---

[27] 《群學肄言》，1898-1902譯，1903年上海文明編譯書局。「特所欲為國人正告者，當知群之衰盛，視國民性習之何如」。此據商務印書館1981年版《群學肄言（2）》「國拘第九」。

[28] 《法意》，1902-1906譯（？），1904-1909年商務印書館。商務印書館1981年版《法意（1）》：第十九卷〈論關於國民精神、行誼、風俗之法典〉、《法意（2）》「第十一章　精神善敝之徵驗」：「復案：……雖然，是於睍國則然，見國民精神之至重耳，非曰創業垂統可以是自寬，抑明知其弊而不除不救也。」

[29] 根據小野川秀美編《民報‧索引》上、下冊，京都大學人文科學研究所，1970年／1972年。

[30] 根據〔朱京偉〈《清議報》に見られる日本語の借用〉，關西大學アジア文化交流研究センター「アジア文化交流研究センター第7回研究集會‧第

當然還不可能有「國民性」這個詞。以此擬推，此前的《時務報》上出現該詞的可能性就更小。

究竟是誰在何時使用了「國民性」一詞？有兩項研究成果值得參考。一是羽白就「清末國民性問題的討論」所做的研究。該研究把梁啟勳〈國民心理學與教育之關係〉推定為「極可能是中國近代史上第一篇使用了『國民性』一詞並且為之下定義的著述」。[31]梁啟勳為梁啟超胞弟，該文發表在1903年3月發行的《新民叢報》第25號。筆者也對此做了確認，並且認為，從調查詞源的意義上講，羽白的研究恐怕是1981年「魯迅改造國民性思想學術討論會」以來相關討論的最富有實際意義的成果之一。不過，也存在著明顯的缺點，那就是把國民性問題的討論僅僅限制在「清末思想界」，而未涉及（或注意到）這個思想界與周邊尤其是與日本思想界在話語上的直接聯繫。例如，梁啟勳在開篇「著者識」裡講得很明白，「本篇據英人的爾西Dilthey譯法儒李般Le bon氏所著國民心理學*The Psychology of people*為藍本」[32]，也就是說，該文及其「國民性」一語的定義均非他原創。在這個意義上，沈國威對東京都立中央圖書館「實滕文庫」藏本《新爾雅》所作的研究便更具語彙傳播學上的意義。《新爾雅》「是留日中國學生編纂出版的中國第一本解釋西方人文和自然科學新概念的用語集。原書22.5×15.5cm，176頁，豎排版，鉛字印刷。扉頁有

6回國際シンポジウム〈漢字文化圈諸言語の近代語彙の形成　創出と共有〉」，2007年7月28日-29日〕口頭報告及其文本。另外，筆者亦據此直接向報告人請教過，得到的回答是在《清議報》上不見「國民性」一詞。

31　參見羽白〈清末國民性問題的討論〉，北京魯迅博物館《魯迅研究月刊》1987年第8期和〈就魯迅「國民性」思想致函林非先生——讀〈魯迅對「國民性」問題的理論探討〉〉，同《魯迅研究月刊》1991年第1期。

32　《新民叢報》影印本，臺北藝文印書館，1966年。

『元和汪榮寶／仁和葉瀾／編纂／新爾雅／上海明權社發行』、
版權頁有『光緒二十九年六月　日印刷／光緒二十九年七月　
日發行』的字樣」。[33]其「第四篇　釋群理」下的「釋人群之成
立」項裡有如下解釋：

> 各群所固有諸性質。謂之群性。群變為國。則群性亦變為
> 國性。或曰國粹。或曰國民性。（標點和重點號皆照影印
> 版原樣）[34]

光緒二十九年為西元1903年。這意味著「國民性」一詞被正式載
入用語集（也可以說是某種意義上的辭書）和梁啟勳在文章裡
的使用都是在同一年。在還沒有找到更早的用例之前，不妨把
1903年定為「國民性」一詞進入中文文獻的元年。所謂「進入」
是就該詞的傳播而言。沈國威的研究提供了這方面的重要啟示。
首先，作為近代語彙的背景，明治日本「經過三十餘年的努力，
在1903年的當時，以新漢語和漢譯語為代表的近代語彙已呈完成
之觀」。[35]其次，編纂者汪榮寶、葉瀾都是「到日本之前來，就
已對西方學問具有相當知識」[36]的留學生，「《新爾雅》也和其
他中國留日學生的譯書、雜誌等出版物一樣，是在日本完成寫作
和印刷之後，再通過國內書店銷售的」[37]；而且，從對語彙的考
察結果來看，「幾乎可斷定」該用語集的語彙是「日本書的翻譯

---

[33] 沈國威編著《《新爾雅》とその語彙　研究‧索引‧影印本付》，白帝
社，1995年，第1頁。

[34] 同上，第211頁。

[35] 同上，第2頁。

[36] 同上，第5頁。

[37] 同上，第1頁。

或翻案」（雖然現在還無法特定出自哪一底本）。[38]這雖然是就《新爾雅》語彙整體而言，但「國民性」一詞的傳播就包含在這條大的「路徑」當中，也就說，比起梁啟超、嚴復、章太炎等那些大家來，當時的留日學生很可能是這一詞彙的更為積極的使用者從而也是傳播者。魯迅（當時還叫周樹人）亦為其中之一，1907年所作〈摩羅詩力說〉中便有「裴倫大憤，極詆彼國民性之陋劣」和「或謂國民性之不同」的用法。從這個意義而言，在當時的留學生雜誌中或許還會找到更多的使用「國民性」的例子也未可知。

從上面對「國民性」的解釋來看，《新爾雅》編纂者是將「國性、國粹、國民性」作為同義詞看待的。「國性」一詞較為少見，《康熙字典》、《明治期漢語辭書大系》以及上面所見明治時期英和辭書均無該詞，疑為造語；民國之後，除了梁啟超在《國性篇》（1912），嚴復在《思古談》（1913）、《讀經當積極提倡》（1913）、《導揚中華民國立國精神議》（1914）等文中正式使用外，至今幾乎不傳。

問題是「國粹」。在《新爾雅》中雖作為同義詞與「國民性」同時出現，但我以為，這個詞應略早於「國民性」進入中文。「國粹」也是明治時代的新詞，前出《明治のことば辭典》取該詞的最早用例是北村透谷作於明治二十二年〔1889〕的文章，沈國威在做「國粹」語志時沿襲了這一看法[39]，不過，以我的閱讀所見，該詞的用例還要早些，至少在明治二十一年〔1888〕年就已經有了。例如，志賀重昂在他為《日本人》雜誌第二號撰寫的社論中，不僅提出「國粹」的概念，而且還明示這

---

[38] 同上，第2頁。

[39] 參照《近代日中語彙交流史》（笠間書院，1994年）第298頁。

一概念譯自英語Nationality。[40]明治三十年（1897）中澤澄男等編
『英和字典』（東京大倉書店。國會圖書館）作為譯語收入該詞
並與其他對譯詞語排列在一起：「Nationality①愛國；②民情，國
風；③人民，人種，④本國；國體；國粹」。『廣辭苑』（第五
版，岩波書店，1998年）「國粹」詞條可代表現在一般的解釋：
〔その國家‧國民に固有の、精神上‧物質上の長所や美點（中
譯：其國家、國民固有的精神上和物質上的長處或優點）〕。

　　《日本人》由志賀重昂（Shiga Shigetaka, 1863-1927）、三宅
雪嶺（Miyake Setsureim, 1860-1945）、杉浦重剛（Sugiura Shigetake,
1885-1924）等政教社成員創辦，與陸羯南（Kuga Katsunan, 1857-
1907）等翌年由《東京電報》（明治二十一年〔1888〕4月9日創
刊）改名為《日本》（明治二十二年〔1889〕2月11日）的報紙
一道，因鼓吹保存「國粹」而有名，從第二號起發行量就躍升
至12212部[41]，僅半年便被當時媒體報導為「在雜誌中有數一數二
之評」[42]的雜誌，從而成為明治中期以後的重要雜誌之一。在中
國，正如沈國威所指出的那樣，這個詞因「保存國粹」的主張
而得以廣為人知。[43]不過，有一點需要指出，《日本人》和《日
本》所主張的「保存國粹」，即所謂國粹主義，雖然是對過度歐

[40] 〈《日本人》が懷抱する処の旨義を告白す〉，《日本人》第二號社
　　說，明治二十一年（1888）年4月18日。原文「大和民族をして瞑々隱約
　　の間に一種特殊なる國粹（Nationality）を胚成發達せしめたる」。此據
　　《日本人》復刻版第一卷。
[41] 〈新聞‧雜誌の發行數〉，《官報》明治二十二年（1889）2月14日。此
　　據《明治ニュース》（明治ニュース編集委員會編，每日コミュニケー
　　ションズ，1984年）第Ⅳ卷第312頁。
[42] 「發刊以來盛業‧祝宴を開く」，《東京日日新聞》，明治二十二年
　　（1889）1月9日。此據《明治ニュース》（明治ニュース編集委員會
　　編，每日コミュニケーションズ，1984年）第Ⅳ卷第588頁。
[43] 《近代日中語彙交流史》（笠間書院，1994年），第299頁。

化主義傾向的反彈，但也並不是為本國護短的保守主義，具有一種鮮明的取長補短，從而發展自身的面對西方文明的主體性態度。例如志賀重昂「告白」保存國粹的「旨義」道：「並非徹頭徹尾保存日本固有之舊分子，維持舊元素，而只欲輸入泰西之開化，以日本國粹之胃器官咀嚼之，消化之，使之同化於日本之身體者也」。[44]而三宅雪嶺也強調：「余輩宣導國粹論，發揚日本特有之元氣，振興日本固有之秀質，以維持國家之獨立開達，其理由自明，同時亦在於警戒所謂歐洲主義人士，徒見他國之美，而忘自家之國，自家之身，以力挽今日既以已盛行之流弊」。[45]因此，明治二十年代初開始的以《日本人》和《日本》為中心展開的所謂「國粹主義」，不僅不同於後來高山樗牛等人的「日本主義」乃至更加走向極端的「國家主義」，而且也與作為文化之反動而出現的中國的「保存國粹」尤其是「五四」前後話語中的「國粹」有著性質上的區別。換言之，「國粹」這個誕生在明治日本的新詞進入中文之後，在語感甚至是意思上發生了不小的扭曲和改變。

不過，至少在《新爾雅》中，基本還是按照原義來把握的。例如，「以發揮本國固有特性者。謂之國粹主義」（〈釋人群之理想〉，前出沈國威影印本第213頁）。而在此之前，梁啟超已開始使用「國粹」，如1901年〈南海康先生傳〉：「其於中國思想界也，諄諄以保存國粹為言」；《中國史敘論》：「以中國民族固守國粹之性質，欲強使改用耶穌紀年，終屬空言耳」等。雖有語義上的微妙變化，但「國粹」一詞仍具有非常明顯的「日

[44] 前出〈《日本人》が懷抱する！の旨義を告白す〉。
[45] 「余輩國！主義を唱道する豈偶然ならんや」，《日本人》第二十五號，明治二十二年（1889）5月18日。

本」背景。例如1902年梁啟超致信康有為解釋他為何反對康有為
「保教」（即所謂「保存國粹」）主張時說：「即如日本當明治
初元，亦以破壞為事，至近年然後保存起。國粹說在今日固大
善，然使二十年前而昌之，則民智終不可得開而已。」[46]這「國
粹說」顯然是指上面提到的以《日本人》雜誌為核心的「國粹主
義」。又，黃公度同年八月在致梁的關於「國粹」的信裡，談的
也是同一件事：「公謂養成國民，當以保國粹為主義，取舊學磨
洗而光大之。至哉斯言，恃此足以立國矣。雖然，持中國與日本
校，規模稍有不同。日本無日本學，中古之慕隋、唐，舉國趨而
東，近世之拜歐、美，舉國又趨而西。當其東奔西逐，神影並
馳，如醉如夢，及立足稍穩，乃自覺己身在亡何有之鄉，於是乎
國粹之說起。若中國舊習，病在尊大，病在固蔽，非病在不能保
守也。」[47]或許，正是由於有黃遵憲指出的中國國情的區別，才
導致了「國粹」之語義在漢語裡發生變化。此外，在同時期的嚴
復和《民報》裡也有很多「國粹」的用例。

　　總之，「國粹」與「國民性」是日語在不同時期對Nationality
的翻譯，它們以同樣的先後順序進入中國後還並行了很長一段時
期，並分化為兩個彼此不同的詞語。

八、結論

　　「國民性」在日語中作為一個詞語的出現，遠遠滯後於這個
詞語所表達的意識（概念），是日語對英語Nationality（或National

---

[46] 丁文江、趙豐田《梁啟超年譜長編》，上海人民出版社，1983年，第
278頁。
[47] 丁文江、趙豐田《梁啟超年譜長編》第292頁。

character）長期翻譯（消化吸收）的結果——這種翻譯直到大正時期即1910年代以後該詞被正式收入各種「現代」辭典仍未結束，並且為現在留下了漢語和外來語兩種形態，即「國民性」和「ナショナリティー」。本文確認該詞在日語中的最早使用是時間為甲午戰爭後的1895年，並把從「日清戰爭」（甲午戰爭）到「日俄戰爭」之後的十幾年間看作該詞的濫觴和普及期，其標誌分別是《國民性與文學》（1898）和《國民性十論》（1907）。戰爭進一步強化了明治以來的「國家」、「國粹」、「國權」、「民族」即所謂Nationalism意識，從而催生了「國民性」一詞。反過來說，後來人們以「國民性」這個詞所描述的明治以來的「國民性思想」，有相當長的一段時間其實都並不是以「國民性」這個詞而是以其他方式來表述的。從形態而言，其可分為兩類：一類是行文中大量使用的描述性片語，就像在《明六雜誌》或高山樗牛等人的文章裡所看到的那樣，另一類是單詞，就像在英學辭書中所看到的那樣，這意味著「國民性」一詞在誕生和被人們廣泛使用以前，曾有過大量而豐富的表達該詞詞義的詞語形態。這裡要強調的是，「國民性」一詞的定型，意味著對此前詞語形態的整合，但不能作為「誕生思想」或「把握思想」的標誌。

在這個前提下，清末以來中國關於「國民性」問題的討論和該詞語的使用也就容易理解和整理了。如上所述，二十世紀的第一個十年，正是「國民性」這個詞所代表的話語在日語中急劇膨脹的時期，思想鮮活的留日學生成為將該詞積極帶入漢語的傳播者。然而，使用「國民性」一詞與否並不完全等同是否具有「國民性」問題意識。梁啟超和嚴復等人使用該詞的時間不僅晚於《新爾雅》，也晚於魯迅，但不能因此說他們在對這個問題的認識滯後於後者。事實上他們都是更早的先覺者，只是不用「國民

性」這個詞而用別的詞罷了。對外來詞匯的不同擇取傾向也是值
得探討的現象。現在已知，他們在使用「國民性」以前更願意使
用帶有古典意味的詞語，諸如「民風」、「國粹」、「民性」、
「國風」等。而這些詞語不論在《新爾雅》還是在魯迅當中都與
「國民性」一詞的使用並行不悖。這就是說，新一代學子在受上
一代啟蒙的同時或者之後，已開始通過留學獲取新知，用魯迅的
話說，就是「別求新聲於異邦」。[48]這「別求」並不意味著對先
行者的否定與拋棄，而是意味著後者在「世界識見」方面比他們
的先輩更加「廣博」[49]，在衝破古典言語的桎梏方面走得更遠。
漢語就是在近代以來這容納百川，博采外來詞匯的過程中進化為
「現代漢語」。

　　至於「國粹」或「國民性」在日語中關於本國多肯定傾向
（至少也是中性），而在漢語中多否定或批判傾向的問題，與近
代以來日本的崛起和中國的衰敗這個大背景有關。「崛起」的標
誌是日清、日俄兩場戰爭，而同一時期也正是中國被瓜分的危機
最為嚴峻的時期，所以同是在講「國民性」，強者勝者的「國民
性」語義自然與弱者敗者的有很大不同。事實上，在明治時代日
本論者所做的國民性討論中有多少語涉「支那國民性」，這種議
論與日本的國民性討論有怎樣的關係，對中國的國民性問題討論
又產生怎樣的影響等問題，一直是我關注的課題，將在今後予以
探討。

　　最後，話題還要再次回到漢語中的「國民性」上來。這個
在清末民初經有識之士前赴後繼的努力導入的詞彙，1949年以後
實際上遭到了人為扼殺，詳細內容請參閱本文開篇所提到的。近

---

[48]　魯迅〈摩羅詩力說〉，《魯迅全集》第一卷第65頁。
[49]　同上。

讀陳力衛論文，又進一步印證了我的「扼殺」說：陳望道1920年版《共產黨宣言》仍沿襲了1906年日譯本當中的「國粹」、「國家」、「國民」等譯法，但到了1949年的「定譯本」，這些詞語分別被改為「民族」、「祖國」、「民族」，「這一是為了突出民族和祖國來確立在中國的合法性；二是抵消近代國民國家的概念，為建立無產階級專政下的國家鋪平道路。即在尚未取得政權的時候，不以國民的身份出現，而以『民族』代替『國民』、『國家』完全是一種偷換概念的、權宜的做法，這一改譯在某種意義上導致了當今中國的走向」。[50]

「國民性」話語權的恢復，是上個世紀八十年代。但至今在幾乎所有能為「國民」所看到的辭典中還都找不到這個詞。這不僅是一個詞的中斷，也意味著在「近代」與「現在」存在著意識斷層。隔斷不意味著對近代的超越。如果說上個世紀八十年代曾有過一次「撥亂反正」，那麼我願將本文看作自那時以來所提問題的一次承接。

2007年9月24日於大阪千里
2008年4月29日修改於HARVARD YENCHING INSTITUTE

---

[50] 陳力衛〈《共產黨宣言》的翻譯問題——由版本的變遷看譯詞的尖銳化〉，《二十一世紀雙月刊》2006年2月號，香港中文大學。引文見該雜誌108頁。

【附表一】 《近代用語の辭典集成》中「國民性」與「ナショナリティー」一覽表

卷	年代	辭典名	漢字形態	外來語形態
26	1913	文學新語小辭典		ナショナリティー
25	1914	外來語辭典		ナショナリチー（Natonality，英）
1	1918	現代新語辭典	こくみんせい 國民性	ナショナリティー
4	1919	模範新語通語大辭典		【ナショナリティー】Natonality
2	1920	新らしい言葉の字引：訂正增補	【國民性】	【ナショナリティー】Natonality
5	1920	現代日用新語辭典	こくみんせい〔國民性〕	なしょなりてぃー（Nationality，英）
35	1920	新聞語辭典：再增補十一版	【國民性】Nationality	
6	1923	新しき用語の泉	コクミンセイ【國民性】	【ナショナリティー】Natonality
3	1925	新しい言葉の字引：大增補改版	【國民性】Nationality	【ナショナリティー】Natonality
8	1926	最新現代用語辭典	コクミンセイ（國民性）	【ナショナリティー】（Natonality，英）
9	1928	音引正解近代新用語辭典	コクミンセイ（國民性 Nationality英）	ナショナリティー（Natonality，英）
11	1930	時勢に後れぬ新時代用語辭典		【ナショナリティー】（Natonality，英）
12	1930	モダン辭典		【ナショナリティー】（政）
14	1930	アルス新語辭典		ナショナリティー（Natonality，英）
15	1931	現代新語辭典		【ナショナリティー】（Natonality）
16	1931	尖端語百科辭典		ナショナリティー（Natonality）

卷	年代	辭典名	漢字形態	外來語形態
17	1931	これ一つで何でも分る現代新語集成		ナショナリチー（Natonality，英）
19	1931	モダン語漫畫辭典		ナショナリティー（Natonality，英）
27	1932	新文學辭典		ナショナリティー（Natonality）
34	1932	最新百科社會語辭典		ナショナリティー（Natonality，英）
23	1933	常用モダン語辭典	コクミンセイ【國民性】	【ナショナリティー】（Natonality，英）
36	1933	新聞新語辭典	【國民性】Nationality	ナショナリチー（Natonality，英）
37	1933	新聞語辭典		ナショナリティー（Natonality，英）
	合計		10	22

【附表二】 在《太陽》雜誌標題中所見「國民性」一詞誕生的軌跡

卷	號	出版日期	欄目	標題	作者
1	11	1895/11/05	政治	國民の元氣	吉村銀次郎
2	2	1896/01/20	教育	國民の心懸	福羽美靜
2	9	1896/05/05	教育〔時事〕	國民の特質	
2	11	1896/05/20	教育〔時事〕	西園寺文相の國民氣象論	
2	13	1896/06/20	文學〔時事〕	國民的詩人とは何にぞ	
4	11	1898/05/20	時事論評 文芸界	非國民的小說	
4	11	1898/05/20	海內彙報 文學美術	國民的小說に就ての評論	
4	19	1898/09/20	時事論評 宗教界	國民の特性と宗教（神佛二派の態度）	
4	24	1898/12/05	時事評論 文芸界	國民的哲學／本邦に於ける國民的哲學	
5	1	1899/01/01	時事論評 文芸界	過去一年の國民思想	
5	6	1899/03/20	時事評論 文芸界	殖民的國民としての日本人	高山林次郎
7	3	1901/03/05	輿論一斑	國民性格の教養	
7	14	1901/12/05	經濟時評	國民的膨張＝移民	
8	10	1902/08/05	論說	偉大なる國民の特性	浮田和民
9	6	1903/06/01	文芸時評	美術國としての日本の國民の氣質	
9	10	1903/09/01	評論之評論	國民的實力	
9	14	1903/12/01	時事評論	國民的意思の発表	
11	11	1905/08/01	論說	戰爭と國民の精神	
11	16	1905/12/01	論說	國民的精神の一頓挫	
13	6	1907/05/01	論說	國字問題と國民の性情（上）	姉崎正治
13	8	1907/06/01	論說	國字問題と國民の性情（下）	姉崎正治
14	2	1908/02/01	文芸	何故に現代我國の文芸は國民的ならざる乎	斉藤信策
14	8	1908/06/01	論說	朝野両派之大論戰 勃興的國民の元氣	江原素六
15	12	1909/09/01	論說	對清外交批評 國民的外交	寺尾亨

卷	號	出版日期	欄目	標題	作者
15	12	1909/09/01	雑纂	名士の伊太利觀 イタリアの國民性	姉崎正治
16	15	1910/11/10		國土の膨張と國民性の將來	黑田鵬心
17	10	1911/07/01		資本の國民性	服部文四郎
18	6	1912/05/01		支那の國民性及社會性	大鳥居古城
19	2	1913/02/01	時評	國民的大決戦の期	城西耕夫
19	2	1913/02/01	書斎の窓より	國民精神の椎易を證する實例／日本の畸形的文明	魯庵生
19	5	1913/04/01	近著二種	江木博士の『國民道德論』と樋口氏の『近代思想の解剖』	金子築水
19	15	1913/11/15		支那の南方と北方との比較 支那の國民性	長江生
19	16	1913/12/01	時評	國民精神の統一案	
20	12	1914/10/01		獨逸國民性	織田萬
21	8	1915/06/15		禦大禮と國民性	三浦周行
24	1	1918/01/01	新刊紹介	我國民性としての海國魂（山崎米三郎著）	
24	7	1918/06/01	新刊紹介	國民道德と日蓮主義（本多日生著）	
24	9	1918/07/01	教育時言	國民思想善導	兆水漁史
24	9	1918/07/01		國民性と法律制度	清水澄
25	2	1919/02/01		國民道德と宗教	帆足理一郎
25	4	1919/04/01〔新刊紹介〕		國民の精神的基礎（加藤咄堂著）	
25	7	1919/06/01	案頭三尺	國民心理の根本的改造＝國民的ショーヴヰニズムは日本の國禍＝内田魯庵	
25	10	1919/08/01		國民思想の將來—民本主義より人格主義へ	稲毛詛風
28	12	1922/10/01	新刊紹介	金子彦二郎著「死生の境に発揮せられたる日本國民性」	
29	1	1923/01/01		觀たまゝの支那國民性	津田寶城

卷	號	出版日期	欄目	標題	作者
30	1	1924/01/01		震災に因って暴露された國民性の短所—國民の反省と自覺	下田次郎
30	1	1924/01/01		米國國民性の短所	
30	11	1924/09/01		國民精神弛緩	今村力三郎

【附表三】 明治時代英學辭書中所見「Nationality」一詞之釋義

序號	明治年／西曆	釋義	辭書名
1）	慶應3/1867	（無獨立解釋）	和英語林集成（初版）
4）	明治5/1872	Kuni，koku（即日語「國」字的訓讀和音讀）	和英語林集成（再版）
5）	明治6/1873	民情、民性、國	附音插圖英和字彙
6）	明治12/1879	國之性情，好本國者，コクフウ，koku-fu，ミンプウ，minpu，ジンミンノセイシツ，jin-min no sei-shitsu.	英華和譯字典
7）	明治14/1881	民情、國體	哲學字彙
9）	明治15/1882	民情。民性。國。國體。國風國二依テ、國ノ為ニ	附音插圖英和字彙（2版）
10）	明治17/1884	國之性情，好本國者	訂增英華字典
11）	明治17/1884	民情、國體	改訂增補哲學字彙
12）	明治18/1885	民情（ミンジャウ）。民性（ミンセイ）。國（クニ）。國體（コクタイ）。國風（コクフウ）	英和雙解字典
13）	明治18/1885	國體。國風	學校用英和字典
14）	明治19/1886	Kunino，koku（即「國的，國」）	改正增補和英英和語林集成
16）	明治19/1886	國。民性。國風。（哲）民情。國體	新撰英和字典
17）	明治18，19/1885，86	民情。民性。國。／What is his nationality？彼レハ何國ノ人ナルヤ。	英和和英字彙大全
18）	明治20/1887	民性（セイ）、民情（ジャウ）、民生（セイ）國	英和字海
19）	明治21/1888	愛國；民情，國風；人民，人種，本國；國體・	附音插圖和訳英字彙
20）	明治21/1888	民性、民情、	新訳英和字彙

序號	明治年／西曆	釋義	辭書名
21）	明治21/1888	ミンジヤウ、ミンセイ、クニ、コクタイ（李冬木按：漢字依次為「民情、民性、國、國體」）	袖珍新選英和字府
22）	明治22/1889	愛國〇民情。國風〇人民。人種。本國〇國體	明治英和字典
23）	明治30/1897	①愛國；②民情，國風；③人民，人種，④本國；國體；國粹	英和字典
24）	明治30/1897	國之性情，好本國者	新增英華字典
25）	明治31/1898	國民主義，愛國；國民，國風，國體，人民，建國	學生用英和字典
26）	明治32/1899	國之性情，好本國者	新增英華字典
27）	明治35/1903	國風，民情	華英音韻字典集成
29）	明治45/1906	民情、國體、國粹、國籍	英獨佛和哲學字彙

後記

收入本書中的八篇論文，除了考察「國民性」一詞在中國和在日本的兩篇作於十多年前以外，其餘都是近年寫下的，是此前關於「魯迅史實」發掘的延長和深化。此次承蒙中研院老友潘光哲先生鞭策鼓勵，抬愛賜題《魯迅精神史探源》，秀威資訊科技股份有限公司鄭伊庭先生的鼎力襄助，得以結集出版，這對作者來說，是一大幸事。

收入本書的各篇，和《「進化」與「國民」》中的諸篇相比，雖在時間上整體靠後，但關於「尼采」和「個人主義」的寫作動機卻比後者久遠。正如在〈留學生周樹人周邊的「尼采」及其周邊〉「附言」裡所提到的那樣，在距今三十三年前在吉林大學寫碩士畢業論文的時候，因探討魯迅的文明觀（〈文明、歷史、人、文學──論魯迅的文明觀〉，載《吉林大學研究生論文集刊》，1987）而接觸「尼采」，從此「尼采」便成為無法迴避的課題。這裡要首先感謝蔣錫金先生、劉柏青先生和劉中樹先生當年對我的啟蒙之恩。出國讀書後，又多蒙諸師學殖之恩。片山智行先生在討論中的嚴叱和北岡正子先生的實證，終止了我的空論；吉田富夫先生告訴我棄醫從文乃「周樹人的選擇」而非「魯迅」的選擇；狹間直樹先生總是寬容我的缺點卻又不吝賜教，而且介紹我去京都大學人文科學研究所的研究班，使我得以跟那裡的同仁切磋探討，獲益匪淺，那裡的石川禎浩教授最近對拙論〈狂人之誕生〉的「快作」之評，讓我多少鬆了口氣。還有已故的伊藤虎丸先生和竹內實先生，通過對他們文字的翻譯，我獲得

了進入「明治日本」和觀察「日本中的中國」視角。

　　這裡還要感謝同代學者的支持和激勵。沒有張釗貽先生關於尼采的研究和他邀請赴新加坡南洋理工大學參加尼采討論會，就不會有本書中「尼采」材源的發現。同樣，2014年呂周聚先生邀請赴山東師範大學參會，為「施蒂納」和「近世無政府主義」，2016年趙京華先生邀請赴北京中國社科院參會，為「國家與詩人」，2018年譚桂林先生邀請赴南京師範大學參會，為「狂人之誕生」創造了寫作契機並提供了口頭發表的平臺。而除了幾種會議論集之外，《文學評論》《東嶽論叢》《山東社會科學》《山東師範大學學報（社科版）》、香港三聯書店乃至《新華文摘》亦為拙論辱版抬愛──這裡尤其要提到范智紅女士、曹振華女士、陳漢平女士和侯明女士，拙論多因她們誠懇、熱情、執著的邀請而得以面世。凡此種種，感激不盡，恕不能一一述及。

　　此次付梓之前，佛教大學楊韜副教授、博一張宇飛同學、吉林大學文學院博一王雨晴同學不厭複雜和繁瑣，幫我完成了各種文檔的轉換、輸入、整形和初校。謹此，一併致以衷心的感謝！

　　最後，還想借芳賀矢一《國民性十論》的獻辭，把此書敬獻給我的父母，相信他們的在天之靈會同享此時的喜悅。

　　　最憶庭訓兮囊昔久遠
　　　手捧卷梓兮思緒萬千
　　　先嚴在天兮守望佑我
　　　邇來歲月兮未嘗蹉跎

作者　謹記

2019年4月5日星期五清明節

於長春威尼斯花園巢立齋

附錄　各篇出處一覽

*依發表時間為序

〈「國民性」一詞在中國〉

　　佛教大學《文學部論集》第91號，2007年3月1日。

〈從日本到中國：「國民性」一詞的誕生及其旅行──關於現代漢語中「國民性」一詞的詞源問題〉（原題：〈「國民性」一詞在日本〉）

　　同上，第92號，2008年3月1日。

　　以上二篇同轉載於《山東師範大學學報》，2013年4期。

　　學術報告：〈關於「國民性」一詞及其中日近代思想史當中的相關問題〉，2015年08月21日，「近代中日關係的多種面向」，中央研究院近代史研究所。

〈明治時代「食人」說與魯迅的「狂人日記」〉

　　《文學評論》，2012年第1期。

　　《新華文摘》，2012年第10期轉載。

　　日文版：〈明治時代における「食人」言說と魯迅の「狂人日記」〉

　　佛教大學《文學部論集》第96號，2012年3月1日。

　　學術報告：同題。2011年9月25日，「魯迅：經典與現實」國際討論會，浙江紹興，集入壽永明、王曉初編《反思與突破：在經典與現實中走向縱深的魯迅研究》，合肥：安徽文藝出版社，2013年。

〈留學生周樹人周邊的「尼采」及其周邊〉

該文最早是提交給2012年11月22-23日在新加坡南洋理工大學召開的「魯迅與現當代華文文學」國際討論會的論文。後收入張釗貽主編《尼采與華文學論集》，新加坡：八方文華創作室，第87-126頁。亦刊載於山東省社會科學院主辦《東嶽論叢》，2014年第3期。

〈留學生周樹人「個人」語境中的「斯契納爾」——兼談「蚊學士」、煙山專太郎〉

學術報告：同題。2014年6月14日，「世界視野中的魯迅」國際學術討論會，山東師範大學。

山東省社會科學院主辦《東嶽論叢》，2015年第6期。

呂周聚、趙京華、黃喬生主編《「世界視野中的魯迅」國際會議論文集》，中國社會科學院出版社，2016年1月。

〈芳賀矢一『國民性十論』與周氏兄弟〉

山東省社會科學院《山東社會科學》，2013年第7期。

《國民性十論‧導讀》，香港三聯書店，2018年4月（此次使用版本）。

〈從「周樹人」到「魯迅」——以留學時代為中心〉

本篇係在中國社會科學院文學研究所與佛教大學聯合舉辦的「全球化時代的人文學科諸項研究——當代中日、東西交流的啟發」（「國際シンポジウム「グローバル化時代時代における人文研究の諸相——現代における日中‧東西の相互啟發のために」，2017年5月26日，於北京鑫海錦江大酒店）國際研討會上所做的報告，集入中國社會科學院文學研究所編《多視野下的中日文學研究》，北京：社會科學文獻出版社，2018年。

〈狂人之誕生——明治時代的「狂人」言說與魯迅的「狂人日記」〉

《文學評論》，2018年第5期。

《新華文摘》，2018年24期轉載。

日文版：〈狂人の誕生——明治期の「狂人」言說と魯迅の「狂人日記」〉

佛教大學《文學部論集》第103號，2019年3月1日。

學術報告：同題。

2018年8月16至18日，第七屆國際漢語教學研究生指導研討會，吉林大學；

2018年8月25日，現代中國研究會，佛教大學四条センター；

2018年10月19日，「現代文學與現代漢語國際討論會」，南京師範大學。集入南京師範大學文學院、《學術月刊》雜誌社編《現代文學與現代漢語國際學術討論會論文集》（待刊）。

2018年11月17日，中國言語文化研究會，佛教大學。

史地傳記類　PC0837　讀歷史102

魯迅精神史探源：個人・狂人・國民性

作　　　者 / 李冬木
責任編輯 / 鄭伊庭
圖文排版 / 楊家齊
封面設計 / 蔡瑋筠

發　行　人 / 宋政坤
法律顧問 / 毛國樑　律師
出版發行 / 秀威資訊科技股份有限公司
　　　　　114台北市內湖區瑞光路76巷65號1樓
　　　　　電話：+886-2-2796-3638　傳真：+886-2-2796-1377
　　　　　http://www.showwe.com.tw
劃撥帳號 / 19563868　戶名：秀威資訊科技股份有限公司
　　　　　讀者服務信箱：service@showwe.com.tw
展售門市 / 國家書店（松江門市）
　　　　　104台北市中山區松江路209號1樓
　　　　　電話：+886-2-2518-0207　傳真：+886-2-2518-0778
網路訂購 / 秀威網路書店：https://store.showwe.tw
　　　　　國家網路書店：https://www.govbooks.com.tw

2019年5月　BOD一版二刷
定價：450元
版權所有　翻印必究
本書如有缺頁、破損或裝訂錯誤，請寄回更換

國家圖書館出版品預行編目

魯迅精神史探源：個人.狂人.國民性 / 李冬木著.
-- 一版. -- 臺北市：秀威資訊科技, 2019.05
　　面；　公分. -- (史地傳記類)
BOD版
ISBN 978-986-326-685-3(平裝)

1. 周樹人　2. 學術思想　3. 文學評論

848.6　　　　　　　　　　　　　108005926

讀者回函卡

感謝您購買本書,為提升服務品質,請填妥以下資料,將讀者回函卡直接寄回或傳真本公司,收到您的寶貴意見後,我們會收藏記錄及檢討,謝謝!如您需要了解本公司最新出版書目、購書優惠或企劃活動,歡迎您上網查詢或下載相關資料:http:// www.showwe.com.tw

您購買的書名:_____

出生日期:_____年_____月_____日

學歷:□高中 (含) 以下　　　□大專　　　□研究所 (含) 以上

職業:□製造業　□金融業　□資訊業　□軍警　□傳播業　□自由業
　　　□服務業　□公務員　□教職　　□學生　□家管　　□其它_____

購書地點:□網路書店　□實體書店　□書展　□郵購　□贈閱　□其他

您從何得知本書的消息?

　　□網路書店　□實體書店　□網路搜尋　□電子報　□書訊　□雜誌

　　□傳播媒體　□親友推薦　□網站推薦　□部落格　□其他_____

您對本書的評價:(請填代號　1.非常滿意　2.滿意　3.尚可　4.再改進)

　　封面設計____　版面編排____　內容____　文／譯筆____　價格____

讀完書後您覺得:

　　□很有收穫　□有收穫　□收穫不多　□沒收穫

對我們的建議:_____

_____

_____

_____

11466
台北市內湖區瑞光路 76 巷 65 號 1 樓

秀威資訊科技股份有限公司　　收
BOD 數位出版事業部

....

（請沿線對折寄回，謝謝！）

姓　　名：＿＿＿＿＿＿＿＿＿　年齡：＿＿＿＿　性別：□女　□男

郵遞區號：□□□□□

地　　址：＿＿＿＿＿＿＿＿＿＿＿＿＿＿＿＿＿＿＿＿

聯絡電話：(日) ＿＿＿＿＿＿＿＿　(夜) ＿＿＿＿＿＿＿＿＿

E-mail：＿＿＿＿＿＿＿＿＿＿＿＿＿＿＿＿＿＿＿